Les vignes de Sainte-Colombe

DU MÊME AUTEUR

Romans, Récits

LES CAILLOUX BLEUS
LES MENTHES SAUVAGES
LES AMANDIERS FLEURISSAIENT ROUGE
LES CHEMINS D'ÉTOILES
LA RIVIÈRE ESPÉRANCE :
1. LA RIVIÈRE ESPÉRANCE
2. LE ROYAUME DU FLEUVE
3. L'ÂME DE LA VALLÉE
L'ENFANT DES TERRES BLONDES
(Editions Robert Laffont)

ANTONIN LAFORGUE, PAYSAN DU CAUSSE
MARIE DES BREBIS
ADELINE EN PÉRIGORD
(Editions Seghers)

Albums

LE LOT QUE J'AIME.
(Librairie des Trois Epis)

DORDOGNE,
VOIR COULER ENSEMBLE ET LES EAUX ET LES JOURS.
(Editions Robert Laffont)

Christian Signol

Les vignes de Sainte-Colombe

ROMAN

Albin Michel

22, rue Huyghens, 75014 Paris
ISBN 2-226-08524-6

A Jean-Louis Magnon,
sans qui je n'aurais pas écrit ce livre.

« La terre nous aimait un peu je me souviens. »

René Char

« Mais ce qui nous retient plus au sol que les sourires et les grâces du paysage, plus que les souvenirs et les morts, ce sont de vieilles habitudes devenues des vertus qui nous défendent, nous protègent du Monde entier, et nous assurent nos destinées. Ce sont des vertus recueillies à force de patience et de misère. »

Gaston Roupnel

Première partie

LES NUAGES

1.

La garrigue chantait dans le petit vent du sud qui tirait derrière lui les premières ombres de la nuit. Au pied de la colline, depuis la Montagne noire jusqu'à la mer, les vignes de la grande plaine languedocienne frissonnaient au souffle léger qui dissipait enfin les touffeurs de la canicule. Les parfums mélangés des pins, des cistes et des romarins oppressaient Charlotte qui s'était arrêtée derrière un chêne vert pour observer tout là-bas, au milieu des vignes, le parc du domaine du Solail, d'où était parti Léonce, son frère aîné, pour retrouver Amélie. « Si père les voyait, songea-t-elle avec un frisson délicieux, quelle colère ce serait ! » Quelle revanche, aussi, envers ce frère qui l'abandonnait depuis qu'il passait son temps libre auprès de la fille du « ramonet » ! Quelle mouche l'avait piqué ? Il savait bien, pourtant, que l'héritier du plus grand domaine de la plaine viticole n'épouserait jamais la fille d'un maître valet. A quoi jouait-il donc ?

Les quinze ans de Charlotte ne lui avaient pas encore laissé le temps de percer les secrets des passions des adultes, mais l'instinct de son sang, de sa nature rebelle, lui en avait dit plus que les recommandations de sa mère à l'heure de la prière. D'ailleurs, le simple regard des journaliers sur ses épaules rondes, ses jambes fines, ses yeux de lavande, avait suffi à lui faire deviner le feu qui couvait au fond de sa jeunesse ardente. Personne n'avait pu lui imposer sa volonté, pas même son père, Charles Barthélémie, pourtant maître des vignes et des hommes du domaine ; pas même sa mère, Elodie Barthélémie, qui n'aimait pas la savoir dehors à la tombée de la nuit, pour faire quoi, mon Dieu ! à l'heure où l'ombre est propice aux rencontres, où la brûlure du soleil travaille encore le sang, où les yeux se lèvent enfin des ceps et des feuilles pour partir à la recherche d'autres visages, d'autres mains, d'autres bras ?

Rien, jamais, n'avait pu l'empêcher de courir les collines comme une sauvageonne et d'apprendre le monde par elle-même, de le sentir contre elle, en elle, comme quand elle écrasait une grappe mûre dans sa bouche à l'époque des vendanges, que le parfum des moûts fermentant dans les cuves emplissait les maisons, les cuisines, les chambres, et dormait sur la plaine pendant les belles et languissantes semaines de l'automne. Personne n'aurait pu l'empêcher d'épier son frère et Amélie, à l'approche de ces mystères qui la tenaient souvent éveillée, la nuit, quand les oliviers se mettaient à chanter dans l'allée du château.

Elle s'assit sous un chêne vert, embrassa d'un coup d'œil son domaine, se sentit soulevée de bonheur et aussi de fierté. Le Solail. Dans ce seul mot roulaient tout le feu de l'été et la passion des hommes pour le sang de la terre. La grande bâtisse aux allures de château coiffée de tuiles roses, au crépi ocre, aux volets bleus, aux linteaux sculptés d'acanthes, aux doubles génoises et balcons de fer forgé, trônait au milieu des hectares de vignes répandues de part et d'autre du canal du Midi escorté de platanes, une véritable mer de vignes, comme on disait depuis que les ceps avaient remplacé les blés, depuis que les hommes avaient préféré le vin à la farine, parce qu'ils avaient cru en vivre mieux. Le parc, que dominaient trois immenses pins parasols, était planté de lauriers-roses, de buis, de lilas, de lourds tilleuls et d'acacias. Dès la grille épaulée par deux piliers de pierres blanches, le frisson d'argent des oliviers courait jusqu'à la route d'Argeliers, qui, plus loin, passé Mirepeisset, s'en allait vers Narbonne et la montagne de la Clape, qui sépare la ville de la mer.

Charlotte coupa une branche de fenouil, la mâchonna, tenta d'apercevoir, droit devant elle, au fin fond de l'horizon, les tours de la cathédrale Saint-Just de la cité romaine qui veillaient sur la grande plaine. Elle y parvint malgré l'obscurité, car les derniers rayons du couchant coloraient le clocher, de même qu'à l'ouest, à plus de soixante kilomètres de là, ils éclairaient encore la crête blanche du Canigou. A gauche, derrière l'épaule de la colline, il y avait Béziers, mais c'était un autre monde, non plus l'Aude mais l'Hérault, des vignes, certes, mais surtout des lieux, des villages où elle n'était jamais allée, au contraire de Narbonne, où son père l'avait conduite à plusieurs reprises, avec sa famille, après les vendanges, pour fêter la récolte.

Ah ! Quel homme c'était, son père ! Quand il apparaissait sur le perron, en costume, gilet et pantalons rayés, souliers vernis et demi-guêtres, que son regard d'acier se portait vers les hommes rassemblés, Antoine, le vieux régisseur, n'avait même pas besoin de demander le silence. Aussitôt, les brassiers, les charretiers, les domestiques de cave ou d'écurie se décoiffaient et se taisaient. Nul n'avait jamais osé contester une autorité qu'il tenait de son propre père, Eloi Barthélémie, celui qui avait décidé de planter de la vigne à la place du blé. Seul Léonce, parfois, s'y risquait, mais toujours à bon escient : le plus souvent, il donnait son avis sur l'état de la vigne, le choix des hommes qui effectueraient la taille, des femmes chargées de l'échaudage contre la pyrale ou la cochylis, ou le moment de mettre en œuvre le soufrage contre l'oïdium.

Il n'avait que dix-huit ans, Léonce, mais on sentait déjà percer en lui le futur maître du Solail, et il en imposait aussi bien à Antoine qu'au plus ancien des domestiques. Il était brun et sec, mais d'une robustesse hors du commun, et ses yeux noirs, son visage taillé dans le buis, comme celui de son père, n'avouaient qu'une inflexibilité redoutable. Alors ? pourquoi allait-il retrouver Amélie chaque soir ? Pour s'en amuser sans doute, mais cela lui ressemblait si peu. N'était-ce pas tout simplement pour défier son père ? A cette pensée, Charlotte se troubla. Elle le savait capable de tout, ce frère aîné, même de refuser de s'acheter un remplaçant pour partir se battre, puisqu'il avait tiré un mauvais numéro et que la France, ce 19 juillet 1870, venaient de déclarer la guerre à la Prusse.

Le regard de Charlotte revint vers les roseaux au-delà desquels le sentier commençait à escalader la colline. Elle devina la silhouette agile de son frère, qui, tout de suite après les roseaux, se faufila entre deux pins d'Alep, et s'éloigna entre les arbousiers. Ce fut comme s'il disparaissait définitivement, tué par l'un de ces ennemis redoutables dont le visage sanguinaire apparaissait depuis quelque temps dans *L'Eclair,* le journal royaliste que lisait son père, et elle ne fut tout à coup que refus et douleur. Non ! pas Léonce ! Il était trop beau, trop fort pour mourir, et il avait su si bien la faire rire avant cette Amélie qu'elle s'était mise à tellement détester le jour où elle les avait surpris dans les collines. Elle imaginait les pires représailles, se jurait de faire payer à la fille du ramonet le fait de lui avoir pris Léonce, ce frère qu'elle ne pouvait admettre de partager.

Charlotte connaissait d'ailleurs leur cachette, là-haut, sur un lit de dorines et de lauriers-tins, à l'abri de trois chênes kermès qui murmuraient des mots inconnus et se penchaient sur eux comme pour les protéger. Elle les avait surpris plusieurs fois mais n'avait jamais osé en parler à quiconque, surtout pas à Berthe, sa cadette, qui se serait empressée de trahir son frère et de provoquer ainsi l'affrontement avec le père que, peut-être, Léonce espérait. Elle s'en voulait parfois, Charlotte, d'épier ainsi son frère et Amélie, mais elle ne pouvait pas s'en passer, car elle franchissait ainsi les lisières d'un monde interdit qui, pour cette raison, l'attirait. Ce soir, pourtant, la nuit tombait en lourdes vagues sombres qui recouvraient peu à peu les collines, et sa mère devait avoir envoyé Honorine à sa recherche. Tant pis ! Elle trouverait bien un prétexte pour justifier son retard, le parc étant bien assez grand pour prétendre s'y être endormie. Se levant brusquement, au lieu de prendre le sentier qui descendait vers le Solail, elle s'élança vers le sommet de la colline, au-dessus de laquelle s'allumaient les premières étoiles.

Il courait, Léonce, comme chaque soir, ou presque, depuis qu'il se savait attendu, là-haut, dans le parfum du thym et des lavandes, poussé par une force contre laquelle il ne résistait plus, malgré les risques, le danger d'être banni du domaine si son père apprenait pourquoi il s'échappait régulièrement du Solail, de plus en plus souvent, de jour comme de nuit, sans vraiment se soustraire aux regards de ceux qui taillaient la vigne en vert, à l'approche des vendanges.

Pour détourner les soupçons, il avait même feint de refuser le remplaçant que son père proposait de payer après son malheureux tirage au sort mille deux cents francs ! Une misère ! Il ne manquait pas de jeunes hommes pour accepter de partir à sa place, dans le domaine comme dans le village, et il avait dû s'expliquer avec son père, un soir, au cours d'une entrevue qui avait failli mal tourner.

— Il faut bien défendre nos vignes, avait plaidé Léonce, à bout d'arguments ; qui le fera, si ceux à qui elles appartiennent refusent de se battre ?

— Nous payerons quelqu'un pour ça, avait rétorqué son père, exaspéré. Tu es l'héritier du Solail, ce n'est pas à toi à partir. Cette guerre va nous priver de tant de bras que ta présence ici sera indispensable.

— Il suffit de faire venir des Espagnols, objecta Léonce ; ils ne font pas la guerre, eux.

— Justement ! Antoine devient vieux et il n'en sera pas maître. C'est à toi, maintenant, d'affirmer ton autorité sur les hommes.

Et, comme Léonce cherchait à discuter encore, Charles Barthélémie avait ajouté :

— D'ailleurs, tu sais bien que le plus inquiétant n'est pas là. C'est le phylloxéra. Toi, tu as étudié dans les livres, et si la mauvaise bête arrive chez nous, tu me seras utile.

Que répondre à cela ? Léonce avait compris qu'il ne pouvait pas insister sans éveiller de soupçons. Calixte, le domestique qui avait grandi avec lui, avait donc accepté de partir à sa place, puisqu'il fallait bien, tout de même, que le Solail fût défendu par quelques-uns de ses gens. Ainsi, tout était décidé. Léonce avait sauvé les apparences, éloigné les soupçons, et il pouvait courir vers Amélie à qui il avait fait croire, pour mieux la conquérir, qu'il allait bientôt risquer sa vie. Or, à cette heure, Amélie n'avait plus rien à lui refuser. Mais nul ne savait, à part lui, quels avaient été les cheminements de son esprit durant les dernières semaines, et par quels détours il avait louvoyé pour parvenir à ses fins, ainsi qu'il le ferait sa vie entière, sacrifiant tout ce qui le gênerait à cette volonté de fer — qui était celle des Barthélémie, les vrais maîtres de la vigne, des hommes et des femmes du Solail — pour accroître son pouvoir et affermir son besoin de domination.

La nuit était tombée, lourde du parfum des herbes accablées de chaleur. Celui du romarin dominait, malgré l'odeur tenace des pins et de la lavande, dont les touffes sauvages jaillissaient à même la rocaille. Léonce devina la présence d'Amélie sans la voir. Il tendit une main, toucha sa peau, l'attira violemment.

— Non, dit Amélie, je veux savoir d'abord.

— Calixte part à ma place, fit Léonce précipitamment.

— Enfin, souffla Amélie, j'ai eu tellement peur.

Mais Léonce n'écoutait plus. Il avait rêvé tout le jour de cette fille qui sentait la figue mûre, de sa peau d'abricot, de ses cheveux couleur de paille, de ses épaules brunes, de ses jambes rondes comme des galets. Elle voulut résister, mais il ne lui en laissa pas le temps. Il avait l'habitude de prendre, d'imposer sa loi, et, ensuite, d'écouter battre son cœur, mollement étendu sur la couche d'herbes coupées, le nez dans les étoiles qui clignotaient entre les branches des kermès, mâchonnant une aiguille de pin.

— Je suis tellement soulagée que tu ne partes pas, dit Amélie en se rapprochant de lui et en posant la tête sur son épaule.

Il eût été bien incapable de lui avouer qu'elle comptait pour beaucoup dans sa décision de ne pas quitter le domaine. Elle ne saurait jamais combien, à ce moment-là de sa vie, elle était devenue indispensable à la sienne. Pour peu qu'il en eût, un Barthélémie ne montrait jamais ses faiblesses, et Léonce moins que tout autre.

— Il faut bien défendre nos terres, tout de même, dit-il d'une voix qu'il voulut décidée mais qui ne dissimulait pas entièrement sa mauvaise foi.

— Mais, puisque ton père peut payer, Léonce.

— Calixte est comme un frère pour moi, tu le sais bien.

— Oui, je le sais, soupira Amélie.

Il n'alla pas plus loin, sachant qu'il ne lui serait pas difficile de la duper.

— C'est pour les vignes que je suis resté, dit-il brusquement, et surtout à cause du phylloxéra. Il a passé le Gard et on dit même qu'il est arrivé près de Montpellier.

Il y eut un moment de silence, puis Amélie demanda :

— Et moi ? Tu m'aimes donc si peu ?

Ce qu'il aimait, surtout, c'était la soumission qu'elle lui témoignait, cette sensation de puissance qui s'emparait de lui quand elle se mettait à trembler à l'instant où il la renversait sur leur lit de dorines. Il aimait sa peau, aussi, si sucrée, si dorée, et cette folie qui l'emportait vers des soleils dont la brûlure, de même que l'air qu'il respirait, lui était peu à peu devenue nécessaire.

— Bien sûr que je t'aime puisque je suis là, répondit-il, en suivant du regard une étoile filante dont il ne lui signala même pas la présence, de crainte d'avoir à faire un vœu.

Rassurée, elle demeura un long moment à respirer contre sa joue, puis, après un soupir, elle se souleva sur un coude et murmura :

— Tu sais, il va falloir faire de plus en plus attention.

— Pourquoi ? demanda-t-il en se dressant brusquement.

— J'ai eu l'impression d'être suivie, dit-elle.

Et elle le regretta aussitôt, devinant, au recul de Léonce, sa contrariété.

— Il suffit de se cacher, c'est tout, fit-il d'une voix sèche.

— C'est pas toujours facile. Et quelquefois je trouve que mon père me regarde bizarrement.

Firmin Sénégas, le père d'Amélie, avait la réputation d'un homme honnête, gros travailleur, mais dur envers lui-même et envers les siens. S'il apprenait que sa fille courait les collines, et surtout avec qui, sa réaction serait terrible. Amélie, comme Léonce, le savait. Car Firmin, s'il occupait la deuxième position, après Antoine, dans la hiérarchie du domaine, s'était rendu indispensable par son ardeur au travail et sa connaissance de la vigne. Malgré les idées républicaines qu'il avait adoptées en 1848, il jouissait de l'estime de Charles Barthélémie, qui ne manquerait pas de le soutenir si l'on portait atteinte à l'honneur de sa famille. Ce n'était pas pour rien que le maître le logeait dans la métairie de la Combelle, située à deux kilomètres du Solail, d'où s'échappait Amélie chaque fois qu'elle en trouvait l'occasion. Un ramonet, comme l'était Firmin, s'il ne gouvernait pas les hommes, à l'exemple du régisseur, était un homme de confiance choisi pour son savoir et sa fidélité.

Comment Léonce aurait-il pu l'ignorer ? Il fut sur le point de renoncer provisoirement à ces rencontres, mais la faim qu'il avait d'Amélie fut la plus forte.

— On ne montera plus ici, dit-il. On se retrouvera au milieu des vignes, après la Croix, vers le canal.

— Oui, dit-elle. Mais elle ne parut pas rassurée tout à fait par ce nouveau lieu de rendez-vous et murmura :

— J'ai peur, Léonce.

— Personne ne dira rien, même si on nous a vus.

— Justement, Léonce, reprit-elle, il y a quelqu'un qui nous a vus.

Il la saisit par les épaules et la serra si violemment qu'elle gémit.

— Qui ? demanda-t-il.

Et, comme elle ne répondait pas :

— Tu vas me le dire, oui ?

— La Tarasque, avoua-t-elle. Je l'ai trouvée au village et elle m'a fait peur.

Il en fut un peu soulagé. La Tarasque était une vieille gitane que l'on accusait de jeter le « masc » — le mauvais sort — et qui vivait dans un cabanon, avec sa fille la Finette, sous un cyprès, au bord de la route d'Argeliers. On disait qu'elle se nourrissait uniquement d'escargots et de hérissons. On l'accusait également d'attirer sur les vignes les orages ou la grêle, parfois même le gel à la lune rousse d'avril. Elle épiait tout le monde, savait tout des familles, leurs secrets, leurs désirs, tout ce qu'elles cherchaient à dissimuler, et elle ne se faisait pas faute de crier la vérité sur la place de Sainte-Colombe, le dimanche, après la messe, quand les femmes sortaient, que les hommes étaient rassemblés sur la promenade ou à la terrasse des cafés.

— Elle est folle, dit Léonce, tout le monde le sait.

— Elle me fait peur, murmura Amélie en se serrant de nouveau contre lui.

— Pourquoi ? Qu'est-ce qu'elle t'a dit ? Et d'abord où ça s'est passé ?

— Devant l'atelier du tonnelier.

— Il s'en moque, fit Léonce.

— Elle a crié, tu sais.

— Et qu'a-t-elle crié ?

Il ne le savait que trop. Depuis toujours la Tarasque poursuivait d'une haine implacable les familles Barthélémie et Sénégas, prétendant qu'une malédiction pesait sur elles depuis la nuit des temps. Selon ses dires, chaque fois qu'une femme de la Combelle avait fauté avec un homme du Solail, l'enfant de ces liaisons coupables était mort-né. C'étaient des unions interdites, que frappait un châtiment mystérieux. La rumeur de cette malédiction courait périodiquement au village ou parmi les domestiques du château. Tout le monde la connaissait mais chacun évitait d'en parler. Là se trouvait la véritable cause de l'ouragan qui ébranlerait le château et la Combelle si, par malheur, la liaison de Léonce et d'Amélie était découverte.

— J'ai peur, Léonce, répéta Amélie.

— Pourquoi ? répliqua-t-il. Tu ne vas pas me faire croire que tu es grosse !

— Et si c'était le cas, qu'est-ce que tu ferais ?

Il y eut un instant de silence, durant lequel les caressa le vol de velours d'une chauve-souris, puis, avant même qu'il pût répondre, une sorte de glissement se fit entendre à quelques mètres d'eux.

— Ne bouge pas, souffla-t-il, il y a quelqu'un.

Il se leva sans bruit, avec souplesse, bondit jusqu'aux arbousiers. Il y eut une course, puis une courte lutte et un cri.

— Bon Dieu ! cria Léonce. Alors, c'est toi !

Dans un rayon de lune, il venait de reconnaître Charlotte, qui souriait, dans un défi muet. Il ne revint même pas prévenir Amélie, qui avait dû s'enfuir, et il entraîna sa sœur sur le sentier qui dévalait vers le Solail, menaçant :

— C'est la mère qui va être contente de te savoir dehors à la nuit tombée.

Il avait trouvé le moyen de laisser croire à sa sœur qu'il achetait son silence, tout en sachant que ce n'était pas nécessaire. Charlotte ne le trahirait pas.

Charles Barthélémie était attablé en compagnie de sa femme et de Léonce dans la grande salle à manger du château. Il était de très mauvaise humeur car le « marin », ce vent venu de la mer, avait traîné sur les vignes des brumes humides qui retarderaient l'apparition du soleil, et déroberaient aux raisins ces quelques degrés d'alcool qui rendaient les vendanges mémorables. Sa femme, Elodie, noire, menue, fragile, qu'il avait épousée pour les vignes attenantes au Solail qu'elle apportait en dot, n'osait même pas reposer sa fourchette, avec laquelle elle mangeait lentement quelques olives vertes.

La lumière sautillante d'un immense lustre-chandelier éclairait la cheminée monumentale au manteau de pierre, l'horloge comtoise, les coffres et les lourds vaisseliers lustrés à la cire d'abeille. Sans son chapeau, le visage de Charles Barthélémie n'était qu'un haut front strié de rides arrêtées par deux sourcils épais, abritant des yeux très noirs, ce matin pleins de colère.

— Et tous ces hommes qui s'en vont ! Comment allons-nous vendanger ? s'écria-t-il brusquement, faisant sursauter sa femme.

Honorine, la servante, qui apportait une omelette, faillit faire demi-tour. Elle avait pleuré toute la nuit et retenait ses sanglots à grand-peine, car elle était fiancée à Calixte, qui partait ce matin.

— Arrête de renifler, toi ! fit le maître, tandis que la pauvre Honorine s'enfuyait après avoir déposé son plat sur la table en bois brut.

Charles Barthélémie acheva son assiette de salade et d'œufs luisants d'huile d'olive, et rencontra le regard de Léonce, qui ne cilla pas. Il avait l'habitude, Léonce, de ces colères plus ou moins feintes, qui avaient pour seul but d'affirmer une autorité que nul, au demeurant, ne contestait.

— Le préfet n'a rien pu faire, reprit Barthélémie.

Trois hommes chez nous, vingt au village. Sans compter les chevaux que nous allons devoir fournir.

Il semblait prendre son fils à témoin de l'injustice qui lui était faite, mais Léonce ne manifesta aucune envie d'entrer dans ce jeu. Il admettait mal que l'on pût approuver dans *L'Eclair* des idées de grandeur nationale et ne rien concéder pour favoriser leur concrétisation.

— Les Espagnols ne demandent qu'à travailler, dit-il enfin d'un air détaché, en se servant de salade.

— Heureusement ! fit Charles Barthélémie, que cette perspective sembla apaiser.

Mais il était dit que ce matin il devait passer sa mauvaise humeur sur quelqu'un. Il se tourna vivement vers sa femme dont la tête d'oiseau parut s'enfoncer dans les épaules, et tonna :

— J'ai déjà dit que je voulais que mes filles et Etienne soient levés avant huit heures !

Etienne était son dernier fils. Il n'avait que dix ans mais son père le menait durement. Aussi l'enfant passait-il son temps à le fuir, tout comme Charlotte et Berthe, qui, leur père parti, obtenaient de leur mère tout ce qu'elles souhaitaient.

— Mais, Charles, murmura Elodie Barthélémie.

— Il n'y a pas de mais ! Allez les réveiller !

Sa femme disparut et il demeura seul, face à Léonce dont les yeux laissèrent percer une lueur d'ironie. Charles Barthélémie se remit à manger abondamment, comme à son habitude, et, plongé dans ses pensées, oublia ce qu'il avait demandé à sa femme. La source de sa mauvaise humeur n'était pas là, Léonce le savait, qui le suivait chaque matin dans sa tournée au milieu des vignes. Il y avait pis que le marin ou la guerre : c'était le phylloxéra, qui se rapprochait inexorablement de l'Aude et de ses vignes jusqu'à ce jour miraculeusement préservées. Cela faisait sept ans qu'il était apparu dans les Côtes-du-Rhône et qu'il avait entamé sa course de destruction vers le sud et l'ouest, semant la ruine et la désolation. Au reste, contrairement à l'oïdium, il ne s'attaquait pas seulement aux feuilles et aux fruits, mais aussi aux racines, et quand on en découvrait les boursouflures écarlates, c'était trop tard : la vigne était condamnée.

Léonce n'avait jamais compris comment son père pouvait engloutir tant de nourriture, surtout le matin. Il reposa sa cuillère, observa l'auteur de ses jours, imaginant sa fureur s'il apprenait ses relations avec Amélie. Charles Barthélémie releva la tête brusquement et reçut le regard de son fils comme un défi qu'il ne comprit pas. En fait, il aimait déceler chez son aîné cette force de caractère qui était indispensable à la conduite d'un domaine. Il aimait également que Léonce le suivît, chaque matin, dans l'inspection de sa cave, des écuries et des vignes, sous la conduite d'Antoine.

Il but un grand verre de vin — non pas celui que l'on vendait, mais celui de la deuxième presse —, puis il repoussa vivement son assiette et dit, sans même se souvenir qu'il avait demandé à voir ses filles :

— Viens ! Que nous soyons rentrés avant que la pluie arrive !

Léonce le suivit tandis qu'il mettait son chapeau, puis ils sortirent sur le perron et retrouvèrent Antoine qui, chaque matin, les attendait là.

— Fais-moi voir d'abord voir ces foudres ! dit Charles Barthélémie à son régisseur que l'âge avait un peu courbé et amaigri.

Pourtant, ç'avait été un homme à poigne, Antoine Dejean, qui, resté veuf, ne s'était pas remarié pour mieux se dévouer au domaine. Il habitait le village, mais il gagnait le château bien avant le jour et n'en repartait, le soir, qu'après avoir tout inspecté, tout vérifié, tout préparé pour le lendemain. A l'époque des vendanges, il dormait dans la cave pour surveiller les foudres où bouillait le raisin, de peur qu'ils ne débordent.

Ils empruntèrent l'allée, qui, entre les acacias, longeait le mur du château pour se rendre à la cave où des brassiers soufraient les trois grands foudres de cinq mille huit cents litres. Il faisait très frais, mais l'air était très sec dans cette immense cave. Dans chaque recoin, des toiles d'araignées couvertes de poussière et de moucherons filtraient les rares rayons de lumière qui pénétraient en ces lieux sombres où l'odeur de tanin et de vin prenait à la gorge. En bas, sur des supports de bois, étaient alignés, outre les foudres, les muids de mille deux cents litres et les demi-muids de six cents litres, les barriques, les comportes de vendange, les hottes, et le treuil à crochets qui servait à hisser celles-ci à l'étage où elles étaient versées dans le fouloir. Charles Barthélémie s'approcha, vérifia si une bougie était bien allumée dans les prisons de bois où travaillaient les journaliers, car les asphyxies n'étaient pas rares chez les vignerons imprudents.

— Attention aux courants d'air ! cria-t-il.

Puis il se dirigea vers la remise où étaient entreposés les sacs d'engrais et de soufre, regarda un moment s'affairer les brassiers, et se rendit à l'écurie où des valets s'occupaient des chevaux du domaine : deux percherons de trait pommelés de gris et deux petits chevaux arabes alezans. L'odeur de paille et d'urine acide avait envahi l'ensemble du bâtiment qui était d'un côté perpendiculaire à la cave et, de l'autre, aux dépendances des domestiques, dont la façade était chargée de treilles aux pousses d'un vert très clair tranchant sur le crépi blond.

— Bon ! Allons-y ! dit Charles Barthélémie.

Un garçon d'écurie avait attelé à l'un des deux

alezans le cabriolet dans lequel le maître partait chaque matin vers ses vignes. L'équipage traversa la cour intérieure du château, déboucha sur l'aire de gravier qui séparait le perron de l'allée, s'arrêta, car un attroupement empêchait le passage : c'étaient les familles des trois garçons qui partaient ce matin pour la guerre. Léonce remarqua que ses sœurs et sa mère étaient présentes, soutenant Honorine qui sanglotait. Les mères des deux autres journaliers s'essuyaient aussi les yeux, tandis que leurs pères demeuraient bien droits, montrant une fierté un peu forcée. Le maître descendit du cabriolet, s'approcha des trois jeunes hommes, leur tapa familièrement sur l'épaule et dit :

— A la bonne heure ! Rappelez-vous que vous allez défendre les vignes qui vous font vivre. Soyez-en dignes !

Puis il insinua deux doigts dans la poche de son gilet, en sortit trois écus qu'il distribua aux garçons qui remercièrent. Léonce aurait voulu être ailleurs. Il observait le visage fin et les cheveux bouclés de Calixte, retrouvait en lui cette fragilité qu'il avait toujours eu envie de protéger depuis que, enfants, et pour des raisons différentes — Léonce parce qu'il était le fils du maître, Calixte parce qu'il était frêle —, ils se retrouvaient dans la cour du château en butte aux autres garnements. Pourquoi cette complicité entre eux ? Et pourquoi aujourd'hui Calixte allait-il risquer sa vie pour lui ? Léonce se souvint du regard heureux de Calixte le jour du tirage au sort : son sourire ne s'était effacé que lorsqu'il avait aperçu le mauvais numéro de Léonce.

Celui-ci eut envie de sauter du cabriolet, de bousculer tout le monde, de charger le misérable sac en toile de Calixte sur son épaule et de partir sans se retourner. Son père le devina sans doute, car il remonta dans le cabriolet et Antoine fit claquer les rênes. Au passage, quand le regard de Léonce croisa celui de son ami, il y lut une telle détresse qu'il fut certain de ne jamais l'oublier. Ensuite, pendant que le cabriolet parcourait l'allée où les oliviers jetaient des éclats de torrent cascadant sur des galets, il ne cessa de se reprocher sa faiblesse, et se jura qu'un jour il manifesterait sa reconnaissance à Calixte, si par bonheur il revenait.

Dès qu'ils entrèrent dans les vignes, cependant, la houle verte des feuilles l'emporta dans un sentiment de bonheur qui était chaque fois aussi profond, aussi intense. Comme les hommes du domaine, il entretenait avec les ceps et les raisins des rapports quasi charnels qui le poussaient à palper, à caresser, à laisser glisser entre ses doigts la terre brune nourricière. L'odeur douceâtre de la vigne, accentuée par celle de la garrigue qui descendait des collines, assaillit Léonce, qui regardait jouer une lumière blonde entre les feuilles. Au contraire de son père qui ne descendait jamais du cabriolet, il avait besoin d'un contact direct avec la vigne et n'hésitait pas à aider à la taille ou au soufrage, malgré la réprobation de Charles Barthélémie qui veillait à garder ses distances avec les hommes en toutes circonstances.

Antoine arrêta l'attelage devant les journaliers occupés à la taille qui favoriserait le passage entre les ceps, lors des vendanges prochaines. Antoine descendit, vérifia le travail, coupa une grappe avec sa serpette et remonta sur la banquette en la tendant à son maître.

— Elles ont encore besoin de soleil, dit Charles Barthélémie, qui chercha à distinguer dans la « marinade » les prémices d'une embellie.

— C'est pas pour aujourd'hui, dit Léonce, à qui Antoine avait appris à deviner le temps.

Le cabriolet repartit, tandis que les journaliers, qui

s'étaient découverts, se recoiffaient et se remettaient au travail. On ne voyait que des vignes à perte de vue, toutes taillées « en gobelet » et alternant des plants d'aramon pour le rendement et de carignan plutôt favorables à l'obtention d'un degré d'alcool élevé. Elles étaient quadrillées par des chemins de terre sablonneuse suffisamment larges pour laisser passer des attelages et des fardiers. Par endroits, de grandes cuves servaient de points d'eau pour l'échaudage et le sulfatage. Les pêchers et les cerisiers dressaient leurs têtes ébouriffées, parfois aussi quelques amandiers qui se couvraient de fleurs dès la mi-février.

Sans se concerter, Charles Barthélémie et son régisseur étendaient chaque jour le champ de leur inspection. Et, ce matin, au fur et à mesure qu'ils se rapprochaient des ceps à examiner, le silence, entre eux, devenait plus épais. L'attelage passa devant une haie de roseaux derrière laquelle on entendait couler un filet d'eau, tourna à gauche entre deux vignes d'âge à peu près semblable, puis s'arrêta. Antoine sauta de nouveau à terre, suivi par Léonce. Ils entrèrent dans une allée dont la terre humide collait à leurs pieds. Retenant son souffle, Léonce commença, face au régisseur, à vérifier l'état des feuilles. Il savait que des boursouflures écarlates annonçaient la catastrophe, et il se demandait chaque fois s'il aurait la force de parler si, par malheur, il découvrait les stigmates maudits du phylloxéra.

Ils firent l'aller-retour lentement, attentivement, tandis que Charles Barthélémie les guettait depuis le cabriolet, impatient d'être rassuré et de regagner le château pour s'occuper de ses comptes. Antoine et Léonce revinrent souriants. Non, ce n'était pas pour aujourd'hui. On avait encore du répit. Le cabriolet repartit entre les vignes qui soupiraient en laissant s'égoutter l'eau tombée au lever du jour.

— Le marin ne durera pas, dit alors Antoine. Ce soir, le cers va se lever et il balaiera tout pendant le nuit.

— J'espère que tu dis vrai, fit Charles Barthélémie qui venait de retrouver sa bonne humeur.

Léonce, lui, entendit à peine : le regard triste de Calixte dansait devant ses yeux, et le vent du nord ne l'effacerait pas aussi facilement que les brumes poisseuses de ce mois de juillet.

Charlotte n'aimait pas être réveillée en sursaut, surtout lorsqu'elle n'avait pas assez dormi, et sa mère, malgré l'aide d'Honorine, avait eu bien du mal à la tirer de son lit. Elle avait d'autant moins dormi qu'elle avait passé une bonne partie de la nuit à imaginer comment se venger d'Amélie, dès que Calixte serait parti et que Léonce, donc, ne courrait plus aucun risque.

Charlotte avait déjeuné de mauvaise grâce puis avait assisté, satisfaite, au départ de Calixte et aux sanglots de la pauvre Honorine, dont la mollesse l'exaspérait. Puis elle avait fait sa toilette en compagnie de Berthe, avant de la suivre dans la grande salle de l'étage où se trouvait le piano. Encore une chose qu'elle n'aimait pas : les leçons que venait leur donner, trois fois par semaine, un monsieur de Narbonne, portant bésicles et lavallière. S'il avait été jeune, encore, et beau, et souriant ! Mais non, chaque fois que Charlotte se trompait, parfois même volontairement, il prenait des mines sévères et poussait des soupirs accablés.

Ce n'était pas le cas de Berthe qui, dès les premières leçons, s'était prise de passion pour la musique. « Il faut bien qu'elle aime quelque chose », se disait Charlotte en observant le profil aigu de sa sœur, la laideur un peu maladive qu'elle tenait de sa mère, et parfois un peu de compassion lui venait, lorsqu'elle songeait que Berthe ne connaîtrait ni la beauté, ni les secrets des collines et leur cortège de frissons. Depuis la nuit dernière, elle se savait complice de Léonce, puisqu'ils étaient condamnés à ne rien dire de leurs équipées nocturnes. Mais elle ne comptait pas en rester là, et elle devinait déjà le moyen de mettre un terme à la trahison de son frère sans qu'il pût même la soupçonner.

Dès qu'elle trouva l'occasion de s'échapper de la leçon de piano, Charlotte descendit à la cuisine pour demander à Maria, qui s'activait devant la grande cuisinière en fonte où mijotait une daube, où était Luisa, sa fille, âgée de quinze ans, avec qui, parfois, elle daignait partager un peu de son temps.

— Elle est au village, chez la Violette. Je l'ai envoyée chercher des sardines et du café.

Charlotte prit de grandes précautions pour ne pas rencontrer sa mère et partit vers Sainte-Colombe, qui se situait à un peu plus d'un kilomètre du Solail, à flanc de colline. Elle ne s'y rendait pas souvent, si ce n'était pour la messe du dimanche, et en tout cas rarement seule, car ses parents n'aimaient pas que leurs enfants côtoient les gens étrangers au domaine. Ils les suspectaient de leur inculquer de mauvaises idées — les pires étant à coup sûr les idées républicaines qui, depuis 1830, et surtout depuis 1848, malgré la poigne de fer de Napoléon III, se propageaient dans les campagnes aussi dangereusement qu'une épidémie. A leur avis, c'était bien assez que leurs enfants fussent obligés de côtoyer ceux des domestiques dans la cour ou le parc du Solail.

Malgré tout, Charlotte aimait suivre Luisa au village, dont le clocher de l'église Saint-Baudille disparaissait ce matin dans les nuages bas. Elle distinguait à peine le cimetière, situé encore un peu plus haut sur la colline, au bout d'un chemin escorté d'immenses cyprès, d'un vert sombre et profond.

Elle courut vers les premières maisons, dont la cour intérieure s'ouvrait sur un arc roman en plein cintre, sous lequel passaient les charrettes à destination des caves. Sainte-Colombe, en effet, était habité par des petits propriétaires dont les vignes étaient situées davantage sur les collines que dans la vallée ; des journaliers, des domestiques, et des artisans dont l'activité était liée à la vigne et au bétail qui permettait de la travailler : un tonnelier, un charron, un bourrelier, un maréchal-ferrant, entre autres, qui besognaient tous autour de la promenade ombragée de platanes, où se trouvaient aussi les deux cafés, celui des « rouges » et celui des « blancs », l'épicerie de Violette, la boulangerie de Sidoine, et l'école des sœurs de la Charité.

Charlotte courut vers la promenade où ce matin il y avait du monde : des ménagères toutes de noir vêtues venues chercher l'eau du puits communal, des hommes en visite chez le maréchal ou le tonnelier, un « allumetaïre » qui vendait ses allumettes de contrebande, un marchand d'oignons de Lézignan qui criait : « A la céba ! A la céba ! » tout un petit peuple qui s'affairait dans des tâches qui avaient toujours paru à Charlotte vaguement dérisoires. Elle longea l'école des sœurs où elle s'était rendue jusqu'à l'an passé — jusqu'à ce que, en fait, ses parents décident que désormais, l'essentiel étant acquis, on compléterait son éducation à domicile.

Elle entra dans la boutique de Violette qui recelait de véritables trésors et sentait le café, le hareng, le fromage, le pétrole, même, dont le bidon servait à alimenter les suspensions dans les maisons où l'on avait abandonné la chandelle. Violette était une femme sans âge, moustachue, grosse comme une barrique, mais avec un cœur d'enfant. Elle ne se souciait guère des notes impayées, même de celles des caraques qui campaient à la sortie du village, sur la route de Bressan, près de la fontaine romaine.

Quand Charlotte l'eut interrogée, elle lui répondit qu'elle avait bien servi Luisa, mais il y avait plus d'un quart d'heure.

— Je l'ai pas croisée, dit Charlotte.

— Alors, tu sais où elle est allée, fit Violette avec un soupir navré.

Oui, Charlotte savait : Luisa était allée au cimetière, sur la tombe de son petit frère mort deux ans auparavant du croup, et qu'elle ne pouvait oublier.

Charlotte emprunta l'une des trois ruelles qui montent vers l'église Saint-Baudille et se terminent toutes en « calades », ces allées de pierres sèches qui se faufilent entre les murs serrés des maisons. Elle avait entendu son père affirmer que ces calades avaient été construites par les Romains, au temps de la Gaule narbonnaise, avec les galets de la mer. Mais elle n'y croyait guère, car elle avait du mal à admettre que la vie ait pu exister avant elle, en dehors du domaine qui ne pouvait être que le centre de l'univers. Quelque chose lui disait aussi, parfois, qu'au cœur même de ce domaine, c'était elle qui gouvernait le monde tant elle avait de pouvoir sur ses proches, y compris son père, sa mère, Léonce, même, ce frère dont elle connaissait pourtant la force et la volonté.

Une fois parvenue sur le parvis de la petite église, elle vérifia si Luisa ne se trouvait pas à l'intérieur, puis elle s'engagea sur le chemin du cimetière qui s'étirait sur une centaine de mètres entre les cyprès. Ce cimetière était l'un des seuls lieux qu'elle craignît un peu, le seul où son pouvoir sur les êtres et les choses ne pouvait s'exercer comme elle le souhaitait. Aussi poussa-t-elle doucement la grille qui gémit malgré tout et la fit respirer plus vite. La tombe du frère de Luisa était située tout en bas, contre le mur de pierres sèches au-delà duquel, par beau temps, on pouvait apercevoir le clocher Saint-Just de Narbonne. Charlotte descendit sans bruit, retenant sa respiration comme à l'approche d'un danger.

Luisa était agenouillée, silencieuse, dans une attitude de prière fervente. Elle se retourna avec un sursaut en devinant une présence derrière elle. Elle avait toujours l'air d'un chat mouillé, Luisa, même par grand soleil. Autant Charlotte était brune, autant la fille de la cuisinière était blonde, mais d'un blond paille qui donnait à ses cheveux épais l'aspect d'une filasse sale. De grands yeux clairs dévoraient son visage anguleux ; des bras très maigres la rendaient encore plus pitoyable. Elle ne faisait pas quinze ans, mais douze, et l'on se demandait en la voyant quel mal la rongeait de l'intérieur, alors qu'elle aurait pu être belle si elle avait possédé les rondeurs de Charlotte.

— Allez, viens ! ordonna celle-ci, ça suffit comme ça !

Luisa se leva aussitôt, habituée qu'elle était à obéir à celle qu'elle admirait, sans comprendre pourquoi la fille de ses maîtres s'intéressait tellement à elle et l'associait à ses jeux. Comment aurait-elle pu deviner qu'elle lui servait seulement de miroir et que, dans la limpidité fragile de ses yeux, Charlotte regardait croître son pouvoir de séduire ?

Elles descendirent jusqu'à la promenade sans un mot, puis s'engagèrent sur la route d'Argeliers, qui traçait un sillon pâle entre les vignes. On voyait les silhouettes des journaliers se déplacer lentement entre les ceps qui luisaient et jetaient par moments des éclats de vitre. Luisa se demandait ce que Charlotte lui voulait, mais elle n'osait pas lui poser la question, et elle se contentait de la suivre avec la soumission qui lui était naturelle. Un peu avant d'arriver au chemin qui menait au domaine, Charlotte finit par s'arrêter, prit un air grave et dit à Luisa :

— Il faut que je te dise un secret.

Le visage de Luisa rayonna, s'emplit de reconnaissance. Charlotte l'entraîna entre deux rangées de vignes, s'agenouilla sur la terre humide, invita Luisa à faire de même et dit avec gravité :

— Il ne faudra en parler à personne.

— Pas même à ma mère ? demanda Luisa.

— Pas même à ta mère.

— C'est un si grand secret ? demanda Luisa qui avait toujours un peu peur en présence de Charlotte dont les idées, souvent, la mettaient en déroute.

— C'est tellement grave que je ne peux plus le garder pour moi.

— Alors, ne me le dis pas, fit Luisa en essayant de se relever.

Mais Charlotte la retint par le poignet, ne lui laissant pas le temps d'aller contre sa volonté.

— J'ai surpris Léonce et Amélie couchés dans les collines, dit-elle d'une voix très basse, presque inaudible.

— Léonce ? Avec Amélie ? bredouilla Luisa qui s'était mise à trembler.

— C'est très grave, fit Charlotte, et tu sais pourquoi.

Luisa se mouvait assez parmi les femmes du domaine pour avoir entendu parler de la malédiction propagée par la Tarasque.

— Tu es sûre ? demanda-t-elle en tremblant de plus en plus.

— Je les ai vus plusieurs fois.

— Mais, pourquoi Léonce...

— Pourquoi ? Pourquoi ? Tu le sais bien, pourquoi !

Luisa demeura un instant silencieuse et comme écrasée par la révélation, puis elle demanda :

— Qu'est-ce qu'on va faire ?

— On ne peut rien faire, c'est notre secret, c'est tout.

— Mais pourquoi tu me l'as dit ? fit Luisa en se mettant à pleurer.

— Parce que tu es mon amie, dit Charlotte avec un sourire, mais il ne faut surtout pas en parler, parce que ce serait terrible : mon père serait capable de chasser Léonce et de l'envoyer à la guerre. Tu as compris ? tu ne parleras pas ?

— Non, fit Luisa.

— Jure-le sur la Croix.

Charlotte traça une croix dans la terre et Luisa jura solennellement.

— Merci ! dit Charlotte.

Puis elle l'aida à se relever et toutes deux repartirent vers le Solail dont elles apercevaient, là-bas, les pins parasols posés comme des îles vertes sur la grisaille de la brume. Un peu avant d'arriver, toutefois, Charlotte s'arrêta de nouveau, fit face à Luisa et dit, d'un ton plein de compassion :

— Si c'est trop difficile, tu peux le dire à ta mère.

— Oh ! Merci ! fit Luisa, je n'aurais pas pu le garder pour moi, tu comprends ?

Charlotte eut un nouveau sourire, planta là son amie et courut vers le Solail, où elle se réfugia au milieu d'un bosquet de lilas pour savourer sa victoire : Maria, la mère de Luisa, ne cachait rien à son mari, Tonin, qui était le meilleur ami de Firmin. Les deux hommes partageaient davantage que leur temps et leur travail au domaine : ils nourrissaient les mêmes idées en faveur la République et se retrouvaient souvent, le soir, pour évoquer l'avenir meilleur dont ils rêvaient. Le succès de son entreprise lui parut si certain que Charlotte, comme Luisa quelques minutes auparavant, se mit à trembler, consciente d'avoir allumé la première brindille d'un incendie qu'elle ne pourrait plus arrêter.

Le cers avait chassé la marinade en une nuit et le soleil était revenu, aussi implacable qu'il l'avait été depuis le début de l'été. Une longue et pénible journée de travail s'achevait pour Firmin, qui rentrait à la Combelle alors que la nuit tombait lentement sur les vignes, apportant un début de fraîcheur. C'était l'heure où les parfums de la garrigue proche coulaient sur la plaine comme un fleuve puissant dont le flot éveillait chez Firmin des sensations venues du fond des temps, d'au-delà même de l'enfance. Il tenait son cheval par le licol et, de temps en temps, il lui parlait doucement. L'animal appartenait au Solail, mais Charles Barthélémie le laissait en pension à la Combelle où il était bien soigné et où Firmin pouvait l'utiliser dans sa petite vigne des collines, après avoir assuré son travail au domaine. Le ramonet marchait à pas lents, ce soir-là, accablé qu'il était par ce que lui avait appris Tonin, à l'abri d'un amandier sous lequel ils partageaient leur maigre repas. Firmin dut s'arrêter un moment, car il se sentait mal, ce soir, et il avait besoin de réfléchir avant d'arriver à la Combelle.

C'était pourtant un homme dur au mal, le ramonet, un homme qui travaillait la vigne depuis son plus jeune âge, et d'une grande robustesse : trapu, les membres noueux, les mâchoires carrées, le front haut, les cheveux bruns coupés très court et légèrement frisés sur les tempes, il donnait l'impression à qui le rencontrait d'une grande force et d'une grande patience. A quarante-cinq ans, il connaissait tout des travaux de la vigne : le labourage comme le soufrage, le sarmentage comme l'échaudage, et il avait passé toute son adolescence le rabassié [1] à la main, courbé sur la terre, avant de devenir un maître de la taille dont la science appartenait à quelques initiés et pouvait seule donner aux vignes leur pleine puissance en fruits et en alcool.

Pourquoi, ce soir, lui semblait-il que tout ce travail, toute cette fidélité au Solail n'avaient servi à rien ? Parce que sa fille se conduisait mal en compagnie du futur maître du domaine ? Sans doute. Mais il y avait aussi cette guerre où allaient disparaître tous ceux qui avaient dû accepter mille deux cents francs pour donner à leur famille le peu d'aisance à laquelle elle aspirait. Non contents de se payer des remplaçants, les riches abusaient aussi de la crédulité des filles et s'en amusaient avant de les renvoyer comme des misérables. Il n'en manquait pas, dans la plaine, de ces pauvresses qui avaient dû aller cacher leur honte dans les villes pour vivre de Dieu sait quoi, dans la malhonnêteté et le déshonneur. Firmin se sentait trahi, trompé, rejeté par ceux qui, au contraire, auraient dû lui témoigner un peu de reconnaissance pour avoir voué sa vie à leurs terres, à leur vignes, même la nuit, quand il fallait soufrer en absence de vent, veiller sur les cuves ou allumer des feux pour éviter le gel à la lune rousse d'avril.

Firmin leva la tête vers les collines où le ciel demeurait plus clair au-dessus des vagues sombres de la nuit. C'était bien, pourtant, ce soir comme tant d'autres auparavant, le même parfum de pin et de romarin, la même douceur qui, enfin, après la grande chaleur de la journée, commençait à se répandre dans la vallée. Dans son esprit, ce parfum réveillait toujours des idées

1. Sorte de pioche au fer plein ou en forme de cœur.

généreuses : celles de la justice et de l'égalité des hommes devant la vie. Il s'en voulait, ce soir, Firmin, de les avoir fait taire par scrupule vis-à-vis de ses maîtres. Il se reprochait d'avoir aidé Antoine le jour où les journalières avaient demandé un sou de plus, l'année des grands froids, pour échauder les ceps dans le gel et la neige. Que n'était-il pas né propriétaire, pour vivre libre, fier de parler haut et fort, de se battre pour ses convictions, malgré Napoléon III, qui, trois ans après l'instauration de la République et du suffrage universel, avait confisqué les libertés si chèrement conquises !

Une colère sourde, dévastatrice grondait dans le corps fatigué du ramonet, qui fut tenté un moment de se rendre au domaine et de se venger, mais la pensée de sa femme, Prudence, qui devait l'attendre, le retint. Elle était toujours de bon conseil et savait l'apaiser. Elle connaissait mieux que lui les habitudes du château car elle aidait souvent Maria à la cuisine, surtout lors des grandes fêtes données par les Barthélémie, et elle s'entendait bien avec Elodie, sa maîtresse, qu'elle rassurait après les violences de Charles, avec la longue patience qu'elle avait apprise de la terre, elle aussi, et de sa vie partagée depuis son plus jeune âge avec son Firmin. Elle l'avait connu dans les vignes, un jour de novembre où il lui avait pris les mains pour les réchauffer, alors qu'elle confectionnait les bouffanelles, ces fagots de sarments qui déchiraient si bien la peau meurtrie par le froid. Lui, il n'avait jamais oublié les yeux noirs découverts sous la câline, une coiffe régionale en tissu blanc ou bleu posée au-dessus de la longue chemise blanche qui descendait jusqu'aux chevilles. Ils ne s'étaient pas parlé mais ils s'étaient compris : un seul regard leur avait suffi pour se promettre l'un à l'autre.

Allons ! Il fallait rentrer. Le cheval risquait de

prendre froid. Le ramonet se remit en route en soupirant, s'efforçant de penser aux vendanges qui s'annonçaient belles, d'oublier qu'on lui faisait du tort, à lui qui n'en avait jamais fait à personne. Il ne lui fallut pas plus d'un quart d'heure pour arriver à la Combelle, une bâtisse en pierre, étroite et basse, aux volets bleus, aux tuiles rousses, près de laquelle un figuier veillait sur le puits dont l'eau servait aussi bien aux besoins ménagers qu'à l'arrosage du potager. La bâtisse était prolongée par une écurie à sa ressemblance, où Firmin bouchonna longuement le cheval et lui donna son avoine avant de rentrer chez lui.

— Il est bien tard, remarqua Prudence — mais sans aucune animosité, simplement pour s'inquiéter de sa fatigue à lui, oubliant la sienne.

C'était une grande femme aux cheveux déjà gris, aux yeux francs, dont les sourires étaient rares mais précieux à Firmin.

— On a fini à la nuit, dit-il simplement en s'asseyant à table, devant son assiette creuse.

— Il reste des « millas », et il y a un oignon, si tu veux.

Il hocha la tête, se mit à découper l'oignon en lamelles concentriques, puis les croqua une à une après les avoir trempées dans du gros sel. Il demeurait silencieux en mangeant, regardant la pièce unique de sa maison comme s'il la découvrait pour la première fois : d'abord la cheminée, dont la poutre portait un crucifix de plâtre orné de buis ; puis la table, le coffre, le vaisselier, des faitouts, des grésales, des cassoles, une suspension, un petit torréfacteur à café, une lanterne sourde, une horloge comtoise qui appartenait aux Barthélémie, comme tout ce qui avait un peu de valeur, ici, à la Combelle. Contre le mur, une échelle de meunier montait au grenier où se trouvaient deux chambres : celle d'Amélie et leur propre chambre, à

Prudence et à lui, qui était simplement meublée, outre le lit de bois brut, d'une petite armoire à toilette et du globe de verre contenant la couronne de mariée de Prudence.

Il avait travaillé toute sa vie, Firmin, et il songeait ce soir que presque rien, ici, ne lui appartenait. Cela lui parut si inacceptable, tout à coup, qu'il demanda d'une voix que sa femme ne reconnut pas :

— Où est Amélie ?

— Elle est sortie un peu, tu le sais bien. Elle a l'âge, maintenant, de se distraire.

— En passant ses nuits dans les collines ?

Prudence eut un sursaut, son visage se ferma, mais elle se contenta de répondre avec calme :

— Pourquoi veux-tu que notre fille soit malhonnête ?

— Parce qu'on me l'a dit ! fit-il avec une violence qui fit comprendre à sa femme que son retard n'était pas le fait du travail.

Ils se dévisagèrent un instant, et ce fut elle qui baissa les yeux devant la colère douloureuse qu'elle décela dans ceux de son mari. Il hésitait maintenant à continuer, conscient du fait qu'elle en souffrirait elle aussi, mais il était allé trop loin. Il ajouta, baissant le ton comme si quelqu'un d'autre que sa femme pouvait l'entendre :

— Avec le fils Barthélémie, en plus.

Prudence ferma les yeux, étouffa un gémissement. Elle se leva lentement, s'en fut tisonner le feu de la cheminée pour cacher ses larmes. Elle avait en effet toujours redouté une histoire de ce genre, connaissant la malédiction de la Tarasque et le sort que l'on réservait aux filles-mères. Quand elle revint à table, pourtant, elle s'était déjà reprise. Elle demanda doucement, espérant encore qu'il ne s'agissait que de ragots, le ramonet étant jalousé pour disposer gracieusement de la Combelle et d'un cheval :

— Qui te l'a dit ?

— Tonin.

Ainsi, c'était vrai. Elle eut un long soupir, n'osa évoquer devant son mari la malédiction qu'il ignorait peut-être, lui qui passait sa vie au milieu des hommes, dans la difficulté d'un travail où l'on ne parlait guère, autant pour économiser ses forces que pour empêcher des mots malheureux de parvenir jusqu'au château.

— Qu'est-ce qu'on va faire ? murmura-t-elle.

— Je vais lui parler, dit Firmin.

Il y avait une telle menace dans sa voix que Prudence eut peur.

— Ne lui fais pas de mal, dit-elle, suppliante.

— Ou c'est elle, ou c'est lui, répondit-il, implacable, dans la colère qui le dévastait.

Elle baissa la tête, comprenant qu'elle n'était plus d'aucun secours à sa fille, et ils ne parlèrent plus jusqu'au moment où Firmin eut terminé son assiette de millas. Alors, il sortit lentement, alla dans l'écurie, s'empara du fouet, et revint s'asseoir sur le petit banc de pierre, devant la maison, où, les nuits d'été, il avait parfois l'impression d'être heureux.

Amélie revenait à pas lents d'une vigne très éloignée de la Combelle, autant pour savourer la douceur de la nuit que pour penser à ces minutes folles passées avec Léonce, qui lui avait paru plus proche que jamais. Il semblait sincère dans le besoin qu'il avait d'elle, la façon qu'il avait de la tenir serrée, comme s'il ne pouvait plus vivre sans elle. Et elle se prenait à rêver, Amélie, oubliant la Tarasque et sa malédiction pour ne penser qu'à la passion qu'elle avait pour un homme, même si elle lui était défendue, même si elle n'osait penser, encore, vivre un jour au château en maîtresse, donnant des fêtes et regardant travailler les femmes de peine en pensant à ses robes. Qui savait si, renonçant à son domaine, Léonce ne l'emmènerait pas de l'autre côté de la mer, dans un pays lointain, pour vivre avec elle ce qui leur était interdit au Solail ?

Elle crut entendre du bruit sur sa gauche, s'arrêta, écouta, le cœur, soudain, battant plus vite. Une chevêche lança son « kiou, kiou » dans les branches d'un pin puis, s'envolant, vint frôler Amélie qui étouffa un cri. Elle n'avait pas voulu rentrer directement à la Combelle à travers les vignes et avait fait un détour par les collines parce qu'il était tôt, encore, et qu'elle ne voulait pas arriver avant que son père et sa mère fussent couchés. Pourtant, elle savait que les collines, la nuit, étaient pleines de braconniers qui venaient chercher la pitance que leur travail ne leur apportait pas toujours. Les lapins, les lièvres, les perdreaux, les escargots, quand il avait plu, étaient autant de repas assurés, surtout pour les plus démunis. Certains capturaient aussi ces gros lézards ocellés qui faisaient si peur à Amélie, les écorchaient et les mangeaient, comme les caraques mangeaient les hérissons ou les rats des champs.

Elle suivait un sentier qu'elle n'avait pas l'habitude d'emprunter du fait qu'elle n'avait pas retrouvé Léonce au même endroit qu'auparavant, et elle s'inquiétait fort de se perdre ou de faire des mauvaises rencontres. Heureusement, c'était la pleine lune et elle pouvait vérifier de temps en temps si elle ne s'éloignait pas trop de la vallée. Parvenue dans une friche où poussaient des cades, des cistes et des clématites, elle crut deviner une présence devant elle, à l'entrée d'un bosquet de kermès. Comme elle n'avait plus de temps à perdre maintenant, elle repartit, retenant sa respiration, et hurla quand deux ombres se levèrent devant elle, lui fermant le passage : deux ombres noires et griffues qui l'agrippèrent avec des rires fous. Elle tenta de se dégager, mais les doigts des deux fantômes étaient comme des crochets qui entraient dans sa chair pour mieux la retenir. Et ces rires, ces voix qu'elle venait de reconnaître la paralysaient davantage encore :

— Tu es grosse, la fille, tu es grosse, et ton enfant mourra !

La Tarasque et sa fille, la Finette, qui avait seize ans, s'amusaient comme des folles en tournant maintenant autour d'elle. Elle distinguait sous la lune la peau noire, les cheveux noirs, les robes noires de la Tarasque et de sa fille qui riaient follement. Amélie sentit ses jambes fléchir, mais sa terreur fut telle qu'elle parvint à forcer le passage, et, malgré les doigts de la Finette crochetés dans sa chair, à se dégager, hurlant de peur, dévalant déjà la pente avec l'impression que son cœur allait éclater.

Elle tomba, se releva, recommença à courir et ne s'arrêta qu'une fois en bas, à trois cents mètres de la Combelle, pour laisser couler des larmes amères qui ne l'apaisèrent même pas. Elle n'avait jamais eu si peur de sa vie, en demeurait tremblante, surtout au souvenir des paroles lancées par la Tarasque. Et si c'était vrai ? Si elle était grosse ? Elle eut honte, soudain, et fut dévastée par un violent remords qui acheva de consumer ses dernières forces.

Elle attendit que son souffle s'apaise, sécha ses yeux, arrangea ses cheveux, rajusta sur ses épaules les bretelles de sa robe légère puis elle repartit lentement avec une seule envie : se réfugier au plus vite dans sa chambre où elle serait enfin en sécurité. Comme elle marchait tête baissée, en proie à ses tourments, elle n'aperçut son père qu'à l'instant où il se dressa devant elle, méconnaissable, effrayant. Quand il la saisit par le bras, elle n'eut même pas la force de se défendre ou de se justifier. D'ailleurs, Firmin n'ouvrit pas la bouche. Il la conduisit dans l'étable, la jeta sur la paille et la frappa avec la lanière, puis avec le manche de son fouet, sans un mot, presque sans un regard. Quand il eut fini, pâle comme un mort, et qu'elle ne fut plus qu'une misérable chose sans volonté, il lui dit d'une voix terrible :

— Si tu le revois, je le tue, et après, devant toi, c'est moi qui me tue.

Puis il disparut dans la nuit, la laissant seule avec un effroi qui la faisait trembler comme si elle avait été perdue dans la neige, au plus fort de l'hiver.

2.

Le 2 septembre 1870, la capitulation de l'Empereur à Sedan et deux jours plus tard la proclamation de la IIIe République à Paris provoquèrent l'une des plus mémorables colères de Charles Barthélémie, qui fit savoir, sur le perron du château, devant les journaliers rassemblés, que le vin ne s'était jamais vendu aussi mal qu'en 48, et que si la République arrivait jusqu'au Solail, ils devraient aller chercher leur pitance ailleurs. La défaite ayant été consommée, on ne comprit pas pourquoi la guerre continuait, et surtout pourquoi les domestiques, Calixte en particulier, ne rentraient pas. Charles Barthélémie ne décolérait pas, accusant la République de poursuivre volontairement la guerre pour ruiner les propriétaires.

— Un roi ! criait-il du haut du perron, manquant s'étouffer. Un roi, vite, et nous serons sauvés !

L'hiver qui suivit fut terrible, en raison du froid et des menaces que l'on sentait planer sur le pays : malgré les généraux Faidherbe et Bourbaki, les combats de la fin de l'année 1870 ne réussirent pas à rétablir une situation que les journaux — à l'exemple de *La Dépêche* de Toulouse nouvellement crée — cherchaient vainement à expliquer à leurs lecteurs désemparés. En janvier 1871, Elodie Barthélémie fut frappée de tuberculose et partit se faire soigner à Montpellier en compagnie de Berthe, sa fille cadette. Malgré ses seize ans, Charlotte prit en main le train de maison et remplaça sans grande difficulté une mère qui n'avait jamais vraiment fait face à ses responsabilités. Dès lors, une sorte de complicité naquit entre son père et elle, à partir du moment où le maître du Solail comprit à quel point il pouvait compter sur sa fille qui montrait tant de caractère et d'autorité. Mais comment Charles Barthélémie eût-il pu imaginer que cette complicité s'exerçait surtout aux dépens de Léonce, avec qui sa fille réglait des comptes dont il ignorait tout ? Charlotte avait deviné, en effet, que depuis quelque temps Léonce retrouvait de nouveau Amélie dans les collines et elle ne l'admettait pas plus qu'elle ne l'avait admis l'été précédent.

Les élections de février rassurèrent un peu Charles Barthélémie, car le peuple vota pour ses maîtres et envoya une majorité royaliste à la Chambre des députés, tandis que Thiers, un ancien orléaniste, prenait les rênes du pays. Bientôt, pourtant, les ouvriers de Paris se révoltèrent et décrétèrent la Commune, imités en cela par ceux de Narbonne, à la fin du mois de mars. Au Solail, le pire se produisit quand Firmin et Tonin tentèrent de soulever les journaliers. Le domaine vécut alors des heures très graves qui dressèrent ses gens les uns contre les autres.

Quelques-uns suivirent Firmin et Tonin à Narbonne, où la troupe finit par intervenir avec la même violence et la même efficacité qu'à Paris. Les meneurs furent arrêtés, Firmin et Tonin également, qui risquaient la déportation en Nouvelle-Calédonie. Depuis, magnanime, Charles Barthélémie tentait de faire jouer ses relations pour les tirer d'affaire après leur avoir, dans un premier temps, évité un jugement sommaire. En fait, il savait combien ces deux hommes étaient indispensables à ses vignes et il savait, surtout, qu'en leur sauvant la vie, il se les attacherait définitivement.

Ce n'était pas l'avis de Léonce, qui ne tenait pas à revoir Firmin au Solail, malgré les pleurs d'Amélie qui le suppliait chaque jour de voler au secours de son père. C'est la raison pour laquelle, en ce matin de la fin août, assis face à son père dans la grande salle à manger du Solail, il lança, hostile, avec une hargne qui surprit Charles Barthélémie :

— Il n'a que ce qu'il mérite ! Il a failli mettre le feu au domaine, et s'il n'était pas parti à Narbonne, à savoir ce que nous serions devenus !

— C'est moi qui décide, ici ! tonna le maître du Solail en tapant brusquement du poing sur la table.

— Calixte et les brassiers sont revenus, reprit Léonce, que les colères de son père n'impressionnaient guère. Pour les vendanges, nous avons rappelé les Espagnols de l'an dernier. Alors, je ne vois pas pourquoi nous aurions besoin de ces deux hommes. Vous tenez donc à les laisser rallumer la guerre dans nos vignes ?

— Ce sont les meilleurs tailleurs de tout le Languedoc, répondit Charles Barthélémie, mécontent d'être de plus en plus contesté par son fils.

Il avait en effet mûrement pesé sa décision d'intervenir en faveur de son ramonet et son domestique : en les sauvant de la déportation, il en faisait ses obligés et il montrait en même temps aux gens du domaine une indulgence qui lui serait peut-être utile un jour.

Mais il y avait une autre raison, qu'il ne pouvait pas s'avouer : c'était que Prudence, la femme de Firmin, avait accepté de s'installer au château pour pallier l'absence d'Elodie. Charles Barthélémie savait qu'elle s'entendait bien avec Charlotte et qu'il pouvait compter sur elle. En outre, cette femme, murée dans son humilité et son courage, l'impressionnait. Elle n'avait pas renié les faits et gestes de son mari, mais elle témoignait en même temps pour le château un attachement sincère et un dévouement irréprochable. Charles Barthélémie pensait qu'à l'avenir, si cela devenait nécessaire, elle saurait ramener son mari à la raison. Rejoignant son père par la pensée, Charlotte demanda brusquement à Léonce :

— Et Prudence ? tu y penses ? Comment aurait-on fait si elle n'était pas venue, en octobre, soigner notre mère ?

— On aurait trouvé quelqu'un d'autre. Les femmes ne manquent pas, au château ou dans le village.

— Les filles aussi, intervint Charlotte, qui n'osa aller plus loin et évita le regard de son père.

Mais elle savait qu'elle avait donné là un coup d'arrêt à Léonce qui avait blêmi. Leur père les considéra un moment l'un et l'autre sans comprendre, puis il décida :

— Bien ! j'irai à Narbonne cet après-midi. Toi, Charlotte, va m'appeler Prudence.

Charlotte se leva, imitée par Léonce, qui disparut, furieux. Charles Barthélémie se versa un verre de vin, s'essuya les moustaches et attendit que la porte s'ouvre, poussée par la femme de Firmin qui s'approcha et demanda de sa voix douce :

— Vous avez demandé à me voir ?

— Oui, fit Charles Barthélémie, en effet.

Il l'examina, se troubla inexplicablement, comme toujours en présence de cette femme dont la dignité et la force secrète le mettaient mal à l'aise.

— Voilà, dit-il, je vais aller à Narbonne pour m'occuper de votre mari, mais je voudrais que vous me promettiez une chose...

Elle leva sur lui des yeux d'une grande franchise, dont la placidité, une nouvelle fois, le désarma.

— Il faut me promettre de lui faire entendre raison.

Elle parut réfléchir un instant, cilla, et enfin murmura :

— Je ne peux pas, Monsieur.

— Comment ça, vous ne pouvez pas ? gronda-t-il, pas fâché de lui dissimuler ainsi sa gêne. Et pourquoi, s'il vous plaît ?

Elle cilla de nouveau, répondit d'une voix égale, sans le moindre désir de provocation :

— Parce qu'il y en a qui ont trop peu pour vivre, Monsieur, et que leurs enfants ont faim.

Le regard du maître du Solail se mit à lancer des éclairs, mais la femme de son ramonet ne baissa pas la tête.

— Ma parole ! vous êtes comme lui ! cria-t-il.

Elle ne répondit pas tout de suite, mais un sourire naquit sur ses lèvres. Elle parut hésiter, puis :

— Quand je l'ai connu, Monsieur, il m'a pris les mains parce que j'avais froid. C'était dans vos vignes. Nous avions quinze ans.

— Elles vous ont nourris, mes vignes, il ne faudrait peut-être pas l'oublier ! rétorqua Barthélémie, de plus en plus furieux.

— Je ne l'oublie pas, Monsieur, c'est pour ça que j'ai soigné votre femme comme si ç'avait été ma propre sœur.

— Je sais, je sais, fit le maître du Solail qui, se sentant perdre pied, feignit de s'indigner :

— Ce que vous voulez, c'est me prendre mon domaine !

— Non, Monsieur, répondit Prudence avec la même douceur, nous ne saurions qu'en faire.

— Alors quoi ?

— Quand on travaille depuis son enfance courbé

sur la terre des autres, Monsieur, on souhaite simplement un meilleur sort pour ses propres enfants.

— Dans mon château, pardi !

— Oh ! non, Monsieur ! il est bien trop grand, nous ne saurions pas y vivre.

— Mais où, et comment ?

— Dans une petite maison, avec une petite vigne.

— Vous les avez.

— Elles ne sont pas à nous, Monsieur, elles sont à vous.

— C'est bien ce que je disais, vous voulez me les prendre.

— Non, Monsieur, les gagner seulement. Mais une vie, hélas, n'y suffira jamais.

Il y eut un instant de silence durant lequel Charles Barthélémie considéra la femme de son ramonet avec circonspection, comme si elle venait de lui révéler une chose à laquelle il n'avait jamais songé, puis il déclara d'un ton cassant :

— Cela fait des années et des années que les gens vivent sur mes terres et ils ne se sont jamais plaints.

— Il faut la trouver, la force de se plaindre, Monsieur, répondit Prudence avec le même ton égal. Vous savez, quand vous avez travaillé depuis l'aube jusqu'à la nuit, et cela chaque jour que Dieu fait, sans jamais de repos, vous ne pensez à rien d'autre.

— Alors, pourquoi aujourd'hui ? demanda-t-il.

Prudence Sénégas sourit, puis répondit :

— Sans doute que ça fait trop longtemps : avec l'habitude, la fatigue, un jour, on ne la sent plus guère.

Il chercha à deviner une ombre de provocation dans les yeux clairs de cette femme qui se tenait bien droite et paraissait ne rien redouter, mais il ne décela qu'une franchise un peu mélancolique, et, une fois de plus, il en fut touché.

— Bon ! ça suffit ! lança-t-il, le jour où il n'y aura

plus de maîtres pour défendre les valets, on verra bien s'ils sont capables de se débrouiller seuls. En tout cas, aujourd'hui, si je n'étais pas là...

Prudence pâlit, ses lèvres se mirent à trembler quand elle murmura :

— Merci, Monsieur.

Et elle ferma les yeux.

— Retournez donc à votre travail ! entendit-elle, sans plus reconnaître cette voix qui venait de perdre en quelques secondes toute sa dureté.

Elle fit demi-tour en s'efforçant d'oublier ce « merci » qui lui avait tant coûté, mais qu'elle avait dû prononcer pour sauver la vie de Firmin.

La veille des vendanges, une grande animation s'empara du château, dès que les charrettes décorées de guirlandes revinrent de la gare, où elles étaient allées chercher les hommes et les femmes descendus de la Montagne noire. C'étaient des gens peu bavards et au regard comme tourné vers l'intérieur d'eux-mêmes. Les vêtements des hommes, de drap noir et de grosse laine, sentaient le fromage de vache et le lait caillé. Les femmes portaient de bizarres caracos très serrés et des jupons bouffants. On les savait plus lents que les journaliers de la vallée, mais ils montraient plus d'endurance au froid du matin, quand les feuilles et les grappes humides de rosée paralysent les doigts, et aussi en fin de journée, quand les jambes ou les reins se font plus douloureux, et qu'il faut encore revenir au château à pied, le dernier fardier reparti, chargé de comportes.

Charlotte, comme chaque année, les regardait descendre de la charrette et attendre, immobiles, un peu craintifs, dans la cour, les instructions d'Antoine qui formait déjà les « colles » pour le lendemain : quatre coupeuses, un porteur, un vide-paniers. Dans les vignes, les « colles » seraient dirigées par une « mousseigne », c'est-à-dire une femme d'expérience et d'autorité, le plus souvent du château, en qui le régisseur avait toute confiance. Suivraient les domestiques du domaine, ensuite les journalières du village, enfin celles de la Montagne qui étaient venues se louer pour quelques sous, surtout pour la nourriture qu'on allait leur donner, matin midi et soir, pendant quinze jours.

Parmi les hommes et les femmes rassemblés dans la cour, deux se tenaient à l'écart, qui intriguèrent Charlotte parce que la femme était enceinte. Agés d'une vingtaine d'années, ils avaient l'air harassé, étaient trop maigres pour leur âge, et d'aspect pitoyable. Quand Charlotte demanda à Léonce qui étaient ces gens, celui-ci répondit :

— Des cousins d'Antoine. Ils viennent du Gard où ils ont tout perdu à cause du phylloxéra.

Jusqu'à ce jour, le phylloxéra était resté un mot pour Charlotte. Et voilà qu'il venait de prendre brusquement, ce soir, une apparence redoutable : celle de ce jeune couple famélique qui semblait revenir des enfers et dont la femme, qui paraissait épuisée, était obligée de travailler malgré sa grossesse avancée.

Charlotte se sentit rassurée pour eux quand ils se dirigèrent vers Antoine, au lieu d'aller vers la paillère où les familles de montagnards allaient passer la nuit pendant les deux semaines que duraient les vendanges. Elle ne pouvait pourtant détacher son regard de cet homme brun et trapu, au front haut sous des cheveux épais, aux grands yeux éteints, et de cette jeune femme également brune et très belle, à la peau mate comme une caraque. Malgré les efforts que cette dernière faisait pour dissimuler son ventre, il apparaissait évident qu'elle ne tarderait pas à mettre au monde son enfant. Comme elle demeurait debout, attendant sans doute un mot d'Antoine, Charlotte se dirigea vers le régisseur et demanda :

— Où vont-ils s'installer ?

— Chez moi, au village.

— Dans l'état où elle est ? Elle devra faire le trajet chaque soir et chaque matin ?

Antoine haussa les épaules et eut un geste évasif des bras.

— Lui, peut-être, décida Charlotte, mais elle, elle dormira dans l'ancienne chambre d'Honorine.

Et, se retournant vers sa servante, qui, comme tous les domestiques du château, était venue assister dans la cour à l'arrivée des vendangeurs :

— Viens prendre ses affaires !

Honorine s'approcha de mauvaise grâce. Depuis qu'elle avait épousé Calixte, en juin 1871, après son retour de la guerre, elle se croyait devenue importante, car elle n'habitait plus le château mais le village, et avait ainsi acquis un peu d'indépendance. Elle se saisit néanmoins du sac de toile posé aux pieds de la jeune femme, qui voulut l'en empêcher et rougit de confusion.

— Laissez, dit Charlotte, elle va vous conduire.

Ni le régisseur ni Léonce ni Charles Barthélémie n'étaient intervenus. Ils avaient bien d'autres soucis, à cette heure, et notamment celui de faire charger les comportes sur les charrettes pour le lendemain matin.

— Comment vous appelez-vous ? demanda Charlotte quand la jeune femme passa devant elle

— Mélanie Barthès.

— Et vous venez d'où ?

— Du Gard, un petit hameau.

— Vous n'allez pas pouvoir travailler, dans l'état où vous êtes.

Une lueur affolée passa dans les yeux noirs de la jeune femme qui répondit hâtivement :

— Si, si, tout ira bien.

Charlotte n'insista pas et la regarda disparaître avant d'aller arrêter avec Prudence le menu des repas, qui, le lendemain, devaient nourrir plus de soixante personnes.

Dès qu'elle eut terminé, elle alla pourtant vérifier si tout avait bien été exécuté selon ses ordres et elle se rendit dans la chambre qui se trouvait à côté des cuisines. Mélanie était assise sur le lit et regardait ses mains ouvertes devant elles, un peu honteuse d'une vacuité dont elle n'avait pas l'habitude. Elle était très pâle, avait les traits creusés, semblait à bout de forces. Elle se redressa, cependant, à l'instant où Charlotte pénétra dans la pièce, et s'efforça de sourire.

— Ce n'est pas raisonnable, de vouloir vendanger dans l'état où vous êtes, fit de nouveau Charlotte.

— Oh ! dit Mélanie, quand je me serai reposée une nuit, ça ira mieux.

Charlotte avait vu tellement de femmes travailler jusqu'à la délivrance qu'elle pensa n'avoir pas le droit de la priver des ressources dont elle avait besoin. Une sorte de révolte, pourtant, la poussait à s'indigner, mais elle était incapable de comprendre que c'était en réalité parce que la jeune femme lui faisait peur. En effet, Mélanie, avec ses yeux hagards, sa maigreur, la misère qu'elle portait sur elle, personnifiait le malheur. Charlotte, d'ailleurs, n'eut pas besoin de la pousser beaucoup pour que celle-ci raconte, avec des sanglots dans la voix, la catastrophe qui s'était abattue sur sa famille.

Oh ! ils n'avaient jamais été très riches, non, mais ils possédaient trois vignes qui donnaient bien et habitaient une petite maison avec ses parents, à flanc de colline, pas très loin de Villeneuve-lès-Avignon. Quand on avait commencé à parler du phylloxéra, ils avaient espéré, comme beaucoup, y échapper, mais la maladie avait frappé leur vigne en 1866, et, en trois ans, tous les ceps étaient morts. Il s'étaient endettés pour acheter une charrue à injecteurs afin de traiter la vigne au sulfure de carbone, puis pour faire creuser des puits et pratiquer la submersion des ceps en hiver, dont on disait qu'elle tuait les œufs du diabolique puceron. Mais tout cela avait été réalisé en pure perte. Le notaire leur avait envoyé un huissier, et ils avaient dû vendre d'abord leurs meubles, puis leurs terres, à bas prix, avaient réussi à grand-peine à sauver leur maison, où c'était d'autant plus la misère que ses parents étaient âgés et qu'ils ne pouvaient plus travailler. Depuis, avec son mari, Cyprien, elle allait se louer pour gagner quelques sous.

— Il a suffi de trois ans, gémit Mélanie, vous vous rendez compte ! trois ans et tous nos ceps sont morts. Tout le monde est ruiné, là-bas, c'est pas comme chez vous.

Charlotte frissonna. Qu'est-ce qui se passerait si le phylloxéra s'abattait sur le domaine ? Est-ce que son père serait obligé de vendre le Solail ? Est-ce qu'elle devrait aller elle aussi se louer chez les autres ? Un frisson de refus lui fit brusquement quitter la pièce en laissant la jeune femme désemparée, vaguement consciente d'avoir trop parlé.

Charlotte ne fut pas davantage rassurée pendant le repas du soir, quand son père et Léonce évoquèrent la conversation qu'ils avaient eue avec Antoine et le mari de Mélanie. En fait, dans l'Hérault, et surtout dans le Gard, c'était pis que ce que l'on pouvait imaginer : toute une population se trouvait dans la misère à cause de la maladie de la vigne, et si jusqu'à présent l'Aude bénéficiait de la chute de la production qui faisait monter le cours du vin, ce ne pouvait être que provisoire, puisque le fléau était à ses portes.

— Si la submersion des ceps ne suffit pas, dit Léonce, on plantera des porte-greffes américains.

— Je voudrais bien voir ça ! s'exclama Charles Barthélémie : c'est à croire qu'ils nous ont envoyé exprès la mauvaise bête pour nous vendre leurs plants. Moi vivant, pas un cep étranger ne sera planté dans mes vignes !

— Vous ne savez pas ce que vous serez obligé de faire, murmura Léonce, faisant rebondir une conversation qui mit Charlotte encore plus mal à l'aise.

Jamais, jusqu'à ce jour, elle n'avait envisagé de devoir quitter le Solail. Chaque fois qu'elle pensait à l'avenir, elle s'imaginait au domaine, là où elle était née, là où était sa vie, près d'un homme qu'elle choisirait ; là, enfin, où elle pourrait continuer de marcher dans les vignes et de courir à perdre haleine dans les collines qui se fondaient merveilleusement dans le bleu du ciel.

Elle quitta la table pour aller régler les derniers détails du lendemain avec Prudence, Maria et Honorine, puis elle s'en fut se coucher car elle devrait se lever tôt. Elle ne put trouver le sommeil pendant une grande partie de la nuit, et elle écouta s'éteindre les rires tardifs des vendangeurs, accompagnés par la plainte d'une hulotte dans le pin parasol proche de sa fenêtre. Lorsqu'elle parvint à s'endormir enfin, ce fut pour rencontrer, dans ses rêves, Mélanie qui lui présentait en pleurant un enfant monstrueux.

Le matin dissipa heureusement ces cauchemars. Dès qu'elle sortit dans la cour, elle retrouva, comme chaque année, la joie un peu enfantine de la première journée de vendanges. Les maîtres comme les domestiques étaient souriants. Léonce et Antoine se dépensaient sans compter pour répartir les « colles » derrière les charrettes, sous l'œil mi-amusé, mi-impatienté, de Charles Barthélémie.

Ce n'étaient que cris d'enfants, rires, hennissements de chevaux, concert de grelots, chocs de serpettes sur les seaux, grincements de roues, allées et venues entre la cave et les charrettes, tout cela dans une effervescence joyeuse que dissiperait la fatigue dès le milieu de la matinée. Enfin, un ordre donné par Antoine mit le cortège en route, et les équipes s'en allèrent vers les vignes les plus éloignées du château, car c'était traditionnellement par celles-là que l'on commençait.

On avait craint la marinade, mais non, il faisait beau, et il n'était pas nécessaire de souffler sur ses mains pour les réchauffer, car le soleil commençait à percer la brume qui se déchirait par pans entiers, dont les voiles blanches dérivaient lentement au-dessus des collines. Charlotte examina son père qui souriait, satisfait que les « colles » fussent enfin parties. Demeuraient seulement au château les hommes de confiance qui s'occuperaient des raisins dans la cave et au fouloir dès que les premières comportes reviendraient pleines.

Charlotte regrettait de ne pas partir elle aussi, mais elle n'aurait pas à attendre longtemps, puisqu'elle se rendrait dans les vignes dès huit heures, afin de porter aux vendangeurs le « croustet » du matin. Il lui vint toutefois le regret de ne plus pouvoir vendanger comme elle le faisait jadis, en se mêlant aux autres enfants, en cachette de ses parents. Ah ! ces premières grappes écrasées dans la bouche, ce premier contact avec les feuilles mouillées, ces rires, ces chansons ! Il lui sembla qu'avec la maladie de sa mère, son départ précipité et les conséquences qui en avaient découlé, son enfance avait commencé à s'éloigner irrémédiablement d'elle, et son cœur se serra.

Aussi se dépêcha-t-elle de donner les ordres pour

partir le plus vite possible sur la jardinière conduite par Calixte, qui portait des banastes pleines de pâtés, de sardines, de fromages, de bouteilles et de pain. Tout scintillait, luisait, resplendissait de part et d'autre de l'allée sur laquelle avançait la jardinière où avaient également pris place Prudence et Honorine. Celles-ci distribuaient les victuailles en lisière des vignes, où deux femmes les mettaient à l'abri des mouches et des insectes.

Les colles, cependant, durent attendre le signal du régisseur, à huit heures, pour pouvoir enfin s'approcher du croustet. Charlotte ne résista pas au plaisir de venir partager le déjeuner des vendangeurs, près de Mélanie qui mangeait en compagnie de quelques femmes de son âge. Elle les envia, faillit même renoncer à sa position de nouvelle maîtresse du Solail pour se saisir d'un panier et d'une serpette, mais l'arrivée de Léonce et de son père l'en dissuada.

Quand ils repartirent, elle ne put se résoudre à regagner le château et elle renvoya Prudence et Honorine. D'où lui venait cette passion pour les vignes et ceux qui se penchaient sur elles ? Pourquoi se contentait-elle de les surveiller au lieu de se mêler à eux comme lorsqu'elle était enfant ? Elle sentit des larmes douces-amères éclore dans ses yeux à l'instant où se fit entendre la première complainte de la montagne. Il y était question de bise glacée, d'arbres blancs et de neige, d'amoureuses, aussi, qui attendaient toute leur vie leur promis parti à la guerre. Mais ces premiers chants, graves et solennels, seraient bientôt remplacés par des chansons plus gaies, souvent même gauloises, Charlotte ne l'ignorait pas.

Elle s'aperçut alors qu'elle connaissait tout de ces gens, de leurs coutumes, de leurs rites et de leurs petits bonheurs. Elle se sentit riche, infiniment, non point de sa position, mais de son appartenance à ce monde qu'elle aimait plus que tout, elle le découvrait aujourd'hui en étant rejetée sur sa rive comme une branche morte par une rivière. Elle guettait le regard du porteur, dont la première préoccupation était de ne jamais faire attendre les femmes. Pas une, pourtant, n'eût osé l'appeler en cas de retard, pas une non plus n'eût fait cogner le seau contre la hotte, tant les courroies meurtrissaient les épaules des hommes. D'ailleurs, les colles avaient été formées en fonction des tailles des coupeuses et du porteur. Tout était bien réglé, et nul ne songeait à dépasser la mousseigne qui donnait la cadence.

Le soleil faisait fumer la terre entre les ceps. Le ciel, d'un bleu de dragée, semblait veiller sur la vallée, la protéger d'un mal régnant ailleurs. L'idée que les vignes du domaine pussent être un jour frappées parut insupportable à Charlotte. « Je pourrais en mourir », songea-t-elle, puis le cri d'une fille poursuivie monta dans le matin, faisant lever les têtes, y compris celle de Charlotte, perdue dans ses pensées. Pour une grappe oubliée par une coupeuse — à condition qu'elle eût plus de sept grains, les autres étant réservées au grappillage des pauvres de la commune —, un porteur avait le droit de « mascarer » la fautive, c'est-à-dire de barbouiller son visage du raisin le plus noir. Encore fallait-il l'attraper ! Les autres porteurs se mêlaient à la poursuite et ils n'étaient pas trop de trois ou quatre pour maîtriser la belle qui se débattait, avant de disparaître entre les ceps pour de mystérieux échanges au cours desquels naissaient parfois des idylles. Certains porteurs préféraient « chaponner » les fautives, autrement dit les mordre très légèrement au front ou sur la joue. Cela dépendait de l'âge ou de l'humeur. Mais tous les vendangeurs assistaient aux poursuites en criant et en riant, malgré la présence du régisseur qui ne pouvait s'opposer à ces rites antiques.

Quand la fille eut disparu entre les ceps, Charlotte ne put s'empêcher de penser à ce jour où, à treize ans, parmi les enfants qui jouaient à imiter les adultes, elle avait été mascarée pour la première fois par un fils de montagnard qui ne savait pas qui elle était. Ce qu'elle avait appris ce jour-là, elle ne l'avait jamais oublié, et elle se disait parfois que le meilleur de sa vie se trouvait sans doute entre deux ceps de son domaine, du jus de raisin plein la bouche, maintenue par des bras vigoureux, les yeux grands ouverts sur le feu du soleil et le regard de l'homme. Elle se demandait si ce moment, ce souvenir, ne serait pas le seul qu'elle emporterait, à l'heure de quitter cette terre, et, chaque fois qu'elle y pensait, quelque chose de doux et de sacré remuait dans son cœur.

Allons ! il était temps de partir. Le travail avait repris jusqu'à la prochaine « mascare », et Léonce n'allait sans doute pas tarder à revenir. Or elle n'aimait pas le regard de son frère ni de son père, d'ailleurs, quand ils constataient la complicité qu'elle entretenait avec les journaliers, mais aussi son envie d'aller rejoindre ceux-ci. Car ils prétendaient qu'on ne pouvait à la fois se mêler à eux et faire preuve d'autorité à leur égard. Comment leur aurait-elle avoué, que, secrètement, si elle avait pu choisir, c'est vers ces hommes et ces femmes qu'elle serait allée, c'est eux qu'elle aurait choisis pour unique famille ? Mais elle était née Barthélémie, et Barthélémie elle devait demeurer, elle le savait, ce qui ne l'empêchait pas, parfois, de le regretter.

Elle repartit à pied, observant les allées et venues des porteurs, des vide-paniers, des charretiers, en prenant tout son temps. Aujourd'hui était jour de fête, et elle avait bien l'intention de profiter de la moindre parcelle de ce bonheur qu'elle attendait chaque année impatiemment. Elle arriva au château vers onze heures et n'eut pas à patienter longtemps avant de retourner dans les vignes avec la jardinière, qui portait cette fois de la vaisselle et le repas de midi. Calixte et Honorine déposèrent les victuailles en deux endroits du domaine, à l'ombre d'un figuier et d'un amandier. C'était également là que se trouvaient les points d'eau : deux puits antiques qui captaient le ruissellement des collines dans le secret d'une haie de roseaux.

Au lieu de revenir au château où Prudence s'occupait du repas des hommes qui travaillaient dans les caves, Charlotte préféra partager celui des vendangeurs, un peu à l'écart tout de même, à l'ombre de la jardinière, ravie d'entendre ces mêmes plaisanteries, ces mêmes chansons qui avaient bercé son enfance. Après la salade de tomates et d'oignons copieusement arrosée d'huile d'olive, elle mangea l'épais cassoulet de « mounjetes » et de saucisses, puis du fromage de Cantal, le tout arrosé d'un vin frais que Calixte lui versait d'une bouteille mise à rafraîchir dans un seau.

Elle remarqua à cette occasion combien il avait changé, Calixte, depuis son retour de la guerre. Ses traits fins, son regard doux s'étaient durcis, et il avait perdu ce sourire qui, auparavant, ne quittait jamais ses lèvres. Il sembla à Charlotte qu'il ne devait pas être très heureux avec Honorine, et elle en voulut à sa servante d'avoir capturé ce beau gibier. D'ailleurs, elle n'avait jamais aimé cette grosse fille un peu niaise qui jouait maintenant à la dame et prenait des grands airs offensés quand on lui donnait des ordres.

Il faisait très chaud à présent et, le vin aidant, les vendangeurs commençaient à ressentir la fatigue. Charlotte également, qui n'avait pas assez dormi. Elle demanda à Calixte de la reconduire, tandis que le régisseur, déjà, ordonnait la reprise du travail. Pendant que la jardinière s'éloignait, Charlotte regarda les « colles » se diriger lentement vers les rangées non encore vendangées, et elle eut hâte de retrouver la fraîcheur de sa chambre où elle espérait pouvoir se reposer un peu.

Elle ne put y sommeiller que quelques minutes, car Prudence vint frapper à sa porte, disant qu'une femme était en train d'accoucher dans les vignes. Elle se leva précipitamment, songeant que ce ne pouvait être que Mélanie, et de nouveau, en pensant à elle, elle ressentit un malaise. Calixte la conduisit une nouvelle fois, accompagnée par Prudence. La plaine semblait un immense four dans lequel on avait l'impression de respirer du plâtre. Les pins des collines paraissaient incrustés dans le bleu du ciel dont l'éclat forçait à baisser la tête et faisait rêver à la fraîcheur des caves. Tandis que la jardinière cahotait sur le chemin, Charlotte pensait qu'elle n'avait jamais assisté à un accouchement et elle se sentait à la fois inquiète et pressée d'arriver.

La mousseigne avait fait étendre Mélanie à l'ombre, sur un drap qui avait servi à poser les victuailles. C'était une maîtresse femme appelée Rosemonde, qui était veuve, en charge de nombreux enfants, et qui travaillait au domaine aux tâches les plus diverses, souvent les plus ingrates, comme la lessive, ou, dans les vignes, l'échaudage et la confection des bouffanelles. Elodie Barthélémie lui ayant donné la permission de ramener le soir, chez elle, les restes de la cuisine, elle se montrait, depuis, d'un dévouement sans limites vis-à-vis de ses maîtres, y compris d'Antoine, le régisseur, qui lui confiait sans crainte la direction des « colles ».

Un accouchement n'effrayait guère Rosemonde, qui était rompue à toutes les vicissitudes de la vie. Elle avait renvoyé les femmes au travail et s'occupait seule de Mélanie. Elle accepta seulement l'aide de Prudence et demanda à Charlotte de s'éloigner un peu. Celle-ci obéit tout d'abord, mais ne put s'empêcher de s'approcher de nouveau, attirée irrésistiblement par ce qui se passait à deux pas d'elle. Rosemonde et Prudence encourageaient Mélanie, calmes et attentives, ce qui rassura Charlotte. Elle approcha davantage, et vit tout à coup surgir de dessous les jupes, tiré par Rosemonde, un enfant hideux et verdâtre qui tout de suite se mit à crier. Elle regarda, fascinée, Prudence couper le cordon tout en disant à la délivrée :

— C'est un beau garçon, vous savez. Comment allez-vous l'appeler ?

— Séverin, répondit Mélanie qui hésitait entre le rire et les larmes.

— C'est pas tout ça, fit Rosemonde, il faut vite l'emmener pour la laver. C'est plein de terre, ce drap, et c'est pas bon pour elle.

Calixte aida les femmes à charger Mélanie et son enfant dans la jardinière dont Charlotte prit les rênes. Elle se sentait soulagée, à présent, et presque heureuse : allons ! ce n'était pas le malheur que Mélanie était venue apporter au Solail, mais la joie. Et quelle joie était plus grande, pour une femme, que de donner le jour à un enfant dans une vigne ? Charlotte en rêva, soudain, et envia cette Mélanie venue de si loin pour lui faire découvrir ce qu'elle n'aurait jamais imaginé sans elle. Elle s'en voulut de l'avoir détestée, la veille au soir, après en avoir eu tellement peur, et elle se promit de bien s'occuper d'elle.

Le chemin du retour vers le château, derrière les charrettes chargées de comportes harcelées par des guêpes soûles, fut un enchantement pour Charlotte, qui, au matin, en se levant, eût été bien incapable d'imaginer l'événement auquel elle venait d'assister.

Il lui sembla que sa responsabilité était engagée de la façon la plus heureuse dans ce qui venait de se passer au milieu de ses vignes et elle en conçut une sorte de fierté dont elle se dit qu'elle était ridicule, mais qui, en même temps, la ravissait.

Dans la cour, Cyprien Barthès, prévenu par Antoine, embrassa sa femme et son fils, puis repartit tout de suite au travail. On installa Mélanie dans la chambre où elle avait passé la nuit, et Prudence, après avoir fait chauffer de l'eau, veilla sur elle.

Un peu plus tard dans l'après-midi, Charlotte vint la voir et fut contente de la découvrir détendue, reposée, son enfant endormi près d'elle. Comme Charlotte allait repartir, à l'instant où Mélanie ouvrit les yeux, une ombre passa sur son visage.

— Ne dites rien, fit Charlotte, vous allez le réveiller.

— Merci, fit Mélanie, se mettant à pleurer.

— Mais, pourquoi pleurer ? demanda Charlotte en s'approchant.

— On avait tellement besoin de sous, murmura Mélanie.

— Allons ! ne pensez pas à ça maintenant. Tout s'arrangera, vous verrez.

Puis elle sortit et se mit en devoir de vérifier la bonne installation des tables dans la cour, pour le repas du soir. Calixte avait accroché aux quatre coins des lanternes reliées par des guirlandes rouges et bleues. De nombreuses bouteilles avaient été placées à rafraîchir dans des seaux, à l'ombre des murs. Maria et ses aides mettaient déjà le couvert et s'activaient, suantes, échevelées, ne sachant l'heure exacte à laquelle arriveraient les vendangeurs.

Ils apparurent vers huit heures, cramoisis, exténués, et se précipitèrent vers les seaux. Au début du repas, et il eut bien quelques chants, quelques cris, quelques plaisanteries, mais ils s'éteignirent très vite, car la fatigue pesait dans les jambes, les épaules, les reins et les bras. Chacun se hâta de manger et de boire, puis les journaliers regagnèrent le village, les montagnards la paillère, ceux du château leur chambre pour un sommeil de bête. Ce fut aussi le cas de Charlotte qui rêva seulement à Mélanie vers le matin, un peu avant de s'éveiller, mais ce ne fut plus le cauchemar de la veille : ce fut un rêve heureux, dans l'ombre fraîche des roseaux, au milieu des vignes qui abritaient un grand berceau d'osier.

Dès l'aube, le cycle des travaux et des jours recommença, immuable mais toujours aussi gai, agrémenté par les chants ou les cris de la mascare, et tout cela dura pendant deux longues semaines. Le dernier soir, Charles Barthélémie accorda le « Dieu-le-veut », l'ultime festin destiné à récompenser la vaillance des vendangeurs. Comme c'était la coutume, il y eut des mets exceptionnels : bouilli aux câpres, boudin noir et fricassée de volailles, puis des chants, des danses, des rondes et des farandoles qui se perdirent dans les vignes pour de mystérieux adieux. Le lendemain, les montagnards repartirent sur la charrette qui avait perdu ses guirlandes.

L'activité des hommes se déplaça vers les caves où ils mélangeaient le vin fin avec celui de la première presse. Le marc, lui, coupé avec le « couporaco » et tiré avec une griffe serait porté à « l'alambicaïre » qui en ferait du trois-six : une eau-de-vie à multiples usages qui titrait plus de soixante degrés. Ainsi, pendant de longs jours, l'odeur épaisse et entêtante des moûts et du vieux marc rôderait dans la vallée, prolongeant les vendanges jusqu'au milieu du mois d'octobre.

Charlotte retint Mélanie et Cyprien le plus longtemps possible au Solail : il lui semblait qu'en les aidant elle conjurait la menace qui, malgré ces belles vendanges, pesait toujours sur le domaine. Les hommes ne parlaient plus que du phylloxéra, oubliant la magnifique récolte de l'année. Charlotte les fuyait, passant le plus de temps possible auprès de Mélanie, qui se remettait peu à peu et souhaitait maintenant regagner sa maison.

Le matin du départ, Charlotte glissa dans son sac deux louis d'or et lui fit promettre de revenir aux prochaines vendanges. C'était aussi le souhait de Léonce et de Charles Barthélémie, qui avaient apprécié le courage et la connaissance de la vigne de Cyprien. Charlotte tint à les accompagner à la gare de Bressan avec Calixte. Sur le chemin du retour, tandis que les vignes étaient assoupies dans l'accablante chaleur du jour, il lui sembla qu'en l'absence de Mélanie et de son fils, elles étaient désormais ouvertes à tous les maléfices.

Après les vendanges, il fallut s'occuper des olives. C'était un travail qu'Amélie n'aimait pas et auquel, chaque année, elle essayait de se soustraire en invoquant des tâches plus urgentes. Léonce, malgré sa position, ne lui était d'aucun secours : on n'allait pas payer des journalières alors que les femmes étaient assez nombreuses au château et que rien, ailleurs, ne pressait. C'était pourtant une tâche interminable que de cueillir les fruits de ces oliviers centenaires qui bordaient l'allée du Solail. Plus de cent arbres aux feuilles fines et coupantes qui se retroussaient au moindre souffle de vent, tandis qu'en équilibre sur des chaises ou des escabeaux, on tentait de saisir les olives. Une fois la cueillette terminée, il faudrait encore leur faire dégorger leur amertume dans de l'eau mélangée à de la cendre, changer cette eau tous les deux jours, et puis les mettre en pots, ensuite, ou bien dans des jarres, après les avoir soigneusement préparées.

Plus que la cueillette des olives, en fait, ce qui préoccupait Amélie, c'était que son père allait revenir libre de Narbonne le lendemain. Non pas qu'elle se désolât de le voir rentrer à la Combelle, mais le remords d'avoir renoué avec Léonce depuis avril la tenaillait. Et, tout en cueillant les fruits d'une main agile, elle se promettait de lui annoncer la fin de leur liaison dès qu'elle le retrouverait, à la nuit tombée, au milieu de la grande vigne de la Croix, comme ils en avaient pris l'habitude, oubliant toute précaution, si bien que nul, au domaine, n'ignorait plus leurs relations.

Il faisait toujours aussi chaud depuis les vendanges. L'approche du soir n'apportait pas la moindre fraîcheur, bien que l'on fût en septembre. Heureusement, la cueillette s'achevait. Les femmes s'activaient sous les derniers arbres, à proximité du parc du château, heureuses à l'idée de ne pas avoir à remonter sur les escabeaux le lendemain et, au contraire, de travailler à l'ombre, dans la cour.

Amélie versa son panier dans l'une des banastes que venait chercher la charrette, puis elle prit la direction de la Combelle où, depuis que sa mère couchait au château, elle se retrouvait seule chaque soir. Léonce avait essayé au début de venir l'y rejoindre en prétextant qu'ils ne risquaient pas d'être aperçus, mais elle s'y était farouchement refusée en songeant à son père. Elle préférait que leur rencontre eût lieu ailleurs, loin du souvenir du fouet et d'un châtiment qui ne s'effaçait pas de sa mémoire.

Il faisait nuit quand elle arriva à la Combelle, qui dormait, entre ses deux cyprès sentinelles, au pied des collines. Elle mangea des « porriols », ces poireaux sauvages qu'elle ramassait le long des talus, puis deux pêches de vigne, et elle s'en alla dans la nuit épaisse comme un sirop de fruits. Elle s'en voulait déjà, préparait les mots qu'elle dirait à Léonce, mais en même temps, comme chaque fois qu'elle partait le retrouver, une sorte de fièvre l'habitait, à marcher ainsi au milieu des vignes, sous les étoiles, à la rencontre de cette brûlure qui allait l'embraser dès que les mains de Léonce se poseraient sur sa peau. Elle chassa la pensée de son père dont personne ne parlait parmi les journaliers, comme si la honte de la prison eût été communicative.

Après la Croix, elle continua pendant une centaine de mètres, puis elle tourna à droite et entra dans la vigne où, la journée, les pauvres de Sainte-Colombe venaient encore grappiller. Ensuite, elle s'arrêta, le cœur battant à se rompre, car Léonce jouait parfois à lui faire peur, puis elle appela doucement :

— Léonce... Léonce... tu es là ?

Nul ne répondit. Le silence pesait tellement sur la plaine qu'il en devenait palpable, presque menaçant. Elle avança encore de quelques pas, appela de nouveau, s'arrêta, s'imaginant que la Tarasque et sa fille allaient la surprendre, comme la nuit où elles s'étaient dressées devant elle dans les collines.

— Léonce !

Elle entendit à peine un froissement de feuilles dans son dos, puis elle sentit deux bras s'emparer d'elle et cria. Elle tenta de se débattre mais Léonce, comme chaque fois, la renversa sans peine et elle ne put prononcer un seul des mots qu'elle avait préparés. Elle s'abandonna, au contraire, se demandant vaguement, dans un bref éclair de lucidité, comment elle allait trouver la force de renoncer à ces moments qui étaient devenus le sel de sa vie. L'odeur des vignes, de la terre chaude, de la peau de Léonce ravageait chaque nuit les résolutions qu'elle bâtissait patiemment la journée, et elle était désespérée, chaque matin, en s'éveillant, à l'idée de l'épuisant combat qui allait recommencer.

Cette nuit, pourtant, la menace était imminente,

puisque son père était sur le point de revenir. La peur qu'elle avait de cet homme inflexible, l'amour aussi, sans doute, lui donna la force nécessaire, dès que Léonce l'eut libérée, pour dire, d'une voix qu'elle voulut ferme mais qui trembla un peu :

— A partir de demain, c'est fini, on ne se verra plus.

Il laissa passer quelques secondes, presque amusé par cette résolution qu'il savait dérisoire, eu égard au pouvoir qu'il exerçait sur elle, puis il demanda :

— Qu'est-ce que tu dis ?

— A partir de demain, c'est fini, répéta-t-elle, s'écartant instinctivement de lui.

— Il n'en est pas question !

La voix de Léonce avait claqué, impérieuse et froide.

— Mon père revient demain.

— Et alors ?

— Je ne veux pas lui faire du mal.

De nouveau, il attendit pour répondre, le temps de bien peser ses mots :

— C'est grâce à moi qu'il revient.

Ce n'était pas vrai : il avait toujours dénigré le ramonet auprès de son père, s'était farouchement opposé à ce que Charles Barthélémie fît jouer ses relations à Narbonne pour le tirer d'affaire, tout en prétendant le contraire devant Amélie. Elle était loin de soupçonner la vérité, et il le savait. Aussi ajouta-t-il, déjà certain de sa victoire :

— Sans moi, ton père, à l'heure qu'il est, il serait en train de croupir au bagne.

— Non, Léonce, ne dis pas ça, s'il te plaît.

— C'est pourtant vrai.

Il s'aperçut qu'elle pleurait quand elle murmura, après un soupir :

— Il nous tuera tous les deux.

— Il ne tuera personne, rétorqua Léonce. Il aura bien trop à faire pour passer inaperçu, maintenant, puisqu'il est libéré sous condition de bonne conduite.

— Il nous tuera quand même, et il se tuera après.

— Mais qu'est-ce que tu racontes ? J'irai lui parler, moi, s'il le faut, je trouverai bien le moyen de me trouver seul avec lui à la Combelle.

— Non, Léonce, ne fais jamais ça, supplia Amélie, promets-le-moi.

— Alors, promets-moi, toi, de venir ici quand je te le dirai.

C'était trop facile. Il en sourit dans l'ombre tandis qu'elle soufflait, vaincue une fois de plus :

— Je viendrai, je viendrai.

— A la bonne heure ! Te voilà raisonnable.

Et quand il l'attira de nouveau, elle ne chercha pas à lui échapper, mais tenta d'oublier, au contraire, dans cette étreinte qui avait le goût du désespoir, que, dès le lendemain, il lui faudrait affronter le regard de son père, face à elle, de l'autre côté de la table familiale autour de laquelle on avait été si heureux autrefois.

Quand elle repartit, beaucoup plus tard, un peu de fraîcheur descendait lentement sur la plaine. Elle songea vaguement qu'il eût été agréable de se promener dans les vignes jusqu'au canal du Midi, de se fondre dans cette tiède obscurité pour ne plus penser que d'ici quelques heures le jour allait se lever, mais en prenant la direction de la Combelle, elle se trouva face à l'îlot sombre du puits, ombragé par un amandier.

Elle vint s'y appuyer quelques instants, dos tourné à la margelle, perdue dans ses pensées comme dans un gouffre. Un froissement de feuilles la fit se retourner. Elle aperçut l'ouverture béante qui, lui sembla-t-il, l'appelait. Elle se pencha un peu, puis pensa à sa mère, Prudence, qui lui avait toujours été d'un grand secours. En même temps, le feu ardent de sa jeunesse réveilla ce besoin de vivre que la tentation fugitive de la mort avait un instant consumé, et elle se mit à courir follement vers la Combelle, la tête levée vers les étoiles dont la lumière venait éclabousser les feuilles de vigne comme des sources fraîches jaillies brusquement de la nuit.

Firmin Sénégas avait refusé le cabriolet de son maître et revenait à pied de Narbonne, frémissant au moindre parfum, au moindre froissement des feuilles de vigne, retrouvant avec une émotion à peine contenue ce monde dont il avait été privé pendant de longs mois. Tonin marchait à ses côtés, mais ils ne parlaient pas. Ils n'avaient pas assez de vue, d'odorat, d'ouïe, pour accueillir tout ce que leur apportait la grande plaine languedocienne dans laquelle ils étaient nés et où ils avaient grandi, aimé, travaillé sans repos. Après ce qu'ils avaient vécu, c'était comme la découverte d'un univers qui leur avait semblé n'avoir jamais existé.

En effet, l'ombre noire et froide, l'odeur d'urine et de peur de la prison de Narbonne, malgré la solidarité des hommes qui y étaient entassés, avaient occulté le moindre souvenir, la moindre odeur de cheval, de vendange, de millas, de moût bouillant dans les fûts, et, ce matin, la simple rencontre d'une charrette, d'un fardier, le simple parfum des marcs écrasés près des alambics étaient comme autant de battements nouveaux de leur cœur.

Des images confuses de déchéance et de misère corporelle hantaient par moments Firmin Sénégas qui ne pouvait s'empêcher de songer au matin de mars où, suivi par deux ou trois hommes du domaine, il avait rallié la Commune de Narbonne, plein d'énergie et d'espérance. Pendant deux semaines, il avait trouvé là-bas ce qu'il était venu y chercher : un élan, une générosité, des mots pleins de soleil, un coude à coude fraternel avec des hommes qui parlaient de partage, d'égalité, qui rêvaient à voix haute comme lui, Firmin, avait rêvé en silence toute sa vie. Ils avaient failli réussir, comme à Paris. Mais comme à Paris, le préfet nommé par Thiers avait fait donner la troupe, et le rêve d'une humanité plus heureuse s'était brisé en quelques jours.

Ensuite, ç'avait été l'ombre, la crasse, les vexations, la peur, la trahison, jusqu'au jour où, extrait du cloaque, il s'était trouvé en présence d'un avocat de la ville qui lui avait parlé au nom de Charles Barthélémie. « Je ne demande rien, avait dit Firmin. Je n'ai pas commis de crime, je n'ai voulu que le bonheur des hommes. » L'avocat l'avait rassuré : son maître n'exigeait rien de lui, ce qui prouvait seulement que les propriétaires se souciaient au moins autant de leurs gens que tous les partageux. « Je ne veux que la justice », avait répété Firmin. « Vous l'aurez », avait répondu l'avocat.

Il n'avait revu ni l'avocat ni personne, alors que les cellules se vidaient des prisonniers condamnés à la déportation en Nouvelle-Calédonie. Et, pendant tout ce temps, il s'était efforcé de ne pas penser à Prudence afin de préserver ses forces pour l'ultime combat : celui de son jugement. Elle était en effet le seul lien qui l'attachait encore à la vie et le seul qui, parfois, dans les moments de découragement, lui donnait des regrets. Il savait qu'elle l'approuvait, mais il ne doutait pas qu'elle souffrît autant que lui de leur séparation. Car Prudence, sa femme, c'était, c'était... Comment parler d'un tel amour, quand on n'a jamais communiqué que par des regards ou des gestes silencieux ? Les mains, les yeux de Prudence étaient au fil des jours devenus ses propres mains, ses propres yeux. Elle devait l'attendre à la Combelle, ce matin, il en était sûr, et les quatre heures de route lui paraissaient interminables, tandis que, passé Saint-Marcel, il voyait se rapprocher enfin les collines dont il avait rêvé chaque nuit.

Il franchit le canal du Midi sur le pont de pierre qui datait de Colbert, dépassa Mirepeisset, puis Argeliers, et, quand le château du Solail apparut au détour de la route, il eut comme un gémissement qu'il étouffa de la main. Au lieu d'aller vers lui, il coupa à travers les vignes et prit la direction de la Combelle en se demandant comment il avait pu survivre à presque six mois d'exil. Il se demanda surtout ce qui avait bien pu se passer pour qu'on le jette dehors sans ce jugement auquel il s'était préparé, et quel était le prix qu'il allait devoir payer. Il était seul, à présent, Tonin ayant pris la direction du château après Argeliers.

Quittant le chemin, il entra dans les vignes dont il examina longuement les feuilles flétries, retrouvant instantanément des réflexes de vigneron consciencieux. La récolte avait dû être bonne, s'il en jugeait par le nombre et la grosseur des sarments. Il s'agenouilla sur la terre, entre deux ceps, et enfouit sa tête dans les feuilles qui sentaient encore le soufre, demeura ainsi un long moment sans bouger, écoutant seulement son cœur se remettre à battre comme il avait toujours battu, dans ces vignes qui, pourtant, ne lui appartenaient pas : avec passion, avec amour, parce que sa vie était là, et son travail d'homme, et sa seule richesse.

Quand il se releva, ses jambes fléchirent sous lui. Il regarda un moment le clocher de Saint-Baudille, puis le toit familier de la Combelle, à moins d'un kilomètre, là-bas, soulignant la garrigue qui tremblait dans la brume de chaleur. L'odeur des pins et des romarins le fit vaciller un instant, mais, dès qu'il se sentit mieux, il se remit en route, allongeant le pas, pressé d'arriver, maintenant, de revoir enfin sa femme, la métairie, le cheval, tout ce qui lui avait tellement manqué pendant ces longs jours.

Il aperçut Prudence dès qu'il déboucha de la vigne. Elle l'attendait, assise sur le banc de pierre, devant la maison, dans l'odeur des lauriers-tins qui poussaient à proximité. Elle se leva, il s'arrêta. Cinquante mètres les séparaient, mais le soleil du matin faisait danser sur l'aire des papillons de lumière à l'éclat aveuglant. Il s'avancèrent lentement l'un vers l'autre, et ce fut Prudence qui fit le dernier pas. Il la reçut contre lui sans un mot, entoura ses épaules du bras, puis il l'entraîna vers la maison où ils s'assirent face à face, de part et d'autre de la table.

C'était encore plus difficile de parler, ce matin. Il fut content de voir qu'elle ne pleurait pas et, au contraire, qu'elle avait rassemblé toutes ses forces, pour bien lui faire sentir qu'elle était avec lui, sans regrets, pour toujours.

— Mangeons, dit-elle simplement, après un sourire.

Elle servit des « mounjetes » au lard, s'installa aussi, mais elle ne put rien avaler.

— La petite ? demanda Firmin.

— Au château, pour les olives.

Il comprit que Prudence avait fait en sorte qu'ils fussent seuls pour ces retrouvailles, et qu'elle avait sans doute des choses à lui dire. Il mangea avec beaucoup de plaisir les haricots dont il avait oublié la saveur, surtout lorsqu'ils étaient préparés par Prudence, puis deux pêches de vigne, enfin un morceau de fromage. Chaque fois qu'il relevait la tête, il rencontrait le regard franc et calme de sa femme, et il se sentait bien, sans inquiétude. A la fin, quand il eut repoussé son assiette et qu'elle eut débarrassé la table, comme ils se retrouvaient de nouveau face à face, elle demanda :

— Et maintenant ?

— Dis-moi d'abord ce qui s'est passé.

Elle expliqua qu'elle avait la plupart du temps vécu au château pour aider les maîtres, que Charles Barthélémie s'était montré bienveillant, qu'elle y avait travaillé sans compter sa peine, puis elle ajouta après une hésitation, mais sans baisser les yeux, qu'elle avait remercié Barthélémie, pour que lui, Firmin, n'eût pas à le faire.

— Je n'ai rien demandé, fit-il d'une voix sèche, mais en souriant aussitôt pour qu'elle ne s'y trompe pas.

Elle hocha la tête, ajouta :

— Il veut te voir, cet après-midi, sans faute.

— J'irai.

Elle lut dans ses yeux de la reconnaissance. Il savait qu'elle avait fait tout ce qui était en son pouvoir pour lui éviter une humiliation et aussi, dans la mesure du possible, pour qu'il ne soit pas contraint de renoncer à ses idées, qu'elle partageait. Du premier contact entre lui et le maître allait dépendre leur destin. Elle était prête à tout, même à partir, comme lui, avec lui.

— On trouvera toujours à travailler à la journée, dit-elle, ne te sens pas obligé de...

— Je ne me sens obligé de rien, la coupa-t-il, sauf vis-à-vis de toi.

Voilà : tout était dit. Ils se regardaient et ne bougeaient toujours pas. A la fin, il tendit une main, y reçut celle de Prudence, la serra.

— Et les vendanges ? demanda-t-il.

— Belles, très belles.

— Et ce puceron de malheur ?

— On ne l'a pas encore signalé dans le département.

Il en fut sincèrement soulagé, demanda encore :

— Et notre vigne ?

— Cinq comportes.

— C'est bien, c'est bien.

A cet instant, Amélie ouvrit la porte et vint embrasser son père, il remarqua qu'elle fuyait son regard mais l'expliqua par le fait qu'il sortait de prison, qu'il avait maigri, qu'il devait faire peur à voir. Il demanda alors à sa femme d'aller remplir un baquet d'eau, dans la grange, afin qu'il puisse se laver. Là, il ne vit pas le cheval et se retourna brusquement vers Prudence pour demander :

— Où est Coquet ?

— Au château, répondit-elle, non sans se troubler, sachant quelle importance ce vieux cheval avait pour Firmin.

Elle ajouta aussitôt :

— Il n'y avait personne, ici, pour s'en servir, tu comprends ?

Son visage s'éclaira de nouveau. Oui, c'était vrai : personne pour s'en occuper, et surtout personne pour le faire travailler.

— Je le ramènerai cet après-midi, dit-il.

Il n'aperçut pas l'ombre d'inquiétude qui vint barrer le front de sa femme à l'instant où elle commença à verser de l'eau dans le baquet qui lui servait d'ordinaire à faire la lessive.

Dans les vignes, cet après-midi-là, la chaleur était étouffante. Nul, d'ailleurs, ne s'y était aventuré, excepté Firmin, qui marchait lentement vers le château dont il apercevait le toit de tuiles roses, là-bas, sous les pins parasols. Il ne put s'empêcher de pénétrer une nouvelle fois entre deux rangées de ceps, de palper les feuilles et les sarments, les souches elles-mêmes, et de regretter de n'avoir pas été présent pour les vendanges. Il n'était pas pressé d'arriver au château. Non, il n'avait pas peur, mais la façade à linteaux, les balcons de fer forgé, la majestueuse porte d'entrée et le perron clos par une murette savamment ouvragée l'avaient toujours impressionné et, aujourd'hui, une sorte d'appréhension l'incitait à reculer le moment où il allait pénétrer dans l'allée d'oliviers.

Il savait, en effet, qu'il devrait écouter un discours qu'il devinait trop bien. Or, s'il était prêt à tout, même à quitter le domaine, il n'ignorait pas combien sa femme était attachée à la Combelle, et combien elle se plaisait dans cette maisonnette au pied des collines. Il n'était pourtant pas disposé à renier quoi que ce soit des idées pour lesquelles il venait de risquer sa vie, au contraire : elles avaient été confortées par ce qu'il avait découvert à Narbonne, et surtout par le fait qu'ils étaient nombreux à les défendre alors qu'il s'était toujours cru seul. Il avait deviné dans les hommes qu'il avait rencontrés un espoir et une force qui l'avaient bouleversé et en lesquels, malgré la défaite, il continuait de croire pour l'avenir.

Quand il entra dans la cour du château, les domestiques chargeaient deux grands fardiers de sept demi-muids en présence du courtier, de Léonce et de Charles Barthélémie.

Dès qu'il apparut, toutes les têtes se tournèrent vers lui et le travail cessa. Aussitôt, ce qu'il lut dans le regard des hommes qui avaient été ses amis le dévasta. Il comprit en un instant qu'il était devenu un paria, et qu'il n'aurait jamais plus sa place ici, car il avait mis en péril un équilibre sur lequel vivaient des dizaines et des dizaines d'hommes et de femmes, depuis des années. Pour ne pas perdre la face, cependant, il fit deux pas en avant et se trouva ainsi exposé davantage. Alors, il s'avança crânement vers Charles Barthélémie, qui, impassible, lança avec morgue :

— Je te verrai tout à l'heure, quand les fardiers seront partis.

Firmin serra les dents, recula, hésita à venir prêter main-forte aux domestiques qui peinaient pour hisser les demi-muids, mais il préféra attendre à l'écart, de peur de subir un nouvel affront. Ecrasé par le poids de ces regards qui l'avaient transpercé jusqu'au cœur, il quitta la cour, se dirigea vers le perron et s'assit sur les marches, dans l'odeur acide des buis impeccablement taillés, dont les massifs prospéraient à l'ombre des pins parasols. Personne ne vint vers lui, à part Charlotte, la fille aînée des Barthélémie, qui lui dit avec un sourire :

— Bonjour, Firmin.

Puis elle s'éloigna vers le parc et disparut dans l'ombre. Il dut attendre près d'une heure avant de voir s'engager dans l'allée du château la charrette anglaise du courtier, bientôt suivie par les lourds fardiers que tiraient des attelages de quatre chevaux. Il avait plusieurs fois hésité à partir mais s'était dit que ce serait remettre à plus tard une explication qui, de toute façon, était inévitable.

Ce fut Honorine qui vint l'appeler avec les airs de celles qui, à la porte des églises, font l'aumône aux mendiants :

— Monsieur vous attend dans son bureau.

Il n'avait jamais pénétré dans ce « bureau », une pièce du rez-de-chaussée richement meublée où Charles Barthélémie fumait ses cigares et faisait ses comptes. Il y avait là une bibliothèque, un divan, des portraits de famille, des fauteuils de reps vert et un bureau de bois verni, donc, derrière lequel Charles Barthélémie était assis, l'air grave, préoccupé.

— Ainsi te voilà ! dit-il, sans proposer à Firmin de s'asseoir et d'un ton volontairement blessant.

— Me voilà, dit Firmin.

Barthélémie hésita un peu, s'éclaircit la voix, demanda :

— Et c'est tout ce que tu as à me dire ?

— Ma femme vous a tout dit.

— Je vois, fit Barthélémie, agacé. Alors, tu n'as rien compris ?

— Au contraire, je viens de comprendre : je vais partir.

Charles Barthélémie se renversa un peu en arrière, sourit, et dit d'une voix grinçante :

— Tu ne partiras pas, parce que tu ne le peux pas : tu es assigné à résidence au domaine. Voici les papiers.

Il montra, sur le cuir vert de son bureau, quelques feuilles qui portaient une sorte de sceau officiel, puis il reprit :

— Si tu quittes la Combelle sans mon autorisation, ce sera pour retourner en prison.

Il sembla à Firmin que son sang se figeait dans ses veines. Un piège aux mâchoires de fer venait de se refermer sur lui.

— Vous n'avez pas le droit, dit-il.

— J'ai tous les droits en ce qui te concerne ! fit Charles Barthélémie, puisque c'est moi qui t'ai sauvé la vie.

— Je ne vous ai rien demandé.

— C'est pas pour toi que je l'ai fait, c'est pour ta femme, en reconnaissance de son aide précieuse, ici, depuis le départ de la mienne. Aujourd'hui, que tu le veuilles ou non, tu dépends entièrement de ma volonté et tu as intérêt à te tenir tranquille, sinon je te jure que tu finiras au bagne !

Firmin, de nouveau, se sentit écrasé, mais un ultime sursaut le fit se révolter :

— C'est contraire à la loi, ce que vous avez fait.

— Un partageux qui parle de respect de la loi ! ricana Charles Barthélémie, j'aurai tout entendu ! C'est par respect de la loi que vous voulez prendre la terre à ceux à qui elle appartient ?

— On demande simplement un peu de justice, dit Firmin.

— Quelle justice ? Est-ce que j'ai laissé un de mes domestiques mourir de faim ? Est-ce que je n'ai pas fait soigner leurs enfants malades ? Il y a des années et des années que nous vivons comme ça, et tout se passait bien avant que tu viennes mettre la pagaille ! Je vais te dire, Sénégas : ce qui te pousse, c'est la jalousie.

— Non, dit Firmin, vous vous trompez.

— C'est toi qui te trompes ! D'ailleurs, fini de discuter : à partir d'aujourd'hui, chaque matin, tu viendras prendre les ordres d'Antoine sur le perron.

Charles Barthélémie ajouta, alors que Firmin était devenu d'une pâleur extrême :

— Ce n'est pas tout : je te reprends le cheval. Pour le reste, et pour te montrer que je n'ai pas de rancune, je te laisse habiter à la Combelle. Voilà, tu peux t'en aller !

Firmin ne bougea pas. Une colère sourde enflait au fond de lui. Il eut envie d'étrangler cet homme qui venait de le briser en quelques minutes et il fit un pas vers le bureau. Charles Barthélémie se leva, énorme et menaçant. Le défi terrible et muet dura une dizaine de secondes, mais Firmin songea à Prudence, dont le visage grave venait d'apparaître devant ses yeux. Il relâcha l'air qui incendiait sa poitrine, puis il fit demi-tour et partit sans se retourner.

Sur le perron, il croisa Léonce, sans même le voir.

Il courut vers les vignes où il se réfugia pour cacher sa détresse. Sa vie était finie. Il avait tout perdu, jusqu'à l'estime qu'il avait de lui-même, jusqu'à sa propre liberté. Loin de tout, loin du monde, il s'allongea entre les ceps, le visage tourné vers cette terre qu'il avait tant travaillée, tant aimée, et pour laquelle il était allé au bout de ses idées, sans se soucier des risques qu'il prenait.

Il y resta jusqu'à la tombée de la nuit, incapable de se relever, de recommencer à vivre. Mais une ombre veillait : celle de Prudence qui le cherchait depuis le milieu de l'après-midi. Quand elle l'eut trouvé, elle s'agenouilla près de lui, murmura :

— J'ai froid aux mains. Prends-les, s'il te plaît.

C'était vrai que, depuis son enfance, elle avait toujours froid aux mains, même l'été. Il la revit à quinze ans, et ce fut soudain comme si tout était encore possible. Il se tourna vers elle, prit ses mains, se leva, et ils partirent ainsi réunis jusqu'à la Combelle où elle lui dit, avant de franchir la porte :

— Un jour, Firmin, les vignes appartiendront à ceux qui les travaillent. J'en suis sûre. Aussi vrai que nous vivons ensemble, tous les deux, depuis si longtemps.

3.

Ce mois de février-là, le cers n'en finissait pas de balayer la plaine où les femmes s'efforçaient d'échauder les ceps en lui tournant le dos. Malgré les câlines et les longues chemises blanches qui leur descendaient jusqu'aux chevilles, elles ne parvenaient pas à se protéger des morsures du vent du nord dont les rafales les transperçaient jusqu'aux os. Une fois qu'elles avaient versé sur les ceps, avec leur cafetière, l'eau brûlante chargée de tuer les œufs de pyrale ou de cochylis, elles revenaient en toute hâte vers la chaudière où, malgré les remontrances d'Antoine, elles s'attardaient autant qu'elles le pouvaient en regardant monter les fumées des sarments que l'on brûlait dans les allées. Ce n'était pas du goût de Léonce qui, bien à l'abri dans le cabriolet, appelait régulièrement le régisseur pour lui faire part de son mécontentement de voir le travail avancer si lentement.

Car désormais, il était le maître, Léonce, en ce mois de février 1873, depuis exactement un jour de décembre de l'année précédente où son père, à la suite d'une chute de cheval, avait sombré dans un coma qui semblait irréversible. Et Léonce n'avait pas attendu un instant pour prendre la direction des affaires et mener ses gens comme il avait toujours rêvé de les mener :

durement, sans la moindre concession, avec l'intransigeance de son ardente jeunesse. Seules Charlotte et, tout de même, la présence de son père dans la chambre, là-haut, parvenaient quelquefois à tempérer une soif d'autorité que le retour d'Elodie, accompagnée de Berthe, n'avait pas remise en cause une seconde.

Léonce était l'homme, l'aîné, il devait commander, et il ne s'en privait pas. Tous ceux qu'il n'aimait pas, comme Antoine ou Firmin, devaient courber le dos pour ne pas s'attirer les foudres de son orgueil et de sa volonté. Quant à Amélie, il ne s'en préoccupait guère, maintenant qu'il avait d'autres moyens d'exercer son pouvoir sur les femmes. Et c'était elle, à présent, qui le suppliait de venir la retrouver, où il voulait, quand il voulait, et de ne pas l'abandonner.

Il se retourna vivement en entendant le bruit d'une charrette derrière lui, sur le chemin. Il sauta à terre et s'approcha de la jardinière que menait Calixte, assis auprès Charlotte emmitouflée dans une longue cape de laine. A peine se fut-il approché qu'elle lui dit d'une voix qui tremblait un peu :

— Notre père est mort.

— Ah ! fit Léonce, qui, touché plus qu'il ne l'aurait cru, se garda bien de le montrer à sa sœur.

En effet, depuis qu'il avait pris en main les affaires du domaine, ils se heurtaient souvent. Or, de cet affrontement ne pouvait sortir qu'un vainqueur. L'autre devrait partir ou se soumettre, c'était ainsi, ni lui ni elle ne l'ignoraient. Etienne, à treize ans, n'était pas de taille à rivaliser avec ses aînés, et d'ailleurs il était en pension à Narbonne. Berthe, elle, ne se souciait que de son piano et de sa mère diminuée par la maladie. Ils étaient donc bien deux, face à face, pour se disputer la direction du domaine, et c'était Léonce, en raison de son âge et de sa qualité d'aîné, qui possédait les meilleures cartes. Il le savait, ne se privait pas d'en user, et même d'en abuser.

— Retourne là-bas ! dit-il à Charlotte, je viens.

Elle mit un point d'honneur à ne pas lui obéir et l'attendit jusqu'au moment où, ayant donné ses ordres à Antoine sans même lui faire part du décès de son maître, il fit tourner le cheval et engagea le cabriolet derrière la jardinière.

Au Solail, Elodie et Berthe se lamentaient, soutenues par les domestiques, et surtout par Prudence, envers qui Léonce ne pouvait se défaire d'une sorte de respect. Il s'en méfiait, cependant, car il savait que son influence était aussi importante auprès de Charlotte et d'Elodie qu'elle l'avait été auprès de Charles Barthélémie dont elle avait obtenu, peu de temps avant l'accident, la restitution du cheval au profit de son mari. Ainsi, en quelques mois, les choses étaient-elles rentrées dans l'ordre entre le maître et son ramonet, au grand dépit de Léonce qui ne rêvait que de le chasser.

Il monta et se recueillit quelques minutes devant la dépouille de celui qui avait régné sur le domaine et qui lui laissait aujourd'hui le champ libre pour mener à bien ses projets. Il ne s'attarda guère dans la chambre dont on avait fermé les volets et qu'éclairait seulement une bougie qui donnait à la mort cette odeur si particulière, soulignant peut-être une dernière sueur, une sorte d'acidité exténuée. Ne pouvant supporter la présence des vieilles du château qui égrenaient leur chapelet, il redescendit et pénétra dans le bureau afin de chercher un éventuel testament. Comme il ne trouvait rien, il envoya Calixte prévenir le notaire de Ginestas, maître Lacaze, qui réglait les affaires de la famille, d'avoir à venir au Solail en début d'après-midi.

— Tu ne perds pas de temps, lui dit Charlotte qui

le croisa comme il entrait de nouveau dans le bureau. Attends au moins qu'on l'ait porté en terre.

— Qu'est-ce que ça changera ? fit Léonce en haussant les épaules.

Non, cette mort ne changerait rien à l'état de fait qui existait : elle ne ferait que l'officialiser. Léonce croyait du reste peu probable que son père eût établi un testament, car il était en excellente santé et seulement âgé de quarante-sept ans au moment de son accident. Le Solail reviendrait donc à Elodie et à ses quatre enfants, à la tête desquels lui, Léonce, comptait bien régner sans partage.

D'autant que les perspectives n'étaient pas mauvaises, en cette année 1873 : le phylloxéra n'avait toujours pas atteint l'Aude et, malgré l'importation de vins algériens, du fait de la destruction des vignobles du Midi, le prix de l'hectolitre n'avait jamais été si élevé. D'ailleurs, la consommation avait fortement augmenté au cours des dernières années, en raison de l'accroissement de la population et de celui du niveau de vie des ouvriers partis travailler dans les villes. Si cette situation durait, on pourrait acheter des hectares de vignes supplémentaires. En outre, Léonce avait d'autres projets quant à l'agrandissement du domaine : il comptait bien encourager Charlotte à épouser le fils d'un des propriétaires d'Argeliers, dont les vignes étaient attenantes à celles du Solail.

Tant de projets, tant de rêves de puissance retardés le mirent de mauvaise humeur tout au long de l'après-midi, malgré la visite de maître Lacaze qui avait confirmé l'absence de testament, et donc le règlement prévu en tout point par Léonce. Après lui, pour un dernier hommage à Charles Barthélémie, se pressèrent au château les grandes familles de Ginestas, Bressan, Argeliers, Mirepeisset, Marcorignan, Saint-Marcel et même de Narbonne.

Le lendemain, les domestiques et les gens de plus humble condition furent admis à venir s'incliner devant la dépouille de leur maître. Le surlendemain, enfin, ce furent les obsèques : après une grand-messe à Saint-Baudille, Charles Barthélémie fut porté en terre, non pas dans le petit cimetière de Sainte-Colombe, mais dans le parc du Solail où, depuis, toujours, étaient ensevelis les maîtres, sous le plus grand cyprès, entre trois énormes buis, dans le caveau solennel protégé par une porte en fer ajourée d'une croix, et sur lequel veillaient deux anges de pierre aux ailes déployées. Léonce mesura à cette occasion, au nombre et à la qualité de ceux qui défilèrent pour les condoléances, l'estime que l'on portait à la famille Barthélémie. Il n'en tira que plus d'orgueil et plus de hâte à exercer son autorité.

Après la cérémonie, à la tombée de la nuit, comme il revenait des vignes où les femmes achevaient l'échaudage, Amélie surgit devant le cheval et le saisit par la bride en disant :

— Léonce ! Léonce ! il faut que je te parle.

Il s'arrêta de mauvaise grâce mais en se disant qu'au moins, ici, l'entrevue ne pourrait pas durer longtemps.

— Léonce, je suis grosse, dit Amélie dans un sanglot.

Il s'attendait depuis quelque temps à une chose de ce genre.

— Et alors ? fit-il cyniquement.

— Mais, Léonce, tu ne peux pas m'abandonner comme ça !

— Va voir la Tarasque, je te donnerai de l'argent.

La jeteuse de sorts avait aussi la réputation de venir en aide aux filles-mères frappées par le déshonneur. Amélie en avait trop peur pour s'en remettre à elle, car elle craignait par-dessus tout la manière qu'avait la Tarasque de jeter l'opprobre sur les malheureuses qui faisaient appel à ses services.

— Léonce, tu m'avais promis, gémit Amélie.

— Je ne t'ai rien promis du tout.

— Si ! Léonce, rappelle-toi.

Il ne s'en souvenait que trop bien. Mais, aujourd'hui, il était le maître et il ne pouvait pas s'embarrasser de la fille d'un ramonet, surtout de celui de la Combelle. Il jeta un regard ennuyé autour de lui, craignant qu'on ne les aperçoive, puis il dit, d'un ton plus accommodant :

— Rentre chez toi, je vais m'en occuper.

Et, comme elle ne lâchait pas les rênes du cheval qui s'énervait :

— Ne t'inquiète pas, je vais tout arranger. Allez, va !

Un peu rassurée, Amélie consentit à s'écarter et regarda disparaître le cabriolet avant de se remettre en route vers la Combelle. Léonce, une fois seul, eut un sourire satisfait. Il ne lui avait pas fallu plus de quelques secondes pour trouver une solution : comme il disposait désormais des revenus du château, il allait envoyer Amélie à Narbonne, où il la logerait en meublé. Quand elle aurait accouché, il lui trouverait un travail et il pourrait passer la voir à l'occasion sans crainte d'être jugé par les gens du domaine. Il l'éloignerait ainsi de la Combelle avant de régler ses comptes avec Firmin, qui représentait une menace qu'il ne pouvait pas tolérer. Il aurait tout loisir de se débarrasser de ce partageux dont il ne supportait plus la présence, et de sa femme qui était trop influente auprès de Charlotte.

Il rentra au château de bonne humeur, s'installa dans le bureau dont il aimait l'odeur de cire et de vieux livres et dans lequel les dossiers et les papiers épars sur le cuir vert lui renvoyaient l'image de sa nouvelle puissance. Il sonna Honorine, lui ordonna de lui tirer les bottes, puis il alluma l'un de ces gros cigares qui faisaient chaque soir le plaisir de Charles Barthélémie.

— Que veux-tu que j'y fasse, Charlotte ?

Elodie Barthélémie avait à peine consenti à répondre, et ses yeux sans couleur s'étaient posés sur sa fille avec contrariété. Elle était loin, très loin des problèmes soulevés par Charlotte au sujet de Léonce. Sa maladie l'avait épuisée. Elle n'avait accepté de se rendre à Narbonne chez l'avocat, maître Cathala, qu'à condition que Berthe les suivît aussi. Elles avaient, en effet, tellement pris l'habitude de vivre ensemble à Montpellier qu'elles ne se quittaient plus. Et on retrouvait chez toutes deux la même fragilité maladive, la même absence de beauté, la même aptitude à subir les événements. Seule la musique apportait à Berthe un peu de grâce, lorsque sa tête suivait la mélodie, que ses anglaises jouaient sur ses épaules étroites, que ses doigts s'accordaient à Chopin, son préféré, pour sa mélancolie.

Charlotte avait eu toutes les peines du monde à les décider à ce voyage à Narbonne, mais elle n'avait pas été fâchée de l'annoncer à Léonce au cours du dîner de la veille. Il n'avait pas sourcillé, mais elle avait senti qu'il en était inquiet. D'ailleurs, il n'avait pas quitté le château jusqu'au moment où la voiture, conduite par Calixte, s'était engagée dans l'allée. Elodie et Berthe, pour une fois, n'avaient pas trahi le secret : elles se rendaient à Narbonne pour acheter des coupons de tissu aux Dames de France, et Léonce, malgré ses questions, n'avait pu en apprendre davantage.

Le temps était clair et froid, l'air cassant comme du verre, tandis que la voiture approchait de la grande ville dont Charlotte apercevait le clocher de la basilique, qui, derrière une colline plantée de pins, paraissait égratigner le ciel. La route avançait en ligne droite à travers les vignes dans lesquelles les hommes effectuaient la taille, et où les bouquets fleuris des amandiers tranchaient sur la noirceur des ceps débarrassés de leurs feuilles par le vent.

Elodie avait pris un air ennuyé. Berthe, les yeux mi-clos, devait rêver de Montpellier, d'où elle était revenue éblouie par quelques concerts de sociétés musicales entendus place de la Comédie. « Qu'ai-je de commun avec elles ? se demandait Charlotte ? Est-ce qu'elles sont entrées une seule fois dans une vigne ? Non, sûrement pas. » Et si elle avait mis à profit le voyage pour les alerter une nouvelle fois au sujet des manœuvres de Léonce, Charlotte avait compris qu'elle était seule dans ce combat sans doute perdu d'avance quand sa mère avait répété :

— Que veux-tu que j'y fasse, ma fille ? Ne vois-tu pas combien je suis fatiguée ?

Charlotte la quitta du regard, examina un moment Berthe et son profil d'oiseau noir, soupira. Oui, elle était seule, mais elle n'était pas sans armes puisqu'elle avait obtenu de maître Lacaze une copie de l'acte qui avait réglé la succession. Dès cet après-midi, elle connaîtrait exactement ses droits et ne se priverait pas de les faire valoir.

La route se mit enfin à descendre vers la grande avenue qui menait au centre. La voiture longea un moment le canal de la Robine, passa les trois ponts, puis entra dans le cœur de la ville où c'était jour de marché. Les trottoirs et la place étaient encombrés par les étals de légumes, de charcuteries de la Montagne noire, de tissus provençaux, de vaisselle où Charlotte reconnut les pots en terre d'Issel dans lesquels Maria faisait mijoter le cassoulet, et les casseroles en cuivre de Durfort dont les batteries ensoleillaient la cuisine du château.

Il fallut patienter un long moment avant de pouvoir se frayer un passage vers la promenade des Barques, à l'extrémité de laquelle Calixte put enfin garer la voiture. Charlotte aida alors sa mère à descendre et, comme elle avait froid, elle l'emmena, toutes deux suivies par Berthe, boire un chocolat au Continental, face à la grande boutique des Dames de France qui formait l'angle de la place de l'Hôtel-de-Ville et de la Grand-Rue. Là, un marchand de marrons ambulant faisait ronfler son brasero, entouré d'enfants au regard brillant de convoitise. Ensuite, elles firent quelques emplettes dans la rue du Pont-des-Marchands, puis, comme il n'était pas loin de midi, elles allèrent déjeuner dans un restaurant de la rue de l'Ancien-Courrier où Charles Barthélémie avait l'habitude de les emmener, chaque année, pour fêter les vendanges.

Le rendez-vous avec maître Cathala était à deux heures trente. Son étude se situait dans la vieille ville, tout en haut, rue des Nobles, pas très loin de l'église Saint-Bonaventure. Il ne fut pas facile à Charlotte de convaincre sa mère de la suivre : elle se disait épuisée, s'accrochait au bras de ses filles en gémissant. Cependant, une fois dans la salle d'attente dont les grandes fenêtres étaient agrémentées de rideaux verts, réconfortée par la chaleur et un cordial offert par une secrétaire, elle s'apaisa un peu.

L'avocat ne les fit pas attendre. Il les reçut avec déférence, en souvenir de Charles Barthélémie qui avait été un « ami véritable », selon ses propres termes. Charlotte présenta les choses comme si c'était sa mère qui avait sollicité un avis sur le règlement de la succession. Aussi l'avocat ne s'adressa-t-il qu'à Elodie Barthélémie, une fois qu'il eut pris connaissance du document. A ses yeux, tout était en ordre : nul n'avait été illégalement avantagé, ils possédaient tous, enfants et veuve, une partie du domaine.

— Mais comment faire valoir ces droits ? demanda Charlotte.

— Par le partage des revenus, répondit l'avocat.

— Et s'il n'y a pas de revenus ? insista Charlotte qui savait où elle voulait en venir.

L'avocat sourit, objecta :

— Grâce au ciel, notre département a échappé jusqu'à aujourd'hui au phylloxéra. Je ne vois pas pourquoi il n'en serait pas de même à l'avenir.

— Si c'était le cas, dit Charlotte, et que certains, parmi les enfants, soient obligés de partir ?

— Eh bien, vous pourriez demander le partage du domaine et recevoir la part qui vous revient.

Puis, pour montrer tout son savoir, l'avocat se lança dans des arguties auxquelles Charlotte, et à plus forte raison Berthe et sa mère, ne comprirent pas grand-chose. Mais Charlotte en savait assez : elle n'avait pas perdu son temps. Elle s'empressa de remercier l'avocat et, soutenant toujours sa mère avec l'aide de Berthe, redescendit vers la place de l'Hôtel-de-Ville, afin d'acheter les fameux coupons aux Dames de France. Cela leur prit tellement de temps que la nuit commençait à tomber quand leur voiture, doublant les marchands ambulants, quitta Narbonne où l'on allumait les réverbères. Charlotte n'en fut pas fâchée : un retour tardif intriguerait Léonce, qui ne comprendrait pas qu'il faille une journée entière pour aller acheter de vulgaires morceaux de tissu.

Tout au long du trajet, dans la voiture plongée dans l'ombre, tandis qu'au-dehors les grelots du cheval sonnaient clair dans la nuit crépitante d'étoiles, Charlotte échafauda des plans pour contraindre Léonce à passer par où elle voudrait. Elle possédait désormais une carte maîtresse : en cas de désaccord, elle pouvait l'obliger à vendre des vignes pour recevoir sa part. Certes, dans ce cas, elle serait contrainte de partir, mais ce ne serait que pour mieux revenir un jour, quand elle serait devenue plus forte, et certaine de tenir au Solail la place à laquelle elle aspirait et qui, pensait-elle, lui revenait de fait et de droit.

Il se levait de plus en plus difficilement, Firmin, chaque matin : c'était comme si le meilleur de ses forces l'avait abandonné. Sans la présence de Prudence, il se demandait même comment il aurait continué à vivre après avoir vu ses rêves s'envoler, sa vie s'assombrir, sa propre estime anéantie par Charles Barthélémie un après-midi de septembre dans le bureau du Solail. Et voilà maintenant que sa fille manifestait le désir de s'en aller à Narbonne. Certes, il n'était pas mécontent de la voir s'éloigner de Léonce, mais il se demandait si cette volonté ne cachait pas quelque chose d'inavouable, et cette idée le minait jour et nuit, accentuant le poids de celles qui l'accablaient depuis plus d'un an.

Il descendit dans la cuisine où Prudence avait déjà allumé le feu. Malgré le froid, il n'était pas question de demeurer à la Combelle : il fallait achever la taille des vignes le plus vite possible. Quelques journées de gel survenues huit jours auparavant avaient retardé le travail, au grand dam de Léonce et d'Antoine, qui, depuis, exigeaient la présence des hommes depuis le lever du jour jusqu'à la tombée de la nuit.

— Il n'a pas gelé, dit Prudence, ça pourra aller.

— Et le vent ?

— C'est le grec.

Firmin eut un soupir de soulagement ; il savait que le vent d'est annonçait un changement de temps :

dans quelques jours, peut-être dès demain, allait se lever le marin qui amènerait sans doute la pluie mais aussi la douceur nécessaire à la taille. Il se hâta de déjeuner et sortit pour se rendre dans l'étable. Le jour n'était pas encore levé. Des étoiles clignotaient par moments dans le ciel, mais elles paraissaient lointaines, et comme perdues dans une étendue trop vaste pour elles.

Quand il poussa la porte, une désagréable odeur le surprit et il n'aperçut pas Coquet derrière la cloison de bois. Il la contourna rapidement, découvrit son cheval couché sur le flanc, le corps parcouru de longs frissons. Il connaissait bien cette odeur, pour l'avoir sentie à deux ou trois reprises au cours de sa vie : c'était celle de la gourme, aussi dangereuse pour les bêtes que pour les hommes. Il sortit sur le seuil, appela Prudence qui accourut et comprit aussitôt ce qui se passait en apercevant l'animal gisant sur le côté et haletant de fièvre. Ils n'eurent pas besoin de se concerter pour prendre la décision de le soigner eux-mêmes, sans prévenir le vétérinaire qui le ferait abattre à coup sûr. Certes, les risques étaient grands, car le cheval était très âgé et aurait des difficultés à résister au mal ; pourtant, ne valait-il pas mieux essayer plutôt que de se résoudre au pire tout de suite ?

— J'ai de l'extrait de café, dit Prudence, c'est ce qui presse le plus.

— Il faudra aller chercher de la moutarde chez la Violette, dit Firmin ; elle devinera ce qui se passe, mais elle tiendra sa langue.

— J'irai dès que ce sera ouvert.

Revenus dans la cuisine, ils mélangèrent l'extrait de café à de l'eau, puis ils retournèrent dans l'étable, où, avant de s'approcher du cheval, ils nouèrent chacun un mouchoir autour de leur bouche afin de ne pas respirer les miasmes de la maladie contagieuse.

Ensuite, avec beaucoup de patience, ils le firent boire au moyen d'une bouteille au col très allongé, puis ils le couvrirent.

— Il faut que je m'en aille, dit Firmin. Je reviendrai à midi.

Il partit. Le jour était là, promenant au-dessus des vignes des écharpes laiteuses qui s'accrochaient aux branches des amandiers. Firmin n'y prêta aucune attention. Il était habité par l'image de Coquet couché sur le flanc. A qui aurait-il pu avouer que ce cheval était pour lui bien autre chose qu'un animal : en fait, un compagnon de vingt ans près duquel il avait passé de longues heures dans les vignes, et qu'il connaissait aussi bien que l'on peut connaître un enfant. Qui savait, à part Prudence, peut-être, que les plus graves blessures, à son retour au domaine, avaient été l'affront de Charles Barthélémie, certes, mais aussi le fait d'être privé d'une bête aussi bonne, aussi franche, aussi courageuse que bien des hommes et dont l'œil, ce matin, brillait d'un appel muet, un appel au secours qui semblait dire : « Sauve-moi, sauve-moi ! »

Firmin s'arrêta sur le sentier, écrasé par l'idée, qu'après tout ce qu'il avait subi, depuis son retour au domaine, il risquait de perdre son cheval. C'était là plus qu'il n'en pourrait supporter. Un hennissement, au loin, le fit sursauter, et, reprenant conscience de la réalité, il se remit en route, espérant que Léonce ne serait pas encore arrivé pour constater son retard. Mais il aperçut bientôt la capote du cabriolet et comprit que ce matin, décidément, rien ne lui serait épargné.

— Alors ! fit Antoine, qui se tenait près de Léonce, voilà que tu ne peux même plus te réveiller le matin !

Les hommes, dans les rangées de vignes, levèrent la tête sans cesser le travail. Sachant qu'il était dans son tort, Firmin ne répondit rien. Il entra dans la vigne, prit en main ses cisailles, compta les yeux du sarment et se mit à tailler.

— Encore un retard comme celui-là, fit Léonce, et on aura des comptes à régler, tous les deux !

Firmin ne répondit pas davantage. Il s'absorba dans le travail, reconnaissant d'instinct les deux yeux au-dessus desquels il actionnait ses cisailles, non compris le bourrillon, situé à quelques millimètres au-dessus de l'empattement du sarment. Il laissait derrière lui des coursons bien nets, trois généralement, comme il était d'usage pour les rameaux de la taille en gobelet. Personne n'avait jamais pu contester son travail : il était l'un des meilleurs tailleurs de tout le Languedoc.

Aussi fut-il stupéfait quand, en se retournant, il aperçut Léonce qui était entré dans la vigne, suivi par Antoine. A peine reprenait-il sa tâche que le fils Barthélémie l'appelait. Il revint sur ses pas, entendit, glacé, Léonce reprocher :

— Là ! vous avez taillé à trois yeux ; ce n'est pas un bourrillon, ça, c'est un œil.

— C'est un bourrillon, répondit Firmin, dont les mains s'étaient mises à trembler de colère et d'indignation.

— Certainement pas, fit Léonce.

— Il y a deux bourgeons : c'est un bourrillon, reprit Firmin en forçant la voix.

— Antoine ! fit Léonce.

Le régisseur était mal à l'aise. Il savait bien que le travail de Firmin avait toujours été irréprochable et que sa science de la taille ne pouvait être prise en défaut. Il n'osa pas trahir celui qu'il connaissait depuis plus de trente ans et à qui, jusqu'aux terribles événements de la Commune, on n'avait jamais pu faire le moindre reproche.

— On dirait bien un bourrillon, fit Antoine, qui ne

s'aperçut pas du regard terrible que lui lança Léonce avant de revenir vers le cabriolet.

Il était loin de soupçonner, en cet instant, combien ce parti pris en toute honnêteté pour le ramonet allait peser sur ses dernières années.

Firmin, lui, reprit son travail un peu apaisé. Il y avait encore des hommes à qui on pouvait faire confiance. D'ailleurs, jusqu'à ces derniers temps, il n'avait jamais eu à se plaindre du régisseur : ils se connaissaient depuis très longtemps et c'était la même passion, la même connaissance de la vigne qui les animait. Il songea qu'avec la prise en main du domaine par Léonce, Antoine n'allait pas avoir la vie facile.

Puis la pensée de son cheval malade lui revint à l'esprit, et l'idée d'une menace imminente ne le quitta plus de la matinée. Est-ce que Prudence aurait eu le temps d'aller au village ? Il fut tenté de regagner la Combelle, car Antoine et Léonce avaient disparu, mais il se dit que ce n'était pas le moment de se faire prendre en défaut une deuxième fois et il se résigna à patienter jusqu'à la pause de midi.

Il en profita alors pour regagner la Combelle, qui n'était pas trop éloignée de la vigne où il travaillait. Il y trouva Prudence qui était en train de préparer un grand cataplasme dans un drap usagé. Ils le portèrent fumant dans l'étable où le cheval paraissait haleter un peu moins : l'extrait de café avait fait tomber la fièvre. Ils posèrent le cataplasme sur le flanc de l'animal, le nouèrent au cou et aux pattes arrière puis se redressèrent, observant Coquet d'un regard apitoyé.

— Allez, viens ! Il faut y aller, fit Prudence.

Firmin ne s'y résignait pas. Il savait qu'il ne rentrerait pas avant la nuit et il s'inquiétait de laisser seul si longtemps cette bête souffrante.

— Viens ! répéta Prudence.

Ils repartirent, elle vers le château, lui vers la vigne

proche de la Croix. Le grec soufflait en longues rafales qui faisaient s'agiter les pins des collines et dériver de grands oiseaux dans le ciel embrumé.

L'après-midi parut interminable à Firmin qui ne cessa de songer à son cheval, d'autant que le régisseur attendit le tout dernier moment pour donner le signal du départ, malgré l'ombre qui rampait sur les vignes. Dès qu'il le put, Firmin marcha le plus vite possible vers la Combelle dont il apercevait les lumières, là-bas, au pied de la masse plus sombre des collines. Prudence était là, en compagnie d'Amélie qui regagnait la maison chaque soir, mais qui, à midi, aidait à la cuisine, au château. Elles avaient préparé de l'extrait de café et un nouveau cataplasme de moutarde que Firmin et Prudence appliquèrent sur le flanc du cheval après l'avoir retourné avec beaucoup de difficulté. Pendant ce temps, Amélie avait mis la table.

Ils mangèrent en silence, pas seulement à cause du cheval, mais aussi parce que, depuis quelque temps (en fait, depuis le jour où Amélie avait annoncé qu'elle voulait partir travailler à Narbonne), Firmin n'osait pas discuter avec elle de peur de s'emporter et de la frapper. Il se disait même parfois qu'il eût préféré ne plus la voir, ne rien savoir, ne plus jamais en entendre parler. Ce soir-là, il se hâta de manger ses mounjetes, et se rendit à l'étable, où Prudence le rejoignit. Ils regardèrent un moment haleter le cheval, dont la fièvre, semblait-il, était remontée.

— Je vais dormir là, dit Firmin.

— Tu ne devrais pas, fit Prudence. Le risque est grand d'attraper la maladie, tu le sais bien.

Firmin jeta un tel regard à sa femme qu'elle se résigna. Elle venait de comprendre que, ce soir, tout lui était égal, qu'il était au-delà de tout, prêt à tout, que rien ne comptait plus pour lui que la souffrance de cette bête qu'il aimait trop pour l'abandonner. Elle lui demanda simplement de venir la réveiller si ça allait plus mal, puis elle s'en fut se coucher.

Dès qu'il fut seul, le ramonet s'enroula dans une vielle couverture déchirée et s'allongea contre le mur sur les bottes de paille, à trois pas de son compagnon. Il guetta un long moment sa respiration douloureuse, s'assoupit, se réveilla brusquement, vint éponger le front brûlant de l'animal et lui parla comme il lui avait si souvent parlé durant leurs longues heures de travail. Le cheval parut alors s'apaiser. Firmin se recoucha, et, de nouveau, s'assoupit. A trois ou quatre reprises, pourtant, il revint parler à la pauvre bête épuisée dont il apercevait, dans la lueur pâlotte de la lampe, l'œil où semblait passer une immense tristesse.

Vers quatre heures du matin, la respiration se fit plus saccadée. Firmin s'approcha, caressa longuement le cou brûlant. Un peu plus tard, le grand corps se mit à trembler violemment, puis les muscles se relâchèrent. Son cheval venait de l'abandonner. Firmin resta allongé près de lui jusqu'au lever du jour ; après quoi il regagna la maison où Prudence allumait du feu.

— Il est mort, dit-il.

Il s'assit et ne sentit même pas la main de sa femme sur son épaule. Il devinait confusément qu'avec la mort de ce fidèle compagnon disparaissait aussi l'époque la plus heureuse de sa vie.

Il passa la matinée à creuser un trou pour enterrer Coquet tout près de la maison, afin de pouvoir de temps en temps parler avec lui. Il n'eut le temps ni d'achever ce travail ni d'effacer les preuves de la faute qu'il avait commise en ne prévenant pas le vétérinaire. Vers onze heures du matin, alors qu'il était encore occupé à creuser, le cabriolet de Léonce s'annonça.

Il était comme d'habitude accompagné d'Antoine, qui tenait les rênes. Ils regardèrent, incrédules, Firmin dans son trou, puis Léonce descendit et se dirigea tout droit vers l'étable. Il y demeura quelques secondes, en ressortit fou de colère :

— Ça faisait combien de temps qu'il était malade ?

— Vingt-quatre heures, dit Firmin d'une voix fatiguée.

— Et vous n'avez rien dit !

Firmin ne répondit pas.

— Vous ne savez pas reconnaître la gourme ? Et si vous l'avez passée aux hommes, hier, ou à mon cheval, ou même à moi !

Firmin ne répondit pas davantage. Léonce se tourna vers Antoine qui baissait la tête, accablé, comprenant que, cette fois, il ne pouvait rien pour le ramonet. Léonce tremblait d'une rage qu'il contenait mal, son regard allant de l'étable à Firmin et inversement.

— Fais-lui porter de la chaux ! dit-il à Antoine.

Et, s'adressant à Firmin :

— Viens au château cet après-midi, on réglera tout ça.

— Non, dit Firmin d'une voix blanche, je ne viendrai pas, car je vais m'en aller.

— Tu ne t'en iras pas ! cria Léonce. Tu ne t'en iras pas parce que tu n'en as pas le droit, c'est moi qui te chasse !

— Je ne viendrai pas au château, reprit Firmin. Vous ferez ce que vous voudrez !

— Alors, que tu sois parti dans les quarante-huit heures ! lança Léonce. Antoine viendra vérifier si tu n'emportes rien de ce qui m'appartient !

Firmin sortit du trou, fit un pas en avant, sa pelle à la main, mais le regard d'Antoine l'arrêta. Léonce remonta dans le cabriolet, cria de nouveau :

— Quarante-huit heures ! Pas une de plus ! Et

tâche de me faire savoir où tu vas, que je puisse le dire aux gendarmes !

Le cabriolet s'éloigna, et Firmin demeura seul, vaguement soulagé, épuisé aussi, tout à coup, par le manque de sommeil et la fatigue des derniers jours. Il s'assit au bord de la fosse, prit sa tête entre ses mains, ne bougea plus, regardant fixement la dernière demeure de son cheval.

C'est dans cette position que le trouva Prudence en arrivant à midi. Elle l'aida à entrer dans la maison, le fit asseoir, lui versa un verre de vin. Alors, il lui raconta ce qui s'était passé et il fut rassuré de l'entendre répondre :

— De toute façon, je savais que ça se terminerait comme ça.

Et, comme il hochait la tête sans parler :

— Je me suis occupée de trouver quelque chose au village, ajouta-t-elle en servant des pommes de terre.

Firmin leva la tête, ressentit tout à coup combien sa femme était forte, peut-être autant qu'il l'avait été, lui, avant les événements de Narbonne.

— Personne ne nous logera après ce qui s'est passé, dit-il. Ils auront bien trop peur.

— Si, fit Prudence, ma cousine : Victorine.

Firmin retrouva un peu d'espoir. Il connaissait depuis longtemps Victorine et son mari, Raoul Maffre, qui était tonnelier sur la promenade de Sainte-Colombe. Ils les avaient plusieurs fois invités à la Combelle, les jours de fête, et avaient passé un ou deux réveillons de Noël chez eux. Raoul n'était pas indifférent aux idées républicaines, même s'il évitait de les manifester pour ne pas heurter ses clients.

— Ils ont deux pièces de libres à l'étage, sous les toits, là où vivait la mère de Victorine qui vient de mourir, reprit Prudence.

— Ils ne craignent pas des représailles du château ? demanda Firmin.

— Raoul n'a jamais beaucoup travaillé pour les Barthélémie. Et du travail, il en a par-dessus la tête.

Firmin n'osait y croire.

— Et toi ? demanda-t-il en songeant qu'elle n'allait plus pouvoir travailler au Solail.

— Elodie et Charlotte se sont disputées avec Léonce : elles veulent que je reste là-bas.

Prudence se tut un instant, puis ajouta :

— J'ai refusé.

Malgré les difficultés qu'ils allaient rencontrer pour gagner leur pain, Firmin en fut soulagé. Il songea alors à Amélie, mais Prudence devança ses pensées :

— La petite veut partir depuis longtemps, tu le sais bien. Il n'y a qu'à la laisser faire : elle a trouvé une place de repasseuse à Narbonne.

Firmin ne réfléchit pas longtemps : il ne pouvait plus supporter de vivre au domaine, avec ce Léonce qui le poursuivait sans cesse de sa haine. S'il ne partait pas, ça se terminerait par un malheur. Finalement, tout ne s'arrangeait pas si mal, mais il fallait déménager le plus vite possible.

— Dans les quarante-huit heures, dit-il à Prudence qui n'en fut pas surprise.

Et, à l'idée de quitter cette maison quelque chose en lui se brisa. Il essaya tant bien que mal de le cacher à sa femme, qui luttait elle aussi pour ne pas lui montrer combien elle était éprouvée. Ils se hâtèrent de finir de manger, afin de ne pas rester face à face ainsi, à mesurer leur chagrin du regard. Firmin sortit pour creuser, obsédé maintenant par l'idée du travail qu'il devrait trouver pour vivre, car ce n'était pas la petite vigne qu'ils possédaient sur les collines qui leur serait d'un grand secours.

L'après-midi, Antoine vint avec une charrette

porter de la chaux. Avec son attelage, il les aida à tirer le cheval mort dans le trou, puis il repartit en disant qu'il repasserait le lendemain, comme Léonce le lui avait ordonné. Firmin recouvrit le corps de son compagnon, se recueillit un moment, puis rentra dans la maison où Prudence préparait le départ en s'efforçant de sourire. Le soir, Amélie se montra heureuse de partir. Firmin ne tenta même pas de savoir ce qui la poussait ainsi à s'en aller en ville. Il était désormais au-delà de ce qui avait été un grand souci. Sa fille allait gagner sa vie ailleurs, comme lui, et c'était tout.

Le lendemain, il se rendit avec Prudence chez Victorine et Raoul Maffre, d'abord pour les remercier, mais aussi pour leur demander leur charrette et leur cheval, afin de pouvoir déménager le plus vite possible. Ils chargèrent leur maigre mobilier sous l'œil attristé d'Antoine. Heureusement, Léonce ne vint pas surveiller les opérations. Ils ne possédaient pas grand-chose de ce qui était dans la métairie : deux chaises, une petite table, un châlit, une armoire et des ustensiles de cuisine.

Quand tout fut chargé, Antoine, visiblement ému, s'approcha de Firmin et lui dit :

— J'ai fait ce que j'ai pu, tu sais. Si ç'avait été son père, encore, j'aurais arrangé l'affaire, mais avec Léonce...

Firmin sentit combien le régisseur était sincère : ils avaient partagé tant de choses, et depuis si longtemps. Il répondit, se souvenant du fait qu'Antoine avait pris sa défense dans la vigne :

— Ce qui me fait de la peine, vois-tu, c'est de savoir que ce sera bientôt ton tour.

Antoine ne répondit pas, baissa la tête et s'éloigna. Il était temps de partir, à présent, mais Prudence voulut entrer une dernière fois dans ce refuge qui avait abrité si longtemps leur bonheur, et Firmin ne put l'en empêcher. Ils étaient maintenant tous les deux dans la grande cuisine, face à la cheminée où tant de fois ils s'étaient réchauffés en revenant des vignes, les jours d'hiver. Prudence eut un gémissement qu'elle étouffa de la main et ce fut Firmin qui la prit par les épaules pour la soutenir.

— Viens, dit-il, viens !

Mais elle ne bougeait pas, incapable tout à coup de faire le geste qu'elle avait pourtant imaginé depuis quelques jours : franchir le seuil et partir sans se retourner. Non, elle ne pouvait pas, c'était au-dessus de ses forces. Firmin dut lui faire quitter cette pièce où, si souvent, ils s'étaient redonné courage par un simple regard ou un mot d'amitié.

Arrivée à la porte, elle résista encore un instant, puis elle se laissa entraîner sans parvenir à retenir ses larmes. Firmin l'aida à monter dans la charrette, remit la clef à Antoine, prit les rênes et les fit claquer sur le dos du cheval. Ni lui ni Prudence n'eurent la force de se retourner sur la maisonnette qu'éclairait maintenant un soleil pâle comme un souvenir.

Il était de fort bonne humeur, Léonce, cet après-midi-là, en revenant de Narbonne où il avait installé Amélie dans un petit meublé de la rue de l'Hôtel-Dieu, à deux pas de la rue du Pont-des-Marchands, où se trouvait l'atelier de repasseuse dans lequel elle allait travailler. Tout s'était passé comme prévu : rassurée par le fait qu'il ne l'avait pas abandonnée bien qu'il eût chassé ses parents, Amélie, après avoir eu très peur, ne s'était pas montrée trop exigeante. Certes, il avait dû promettre de venir la voir une fois par semaine, mais comme elle était grosse, il lui ferait facilement admettre d'espacer ses visites. D'ailleurs, il n'avait pas du tout l'intention de s'embarrasser d'elle, sinon, à l'occasion, pour son seul plaisir, lors de ses voyages d'affaires à Narbonne.

Il devait se montrer prudent à cause de Charlotte qui, depuis le départ du ramonet et de sa femme, ne décolérait pas. Même l'annonce de l'arrivée de Mélanie, dont elle se considérait un peu comme la protectrice, n'avait pas atténué sa colère. Elle n'avait eu aucun mal à se faire une alliée de sa mère, que Prudence avait soignée avec beaucoup de dévouement, mais aussi de Berthe, qui, de toute façon, prenait toujours son parti. Devant ce front auquel s'était également joint Etienne malgré ses treize ans (pendant les vacances, il passait de plus en plus de temps avec Charlotte dans les vignes ou sur les collines), Léonce ne fléchissait pas, au contraire : il se montrait encore plus ferme dans ses décisions et encore plus violent dans sa manière de les mettre à exécution. En fait, il n'avait pas encore atteint tous ses objectifs : bientôt viendrait l'heure de se séparer d'Antoine et de le remplacer par Calixte. Léonce avait besoin d'un peu de temps pour cela, mais il ne doutait pas de mener à terme son projet, déterminé qu'il était à refermer sa poigne de fer sur le Solail et sur ceux qui y vivaient.

Quand il arriva au château, il alla se reposer quelques instants dans le bureau qu'il avait fait aménager selon ses désirs, et se mit à fumer un long cigare pour se délasser. En s'ouvrant brusquement, la porte le fit sursauter.

— Tu ne peux pas frapper, non ? fit-il en apercevant Charlotte.

Elle paraissait hors d'elle : la fureur allumait dans ses yeux bleus des éclairs qui la rendaient très belle, tandis que ses boucles brunes jouaient sur ses épaules qu'un tremblement agitait.

— Tu es content de toi ? fit-elle.

— Je suis toujours content de moi, répondit-il pour mieux la défier.

— Alors, tu l'as installée à Narbonne parce qu'elle est grosse !

— Qui ça ?

— Tu sais bien de qui je parle.

— Une fille de ramonet, dit-il. Qu'est ce que ça peut faire ?

— Et tu as chassé ses parents parce que tu avais peur de Firmin.

Il se leva, tout sourire envolé.

— Je n'ai peur de personne, dit-il, ni de toi ni de personne. Et tout ça, ce sont des histoires. Comment peux-tu savoir si cette fille est grosse ?

— Par la Tarasque, figure-toi. Elle le clame si fort sur la place que Firmin et Prudence Sénégas l'ont sûrement entendue.

— Elle est folle, la Tarasque.

— Non ! elle n'est pas folle. Elle sait tout. Et quand Firmin va l'entendre, tu pourras te méfier. D'ailleurs, je lui dirai moi-même ce que tu as fait à sa fille.

— Tu ne diras rien du tout, fit Léonce en se levant brusquement.

— Et pourquoi je ne le ferai pas ?

— Parce que je t'en empêcherai par tous les moyens.

Elle eut peur, tout à coup, de cet éclair de folie qui avait passé dans les yeux de son frère.

— Tu entends ? Par tous les moyens, répéta-t-il en avançant vers elle, si menaçant qu'elle crut qu'il allait la frapper.

A cet instant, on appela derrière la porte et Léonce s'arrêta.

— Monsieur ! Mademoiselle ! Ils sont arrivés.

C'était la voix d'Honorine.

— Je viens ! dit Léonce.

Il passa devant Charlotte, la bouscula avec le même éclair fou au fond de ses yeux. A cet instant précis, elle comprit qu'elle ne pourrait bientôt plus rester au domaine, et une profonde blessure s'ouvrit en elle, la laissant un moment désemparée. Cependant, elle ne sortit que lorsqu'elle eut repris suffisamment d'empire sur elle-même et retrouvé la force de sourire pour accueillir les nouveaux arrivants.

Au bas du perron, Cyprien et Mélanie discutaient avec Antoine et Léonce qui venait de les rejoindre. Charlotte s'approcha également, embrassa la jeune femme qui tenait son fils Séverin dans ses bras. Elle paraissait heureuse, épanouie. Elle était très belle, avec son teint hâlé, malgré l'hiver, et Charlotte remarqua avec un pincement au cœur combien Léonce semblait la trouver à son goût. Cela n'échappa pas non plus au regard d'Antoine dont les mâchoires se crispèrent, tandis que Cyprien, lui, paraissait uniquement préoccupé par le sort de ses parents demeurés là-bas, dans le Gard.

— Si tout va bien, vous pourrez les faire venir, dit Léonce en souriant ; on en reparlera.

— Oh ! Ils n'accepteront jamais, dit Cyprien : c'est leur maison, vous comprenez.

— Ça se vend, les maisons, reprit Léonce.

— Ils sont nés là-bas, comme nous, dit Mélanie, et ce n'est pas facile de partir.

Charlotte n'écoutait plus. Elle examinait le misérable mobilier sur la charrette, les vêtements hors d'usage de Mélanie, l'enfant dont les doigts mal protégés étaient presque bleus.

— Allez vite vous réchauffer, dit-elle. Votre petit a froid.

Léonce considéra sa sœur avec agacement, mais il consentit quand même à les laisser partir, non sans avoir jeté un dernier regard vers la jeune femme, qui le remarqua et en fut mal à l'aise. Cyprien aida Mélanie à monter dans la charrette, tandis qu'Antoine prenait les rênes. Charlotte rentra en même temps que Léonce et lui dit :

— Je vais aller leur porter ce qui leur manque.

Il comprit qu'elle voulait surtout lui faire sentir qu'elle se plaçait à leurs côtés et qu'elle veillerait sur Mélanie. Il haussa les épaules et entra de nouveau dans le bureau où il passait de plus en plus de temps à échafauder ses projets.

Un peu plus tard, Charlotte partit vers la Combelle sur la jardinière chargée d'ustensiles de cuisine, de chaises et de couvertures. Un pâle soleil errait sur les vignes dont les ceps semblaient des moignons noirs brandis vers le ciel. Devant elle, les collines étaient enchâssées dans le ciel d'un bleu si clair qu'il en devenait transparent. Emmitouflée dans sa cape de laine, tenant les rênes sur la banquette, Charlotte ressentait encore le malaise qu'elle éprouvait chaque fois en présence de ce jeune homme et de cette jeune femme si démunis, si fragiles, si vulnérables. Cette sensation s'accentua quand, une fois arrivée, elle découvrit que Mélanie était seule, Cyprien et Antoine étant déjà repartis dans les vignes après avoir déchargé la charrette. Heureusement, un grand feu de sarments flambait dans la cheminée, et Mélanie était assise devant les flammes, sur une chaise de paille, son fils dans les bras.

— Je vous ai apporté ce dont vous avez besoin, dit Charlotte.

Le visage de Mélanie s'éclaira, mais elle ne put dissimuler qu'elle avait pleuré.

— Merci ! dit-elle, vous êtes bonne, mais nous ne pourrons jamais vous payer tout ça.

— Vous n'avez rien à payer, fit Charlotte, c'est dû à un ramonet.

Elles portèrent les ustensiles de cuisine, les chaises et les couvertures à l'intérieur, s'assirent devant le feu pour discuter.

— Vous verrez, vous serez bien, dit Charlotte qui sentait que Mélanie avait besoin d'être rassurée.

— Je m'habituerai vite, répondit la jeune femme. Je sais que c'est une grande chance que nous avons de pouvoir vivre ici. Dans quelques jours, ça ira mieux.

Elle se forçait un peu. Charlotte, qui le devinait, fit semblant de la croire.

— Si vous avez besoin de quoi que ce soit, ajouta-t-elle, n'hésitez pas à me le demander.

— Merci encore, dit Mélanie. Heureusement que vous êtes là.

Charlotte sourit, reprit :

— Quant à mon frère, s'il vous fait des ennuis, prévenez-moi.

Mélanie ne répondit pas. Ce qu'elle avait craint du maître du domaine se trouvait confirmé par les propos de Charlotte qui réveillaient en elle la sensation désagréable qu'elle avait éprouvée devant le perron, face au regard insistant de Léonce.

— Vous pouvez faire confiance à Antoine, ajouta Charlotte.

— Je sais.

— Si vous voulez, reprit Charlotte, vous pourrez travailler au château, comme ça vous ne serez pas seule.

C'était avant tout pour faire cette proposition à la jeune femme qu'elle était venue à la Combelle, car elle n'ignorait pas qu'il fallait la préserver de la solitude.

— Vous pourrez amener votre enfant avec vous, bien sûr.

— Oh ! dit Mélanie, comment pourrai-je assez vous remercier ?

— En étant heureuse, dit Charlotte.

Puis elle demanda :

— Est-ce que vous vous y entendez en couture ?

— Oui, je suis assez adroite de mes mains.

— Alors, si vous le voulez, vous deviendrez la couturière du Solail.

— Merci, répéta Mélanie. Merci beaucoup.

En repartant sur le chemin qui traçait un sillon blond entre les vignes, Charlotte était contente d'elle : elle avait l'impression d'avoir dressé autour de Mélanie et de Cyprien des défenses assez hautes pour qu'ils ne regrettent jamais d'avoir quitté la maison et le village qui les avaient vus naître, et où deux vieux miséreux attendaient patiemment de mourir.

4.

Le soleil de mai embrasait les collines qui dominaient la route de Narbonne, d'où Léonce, de temps en temps, apercevait le clocher de Saint-Just, fiché comme une épée dans le bleu du ciel. Dans les vignes, la terre labourée était propre et luisante entre les rangées sur lesquelles s'allongeaient des sarments tout neufs. Des hommes et des femmes étaient occupés au soufrage dont la poussière d'or s'élevait en nuages qui épaississaient les rayons du soleil. Mais c'est à peine si Léonce remarquait ce poudroiement de lumière dorée, pourtant si chaud, couleur de cuivre, car il était occupé à forger les arguments qui devaient convaincre maître Cathala de s'opposer au mariage de Charlotte avec Louis Daubert, un jeune avocat de son étude.

En deux ans, en effet, le combat opposant Léonce et Charlotte avait été terrible et sans pitié. Elle avait farouchement refusé d'épouser l'héritier des Amalric, d'Argeliers, dont les vignes prolongeaient celles du Solail vers la plaine, et Léonce n'avait manqué aucune occasion de le lui faire payer. Il s'en était d'abord pris à Mélanie, lui interdisant l'accès du château pour mieux la trouver seule à la Combelle, où Antoine était arrivé, un jour, au moment où Léonce la menaçait de la chasser si elle ne lui cédait pas. Antoine avait failli tuer Léonce qui, dans les jours qui avaient suivi, l'avait remplacé par Calixte.

Depuis, l'ancien régisseur, qui avait plus de soixante-cinq ans, vivait dans un cabanon proche de la Combelle d'où il veillait sur ses cousins, qui, en retour, l'aidaient de leur mieux. Léonce, en réalité, n'avait pas du tout l'intention de chasser Cyprien et sa femme : il savait que si le phylloxéra frappait le Solail, il aurait besoin de son ramonet qui connaissait les méthodes de lutte contre cette calamité. Aussi n'avait-il pas renouvelé ses menaces vis-à-vis de Mélanie, craignant qu'elle ne pousse son mari à partir, et il demeurait désormais à l'écart de la métairie.

Quant à Charlotte, elle avait fait face à sa manière, sans reculer d'un pouce : si elle s'était décidée à quitter le Solail, c'était pour obliger son frère à vendre une partie du domaine et lui payer sa part, mais aussi et surtout parce qu'elle s'était juré d'y revenir plus forte un jour. Mieux, même : à l'occasion de ses fréquentes visites chez maître Cathala, à Narbonne, elle avait fait la connaissance de Louis Daubert, ce jeune avocat qui avait non seulement assuré sa défense, mais qui l'avait invitée plusieurs fois à déjeuner et, séduit par ses boucles brunes, ses yeux de lavande et son courage, avait fini par lui demander de l'épouser.

Charlotte n'était pas tout à fait insensible au physique de son fiancé, qui était plutôt beau garçon, brun, les traits fins et réguliers, les yeux noirs, mais elle avait deviné quelque faiblesse derrière sa prestance et sa bonne éducation. Il ne ressemblait en rien à ces énergiques propriétaires habitués à se lever tôt, à monter à cheval et à gouverner tout un domaine. Mais qu'importait cela : elle n'en dirigerait que mieux sa propre vie, et, de plus, elle était tentée par le luxe que Louis Daubert lui promettait, dans un de ces hôtels particuliers qui donnaient sur la promenade des Barques, en plein cœur de la ville. Qui sait si les charmes de cette vie, si différente, si nouvelle et si brillante, ne compenseraient pas la liberté provisoirement perdue de courir dans les collines et les vignes du Solail ?

Le projet de mariage était si avancé — la date en avait même été fixée au 28 juin 1875 — que Léonce s'était résolu à une ultime démarche auprès de maître Cathala, afin que l'avocat intervienne auprès de son collaborateur pour le dissuader d'épouser Charlotte. Ce ne serait pas chose facile à obtenir, il le savait. D'ailleurs, depuis quelque temps — depuis, semblait-il à Léonce, le jour où il avait chassé Antoine —, tout allait mal, y compris les affaires du pays : le comte de Chambord n'avait pu s'entendre avec le comte de Paris et la restauration monarchiste appelée de tous leur vœux par les lecteurs de *L'Eclair* avait échoué. Pire, en janvier 1875, le mot « République » avait été inscrit dans la Constitution à une voix de majorité, et les lois que l'on était en train de voter commençaient à l'organiser. De Broglie et Mac-Mahon, après avoir eu tous les pouvoirs, avaient trahi les royalistes et Léonce, qui avait adopté les idées de son père, se sentait menacé. Il se voyait chassé de son domaine par les républicains après partage de ses terres. D'ailleurs, à cause de Charlotte, il craignait déjà de devoir en vendre une partie, et il en ressentait une impression d'amputation, dont il souffrait comme s'il s'était agi d'un bras ou d'une jambe. Il lui restait une seule carte s'il ne parvenait pas à convaincre maître Cathala : trouver de l'argent pour payer la soulte de sa sœur en empruntant à une banque. Il comptait bien profiter de son voyage pour explorer aussi cette possibilité-là.

Comme il était en avance, il laissa son attelage chez un loueur de voitures pour se rendre à pied en ville, puis il passa rue de l'Hôtel-Dieu où vivait Amélie, qui ne travaillait plus depuis son accouchement, il y avait presque deux ans de cela. Ainsi que l'avait prédit la Tarasque, Amélie avait mis au monde un enfant mort-né à l'automne de l'année 1873. La malédiction jetée sur les Barthélémie et les habitants de la Combelle était bien fondée. C'était du moins ce qu'avaient pensé ceux — très rares, heureusement — qui avaient été au courant. Amélie n'avait pas supporté cet accident, qui confirmait à ses yeux son écrasante culpabilité. Depuis, elle souffrait de douleurs inexplicables et de mélancolie. Léonce acceptait encore de payer le loyer et de lui donner quelque argent en échange de ses faveurs, mais pour combien de temps ?

Quand il frappa à sa porte, ce matin-là, elle était couchée, comme d'habitude. Mais il n'était pas du tout disposé à se montrer aimable, au contraire : elle allait payer pour tous ceux qui, depuis quelque temps, s'ingéniaient à le contrarier.

— Tu ne peux pas te lever ? fit-il d'une voix mauvaise. Si tu crois que je vais payer longtemps pour te trouver dans cet état, tu te trompes.

— Mais, Léonce, je suis malade.

— Qu'est-ce que tu as ?

— Je me sens mal.

Il la considéra un moment en silence, se demandant où était la jeune fille rieuse et pleine de vie qu'il retrouvait dans les vignes il y avait, lui semblait-il, une éternité. Aujourd'hui, elle paraissait défaite, anéantie, avec sa robe de chambre froissée, ses cheveux gras et emmêlés, ses traits affaissés dans un visage d'une pâleur inquiétante. Elle ne suscitait aucun désir en lui, seulement de la pitié.

— A partir d'aujourd'hui, c'est fini ! dit-il d'une voix dure, tu te débrouilleras seule.

Elle se leva, se précipita vers lui, s'accrocha à ses épaules. Il la repoussa violemment et elle tomba sur le lit.

— Léonce ! gémit-elle.

— Débrouille-toi ! répéta-t-il. Tu n'as qu'à travailler.

Puis, comme elle tentait de nouveau de s'approcher de lui, il fit demi-tour et sortit, refermant violemment la porte qui claqua. Ensuite, il dévala les escaliers et, une fois dans la rue, après avoir bousculé un homme qui tenta de le retenir, il se hâta de disparaître, de peur qu'elle ne l'appelle de la fenêtre.

Tout en marchant vers la vieille ville, il était content de lui, se disait qu'il aurait dû se débarrasser d'elle depuis longtemps. Qu'est-ce qui l'en avait empêché, au juste ? Il ne le savait que trop, et cela le mit en colère : il avait espéré retrouver la fille superbe à la peau dorée, aux jambes souples et nerveuses, aux épaules rondes, mais aussi sa propre liberté du temps où il courait les collines, et surtout sa jeunesse. Certes, jeune, il l'était encore, mais depuis qu'il dirigeait le domaine, et surtout depuis que les soucis s'accumulaient au-dessus de sa tête, il lui venait par moments le regret de l'insouciance de ses dix-huit ans.

Il était de très mauvaise humeur quand il entra dans le bureau de l'avocat qui se demandait, après sa mère et ses sœurs, ce que le fils Barthélémie lui voulait.

Maître Cathala était un homme imposant, au profil romain, aux cheveux blancs soigneusement peignés vers l'arrière en souples ondulations, et dont les yeux d'acier disaient combien il n'était pas facile à manœuvrer. Léonce fut tout de suite convaincu d'avoir affaire à forte partie. A quel point, il ne le sut jamais, car l'avocat se garda bien de lui avouer qu'il avait reçu sa mère et ses sœurs à plusieurs reprises. Quand il eut exposé le motif de sa visite, que les yeux gris-bleu se posèrent sur lui, il comprit que pour une fois — peut-être même pour la première fois de sa vie — il ne serait pas de taille à lutter.

— Si j'avais pu vous rendre service, répondit maître Cathala, ç'aurait été avec plaisir, compte tenu des liens qui m'unissaient à votre père. Car il se trouve que Louis Daubert est le fils d'un ami qui m'est très cher, et de surcroît un collaborateur remarquable. Vous comprendrez donc que je ne puisse intervenir, même si je ne me réjouis pas particulièrement de ce mariage.

— Et pourquoi donc ? fit Léonce, piqué.

— Parce que, cher monsieur, nous vivons dans deux mondes très différents, n'est-ce pas ? Et je crains que le chemin qu'auront à parcourir l'un vers l'autre ces jeunes gens ne les fatigue en route.

— Alors, pourquoi ne pas vous y opposer ?

— Parce que je mise toujours sur la jeunesse, sachant qu'elle seule est capable de renverser des montagnes.

— Donc, vous n'interviendrez pas, dit Léonce, vexé.

— J'avais cru bien me faire comprendre, fit l'avocat, défiant froidement Léonce du regard.

— Vous n'ignorez pas que vous n'êtes pas le seul avocat sur la place de Narbonne, et que même si notre famille...

— N'allez pas plus loin, jeune homme ! fit maître Cathala en se levant brusquement, la mémoire de votre père m'est précieuse.

Il agita une sonnette et Léonce dut quitter le bureau, si furieux qu'il ne salua même pas, alors que maître Cathala s'inclinait poliment avec un léger mouvement de tête accompagné d'un ultime regard d'une froideur terrible.

Léonce, contrarié, redescendit à pas pressés vers la place de l'Hôtel-de-Ville et, comme il était plus de midi, il entra dans le restaurant où il avait ses habitudes, rue Pérerie, afin de réfléchir avant de se lancer dans de nouvelles démarches.

Là, devant une daube qui avait mitonné toute la nuit, il examina la situation avec toute l'objectivité dont il était capable. Emprunter comportait des risques si le phylloxéra attaquait les vignes : il aurait alors besoin de liquidités pour acheter du matériel et des plants américains, sans compter la main-d'œuvre qu'il faudrait faire venir en plus de celle du domaine. Pour cette même raison, il ne pouvait se défaire des valeurs qu'il possédait, car il en aurait également besoin si la catastrophe redoutée survenait. Une idée lui vint : et s'il combattait le mariage par le mariage ? Puisqu'il devait vendre des vignes pour payer sa sœur, il lui suffirait de se marier à son tour avec une héritière d'Argeliers pour reconstituer l'intégrité du domaine. Il garderait ainsi toutes ses liquidités pour lutter efficacement contre le fléau, et le Solail ne perdrait rien de sa valeur. Dans le même temps, il serait débarrassé de Charlotte et il régnerait sans opposition sur le domaine. Voilà qui était bien raisonné et qui résolvait d'un coup tous les problèmes.

Satisfait de lui-même, il commanda une fine à laquelle il trouva une saveur sans pareille, puis, une fois dans la rue, au lieu de se rendre vers la banque qui se trouvait sur la promenade des Barques, il prit la route de Ginestas, pour une visite au notaire, maître Lacaze, bien décidé à vendre quelques vignes, les moins productives, les plus éloignées en tout cas du Solail : celles où son cabriolet le menait rarement et dont la disparition lui demeurerait quasiment ignorée.

Prudence, ce soir-là, revenait de la Combelle où elle se rendait régulièrement, ne pouvant se résigner à vivre loin de cette maisonnette où elle avait été si heureuse. Elle n'en était pourtant pas très éloignée, au village, dans le petit logement de deux pièces (une chambre et une cuisine éclairées par deux étroites lucarnes) situé au dernier étage de la maison de Raoul et Victorine Maffre, avec qui elle s'entendait bien. Comment aurait-on pu ne pas s'entendre, d'ailleurs, avec ces deux êtres qui avaient le cœur sur la main et qui se ressemblaient tellement : de même que Raoul — qui ne quittait jamais son tablier de cuir — était gros, rond, et souriant, de même Victorine était forte, potelée et très gaie. Elle n'hésitait pas, comme par mégarde, à oublier quelques pommes de terre devant la porte de Prudence, ou des haricots, parfois même un morceau de cansalade [1] qui agrémenterait la soupe d'une semaine.

Et il était vrai que se nourrir était devenu difficile pour l'ancien ramonet de la Combelle et pour sa femme. Certes, Firmin parvenait quelquefois à se louer dans les vignes pour les plus gros travaux, mais il y avait trop de main-d'œuvre, avec tous ces bras venus des départements voisins sinistrés par le phylloxéra, et les gros propriétaires se méfiaient d'un homme — un communard, de surcroît — qui avait été chassé du Solail. Alors Prudence et Firmin passaient leur temps dans leur petite vigne ou dans les collines pour y chercher des asperges sauvages, des escargots, tout ce qui pouvait constituer un repas, et c'était fête quand Firmin attrapait un lapin au collet, dont Prudence faisait un civet qui leur durait au moins trois jours.

Pour le reste, le peu d'argent que gagnait Firmin leur servait à acheter du pain. Elle-même parvenait

1. Lard maigre.

parfois à se louer dans les grandes maisons pour les lessives, des travaux de couture ; pourtant, elle sentait bien que les maîtres se méfiaient d'elle autant que de son mari. Alors, elle coupait des genêts ou des dorines, ces plantes courtes et vite séchées par le soleil qu'elle vendait comme « allumes » au boulanger de Sainte-Colombe.

S'ils avaient pu trouver du travail plus régulièrement, la vie n'eût pas été désagréable au village, car il y avait beaucoup d'animation sur la promenade : chaque matin, les femmes venaient chercher l'eau et faire leurs courses chez la Violette et chez le boulanger, tandis que les rétameurs, « l'allumetaïre », le marchand d'oignons ou le planteur de Caïffa, auxquels se mêlaient quelques caraques, attiraient par leurs cris l'attention des ménagères, pas fâchées de s'attarder un peu. Tout autour de la place, les imprécations du maréchal-ferrant répondaient aux coups de marteau du charron, du forgeron, aux bons mots de Raoul Maffre, le tonnelier, penché sur la colombe, en train de raboter ses douelles. Le soir et le dimanche, assis à la terrasse des deux cafés (le rouge et le blanc), c'étaient les joueurs de cartes qui se défiaient, face à face, de part et d'autre de la promenade.

Prudence s'y fût sentie à l'aise, malgré sa pauvreté, s'il n'y avait eu la Tarasque et sa fille dont la présence l'épouvantait. Car elles ne s'étaient pas privées, à l'époque, de clamer que la fille Sénégas avait accouché d'un enfant mort-né à Narbonne. Comment l'avaient-elles su ? Prudence l'ignorait, pourtant elle n'avait pas hésité, en se cachant de Firmin, à prendre le train en gare de Bressan pour aller elle-même aux nouvelles, et ce qu'elle avait découvert là-bas l'avait accablée : non seulement la Tarasque et la Finette avaient dit vrai, mais encore Amélie se faisait entretenir par Léonce. Depuis, elle y était retournée une ou deux fois, et sa hantise était que Firmin apprît lui aussi que leur fille vivait dans un meublé payé par le maître du Solail. Parfois, pourtant, il lui semblait que son mari savait tout, et elle redoutait le jour où il ne pourrait plus le supporter : le connaissant comme elle le connaissait, elle savait que, ce jour-là, elle ne pourrait rien faire pour l'arrêter, s'il avait vraiment décidé de se venger.

Quand elle arriva sur la place, ce soir-là, une femme qu'elle ne connaissait pas, mais qui était jeune et vêtue d'une robe bouffante, d'un chemisier blanc et d'un chapeau à fleurs, l'aborda et lui dit :

— Vous êtes bien Madame Sénégas ?

— Oui, répondit Prudence, qui espéra un instant qu'elle allait lui proposer du travail.

— Il faut aller voir votre fille, à Narbonne, elle m'a chargée de vous le dire.

— Qu'est-ce qui se passe ? Est-ce que c'est grave ?

La femme ne répondit pas. Prudence n'eut même pas le temps de s'enquérir de son identité ou de la remercier : l'inconnue disparut sur la route d'Argeliers. Prudence revint chez elle très inquiète et prépara un prétexte pour pouvoir s'absenter le lendemain sans éveiller la méfiance de Firmin.

Quand il rentra, vers huit heures, il paraissait très las. Il s'assit à table sans un mot, regarda sans le voir leur misérable intérieur qu'éclairait seulement une étroite lucarne, le fourneau qui avait remplacé la cheminée, l'évier de pierre qui se vidait directement sur la ruelle, les murs noirs de fumée, la table apportée de la Combelle qui, seule, lui rappelait un temps où le travail ne manquait pas, un temps où l'on ne craignait pas de n'avoir plus rien à manger.

— Demain, j'irai à Ginestas, dit Prudence en portant la grésale de mounjetes sur la table. Ce sont les grandes lessives de printemps. On m'a dit que l'on cherchait des femmes pour aider.

Firmin hocha la tête sans répondre. Lui-même devait se rendre à Argeliers où le soufrage n'était pas terminé. Il mangea un long moment en silence, le regard terriblement fixe, comme s'il ne voyait plus rien autour de lui. Prudence se demandait quelles noires idées se bousculaient dans sa tête, mais il y avait longtemps qu'elle avait renoncé à l'interroger, de peur qu'il ne se mette à parler de leur fille. Ce qu'elle redoutait surtout, en fait, c'était que Firmin, dans un accès de folie, ne tuât Léonce. Elle en faisait des cauchemars la nuit : elle tentait de le retenir, le cherchait vainement, l'appelait, et, quand il réapparassait, il était couvert de sang. Ces rêves l'épuisaient. Aussi repoussait-elle au plus tard possible le moment d'aller se coucher, ravaudant sous la lampe, y compris pour le compte de Victorine qui lui donnait ainsi quelques sous.

Le lendemain, dès que Firmin eut pris, à l'aube, la route d'Argeliers, elle partit vers Bressan par les collines. Il faisait beau, mais quelques nuages traînaient dans un ciel qui n'avait pas son éclat ordinaire. Croisant des gens qui se rendaient dans leurs vignes, le rabassié sur l'épaule, elle échangea avec eux quelques mots sur ce temps qui n'était pas franc, sans s'attarder. A Bressan, elle emprunta le petit train qui l'avait déjà conduite à deux reprises à Narbonne. Elle n'eût jamais dépensé de l'argent pour le voyage et s'y fût rendue à pied si elle n'avait dû rentrer le plus vite possible, au cas où Firmin reviendrait sans avoir trouvé de travail.

Elle arriva dans la grande ville vers neuf heures et se hâta de descendre rue de l'Hôtel-Dieu où elle trouva Amélie couchée. Sans un mot, Prudence ouvrit grands les volets, s'approcha de sa fille qui se frottait les yeux, et demanda :

— Qu'est-ce que tu veux ? Pourquoi m'as-tu fait venir ?

Amélie s'assit péniblement dans son lit, bredouilla :

— Léonce m'a abandonnée.

— A la bonne heure ! fit Prudence. C'est ce qui pouvait t'arriver de mieux.

— Mais je suis malade, gémit Amélie.

— Où as-tu mal ?

— Partout.

Prudence demeura un instant immobile, tremblante de colère, puis elle lança :

— Lève-toi !

— Je ne peux pas.

— Lève-toi ! répéta Prudence.

Et elle saisit sa fille par un bras et la força à quitter son lit. Ensuite, elle l'obligea à se laver, après avoir versé de l'eau dans la cuvette à fleurs bleues posée sur la table de toilette, puis elle lui dit d'une voix qu'Amélie ne lui connaissait pas :

— Habille-toi ! Si tu crois qu'on n'a pas assez de misère à ne pas pouvoir gagner sa vie quand on voudrait travailler !

Et elle ajouta, tandis que sa fille, stupéfaite, enfilait son jupon :

— Si ton père apprenait ce qui se passe ici, ça le tuerait. C'est ça que tu veux ?

— Tu sais bien que non, gémit Amélie.

— Alors, suis-moi !

Et elle entraîna sa fille dans l'escalier, puis dans la rue, prenant la direction de l'atelier de repassage où Amélie avait travaillé. La patronne, une forte femme rousse au chignon fixé par de longues aiguilles, essaya de dissiper de la main la vapeur des fers, puis, après les avoir jaugées d'un œil impitoyable, les chassa sans ménagement, en leur disant qu'elle n'avait pas besoin de « filles qui préféraient leur lit au fer à repasser ». Les deux femmes sortirent, accompagnées par le ricanement des autres employées.

Prudence, pourtant, malgré sa fatigue et le désespoir qui la minait depuis de longs jours, ne se découragea pas. Elle tint fermement le bras de sa fille et l'entraîna toute la matinée dans une quête de travail à laquelle elle-même était depuis quelque temps habituée. Vers midi, enfin, elle lui trouva des ménages à faire dans une grande maison à l'aspect austère de la rue d'Aigues-Vives, à condition de commencer tout de suite, car la soubrette qui en était chargée était partie sans prévenir le matin même.

— J'espère que vous êtes sérieuse, vous, au moins, leur dit la bourgeoise, une femme de boulanger qui tenait le magasin et ne pouvait pour cette raison s'occuper de sa maison.

Prudence attira sa fille à l'écart, l'embrassa et lui dit :

— Si tu quittes ce travail, c'est ton père qui viendra te trouver.

— Non, fit Amélie. Ne lui dis rien, s'il te plaît.

Prudence repartit, épuisée par la marche et par la faim, vers la gare distante de près d'un kilomètre. Un peu avant d'y parvenir, elle acheta pour deux sous de pain, et elle le mangea sur le quai, soulagée de n'avoir pas manqué le train de treize heures trente, et surtout de pouvoir oublier, au moins pour quelque temps, les soucis que lui causait sa fille.

Il faisait très chaud pour un mois de mai quand elle arriva à Bressan, si chaud, même, qu'un orage précoce menaçait. Elle partit néanmoins sur la petite route qui longeait la rivière avant de traverser les vignes, puis de se lancer à l'assaut des collines dont les pins dansaient dans la brume de chaleur. Elle s'arrêta en haut du petit col pour se reposer un peu et, assise sur une murette, regarda le beau clocher roman de Sainte-Colombe, les maisons aux murs ocre serrées autour de lui, et, au-delà, le serpent vert des platanes escortant le canal du Midi. Des odeurs fortes affluaient, exacerbées par la chaleur : celle, âcre, des genêts, et celle, pénétrante, de la lavande, apportée par le vent d'ouest. De part et d'autre de la route, dans la terre rouge, des amandiers au tronc torturé semblaient crier misère, et la garrigue grignotait ses pierres en crépitant.

Prudence regretta d'avoir fait une halte quand les premières gouttes de pluie, épaisses, violettes, s'écrasèrent dans la poussière. Elle chercha vainement un abri. Comme elle n'en apercevait pas et qu'il n'était pas question de s'abriter sous les arbres, elle continua de marcher, transpercée, maintenant, par les pointes acérées d'une bourrasque, qui, tièdes au début, devinrent rapidement glacées. Au plus fort de l'orage, les rigoles en bordure des vignes débordèrent d'une eau rougeâtre qui entraîna des cailloux sur la route, ravinant tout sur son passage, tandis que l'écho des collines multipliait les coups de tonnerre d'une puissance inouïe.

Prudence, malgré sa peur de la foudre, continua de marcher, ne voulant pas arriver après Firmin. Elle parvint, frissonnante, à Sainte-Colombe une heure plus tard, essaya de lutter contre le froid qui l'avait envahie jusqu'aux os, mais n'y réussit pas.

Firmin, rentrant d'Argeliers, la trouva couchée à neuf heures du soir.

— Ne t'inquiète pas lui dit-il en lui prenant les mains comme il savait si bien le faire à la Combelle, ça va aller, maintenant : l'ouvrier de Raoul est parti travailler avec son frère à Frontignan et Raoul m'a embauché.

A ces mots, Prudence s'arrêta enfin de trembler : il lui sembla qu'un avenir de soleil s'ouvrait de nouveau devant eux, et de ce soleil-là elle avait envie, comme à la Combelle, quand elle ouvrait ses volets, chaque matin, sur la plaine lumineuse qui se remettait à vivre après le sommeil de la nuit.

C'était une pitié que de voir Antoine errer dans les vignes à la recherche de sa grandeur déchue. C'était aussi terrible, pour Mélanie, de le voir rentrer dans son cabanon, le soir, alors qu'elle l'aurait gardé volontiers avec Cyprien et leur fils, pour qu'il partage leur repas.

— J'interdis qu'il mette les pieds dans la métairie ! avait décrété Léonce. Si je l'y surprends, je le chasse du domaine.

Il avait ajouté, ce jour-là, devant Mélanie et Cyprien, effrayés par cette haine qu'ils ne comprenaient pas :

— Encore bien beau que je lui laisse l'usage de ce cabanon ! Tous ceux qui ont travaillé pour le Solail ne peuvent pas en dire autant.

Ce cabanon était en fait une remise à outils bâtie en dur, certes, mais de quatre mètres carrés, avec seulement la place d'une petite table, d'un châlit et d'un âtre surmonté d'une cheminée rudimentaire qu'Antoine avait bricolée. Quand Mélanie se désolait auprès de Cyprien des conditions de vie du vieil Antoine, celui-ci répondait :

— Prends patience ; s'il était chassé du domaine, on ne pourrait même pas s'occuper de lui.

Elle détestait Léonce depuis le premier jour de son arrivée. Elle savait d'instinct de quoi cet homme était capable pour parvenir à ses fins, l'avait vérifié à ses dépens à plusieurs reprises, et elle se méfiait toujours autant de lui, même s'il ne venait plus à la Combelle depuis l'époque où il avait remplacé Antoine par Calixte. Sachant que sa seule alliée, Charlotte, allait partir à Narbonne, Mélanie ne rêvait que de quitter elle aussi le Solail, bien qu'elle sût qu'ils ne trouveraient nulle part ailleurs une place comme celle qu'ils y occupaient. Si elle ne s'en ouvrait pas à son mari, elle souffrait de le voir si dépendant de Léonce, si soumis à sa volonté, si faible, parfois, qu'elle ne reconnaissait plus le Cyprien qu'elle avait épousé.

Ils étaient en train de manger, en ce début d'après-midi de la fin mai, quand ils entendirent le lourd martèlement des sabots d'un cheval sur le chemin et qu'une voiture s'annonça, faisant sonner sa campane.

— Qui ça peut-être ? demanda Mélanie.

— On dirait la jardinière, répondit Cyprien en se levant.

C'était bien elle, en effet, conduite par Calixte qui l'arrêta devant la porte et en descendit avec un air épouvanté.

— Il faut venir, dit-il.

— Qu'est ce qui se passe ? demanda Cyprien.

Calixte paraissait bouleversé, ses yeux clairs étaient pleins de larmes.

— Ça y est, bredouilla-t-il, il est là.

— Qui est là ? fit Cyprien.

— Le phylloxéra.

Mélanie sentit un grand froid l'envahir, faillit s'évanouir. Un lourd silence s'était ancré entre elle et les deux hommes, que nul n'osait troubler. Elle revit en un instant la rapide agonie des vignes de son père, la désolation qui s'en était suivie, l'endettement, la faim, et, pour certains, la misère. Il lui sembla tout à coup que c'étaient ses propres vignes qui étaient touchées, mais aussi sa propre vie et celle de son fils. Elle voulut suivre les hommes, qui ne s'y opposèrent pas, prit Séverin près d'elle et regarda, tout le long du chemin, ces innombrables ceps, ces sarments vigoureux, ces belles feuilles vertes qui allaient dépérir en quelques mois, avant de mourir.

Assise sur la banquette avant, elle entendait Calixte et Cyprien discuter, son mari cherchant à savoir quel était l'aspect des feuilles contaminées. Il ne paraissait pas persuadé qu'il s'agissait vraiment du phylloxéra, mais Calixte était catégorique, comme l'avait été Léonce en l'envoyant chercher son ramonet. Ils dépassèrent la Croix, continuèrent vers le canal du Midi, aperçurent enfin un attroupement près du cabriolet de Léonce. Mélanie descendit, reconnut des journaliers du château, Léonce, puis Charlotte, dont la présence la rassura un peu. Elle s'approcha derrière Cyprien et Calixte, tremblante, déjà, d'entendre se confirmer la catastrophe.

Elle n'avait jamais vu à Léonce un air si humble, si bouleversé, quand il expliqua à Cyprien que les journaliers avaient découvert des taches rouges dans ce coin de vigne en fin de matinée. Puis il s'effaça pour laisser passer Cyprien, et il invita même Mélanie à le suivre. Elle se baissa, aperçut des tavelures rougeâtres au bord des feuilles, qui, sur certaines, gagnaient entre les nervures, mais sans boursouflures. Elle en fut soulagée dans l'instant, car elle s'était si souvent penchée sur les feuilles de ses vignes pour leur parler, les implorer de guérir, les soigner avec des remèdes de bonne femme qu'elle allait mendier chez une vieille qui levait le « masc », qu'elle gardait encore dans ses yeux l'aspect net et précis de la blessure écarlate et mortelle. Cyprien, près d'elle, se redressa en disant :

— Ce n'est pas le phylloxéra : c'est le rougeot ; cette vigne manque de potasse.

— Vous êtes sûr ? fit Léonce qui sembla retrouver un peu de son aplomb. Comment ça se fait qu'on ne l'ait jamais vu par ici ?

— Ces ceps sont trop vieux : ils sont épuisés. Il fallait mettre l'engrais dans l'interligne et pas dans le cavaillon : ça permet de descendre plus profond.

Le visage des hommes s'éclaira quelque peu : les précisions données par Cyprien paraissaient les convaincre.

— Vous savez ce qu'il faut faire ? demanda Léonce avec une voix qui emplit Mélanie de satisfaction.

— Oui, je connais la recette, mais il faudra vendanger la vigne le plus tôt possible et peut-être arracher ces ceps.

— Bon, fit Léonce, venez, on va en discuter.

Il entraîna Cyprien vers le cabriolet, tandis que Charlotte disait à Calixte :

— Allez-y aussi. Je vais ramener Mélanie avec la jardinière.

Calixte partit derrière les deux hommes pendant que Mélanie faisait monter son fils dans la charrette et s'installait elle-même sur la banquette avant, près de Charlotte. Elles demeurèrent un moment silencieuses, puis Mélanie murmura :

— J'ai eu peur, vous savez.

— Moi aussi, dit Charlotte. Ce n'est pas parce que je vais vivre à Narbonne que je peux me désintéresser de ces vignes que j'ai tant aimées.

— Et aujourd'hui, c'est fini ? demanda timidement Mélanie.

— Aujourd'hui, à cause de mon frère, j'ai parfois du mal à les reconnaître.

Elle soupira, ajouta joyeusement :

— Je suis au moins rassurée sur un point : c'est qu'il ne vous chassera pas d'ici tant que durera la menace du phylloxéra. Il a trop besoin de votre mari.

Mélanie ne répondit pas. Elle-même en était persuadée.

— Je voudrais vous inviter à mon mariage, reprit

brusquement Charlotte, pas fâchée de pouvoir changer de sujet.

— Oh ! fit Mélanie, je ne pourrai pas venir : je n'ai pas de toilette.

— Si ! vous en aurez une ; il vous suffit de venir choisir une robe chez moi.

— Je ne peux pas, dit Mélanie.

— Et pourquoi donc ? Une fois mariée, j'aurai bien trop de robes que je ne pourrai pas porter. Vous ne voulez donc pas me faire une dernière fois plaisir avant que je parte ?

Mélanie demeura silencieuse un instant : elle avait tant envie d'une robe et tellement besoin de se distraire un peu.

— Votre frère, dit-elle pourtant.

— C'est mon mariage, répliqua Charlotte. Je compte bien qu'il sera le plus beau que l'on aura jamais vu dans tout le Languedoc.

Elle releva la tête, offrit son visage au soleil, et son rire coula comme une eau fraîche dans la chaleur de cet après-midi de printemps où courait le parfum grisant des pins et des cyprès dont les chandelles sombres veillaient glorieusement sur les collines.

Jamais, effectivement, on ne vit mariage plus réussi, plus brillant, que celui de Charlotte et Louis Daubert, à la fin d'un mois de juin d'une exceptionnelle douceur. Malgré la longueur des jours, en effet, les brumes du matin tardaient à se dissiper, et le soleil ne refermait vraiment sa poigne sur la plaine endormie qu'un peu avant midi. Ce fut aussi le cas le 28 juin, quand Charlotte parut sur le perron au bras de sa mère, vêtue d'une longue robe de soie blanche dont la traîne était tenue par deux enfants, des myosotis, dans ses cheveux rassemblés en torsade sur sa nuque, rehaussant l'éclat de sa peau brune et de ses yeux de lavande.

Un silence de respect et d'admiration l'accueillit, tandis que Louis Daubert, tête nue, vêtu d'un habit à queue, d'un étroit gilet de satin et d'une cravate basse, montait les marches pour lui prendre la main. Les voitures décorées de guirlandes et de roses attendaient les invités — plus de deux cents — dans l'allée, devant le perron. Il était facile de distinguer ceux de la campagne et ceux de la ville à la différence des toilettes, plus riches, plus brillantes, pour les familles de Narbonne, plus rustiques, plus traditionnelles, surtout, pour celles du Solail. Mais tous et toutes arboraient des bracelets à médaillons, des broches de diamant, ou des chaînes en or savamment disposés pour être aperçus, et les femmes avaient piqué dans leurs cheveux, en rameaux ou en grappes, des fleurs de jasmin.

Charlotte avait tenu à se marier à l'église de Sainte-Colombe, si proche de ces collines où elle avait si longtemps couru en rêvant à celui qui deviendrait un jour son mari. Elle avait également exigé que les repas et le bal eussent lieu au Solail et non pas à Narbonne, et la famille Daubert ne s'était inclinée qu'au terme de longues tractations. Charlotte avait gagné sur tous les points. Et même si c'était son dernier jour au domaine, elle était triomphante, dans sa beauté et sa jeunesse, au terme du combat qu'elle avait livré jusqu'au dernier jour à Léonce, dont le regard, ce matin, lui avait paru bouleversé à l'instant où elle était apparue en haut des marches de pierre.

Tandis que Louis la conduisait vers le cabriolet dont la capote avait été rabattue, elle remarqua que même les harnais, les colliers et les gourmettes des chevaux avaient été pavoisés. Les landaus, les calèches, les cabriolets, les tilburys aux lanternes de verre biseauté encombraient l'allée du château, dont les oliviers étaient parsemés de paillettes décoratives qui ajoutaient leur scintillement à l'argent des feuilles agitées par le vent. Charlotte leva la tête vers le ciel encore embrumé, aperçut quelques rayons de soleil qui tentaient de se frayer un passage, les regarda fixement jusqu'à en avoir mal au yeux.

Le cortège partit, gagna la route, atteignit bien vite le village, où tous les habitants attendaient sur les seuils. Comme on ne pouvait monter jusqu'à Saint-Baudille, les voitures s'arrêtèrent sur la promenade où était située la mairie. Ensuite, le cortège partit à pied par les calades qui permettaient d'accéder à la petite église. Louis parlait à Charlotte, mais c'est à peine si elle l'entendait. Elle se retournait de temps en temps pour contempler, tout en bas, la mer de vignes dans lesquelles elle avait tant couru, où elle avait été tellement heureuse, et qu'elle allait quitter. Quelque chose, à cette idée, la mordait au cœur, car il lui semblait qu'une enfant, là-bas, l'appelait. Il lui vint l'envie de renoncer, d'aller se blottir sous deux ceps aux feuilles vertes, et de ne plus bouger, jamais, mais le bras de Louis l'entraîna et elle entra dans l'église dont le lustre et les couleurs pastel, de nouveau, la bouleversèrent. Que s'était-il passé ? Pourquoi son père n'était-il plus là, près d'elle, pour lui tenir la main, comme à l'occasion de ces Noëls qui avaient illuminé son enfance éblouie ?

Elle n'entendit ni ne vit rien de ce qui se passait autour d'elle, perdue qu'elle était au cœur de ses souvenirs. Ce fut la main de Louis sur la sienne qui la ramena au présent. Il s'aperçut alors qu'elle pleurait, pensa que c'était de bonheur. Une fois les alliances passées au doigt, des chants montèrent sous la voûte, tandis que le vicaire de Narbonne — seule concession de Charlotte à la famille Daubert — rangeait le calice dans le retable doré. Quand elle sortit au bras de Louis, le soleil perça la brume du matin et embrasa en un instant les vignes, qui se mirent à fumer. Tout son univers était là : à sa gauche, les collines au pied desquelles on apercevait le toit rose de la Combelle, en face le Solail, et, au-delà, la basilique Saint-Just ; à droite, la crête blanche du Canigou qui venait d'apparaître. « Lui aussi, se dit Charlotte, a voulu voir ce dernier jour. » Une musique jouait, sans qu'elle aperçût de musiciens. On venait l'embrasser, on les félicitait, Louis riait, et l'enfant, là-bas, appelait Charlotte, qui retenait ses larmes. Elle se savait forte, pourtant ; alors quel était ce matin cette blessure terrible qui s'ouvrait ?

— Allons ! dit-elle à Louis.

On redescendit vers la promenade sous les cris et les acclamations des habitants qui avaient été invités à fêter l'événement dans les deux cafés de la place. Puis le cortège repartit vers le Solail sous la lumière crépitante de l'été. La musique d'un violon invisible jouait toujours, et Charlotte se demanda dans quelle voiture il se trouvait. Au portail de l'allée, elle eut envie de continuer vers les vignes, mais déjà le cabriolet s'engageait entre les oliviers qui murmuraient sur son passage leur chanson de feuilles.

Les tables avaient été dressées dans la cour intérieure du château, près desquelles attendaient une dizaine de serveurs en habit, jabot et cravate, venus de Narbonne avec les cuisinières chargées d'aider Maria et Luisa à préparer le festin. Berthe et sa mère vinrent de nouveau embrasser Charlotte et versèrent quelques larmes. Puis ce fut le tour de Mélanie, très belle dans sa robe de barège rose, et de Cyprien, peu à l'aise dans un costume auquel il n'était pas habitué. Léonce l'embrassa aussi, mais son regard n'avait plus la dureté des derniers mois, et Charlotte en fut surprise. Sur la table, les assiettes à large bordure dorée contenaient des serviettes pliées en forme de bonnet, entre les plis duquel on devinait un petit pain rond. Des bouteilles de vin fournies par le château s'échelonnaient sur la nappe blanche, entre les perdreaux rôtis dont les ailes et la queue avaient encore leurs plumes.

On servit en apéritif du muscat, puis le repas commença dans l'ombre fraîche de la cour, agrémenté par la musique de trois violons que Charlotte apercevait maintenant en bout de table. Elle se trouvait face à M. et Mme Daubert, dont la réserve disait combien ils avaient condescendu à accepter ce mariage. Certes, la dot de Charlotte était importante, mais les milieux étaient trop différents, malgré la position des maîtres du Solail, pour qu'ils ne ressentent pas cette union de leur fils comme une régression. C'était surtout Mme Daubert, une forte femme aux yeux d'acier, qui manifestait une réprobation muette tandis que son mari, un homme aux traits plutôt fins, aux gestes délicats, ne faisait que conserver son quant-à-soi naturel.

Charlotte s'en moquait : ils en étaient finalement passés par où elle avait voulu : un mariage au Solail ou pas de mariage du tout. Elle buvait plus qu'elle n'en avait l'habitude et une sorte d'euphorie la gagnait, lui faisant oublier tout ce qui, au matin, l'avait transpercée comme une épée de feu. Louis, de temps en temps, se penchait vers elle et lui murmurait à l'oreille des mots qui ne lui étaient pas coutumiers, et ils riaient tous les deux, comme deux enfants fêtés à leur anniversaire.

Les plats se succédèrent interminablement : pâtés, œufs mimosa, fricassée de volailles, perdreaux, gigots, crèmes, tourtes, nougats, pièce montée, le tout arrosé des meilleurs vins du Solail, dont une centaine de bouteilles avaient été mises de côté par Charles Barthélémie spécialement pour le mariage de ses filles. Charlotte riait beaucoup, et même ses beaux-parents finirent par se dérider au fil des heures. Elle eut du mal à ouvrir le bal en fin d'après-midi, dans la grande salle à manger du château dont on avait ouvert toutes les fenêtres. L'orchestre jouait sur une estrade dressée devant la cheminée monumentale. Elle dansa et tourna plus qu'elle n'en avait l'habitude, puis elle sortit au bras de Louis, pour marcher un peu. C'était un de ces soirs de juin qui rendent la vie belle et la prolongent jusqu'au cœur de la nuit. La musique de l'orchestre ajoutait à la paix du moment, sous un ciel de premier jour du monde, une mélancolie qui faisait s'interroger Charlotte sur sa vie.

— Qu'avez-vous ? demanda Louis. Vous ne vous sentez pas bien ?

Il sembla à Charlotte deviner une véritable inquiétude dans les yeux noirs et le visage fin qui allaient devenir son miroir. Elle se laissa aller sur l'épaule de Louis et ne répondit rien. Ils marchèrent jusqu'au bout de l'allée, puis ils retournèrent vers le château. Les martinets s'épuisaient dans le ciel devenu vert. Exaspérés par la chaleur du jour, les parfums des pins et du romarin épaississaient l'air entre les oliviers. Charlotte s'arrêta, ferma les yeux. Pendant les quelques secondes durant lesquelles Louis demeura silencieux, le temps s'arrêta vraiment. « J'aurai connu ça », se dit-elle, et il lui sembla qu'une parcelle d'éternité était entrée en elle. Dès lors, la tristesse confuse qui la hantait depuis le matin la quitta.

Ils retournèrent danser, puis se remirent à table pour déguster les potages et les agneaux à la broche qu'accompagnèrent des vins blancs et rosés. Des hommes et des femmes se mirent à chanter, et Charlotte chanta aussi, sous le regard devenu indulgent de ses beaux-parents. A la fin, on servit de la glace au marasquin et du vin de champagne dont Charlotte but deux flûtes en riant. Vinrent ensuite le café et les liqueurs, et il était une heure du matin quand on se remit à danser. Charlotte, soutenue par le champagne et le café plus que par les bras de Louis, qui paraissait épuisé, dansa jusqu'à trois heures avec les invités, y compris avec son beau-père qui lui fit des compliments sur sa beauté.

A la fin, elle était ivre d'émotion et surtout de fatigue. Elle sortit alors sur le balcon et, face aux étoiles, elle écouta un moment battre follement son cœur. Quelle était cette nuit ? De quel poids allait-elle peser dans sa vie ? Et que disaient les violons du bal dans cette obscurité si familière, si douce et si tragique ? Elle devina une présence près d'elle, se retourna. C'était Léonce. Il s'accouda au balcon, et elle sentit son bras contre le sien, comme à l'époque où il était son prince, il y avait si longtemps. Le souvenir de cet amour déçu la bouleversa. Elle s'en voulut de trembler, demeura lointaine et hostile. Pourtant, elle comprit qu'il avait déposé les armes quand il lui dit d'une voix d'une étrange douceur :

— Promets-moi que tu reviendras.

— Je ne me fais plus de promesses qu'à moi-même, Léonce, dit-elle sans le regarder.

Elle sentit qu'il s'éloignait, eut envie de le rappeler, s'en empêcha, mordant ses lèvres jusqu'au sang. Quelques souffles légers glissèrent jusqu'au balcon, auxquels Charlotte offrit son visage. Une étoile clignota, puis s'éteignit. Là-bas, la masse sombre des collines, où l'on distinguait quelques pins, sur la crête, dans la lueur de la lune, semblait délimiter un monde au-delà duquel il était interdit de s'aventurer. « Est-ce un signe ? » se demanda Charlotte, mais elle n'eut pas le temps de s'interroger davantage :

— Je vous cherchais, dit Louis.

— Il fait si chaud, répondit-elle.

Puis elle le prit par le bras et ils retournèrent dans la salle à manger, le temps de saluer les derniers invités, ceux qui ne partiraient pas avant l'aube. Après quoi, serrant toujours le bras de Louis, elle quitta le château et partit dans les vignes, suivant un chemin depuis longtemps inscrit dans sa mémoire. Il faisait bon, maintenant, à quatre heures, la chaleur du jour s'étant un peu dissipée. Charlotte savait gré à Louis de ne pas poser de questions, de se laisser guider en silence, en l'embrassant simplement, de temps en temps, dans cette odeur de la terre, des ceps et des feuilles unis dans l'aventure de la vie et du monde.

Où allait-elle, Charlotte ? Elle le savait très bien. Malgré la lune, elle eut pourtant quelque difficulté à trouver la vigne qu'elle cherchait. Quand elle la reconnut enfin, elle entraîna son mari entre les ceps, chercha encore un moment le lieu dont elle avait rêvé, puis elle se dévêtit devant Louis, émerveillé par tant de beauté, et elle s'allongea sur sa robe, face au ciel, à l'endroit exact où elle avait été « mascarée » par un garçon de la Montagne noire qui ne savait pas qui elle était. Et quand Louis vint sur elle, ce fut le même goût de raisin écrasé qui coula dans sa bouche, la même lumière, le même soleil qui éclatèrent devant ses yeux, multipliés à l'infini par des larmes montées du fond de ses treize ans qu'elle avait perdus à jamais.

Deuxième partie

LES ORAGES

5.

QUAND la terre s'ouvrit, que les chevaux, jarrets tendus, d'un puissant coup de reins, arrachèrent le cep de la blessure sombre, Léonce se détourna. Il ne pouvait pas voir ça. Il avait pourtant souvent songé à cet instant, mais comment imaginer sentir son propre cœur être arraché ainsi de sa poitrine ? Le temps de marcher vers le cabriolet, il crut entendre les ceps crier derrière lui. Non, ce n'était pas exactement un cri, mais un long gémissement, quand ils pliaient, résistaient, puis cédaient, dans cette plainte qui semblait humaine, appel au secours d'une simple souche, si vivante, pourtant, malgré la blessure que lui avait infligée le puceron maudit.

Léonce monta dans le cabriolet, s'éloignant non pas vers le château mais vers le canal du Midi, pour se retrouver seul avec lui-même, après la terrible décision qu'il avait dû prendre et dont il mesurait cruellement les effets, ce matin du 18 octobre 1882 : arracher les vignes, puis replanter des porte-greffes américains. La défaite, après un long combat qui avait commencé quatre ans plus tôt, en août 1878, exactement un mois après que l'on eut découvert la première attaque du phylloxéra dans l'Aude, à Ouveillan, le 4 juillet de la même année. Oh ! il s'en souvenait, de ce matin funeste, Léonce. Il se souvenait même précisément de la sueur glacée qui avait coulé de ses épaules vers ses reins à l'instant où il s'était penché sur les boursouflures écarlates découvertes par Cyprien dans les vignes de la Croix. Cela faisait tellement longtemps qu'il les redoutait, tellement longtemps qu'il les attendait ! De rage, il avait arraché les feuilles meurtries, comme pour supprimer le mal, pourtant il savait bien que celui-ci se cachait dans les racines, dans l'écorce, et que le combat serait long et implacable.

Cependant il ne lui avait pas fallu plus d'une heure pour l'engager, ce combat, malgré la perspective des vendanges perdues, et il était parti à Narbonne afin d'acheter les charrues qui avaient été inventées pour instiller dans la terre ce fameux sulfure de carbone dont on disait qu'il anéantissait le puceron. Deux ans de lutte n'avaient hélas pas pu en venir à bout. Toutes les économies du Solail y avaient été vainement englouties, le traitement au sulfure de carbone étant très coûteux. Alors, sur l'avis de Cyprien, Léonce avait essayé autre chose : la submersion des vignes, l'hiver, pendant une cinquantaine de jours, sous trente centimètres d'eau. Il avait fait creuser des puits, acheté des machines capables d'aspirer des tonnes d'eau et de les répandre dans les vignes, tout cela dans des sifflements, des halètements, des cliquetis de fin du monde, mais le Solail se mourait de sa grandeur : les vignes étaient tellement étendues qu'on n'arrivait pas à gagner le fléau de vitesse, et elles mouraient les unes après les autres. Aussi, malgré la suspicion qui frappait les cépages américains (le phylloxéra avait été introduit en France par des importations d'outre-Atlantique), Léonce, poussé par Cyprien, s'était enfin résolu à arracher ses vignes et à replanter des porte-greffes américains, d'autant que le gouvernement accordait des exonérations fiscales pour les nouvelles plantations.

Mais la décision était une chose, et le spectacle de l'arrachage en était une autre. Jamais Léonce n'avait ressenti à ce point combien ces ceps semblaient ancrés dans son corps et combien le vin, le sang de la terre, était semblable à son propre sang. Il venait de découvrir qu'il pouvait souffrir de ses vignes comme de son corps. Elles étaient mortellement blessées, lui aussi.

Il arrêta le cabriolet à l'extrémité du domaine, tout près du canal du Midi. Il descendit, leva la tête vers le ciel voilé de rose dans lequel passaient des cohortes d'oiseaux en route vers l'Afrique. Il lui semblait encore entendre gémir les souches extirpées de la terre nourricière. Il s'assit au soleil sur une murette de pierres sèches, s'abandonna un instant au bien-être d'une matinée qui, il y avait quelques années de cela, eût simplement été heureuse du parfum des pins descendu des collines, de la caresse du soleil, du frisson des vignes virant du jaune citron au cuivre, d'une paix coulant d'un ciel à nul autre pareil. Aujourd'hui, pour la première fois de sa vie, Léonce ressentait la cruelle impression d'un échec. Il lui vint alors le besoin de se retourner vers le passé, pour essayer de comprendre à quel moment il s'était trompé de chemin, quelles erreurs il avait commises pour en arriver aujourd'hui à la solution extrême.

Il avait pourtant pris soin d'épargner tous les revenus que la raréfaction des vins due à la maladie dans les départements voisins lui avait permis d'accumuler. D'ailleurs, jusqu'à ces dernières années, on pouvait affirmer que le phylloxéra avait été une cause d'enrichissement pour les propriétaires de l'Aude. Non, sa seule erreur avait été d'attendre en espérant que ses vignes ne seraient pas touchées, alors que s'il avait commencé plus tôt et mené à bien progressivement la replantation en porte-greffes américains, le Solail aurait échappé à la catastrophe. Et de cela il s'en voulait, car Cyprien, par exemple, l'y avait incité dès le début. En somme, il n'avait pas su devancer le fléau, il avait péché par manque d'initiative, lui, Léonce, et il ne se le pardonnait pas. Il lui semblait qu'à partir du mariage de Charlotte, les choses avaient commencé à mal tourner, comme si sa présence au Solail avait suffi à le protéger de tous les maux. Il regrettait, parfois, de s'être montré si dur, si implacable, et, pour tout dire, elle lui manquait.

Il avait tout fait pour l'oublier et combler le vide qu'elle avait laissé en partant : il s'était marié en 1880 avec Victoire Teyssière, une héritière d'Argeliers, dont la dot prolongeait le Solail au-delà du canal du Midi. Il ne l'aimait pas, il n'avait fait que réaliser son projet de reconstitution du domaine après la vente rendue nécessaire par le départ de Charlotte.

Victoire était une brune aux cheveux longs, aux grands yeux verts, à la bouche large, aux traits aigus, qui avait autant d'orgueil que Léonce. Devenue l'épouse d'un grand propriétaire et habitant un château, elle menait sa maison d'une main de fer, et n'acceptait de s'incliner que devant son époux à qui, par devoir, elle avait donné un fils dès leur première année de mariage, en novembre 1880, qui se prénommait Arthémon. Elle devait d'ailleurs accoucher avant la fin de l'année d'un deuxième enfant, et espérait vivement que ce serait une fille. Elle deviendrait son alliée contre les hommes et leur pouvoir, contre cette prédominance, à ses yeux injustifiée, qu'ils exerçaient sur les femmes. Gare à ceux qui, trop faibles, provoquaient sa vindicte ! Antoine, par exemple, dont elle ne supportait pas l'existence miséreuse à l'intérieur du domaine. Il ne se passait pas un jour sans qu'elle incitât Léonce à le chasser, prétendant que faire la charité était un signe de faiblesse. Léonce ne s'y était pas résolu. Non parce que Antoine était un cousin de Cyprien, mais parce qu'il se souvenait de l'avoir vu, enfant, aux côtés de son père, et il lui semblait que son départ, à l'exemple de celui de Charlotte, exposerait davantage le Solail au mal qui le rongeait.

Le bruit d'une charrette sur le chemin le fit sursauter. Il se retourna, aperçut la jardinière, conduite par Calixte, mais reprit sa position première et demeura assis, regardant fixement devant lui la houle des vignes frappées à mort. Calixte s'approcha, s'arrêta à deux pas de Léonce qui se tourna enfin vers lui. Malgré les années passées, les traits du régisseur s'étaient à peine creusés. Ses boucles châtaines et ses yeux clairs lui avaient permis de conserver des expressions de jeunesse que Léonce, lui, avait depuis longtemps perdues. Calixte était son seul allié, le seul être au monde sur qui il pouvait vraiment compter. Chaque fois que Léonce l'apercevait, il revoyait ce jour de juillet 1870 où Calixte était parti à sa place à la guerre sans un mot de protestation. Sa présence au Solail était précieuse à Léonce et, pour tout dire, indispensable.

— Tu peux t'asseoir, dit-il en désignant la murette d'un geste vague de la main.

Calixte obéit tout en gardant un mètre de distance par rapport à Léonce : l'admiration qu'il lui portait, la soumission qu'il lui témoignait ne s'étaient jamais manifestées sans une certaine crainte. Ce matin, pourtant, en le voyant quitter la vigne sacrifiée, Calixte avait compris ce que Léonce ressentait et il n'avait pas voulu le laisser seul. Il demeura muet un instant, puis il murmura :

— J'ai vu les porte-greffes, ils sont vraiment beaux.

— Oui, dit Léonce, ils sont beaux : ce sont des jacquez, des solonis et des viallas. Mais ils vont remplacer les plants de mon grand-père et de mon père.

— De toute façon, dit Calixte, après soixante ans, il faut arracher quand même.

Léonce se tourna brusquement vers lui, reçut comme un cadeau l'éclat humble des yeux verts et s'en voulut de sa faiblesse : ce n'était pas la première fois qu'on arrachait des ceps, qu'on reconstruisait une vigne en mailleuls auxquels il faudrait accorder plus de soins qu'à un enfant.

— Une ou deux vignes, soupira-t-il, ce n'est rien, mais toutes ces vignes, là, détruites, dévastées... et en plus on dit que la qualité des porte-greffes est médiocre.

— Il suffira de greffer des aramons et des carignans. Ils ont de la force : ils domineront sans peine.

Léonce planta son regard noir dans celui de Calixte, demanda :

— Est-ce que tu le crois vraiment ?

Calixte ne cilla pas, répondit :

— J'en suis sûr.

Léonce sourit, hocha la tête, puis :

— Ah ! Calixte, Calixte, dit-il, si tu n'étais pas là !

Puis son regard erra de nouveau sur les feuilles frémissantes au vent du sud, remonta, se perdit dans le ciel d'un rose et bleu de porcelaine, rencontra au loin la masse blanche du Canigou, cette sentinelle impérissable qui veillait sur les vignes. Léonce eut l'impression que rien ne changerait jamais vraiment, ici, dans cette plaine languedocienne qui n'avait jamais été aussi belle que depuis le moment où elle avait été frappée par le fléau. Il lui sembla alors que le phylloxéra ne résisterait pas à l'effort des hommes habitués à se pencher sur cette terre depuis des siècles.

Il se leva brusquement et dit à Calixte :

— Viens ! Il est temps, maintenant.

Il avait suffi de quelques minutes, d'une présence amie, d'un regard vers les collines proches, la montagne lointaine, pour qu'il redevienne l'homme énergique et dominateur qu'il avait toujours été.

— Il arrache, dit d'une voix blanche Etienne, debout devant Charlotte.

Elle ne put retenir un gémissement et s'assit dans un fauteuil de reps vert, près de la cheminée au manteau de marbre.

— Il arrache tout ? demanda-t-elle.

— Tout. Il va replanter des porte-greffes américains.

Charlotte examina son frère avec une lueur incrédule dans les yeux. C'était comme si elle ne reconnaissait pas ce matin cette silhouette frêle, ces cheveux d'un châtain presque blond, ces yeux clairs dans lesquels elle devinait si bien d'ordinaire la fragilité et l'insouciance. D'ailleurs, elle ne le vit plus, soudain, transportée qu'elle était vers ses chères vignes dont elle n'avait pu s'approcher, pendant ces dernières années, et qui lui avaient tant manqué. C'est pour cette raison qu'elle s'était occupée de l'installation d'Etienne à Narbonne, car il rendait de fréquentes visites au Solail, et il pouvait lui en parler aussi longtemps qu'elle le souhaitait.

De même, pour retrouver l'atmosphère du domaine, elle avait pris Amélie (rencontrée par hasard dans la rue) à son service, et elle avait parfois l'illusion de n'avoir pas tout perdu de sa vie d'avant, d'avoir reconstitué dans son appartement un peu de l'univers qui lui était indispensable. Elle l'avait meublé de fauteuils et de meubles semblables à ceux du château, allant jusqu'à rechercher les mêmes chandeliers à cloches d'argent, dont les cristaux à facettes renvoyaient si bien la lumière. Elle avait également emporté deux petites horloges de bois poli qui trônaient sur les cheminées, des bougeoirs, des abat-jour aux perles de jais, toutes sortes de bibelots qu'elle n'avait pu se résoudre à abandonner.

Louis ne s'en était pas étonné. Il s'en remettait à elle pour tout ce qui concernait l'appartement, étant lui-même trop occupé à l'étude pour se soucier de sa maison. L'immeuble entier appartenait à ses parents. Avec Charlotte, ils en occupaient le premier étage, qui donnait sur la promenade des Barques, face au kiosque à journaux et à la passerelle, qui, de l'autre côté du canal de la Robine, conduisait au grand marché. Elle n'avait pas été déçue par la vie qu'elle menait : c'était tout à fait celle qu'elle avait imaginée. Avec Louis, ils étaient beaucoup sortis pendant cinq ans, avaient beaucoup reçu également, car Charlotte avait cherché à s'étourdir, à oublier le Solail et ses collines. Et puis, Hugues leur était né, en 1881, et elle attendait une deuxième naissance pour le mois de décembre. En somme, elle avait obtenu tout ce qu'elle souhaitait : la grande vie dans la société narbonnaise, l'argent, la considération, l'amour de Louis, les robes, les bijoux, les tableaux de maîtres aux cadres dorés, les lambris sombres, les poêles en porcelaine à baguettes de cuivre. Tout, elle avait tout, mais elle avait perdu ses vignes et, malgré ses efforts pour les oublier, malgré la distance qui les séparait, elle en demeurait inconsolable.

De Narbonne, elle avait suivi de semaine en semaine la progression du phylloxéra depuis Ouveillan, les efforts de Léonce, l'installation des machines à sulfure de carbone, la submersion, et plus d'une fois elle avait failli voler à son secours, mais elle se l'était interdit. Le naufrage de Léonce était le prix qu'il lui fallait payer, elle le savait, afin de pouvoir un jour revenir au Solail. Aujourd'hui, pourtant, elle avait peur. L'arrachage des ceps lui était aussi douloureux qu'à Léonce, et, pour s'être renseignée auprès des autorités préfectorales, elle ne croyait pas à la résistance des porte-greffes américains. D'ailleurs, n'avaient-ils pas été interdits un moment par le gouvernement ? Depuis quelques semaines, elle s'était mise à redouter une faillite de Léonce, qui entraînerait la vente du Solail. Elle ne cessait de s'enquérir auprès de Louis du montant de leur fortune, afin de pouvoir éventuellement racheter le domaine, mais Louis avait réalisé beaucoup de placements à long terme et ne disposait pas de grosses liquidités.

Elle s'aperçut qu'Etienne la dévisageait bizarrement, se demanda ce qui pouvait bien le fasciner ainsi. En fait, Etienne la trouvait belle, tout simplement, malgré sa grossesse, dans son ample robe bleue dont le décolleté laissait bien apparent le haut de sa poitrine encore inexplicablement hâlée par le soleil. Ses boucles brunes tombaient sur ses épaules rondes, autour desquelles un ourlet bleu nuit soulignait l'éclat de ses yeux brusquement attentifs.

— Tu m'entends ? répéta Etienne.

— Non, excuse-moi. Je pensais au Solail.

— Ne t'inquiète pas, dit Etienne. Il s'en sortira.

— Je l'espère, souffla-t-elle.

Il y eut un instant de silence, puis Etienne murmura :

— Je suis un peu gêné en ce moment.

— Encore !

Les yeux de Charlotte s'étaient brusquement assombris. Ce n'était pas la première fois qu'Etienne venait lui réclamer de l'argent pour payer ses dettes de jeu, car il passait toutes ses nuits dans un cercle louche de la rue des Carmes, où il jouait plus que de raison.

— Tu sais bien que Léonce ne me verse plus rien, plaida-t-il avec un air pitoyable.

— Ça fait deux fois en un mois que tu viens me

réclamer de l'argent, s'indigna-t-elle, quand vas-tu devenir raisonnable ?

— C'est la dernière fois. Je te le promets.

— Je ne te crois pas, Etienne, tu me dis toujours la même chose et tu continues à jouer.

— Je suis sur une affaire, je vais bientôt travailler.

— Il y a déjà trois ans que tu dois travailler !

Etienne ne répondit pas, mais il ne paraissait pas vraiment inquiet. Il savait que Charlotte avait besoin de lui. Elle soupira, se leva, ouvrit le tiroir d'une commode et lui donna quelques billets qu'il garda à la main sans parvenir à cacher son dépit.

— Qu'est-ce que tu veux que je fasse de ça ? demanda-t-il avec une expression affligée.

Charlotte soupira une nouvelle fois, dévisagea Etienne d'un air excédé, ouvrit de nouveau le tiroir et lui tendit une liasse qu'il empocha aussitôt en disant :

— Merci, je te revaudrai ça.

— Mais oui, bien sûr, soupira-t-elle.

Elle revint s'asseoir, tandis qu'Etienne reculait déjà vers la porte, impatient de partir maintenant qu'il avait obtenu ce qu'il souhaitait. Charlotte le retint un instant en disant :

— Dès que tu iras là-bas, donne-moi des nouvelles.

Il sourit, répondit :

— C'est promis.

Puis il disparut et Charlotte, se retrouvant seule, demeura un moment vacante et songeuse, se demandant si son orgueil n'allait pas précipiter la perte du Solail. Pour oublier ses soucis, elle repoussa à plus tard la décision d'intervenir ou non, s'efforçant de penser à l'enfant qui allait naître. Est-ce que ce serait une fille ou un garçon ? Louis souhaitait une fille, mais elle-même préférait un garçon : elle avait trop souffert, dans son combat avec Léonce, de sa condition de femme. A cette idée, elle se sentit vengée par les difficultés que son frère rencontrait aujourd'hui, mais elle se demanda, en même temps, s'ils n'allaient pas tous payer leurs querelles au prix fort. Agacée, elle agita la sonnette qu'elle gardait toujours à portée de la main et elle attendit que la porte s'ouvre avec une impatience qui ne lui était pas naturelle.

Amélie surgit, souriante, et, avec elle, il sembla à Charlotte qu'entraient quelques rayons de soleil du domaine.

— Assieds-toi, dit Charlotte en désignant à Amélie une chaise Louis XVI de velours vert, aux boiseries dorées.

Elle avait beaucoup changé, Amélie, depuis son arrivée à Narbonne et les difficultés qu'elle y avait rencontrées, mais elle avait aujourd'hui retrouvé la joie insouciante de sa jeunesse au Solail, au temps où Charlotte guettait ses rencontres avec Léonce dans les collines. Elles en parlaient souvent et en riaient, s'étant retrouvées unies contre Léonce, et complices, donc, pour avoir toutes les deux été vaincues par lui.

— Il arrache les vignes, souffla Charlotte.

Amélie ne répondit pas tout de suite, et son sourire se figea sur ses lèvres. Elle parut un instant avoir été touchée, mais elle se reprit très vite et murmura :

— Il ne souffrira jamais autant qu'il m'a fait souffrir.

Elle soutint le regard de Charlotte, qui cilla et demanda, changeant brusquement de sujet :

— Tu as des nouvelles de tes parents ?

— Ils vont bien, et le travail ne manque pas. Ils passent tous leurs dimanches dans leur petite vigne au-dessus de la Combelle, et je crois qu'ils sont heureux.

Elle ajouta, après un instant :

— Depuis qu'ils savent que je suis ici, surtout.

Charlotte sourit. Elle n'avait pas du tout accepté la manière dont Léonce avait chassé Firmin et Prudence de la Combelle.

— Alors, tout est bien, dit-elle.

— J'irai les voir bientôt, reprit Amélie.

— Et tu m'emmèneras ?

— Bien sûr ! dit Amélie, heureuse de ce jeu qu'elles avaient inventé, et dont ni l'une ni l'autre n'était dupe ; mais peut-être vaut-il mieux attendre que le petit soit né.

— C'est ça, dit Charlotte, pensive. J'attendrai que le petit soit né pour lui expliquer qu'on arrache ses vignes.

Elle soupira, ajouta, avec une fêlure dans la voix :

— Amélie, Amélie, y aura-t-il encore des vendanges au Solail ?

Firmin, qui était en train de nettoyer les abords de sa vigne, se redressa, porta les mains à ses reins douloureux et contempla la plaine que le soleil de novembre, en ce milieu du jour délivré de la marinade, baignait d'une lumière étonnamment chaude pour la saison. En se retournant, il jugea du travail accompli et s'accorda un moment de repos sur le petit banc soutenu par deux pierres, au pied de l'amandier. Ces dimanches dans sa vigne, d'où il dominait le Solail, étaient devenus le sel de sa vie. Là, il retrouvait les gestes, les odeurs, la lumière des jours qui l'avaient mené insensiblement jusqu'à l'âge de cinquante-sept ans — aujourd'hui exactement. Un âge où l'on n'a plus guère de colères et où l'on se retourne volontiers sur le chemin parcouru.

Il ne regrettait plus son départ du domaine. Non, plus du tout : le travail avec Raoul Maffre lui plaisait. Raoul lui avait appris tous les secrets de la tonnellerie et Firmin lui avait inculqué l'essentiel de ses idées, celles qu'il avait acquises lors de la Commune de Narbonne, mais aussi sa foi dans un idéal républicain qui était à construire. De jour en jour, l'atelier du tonnelier était devenu le lieu de rendez-vous de ceux qui voulaient croire à un avenir meilleur pour les hommes, à plus de justice et à plus de liberté. On était sur la bonne voie : aux élections de 1876, l'Aude avait choisi quatre députés républicains. En 1877, les conservateurs avaient été totalement écartés des responsabilités départementales, et les radicaux devaient désormais faire face à une opposition d'extrême gauche radicale-socialiste, celle que précisément soutenaient Firmin et les habitués de l'atelier. A Paris, le cabinet Gambetta était tombé, mais Jules Ferry, ministre de l'Instruction publique, avait commencé à mettre en œuvre une nouvelle politique basée sur la gratuité de l'enseignement primaire. En mars de cette année 1882, une loi municipale avait confié l'élection des maires aux conseils municipaux. Le jour n'était plus loin où l'on allait enfin réaliser à Sainte-Colombe même ces grands projets qui faisaient rêver plus d'un journalier, la crise du phylloxéra ayant aggravé des conditions de vie déjà bien précaires.

Le regard de Firmin revint vers la Combelle dont la cheminée lâchait un mince filet de fumée blanche. Comme à chaque fois, son cœur battit plus vite, mais il ne sentait plus ce pincement désagréable qu'il avait connu pendant de longues années. Car désormais, la Combelle ne lui était plus interdite : Léonce avait d'autres chats à fouetter. Si lui, Firmin, n'y allait guère, Prudence, qui avait noué des liens d'amitié avec Mélanie, lui rendait de fréquentes visites, comme ce matin, et Firmin était heureux de la savoir dans ces murs qui avaient abrité leur bonheur. Il avait été également soulagé d'apprendre par Prudence qu'Amélie travaillait auprès de Charlotte : connaissant les rapports du frère et de la sœur, il n'était pas fâché de prendre ainsi, même indirectement, une sorte de revanche sur Léonce dont il suivait par ailleurs le combat contre la maladie de la vigne, mais sans aucune satisfaction. Il s'était trop penché sur les ceps du Solail pour ne pas souffrir de les voir disparaître.

Lui, Firmin, il avait greffé des carignans sur des solonis américains dès 1879. Fin août, ses vendanges avaient été belles. Au Solail, face à lui, il voyait ce matin manœuvrer les chevaux et les « chaises » qui n'en finissaient plus d'arracher les ceps condamnés par la maladie. Il lui vint brusquement l'envie de descendre pour aider à les sauver, ces ceps, car il lui semblait que c'était sa propre vie qui se jouait en bas, dans cette lumière que faisait trembler le vent d'est, dont les ailes dorées s'argentaient maintenant, là-bas, au contact des oliviers.

Un craquement de sarment, derrière lui, le fit brusquement se retourner. Il reconnut Antoine, qu'il n'avait pas vu depuis de longs mois. En fait, il s'agissait plutôt du fantôme d'Antoine, qui hésitait maintenant à s'approcher, comme si la crainte des hommes était devenue pour lui une seconde nature.

— Viens ! dit Firmin, de quoi as-tu peur ?

Antoine fit quelques pas hésitants, et Firmin fut bouleversé par la maigreur de l'ancien régisseur, celle de ses bras comme celle de son visage dont les yeux paraissaient enfoncés dans les orbites et dont la tête semblait liée au tronc par deux tendons au niveau du cou qui saillaient comme des cordes. Firmin fut tellement troublé par cette apparition qu'il eut du mal à cacher son émotion.

— Viens t'asseoir, dit-il.

Et il tendit la main à Antoine, geste que leurs positions respectives au domaine leur avaient toujours interdit. Il se demanda en même temps quel était l'âge du régisseur, calcula qu'il avait plus de soixante-dix ans, mais ne trouva pas le chiffre exact. Il le fit asseoir sur le banc, bouleversé par la reconnaissance qu'il lut dans les yeux du vieil homme qui avait sans doute cru que Firmin lui en voulait toujours depuis le jour où il avait été chassé en sa présence. Mais Antoine était aujourd'hui un homme épuisé, traqué, malade, que poursuivait la haine de Léonce, mais aussi celle de Victoire, la nouvelle maîtresse du Solail.

Ils demeurèrent un instant sans parler, écoutant derrière eux crépiter la garrigue. La vigne de Firmin était en effet la plus haute, car située presque au sommet de la colline, et il devait lutter contre la prolifération des genêts, de la salsepareille, des cistes et des térébinthes qui la menaçaient chaque printemps. Il devait aussi monter l'eau nécessaire au soufrage, les barriques au moment des vendanges, tout ce qui, en fait, était indispensable au travail, mais pour rien au monde il n'aurait abandonné cette vigne qui était tout ce qu'il possédait et qu'il entretenait avec la science et le savoir qu'il avait accumulés depuis l'âge de quatorze ans.

Les deux hommes regardèrent un moment les chevaux et les journaliers qui s'échinaient, en bas, sur les ceps frappés à mort, puis, quand Firmin se tourna vers le vieux, il aperçut des larmes dans ses yeux.

— Je suis monté pour savoir si à toi, ça te faisait pareil, dit Antoine.

Sa voix était faible, chevrotante, et Firmin ne la reconnut pas.

— Oui, pour moi c'est la même chose, répondit-il.

— Ah ! bon !

Antoine parut soulagé. Un mince sourire étira sa bouche, un sourire auquel, de sa part, on n'était plus habitué. Son visage, dès lors, s'éclaira un peu.

— Tiens ! on va manger ! dit Firmin en prenant sa musette suspendue aux branches du figuier.

Et, malgré le geste de protestation, d'ailleurs à peine esquissé, du régisseur, il posa sur le banc, entre eux, le pain, deux saucisses froides, la salade et le fromage. Il coupa du pain, le tendit à Antoine, qui hésita mais finit par le prendre. Il lui donna ensuite une saucisse, et le vieux murmura :

— Et toi ?

— Oh ! il y a assez, regarde !

Antoine sortit son couteau de sa poche, et se mit à manger, un peu trop vite cependant pour que Firmin ne devine pas qu'il ne mangeait pas à sa faim tous les jours. Alors il demanda :

— Ils sont pas de service, les deux jeunes, avec toi ?

Il parlait de Mélanie et de Cyprien.

— Oh ! si ! la petite est bien gentille, mais lui, maintenant, il fait un peu l'important.

Il soupira, ajouta :

— Et puis, il se méfie de Léonce, quand même. Alors la petite est obligée de se cacher pour venir me voir. Mais il a bon fonds : il la laisse faire.

— Encore heureux ! dit Firmin.

— Toi aussi, tu es bon, reprit Antoine. Je l'ai toujours su.

— Allez, va ! mange ! on parlera après.

Firmin versa du vin dans le gobelet qui était celui de Prudence, puis dans le sien, et il força Antoine à trinquer.

— C'est le mien, dit-il, tu vas voir comme il est bon.

Le vieux but, s'essuya les moustaches et dit :

— C'est vrai qu'il est bon. Je m'étais toujours demandé ce que pouvaient donner ces porte-greffes américains.

— Aujourd'hui tu le sais : nos cépages sont forts : ils résistent bien à la greffe.

Le vieux hocha la tête, reprit :

— Si seulement Léonce avait fait comme toi...

— C'est que ma vigne est bien petite : on remplace plus facilement quelques ceps qu'on ne replante tout un domaine.

— Eh oui, bien sûr.

Antoine parut réfléchir, soupira et reprit :

— Tiens, à toi je peux bien te le dire : du temps qu'il inondait les vignes, j'y allais la nuit, sans qu'on me voie, pour surveiller les machines, creuser des trous pour que l'eau rentre bien, tracer des rigoles pour qu'elle puisse aller jusqu'au bout.

Firmin n'en fut pas vraiment étonné : combien de fois n'avait-il pas lui aussi failli voler au secours du Solail !

— Et aujourd'hui, reprit Antoine, ils n'ont qu'une idée en tête : me chasser d'ici.

Il se tourna vers Firmin, ajouta :

— Tu le sais, toi, que je me tuerais plutôt que de quitter ces vignes.

Firmin hocha la tête, posa sa main sur le bras d'Antoine.

— Ils n'oseront pas, après tout ce que tu as fait pour eux.

— Ils t'ont bien chassé, toi.

— Il s'en est passé, des choses, depuis...

Ils se turent, continuèrent de manger dans le grand silence de la mi-journée, les hommes et les machines, en bas, s'étant arrêtés pour la pause de midi. Les vignes, maintenant, semblaient attendre quelque chose, sous le soleil anormalement chaud qui faisait crépiter la garrigue comme en plein été. On sentait planer une menace indéfinissable, peut-être à cause de cette clarté bizarre du ciel, un ciel malade où s'étiraient maintenant des écharpes couleur de paille semblables à celles que traîne le vent du sud quand il porte avec lui les sables d'Afrique.

Les deux hommes demeurèrent silencieux, le regard rivé à la plaine, jusqu'à ce qu'un bruit, derrière eux, les alerte. Ils se retournèrent d'un même mouvement, reconnurent Prudence. Elle s'approcha, salua Antoine, et Firmin comprit que l'aspect pitoyable du vieux régisseur la touchait autant que lui.

— Continuez, dit-elle en s'asseyant sur une comporte renversée qui séchait ; j'ai mangé avec Mélanie.

Et, comme Firmin l'interrogeait du regard pour savoir si c'était bien vrai :

— Cyprien ne rentre plus à midi ; et elle n'aime pas être seule, cette petite.

Tout le temps qu'il leur fallut pour finir leur repas, elle évita de regarder dans la direction d'Antoine, et ils parlèrent peu, comme s'ils devinaient que les mots qu'ils prononceraient seraient trop graves ou trop douloureux. A la fin, quand il fallut reprendre le travail, Firmin dit à Antoine :

— Tu peux monter quand tu voudras, ça me fera plaisir.

— Et pourquoi vous ne viendriez pas un peu à Sainte-Colombe, au lieu de vous cacher comme ça ? demanda Prudence.

Antoine remercia, se troubla, et de nouveau quelques larmes firent briller ses yeux. Il s'éloigna à petits pas, trébuchant sur les pierres comme un malade qui se lève après de longues semaines de lit.

Pour tromper son angoisse, Berthe s'assit au piano et se mit à jouer un délicieux prélude de Bach, dont la douceur l'apaiserait, du moins l'espérait-elle, avant l'arrivée de Pierre Fontanel. Cela faisait presque un an que ce jeune homme élégant, fils d'une famille de Ginestas jadis propriétaire de centaines d'hectares de vignes, mais aujourd'hui ruinée, la courtisait. Il était beau, d'une beauté sombre et grave, telle qu'on en rencontrait, jadis, chez les nobles de province : la plupart d'entre eux passaient leur temps à dilapider la fortune de leurs parents, à Narbonne ou à Paris, et ne revenaient au pays que pour trouver un parti et s'y marier en rêvant à leur folle jeunesse. « Trop beau », disait Léonce qui suspectait derrière cette cour empressée une manœuvre pour s'emparer d'une dot qu'il était incapable de verser. Aussi s'opposait-il de toutes ses forces aux visites du prétendant de Berthe, escomptant que sa sœur demeurerait vieille fille pour la garder sous sa domination. Il ne pouvait cependant la séquestrer, l'empêcher de courir au bout de l'allée d'oliviers et de monter dans le cabriolet dont la capote percée avouait combien les finances de la famille de Pierre étaient en péril.

Mais quelle famille de l'Aude et des départements voisins pouvait se prétendre aujourd'hui à l'abri du besoin ? Ainsi se défendait Berthe, appuyée par sa mère, que le romantisme affiché du jeune homme avait séduite, peut-être autant que sa fille. « Cours, lui disait-elle, cours, ma fille, et vis ce que je n'ai jamais pu vivre, moi qui ai été mariée par devoir à ton père. » Et, chaque fois que Berthe rentrait de ces promenades, au demeurant fort convenables, Elodie Barthélémie, que la maladie achevait de ronger, écoutait, ravie et transportée dans une jeunesse lointaine qu'il lui semblait n'avoir jamais vraiment vécue, les récits de Berthe, bouleversée par la délicatesse de son prétendant.

Le doute, pourtant, la hantait dès le matin, chaque fois qu'elle apercevait son visage dans son miroir. Aussi, dès qu'elle le pouvait, elle se précipitait vers son piano pour oublier dans la musique qu'un homme beau, délicat et séduisant prétendait l'aimer. Pierre, le plus souvent, lui paraissait sincère. Il ne lui cachait rien des difficultés de sa famille qui avait été ruinée, bien avant le phylloxéra, par la vente des vignes et l'achat massif d'actions dans ces compagnies plus ou moins fictives qu'avait suscitées, en France, l'essor du chemin de fer. Elle y avait perdu toute sa fortune, et elle survivait depuis dans le négoce du vin et des olives, mais la crise avait rendu sa position encore plus inconfortable.

— Si seulement j'étais sûre que vous m'aimiez, Pierre, soupirait Berthe.

Il souriait, et son sourire, son regard lui donnaient l'impression, pour quelques instants, quelques instants seulement, qu'elle vivait l'une de ces passions qu'elle avait longtemps crues réservées à d'autres.

Tout en jouant, elle jeta un regard sur l'horloge comtoise, ferma les yeux. Encore cinq minutes et elle partirait vers l'un de ces rendez-vous dont, chaque nuit, elle revivait chaque minute, chaque seconde, et dont elle se répétait chaque mot dans l'espoir d'y reconnaître le diamant du parfait amour. Mais l'impatience, cet après-midi-là, fut plus forte que son goût pour la musique. Elle referma le piano, jeta un châle sur ses épaules et sortit en évitant soigneusement de passer devant le bureau de Léonce.

Dans l'allée, elle courut, comme à son habitude, n'entendant même pas le murmure complice des oliviers. Il faisait bon, malgré le vent, et Berthe, les yeux mi-clos, lui offrait son visage, imaginant que c'étaient les lèvres de Pierre qui couraient sur sa peau. Le cabriolet l'attendait un peu plus loin que l'entrée du Solail, dissimulé derrière un bouquet d'acacias. Pierre lui baisa la main et l'aida à monter, puis, faisant claquer les rênes sur le dos de sa jument grise, il s'éloigna du Solail rapidement, ayant lui aussi appris à redouter Léonce qui, un jour, lui avait interdit l'entrée du château.

— Où allons-nous, aujourd'hui ? demanda Berthe, tandis que la voiture s'éloignait en direction d'Argeliers.

— Chez moi, dit Pierre. Je vais vous présenter à mes parents.

— Vous n'y pensez pas ? murmura Berthe, dont le cœur avait sauté dans la poitrine.

— Je ne pense qu'à ça, ma chère.

— Mais, Pierre...

— Ils veulent vous connaître. Ne vous inquiétez pas, tout se passera bien.

Elle ne répondit pas mais demeura tournée vers lui qui souriait avec cette assurance et ce calme qu'elle appréciait tant. La route allait droit entre les vignes au bord desquelles montaient les fumées des sarments qui n'avaient pu être fagotés en bouffanelles. Ils croisèrent quelques charrettes, un cabriolet, un tilbury conduit par un homme coiffé d'un cronstadt que Pierre salua.

Dans Argeliers, des femmes, sur les seuils, les regardèrent passer et se mirent à parler entre elles dès qu'ils s'éloignèrent. Ensuite, après le carrefour de la route de Béziers, ils retrouvèrent la paix des vignes dont les feuilles allaient du vieil or au rouille, au pourpre ou au grenat. Pierre avait pris la main de Berthe, tenant de l'autre les rênes de la jument qu'il ne poussait pas. Bientôt, des pins parasols apparurent dans le lointain, puis les tuiles romaines des maisons de Ginestas. Ils n'avaient guère parlé, Berthe à cause de sa timidité naturelle, Pierre parce qu'il était de nature réservée, presque distante, ce qui, aux yeux de Berthe, ne faisait qu'ajouter à son charme.

Dès l'entrée de Ginestas, le cabriolet quitta la route

pour franchir des grilles de fer forgé et entrer dans la cour d'une maison de maître de belles dimensions, coiffée d'un pin parasol, avec une façade à linteaux et des volets dont le bois sans couleur s'écaillait.

— N'ayez pas peur, dit Pierre en aidant Berthe à descendre.

Elle tremblait, n'étant plus habituée à parler avec des étrangers depuis qu'elle vivait cloîtrée au château avec sa mère. Sans les concerts de la société musicale de Ginestas — où, d'ailleurs, elle avait rencontré Pierre, qui jouait du violon —, elle n'eût jamais quitté le Solail.

A peine eut-elle fait deux pas dans la cour qu'un homme et une femme, la soixantaine sonnée, apparurent sur le seuil. Ils semblèrent tout de suite à Berthe aimables et souriants, d'autant qu'ils vinrent à sa rencontre et la saluèrent avec la même chaleur que s'ils la connaissaient depuis des années.

— Père ! Mère ! Voici Berthe, dit Pierre en la faisant, de la main, avancer vers ses parents.

Elle esquissa une flexion du buste, et le père de Pierre — un homme aux traits las, au regard profond, aux longs favoris — lui baisa la main. La mère, une femme qui avait été belle, aux pommettes très hautes, aux yeux clairs et aux lèvres délicatement ourlées de rouge, l'embrassa sans façon. Puis on la fit entrer dans un vestibule au carrelage de différentes couleurs et on lui présenta le frère de Pierre, de cinq ans plus âgé que lui, sa femme et leurs enfants — deux garçons et une fille, dont l'aîné était âgé de quatorze ans. Berthe remarqua tout de suite le contraste qui existait entre les bonnes manières et la civilité de cette famille et le piètre état de leurs vêtements. De même, lorsque la sœur de Pierre servit le thé dans un salon aux fauteuils d'un vert passé, au velours rapiécé, elle se sentit mal à l'aise en portant son regard sur sa tasse ébréchée, et finalement sur cette pauvreté que l'on tentait vainement de dissimuler. Elle en fut malheureuse non pas pour elle, bien sûr, mais pour Pierre, qui semblait gêné et n'avait visiblement qu'une hâte : repartir. De fait, la conversation tourna rapidement court, après avoir roulé un moment sur le temps qu'il faisait — très doux pour la saison — puis sur le phylloxéra et la désolation qu'il avait apportée avec lui.

— Nous sommes persuadés que notre fils serait très heureux avec vous, dans votre si beau Solail, dit la mère.

Berthe sourit, acquiesça de la tête, tout en sentant un étau se refermer sur son cœur. Elle avait enfin compris ce qu'on attendait d'elle : c'était d'offrir un toit et des revenus à un jeune homme — de trente-cinq ans, tout de même — et de lui donner par là une respectabilité que sa famille avait été incapable de préserver. Mais, parce qu'elle l'aimait, parce qu'il semblait à cet instant souffrir autant qu'elle dans sa dignité, elle y consentit tout à fait, comprenant qu'elle trouverait là le moyen de lui faire présent de quelque chose, à défaut de beauté.

Quand ils furent installés dans le cabriolet, de nouveau seuls au milieu des vignes, Pierre arrêta sa jument et tourna vers Berthe un regard dont l'humilité la bouleversa :

— Acceptez-vous de m'épouser ? demanda-t-il, d'une voix qu'elle ne reconnut pas.

Et il ajouta, avant qu'elle ne réponde :

— Vous l'avez vu, je n'ai rien à vous offrir que moi-même et ma promesse de ne jamais vous faire souffrir.

— Et votre amour ? fit-elle, regrettant aussitôt ces trois mots, prononcés dans l'élan de sa propre sincérité.

Pierre se troubla, hésita, répondit :

— L'amitié dure souvent bien plus longtemps que l'amour, Berthe. La mienne ne vous fera jamais défaut.

Elle lui sut gré de ne pas chercher à la tromper, le trouva à cet instant plus beau qu'il n'avait jamais été, avec son front haut, orné de cheveux bouclés, ses lèvres charnues, ses traits accusés et ses yeux noirs qui brillaient de l'éclat d'un orgueil torturé.

— Il faut me laisser un peu de temps, dit-elle encore.

Et, pour qu'il ne se méprenne pas :

— A cause de mon frère, vous comprenez ?

— J'attendrai, dit Pierre.

Ils se sourirent, heureux de ce serment ainsi échangé, puis le cabriolet repartit, et c'est presque à la nuit que Berthe arriva, essoufflée d'avoir couru, sur le perron où Léonce fumait un cigare, appuyé à la rambarde envahie par le lierre.

— Encore un peu, et tu découchais, dit-il.

Et, comme elle ne répondait pas, la saisissant par un bras, d'une voix mauvaise :

— Ne compte pas sur moi pour renflouer la famille de ton galant.

— S'il y a une famille à renflouer, grâce à toi, c'est la nôtre, fit-elle avec une vigueur qui le désarçonna.

Et Berthe ajouta, avant qu'il ne reprenne ses esprits :

— Une fois mariés, nous habiterons ici, au Solail, que tu le veuilles ou non !

Elle le laissa pantois, poussa la porte et se précipita vers la chambre de sa mère pour lui raconter tout ce qui, en cet après-midi de novembre, avait ensoleillé sa vie.

Mélanie marchait vers le cabanon d'Antoine qu'elle n'avait pas vu depuis une semaine. Près d'elle, sa fille

Julie, âgée de six ans, s'attardait au bord des vignes où s'entassaient les bouffanelles qu'une charrette viendrait charger avant la fin du jour.

— Viens donc ! dit Mélanie sans parvenir à dissimuler une pointe d'impatience.

Pourtant la présence de sa fille près d'elle lui était douce depuis qu'elle ne travaillait plus au château et que Séverin, son fils aîné, accompagnait son père dans les vignes. D'ailleurs, Julie lui ressemblait à tous égards : brune comme elle, et bouclée, la peau mate comme une caraque, avec de grands yeux noirs pétillants de vie. Elle ne s'éloignait jamais de sa mère qui l'emmenait avec elle à Sainte-Colombe, chaque matin, où elle retrouvait volontiers Prudence, en allant chercher son pain. Depuis le départ de Charlotte, en effet, Prudence était la seule alliée, la seule amie de Mélanie, à part sa fille, et, malgré Cyprien qui lui reprochait de trop fréquenter la femme d'un communard, elle se réjouissait des rencontres avec celle qui, tout simplement, remplaçait sa mère disparue.

C'était la fin de la matinée, et l'on sentait que les beaux jours s'étaient enfuis pour de bon. Le marin avait apporté une petite pluie fine qui poissait la plaine sur laquelle dérivaient des vols de corneilles perdues dans le ciel gris. Aussi Mélanie se hâtait-elle de franchir les quelques centaines de mètres qui séparaient la Combelle du cabanon d'Antoine, situé au pied des collines, à l'extrémité du domaine.

Quand elle arriva, la porte était close. Elle frappa deux coups, mais nul ne répondit. Alors elle la poussa et découvrit le régisseur allongé sur son châlit, tourné vers le mur, et elle le crut mort.

— Reste dehors, dit-elle à Julie.

Puis elle s'approcha d'Antoine et, d'une main tremblante, elle le tira vers l'arrière, sur le dos. Il n'était pas mort, mais il respirait si faiblement qu'elle dut se pencher sur ses lèvres pour le vérifier. Son front était brûlant, il paraissait sans forces, et elle se demanda s'il devinait sa présence.

— Antoine ! Antoine ! appela-t-elle.

Une plainte s'échappa de la bouche du régisseur, les yeux s'ouvrirent, puis se refermèrent aussitôt. Elle regretta de n'avoir rien apporté avec elle — ni cordial, ni nourriture. Elle remarqua une bouteille de troix-six dans un coin, s'en saisit, parvint à faire couler quelques gouttes entre les dents serrées et, après avoir ôté la chemise d'Antoine, à le frictionner avec l'alcool qui titrait plus de soixante degrés. Antoine ouvrit alors les yeux, la reconnut mais n'eut même pas la force de parler.

— Ne bougez pas, dit-elle, je vais chercher de quoi vous soigner.

Le laissant sous la surveillance de Julie, elle courut jusqu'à la Combelle, revint avec des ventouses qu'elle posa sur la peau brûlante, malgré les frissons de fièvre du vieil homme, qui s'était mis à délirer. Puis, comme il était plus de midi, toujours suivie de Julie, elle retourna à la métairie où l'attendaient Séverin et Cyprien, inquiets de son absence. Elle leur expliqua ce qui se passait et dit à son mari, tout en servant les pommes de terre qui avaient cuit dans la cendre :

— Il faut l'amener chez nous. Il n'y a pas de feu dans son cabanon, si on ne le soigne pas, il va mourir.

— Tu n'y penses pas ! fit Cyprien. Si les maîtres l'apprennent, nous n'aurons plus qu'à faire nos paquets.

— Ils ne l'apprendront pas. Et si c'était le cas, ça ne m'empêcherait pas de soigner Antoine : n'oublie pas que c'est grâce à lui que nous sommes ici.

Cyprien ne répondit pas tout de suite, mais elle comprit qu'il craignait Léonce Barthélémie autant que sa femme, dont on ne s'expliquait pas l'acharnement envers l'ancien régisseur.

— Ne compte pas sur moi, dit-il enfin. Tu peux aussi bien le soigner dans son cabanon.

Le repas se poursuivit en silence, chacun étant muré dans sa position, Séverin auprès de son père, et Julie, dans une attitude aussi muette que fière, prenant parti pour sa mère. Pas un mot ne fut échangé jusqu'au moment où il fut l'heure de repartir dans les vignes. Alors Cyprien demanda :

— Et s'il meurt chez nous, qu'est-ce que tu feras ?

— Si je le soigne, il ne mourra pas.

— En tout cas, ne te sers ni du cheval ni de la charrette, dit-il en s'éloignant.

C'était le seul moyen qu'il avait trouvé pour prétendre empêcher Mélanie de faire ce qu'elle avait décidé de faire, mais il savait que cela ne servirait à rien. De fait, dès le début de l'après-midi, elle installa une couverture et un oreiller sur une brouette, disposa trois planches en travers des brancards, puis elle partit vers le cabanon, suivie par Julie. A deux, elles parvinrent à hisser Antoine sur la brouette et à repartir, en faisant des pauses, vers la Combelle. Mélanie prit la précaution d'envoyer Julie en avant, pour surveiller le passage, au croisement des deux allées principales. Mais quand le cabriolet de Léonce surgit au détour du chemin, la petite eut à peine le temps de revenir vers sa mère afin de l'alerter. Déjà, le cheval tournait à l'angle de la vigne et s'approchait. Mélanie, qui avait senti son sang se figer dans ses veines, posa les brancards et attendit, se demandant pourquoi Léonce se trouvait à cette heure-là sur le chemin du cabanon. Il descendit du cabriolet, s'approcha de Mélanie qui sentit son cœur s'affoler : elle était perdue. Il allait les chasser. Quand les yeux noirs du maître du Solail se posèrent sur elle, elle murmura d'une voix défaite :

— Il est malade. Si on ne le soigne pas, il va mourir.

— Et où l'emmènes-tu ? fit Léonce, glacé.

Elle s'entendit à peine répondre :

— A la Combelle.

Les yeux noirs la jaugèrent un moment, et elle sentit sur ses épaules le poids d'une écrasante culpabilité. En même temps, un horrible soupçon était né dans sa tête : Cyprien était-il capable de l'avoir trahie ? A cette idée, ses jambes se dérobèrent sous elle et elle chancela. C'est à peine si elle entendit Léonce déclarer d'une voix subitement changée :

— Moi aussi, je m'inquiétais : je ne l'avais pas vu depuis une semaine.

Elle crut ne pas avoir bien compris, mais il ajouta, avec un regard qui avait maintenant perdu toute sa dureté :

— Si tu as besoin de quelque chose pour le soigner, fais-le-moi dire par ton mari.

Il fit demi-tour et remonta sur son cabriolet qui s'éloigna aussitôt, la laissant seule avec ses questions et ses doutes. Qui était réellement cet homme dont elle avait si peur ? Il lui sembla qu'une complicité était née entre eux, mais elle ne sut, tout au long du pénible transport d'Antoine vers la Combelle, si elle devait s'en réjouir ou bien s'en inquiéter.

6.

GRÂCE aux soins attentifs et au dévouement de Mélanie, Antoine ne mourut pas cet automne-là. Il erra encore une année dans les vignes, puis il succomba au froid terrible qui assaillit le Languedoc durant l'hiver 1883-1884. Léonce le trouva dans un fossé, au bord de la vigne de la Croix, la tête prise dans l'eau glacée, le dernier jour du mois de janvier. On l'enterra dans la fosse commune du petit cimetière de Sainte-Colombe, et ce fut pour Léonce l'occasion de vérifier, lors de ses visites à la Combelle où, avant les funérailles on avait amené le corps du régisseur, combien il était sensible à la présence de Mélanie, que les larmes provoquées par la disparition de son cousin rendaient plus belle encore.

Contrairement à ce qu'avaient été leurs rapports à l'arrivée du ramonet et de sa femme, il semblait à Léonce qu'elle était aujourd'hui troublée quand il s'approchait d'elle, ou pour le moins qu'elle ne nourrissait plus aucune hostilité à son égard. Mais pour l'heure, il avait d'autres préoccupations, car il s'agissait de gagner la course qu'il avait engagée contre le phylloxéra, et d'achever la replantation, dont il lui semblait parfois qu'il ne viendrait jamais à bout.

Il était tôt, ce matin-là, quand il quitta sa femme

qui, en compagnie de Luisa, l'ancienne amie d'enfance de Charlotte, devenue servante comme Amélie, s'occupait de Léonie, leur dernière-née. Depuis la mort d'Elodie Barthélémie qui, elle non plus, n'avait pas résisté au froid de l'hiver précédent, Victoire manifestait de plus en plus d'autorité dans la conduite du train de maison et, même si elle respectait les règles fixées par son époux, son zèle ménager agaçait Léonce. Aussi partait-il le plus souvent possible dans les vignes où, ce matin, bien que l'on fût en septembre, on n'entendait pas le moindre cri ni le moindre chant de vendangeur. Il fallait en effet au moins trois ans après une replantation pour en récolter les fruits, et encore, à condition que les greffes eussent bien pris, ce qui n'était pas toujours le cas, bien au contraire.

C'est ce à quoi pensait Léonce en descendant de son cabriolet et en s'engageant dans les rangées où les journaliers sarclaient la terre avec leur rabassié. Il examina les feuilles et les sarments sur lesquels ne pointait pas le moindre grain de raisin, donna quelques ordres, puis revint vers son cheval, préoccupé. Le problème, avec ces plants américains, c'est qu'ils nécessitaient quatre labours au lieu de deux, et qu'ils devaient être soutenus par des fumures. Avec les dépenses en porte-greffes, la main-d'œuvre sans cesse plus importante, Léonce n'avait plus un sou, et pourtant il lui fallait attendre encore une année avant de pouvoir vendanger.

Cela faisait des semaines qu'il cherchait une solution pour éviter d'avoir à prendre une hypothèque sur le domaine, la banque lui refusant d'autre crédit sans garanties supplémentaires. Or, de cela il ne voulait à aucun prix. Il savait qui pouvait le sauver, et le Solail avec lui, mais jusqu'à ce matin, il n'avait pu se résoudre à cette démarche. Aujourd'hui, pourtant, il avait impérativement besoin d'engrais et de fumures nouvelles, sans quoi tous les efforts de deux années risquaient d'être réduits à néant. Il se décida brusquement, comme si demeurer dans l'expectative lui était soudain devenu insupportable. Alors, il grimpa dans son cabriolet et prit sans plus tarder la direction de Narbonne.

Il faisait beau, et le vert clair des feuilles de vigne, sur les collines qui escortaient la route, répondait au bleu, très clair aussi, d'un ciel sans le moindre nuage. Léonce, cependant, n'y prêtait guère attention, trop occupé qu'il était à trouver des arguments propres à fléchir Charlotte sans pour autant apparaître en vaincu. La partie n'allait pas être facile, il le savait, mais il ne pouvait plus reculer. Tout le long de la route, la replantation s'achevait, sans que personne ne puisse prétendre vendanger, à part quelques propriétaires de petites vignes qui avaient servi à tester les porte-greffes dont, aujourd'hui, après tant d'efforts, on mettait en cause la qualité. Heureusement que les carignans et les aramons avaient effectivement la force suffisante pour prendre le dessus sur les plants américains. Mais ne disait-on pas que dans le Gard et l'Hérault ceux-ci avaient été touchés par une nouvelle maladie ? Certains prétendaient même que dans l'avenir les vins français ne pourraient pas lutter contre les vins algériens que le gouvernement avait encouragés dès l'apparition du fléau, persuadé que tous les vignobles du pays allaient être détruits.

Tant de nuages s'accumulaient au-dessus de lui que Léonce eut un instant envie de renoncer, de faire demi-tour, de ne pas s'exposer aux sarcasmes de Charlotte, sans doute même à une vengeance longtemps mûrie. Il s'arrêta au bord de la route, descendit du cabriolet, s'avança dans une vigne, aperçut une grappe, une seule, mais très belle, sur un cep qu'il reconnut pour être un solonis américain. Un rayon de soleil, à cet instant, la toucha, faisant luire « le mouillé » de la nuit qui s'était déposé sur les grains. Il ne put résister au plaisir de cueillir la grappe et de la goûter à la façon des enfants, mordant à belles dents. Le jus qui coula dans sa bouche lui parut différent de celui qu'il connaissait, mais ce fut la même émotion qui s'empara de lui, quelque chose de chaud et de sacré, à la douceur violente, et il remonta aussitôt dans son cabriolet, tenant d'une main les brides, et de l'autre la grappe qu'il happait de temps en temps, fermant les yeux sur un plaisir qu'il n'avait plus connu depuis de si longues années.

A Narbonne, il laissa sa voiture chez le loueur où il avait ses habitudes, puis il se dirigea sans la moindre hésitation vers l'immeuble où habitait Charlotte. Il n'y était jamais entré, n'ayant jamais accepté de faire le premier pas, puisqu'elle s'était toujours refusée à revenir au Solail, depuis son mariage. Quand Amélie vint ouvrir, d'abord il ne la reconnut pas, tant il avait gardé le souvenir d'une fille abattue, malade, sans la moindre volonté, puis il chercha à dissimuler sa contrariété de la découvrir ici, au service de Charlotte, devinant quelle complicité s'était probablement nouée entre elles, dont il devait être quotidiennement la cible.

— Qu'est-ce que tu fais là, toi ? demanda-t-il d'une voix mauvaise.

Amélie se troubla, mais se reprit très vite, un sourire glacé sur ses lèvres.

— Qu'est ce que vous voulez ? fit-elle.

— Tu me vouvoies, maintenant ? Tu étais moins fière, autrefois, quand tu te couchais dans les vignes.

Amélie ne cilla pas. Depuis qu'elle travaillait chez Charlotte, dans un milieu où les bonnes manières étaient de rigueur, elle avait appris à dissimuler ses sentiments.

— Je vais voir si Madame peut vous recevoir, répondit-elle avant de disparaître, laissant Léonce interloqué.

Il faillit faire demi-tour, mais il n'en eut pas le temps : déjà la porte du salon s'ouvrait, poussée par Amélie qui lui fit signe d'entrer. Elle le laissa passer devant elle puis elle referma aussitôt, tandis qu'il se retrouvait brusquement face à Charlotte qui était assise dans un fauteuil, un ouvrage de broderie à la main. Il la trouva plus belle que jamais, mais s'efforça de garder sa froideur en s'asseyant face à elle sans qu'elle l'y eût invité.

— Je vois que tu n'as pas changé, constata-t-elle dès qu'il se fut installé.

Il sourit. Le regard de Charlotte lui fit comprendre que l'heure des comptes avait sonné. Dans ce regard, il y avait en effet autant de détermination que de souffrance, autant de force que de tristesse, mais on y décelait surtout une lueur dure et froide qui n'était pas visible auparavant, comme si l'innocence et la joie qui y brillaient au Solail avaient été détruites irrémédiablement.

— Qu'est-ce que tu veux ? demanda-t-elle d'une voix à la douceur terrible.

Il voulut gagner du temps, louvoyer, ne rien montrer de l'état d'infériorité dans lequel il se trouvait, et tenta de plaisanter au sujet d'Amélie :

— Ma parole, tu en as fait une princesse !

— Qu'est-ce que tu veux, Léonce ? répéta Charlotte.

Elle ne lui laissait aucune échappatoire, son regard bleu l'acculait, le cernait, et il ne savait soudain, lui si habile d'habitude, si dominateur, comment lui échapper. Il récapitula mentalement les arguments qu'il devait développer, mais quelque chose dans l'attitude de Charlotte l'empêchait de parler. Leurs regards se croisèrent et ce fut lui qui, pour la première fois, détourna la tête. Il se reprit aussitôt, chercha une issue dans la fuite, comprenant qu'il n'était pas suffisamment armé :

— Eh bien, je passais devant chez toi, alors je me suis dit que...

— Dépêche-toi, Léonce, parce que je n'ai que cinq minutes à t'accorder, fit Charlotte, implacable.

Il ne la reconnaissait plus, se sentait perdre pied. Il devinait que le prix qu'il allait devoir payer allait être bien supérieur à tout ce qu'il avait imaginé et il regretta d'être venu. Mais comment reculer ? Les vignes, il le savait, ne pouvaient plus attendre. Alors, il fit face brusquement, avec la violence qui lui était naturelle :

— Si tu ne me prêtes pas d'argent, dit-il, le Solail sera perdu, pour moi comme pour toi.

Charlotte ne cilla pas. Elle savait tout cela et elle s'attendait à un discours de ce genre.

— C'est entendu, dit-elle brusquement. Tu auras ce que tu voudras, mais tu devras signer sans discuter les papiers que vont établir mon mari et maître Cathala.

Il s'était préparé à un combat et il venait d'obtenir en moins d'une minute ce qu'il était venu chercher. Il en restait muet, cherchant à comprendre pourquoi elle avait cédé si facilement, puis l'évocation de maître Cathala et de Louis Daubert le fit hésiter : n'était-il pas en train de tout perdre ?

— Quels papiers ? demanda-t-il, comprenant que Charlotte était la dernière personne qu'il aurait dû appeler à son secours.

— Tu verras bien.

La voix avait claqué, si froide qu'il essaya de renouer avec un passé beaucoup trop lointain.

— Où est-elle, la petite Charlotte de quinze ans qui me suivait dans les collines ? demanda-t-il.

— Elle est morte, fit-elle.

Et, comme il demeurait sans voix, Charlotte ajouta :

— C'est toi qui l'as tuée.

— Mais qu'est-ce que tu dis là ? se défendit-il.

— Tu le sais bien.

Il chercha les mots pour faire écrouler le mur qui se dressait devant lui, tenta de plaider encore :

— Rappelle-toi comment nous vivions tous les deux, on s'entendait si bien.

Charlotte, exaspérée, se leva brusquement et lança, toujours aussi implacable :

— Tu peux aller chez maître Cathala aujourd'hui. Je vais le faire prévenir.

Et, comme il ne bougeait pas :

— Si tu ne t'en vas pas maintenant, Léonce, c'est moi qui vais quitter cette pièce.

Il devint si pâle qu'elle eut peur, tout à coup, mais elle ne se trahit pas et, au contraire, se raidit davantage. Elle ne lui avait jamais vu un visage si bouleversé et elle se demanda s'il était aussi fort qu'elle l'avait cru jusqu'à ce jour, faillit capituler. A ce moment, il se leva et partit en claquant la porte derrière lui. Il ne sut jamais combien Charlotte pleura, une fois qu'elle se retrouva seule dans sa prison dorée.

Chaque matin, ou presque, Prudence et Firmin les avaient vus arriver sur la place de Sainte-Colombe. C'étaient d'aimables jeunes hommes, vêtus de costumes et de cols amidonnés, qui descendaient de leur boghei ou de leur tilbury : des commis de banque qui poussaient la porte des maisons et faisaient miroiter, contre hypothèque sur les maisons, des billets tout neufs ou des louis d'or. Les petits propriétaires qui ne pouvaient même pas acheter du pain n'y résistaient guère. Ils suivaient les commis chez le notaire et signaient en toute confiance, espérant qu'ils pourraient rembourser les sommes prêtées dès les premières vendanges.

Pourtant, la situation des viticulteurs allait de mal en pis. Les saisies d'huissier se multipliaient, la misère gagnait, et aux commis de banque s'étaient adjoints des marchands véreux qui amassaient sur leur carriole tout ce qui pouvait s'acheter pour le revendre en ville : des meubles anciens, des horloges, des draps, des ustensiles de cuisine, des outils, et même des peaux de lapin.

Pour Firmin et Prudence aussi, la vie était redevenue difficile : comme on ne vendangeait guère, il y avait peu de travail chez Raoul Maffre, et de temps en temps ils étaient obligés de se louer dans les vignes où, à cause des soins qu'exigeaient les plants américains, même si on la payait mal, on avait besoin de main-d'œuvre.

Raoul Maffre, face à cette situation, faisait crédit aux vignerons, acceptant d'être payé après les vendanges. C'est pour cette raison qu'il trouvait encore quelques commandes et qu'il employait Firmin deux ou trois jours par semaine. Ce matin-là, précisément, devant l'atelier ouvert sur la place où la terre blondissait sous le soleil entre les platanes, Firmin était en train de raboter des douelles sur la colombe, tandis que Raoul, son tablier bleu protégeant un ventre de colosse amateur de bonne chère, actionnait la presse à serrage.

Comme il faisait bon et que l'ouvrage ne pressait guère, ils avaient pris le temps de parler, comme à leur habitude, et de commenter les nouvelles de *La Fraternité*, le journal anticlérical dont Omer Sarraut — dont on disait qu'il était le futur maire de Carcassonne — était le rédacteur en chef. Car désormais se posait au village le problème de la construction de l'école laïque, et Raoul, qui était conseiller, se battait pour arracher la décision. Les deux hommes soutenaient par ailleurs le ministère Jules Ferry qui avait autorisé en mars 1884 les syndicats professionnels, puis décidé de l'élection des maires par les conseils municipaux et fait voter une révision constitutionnelle visant à supprimer les sénateurs inamovibles. La seule chose qu'ils lui reprochaient, c'était d'avoir autorisé la fabrication de vin artificiel et le sucrage. Cela, tous ceux qui avaient le goût du travail bien fait et qui croyaient à l'honnêteté en toute chose ne pouvaient l'accepter. En somme, Firmin et Raoul étaient devenus tous les deux les figures de proue des idées socialistes, au-delà du radicalisme prôné par *La Dépêche* de Toulouse, dont la réclame s'affichait désormais sur tous les kiosques à journaux du Languedoc.

La place était pleine de caraques et de chemineaux qui cherchaient leur pain, mais elle avait perdu cette animation qui la rendait si vivante avant l'arrivée du fléau, les habitants n'ayant plus de quoi acheter de l'épicerie, ou du pain, encore moins d'aller boire aux cafés le verre d'anis ou d'absinthe qui ensoleillait autrefois les rares moments de repos.

Il allait être dix heures quand un tilbury escorté par deux gendarmes à cheval pénétra sur la place. Raoul et Firmin posèrent leurs outils, les regardèrent passer, hostiles, se doutant de ce qui allait arriver. De l'autre côté de la promenade, en effet, vivait un vigneron du nom de Jean Cazals, qui avait plusieurs fois reçu des commis de banque et s'était endetté plus que de raison. Il était marié avec Germaine, une femme noire et frêle que connaissait bien Prudence, et ils avaient trois enfants : deux filles et un garçon, dont l'aîné était âgé de quinze ans. Mystérieusement prévenus, tous ceux qui habitaient sur la place étaient sortis sur les seuils.

Les gendarmes et l'huissier s'arrêtèrent devant la maison des Cazals, une petite bâtisse coiffée de tuiles romaines dont le porche d'entrée donnait sur une cour ombragée par un pin maritime. Firmin s'avança et cria :

— Vous n'oserez pas, tout de même !

Prudence vint lui prendre le bras et le fit reculer jusqu'à l'atelier. Comme s'ils n'avaient pas entendu, l'huissier et les gendarmes entrèrent dans la maison. Il y eut d'abord un grand silence, puis un cri terrible, atroce, s'éleva dans le matin, faisant s'envoler les oiseaux sur les platanes de la promenade. C'était Germaine qui criait, ou peut-être l'une de ses filles, et ce cri n'en finissait pas de monter, clouant sur place les hommes et les femmes. Lorsqu'il fléchit enfin, au bout d'une interminable minute, les habitants se précipitèrent devant le porche d'entrée, Raoul et Firmin en tête, pour voir le vigneron, sa femme et ses enfants expulsés *manu militari* par les gendarmes, tandis que l'huissier refermait la porte derrière eux. Si Cazals et son fils semblaient résignés, sa femme s'accrochait à la poignée de la porte et se remettait à crier, soutenue par ses filles.

Firmin n'eut pas une hésitation : il accourut au-devant des gendarmes en disant :

— Est-ce que ce sont des manières de traiter les honnêtes gens ?

— Laissez passer la loi ! fit le brigadier, qui dégaina son arme en découvrant brusquement la population rassemblée.

— Quelle loi ? dit Firmin. Il y a donc une loi qui permet de chasser les braves gens de chez eux ?

— Reculez ! fit le brigadier dont les yeux sombres, profondément enfoncés dans leurs orbites, étaient devenus menaçants

Au contact des bras et des épaules contre les siens,

Firmin comprit qu'il n'était plus seul. Les vignerons faisaient corps avec lui, et les artisans : le charron, le forgeron, d'autres encore, dont le travail était étroitement dépendant de celui des vignerons.

— Première sommation ! lança le brigadier que venait de rejoindre l'huissier, un vieil homme à bésicles portant une sacoche de cuir, maigre comme un piquet de vigne, dont la silhouette était connue et redoutée de tous.

Firmin s'aperçut que Jean Cazals tenait sa femme par le bras et que son regard était braqué sur lui.

— On ne jette pas les gens dehors comme ça ! dit-il, il doit y avoir une décision de justice.

— La voilà, la décision ! fit l'huissier en brandissant une feuille de papier revêtue d'un sceau officiel.

— Laissez-leur au moins le temps de se retourner, plaida Firmin, qui était bouleversé par les yeux implorants de Jean Cazals.

— Ils sont prévenus depuis dix jours, fit le brigadier, de plus en plus menaçant. Pour la dernière fois, laissez-nous passer !

A cet instant, Cazals se précipita vers Firmin et, s'accrochant à lui, supplia :

— Ne les laisse pas faire ! Qu'est-ce qu'on va devenir, nous autres, si on n'a plus de toit ?

— Ecartez-vous ! dit le brigadier.

— Si vous voulez passer, il faudra tirer sur nous ! dit Firmin qui sentit le mur des habitants se consolider près de lui.

Le brigadier eut un instant d'hésitation, tandis que l'huissier tentait une dernière démarche :

— Soyez raisonnables, vous savez bien que tout ça finira mal pour vous.

— Dernière sommation ! menaça le brigadier. Ecartez-vous, ou je tire dans le tas !

Firmin saisit les bras de ses voisins et il reconnut,

sur sa droite, ceux de Prudence. Les deux gendarmes avaient sorti leurs armes et mis en joue les vignerons. Firmin apercevait les mains tendues qui tremblaient un peu, mais il n'avait pas peur : il avait connu ce genre de situation à Narbonne et il lui semblait aussi que les gendarmes n'oseraient pas tirer sur des hommes et des femmes sans défense.

L'espace d'un instant, un grand silence régna sur la place, troublé seulement par le bourdonnement des mouches et le gazouillis des oiseaux dans les platanes. Firmin eut l'impression qu'ils allaient tirer, mais l'huissier capitula brusquement en disant :

— Vous ne perdez rien pour attendre ! Nous reviendrons demain avec des renforts.

Les gendarmes, d'abord, hésitèrent, puis ils baissèrent leurs armes. Ensuite, ils se frayèrent difficilement un chemin entre les villageois rassemblés, avant de s'éloigner sous les lazzis. Ce furent alors des cris de joie, des embrassades et des acclamations dans la courette de Jean Cazals qui entraîna les vignerons dans sa maison où les femmes en larmes servirent un verre de vin à ceux qui venaient de les sauver. Firmin s'était rendu compte dès l'entrée qu'il n'y avait plus le moindre mobilier, à part une table et une chaise, et de nouveau, il en fut bouleversé. Après quelques minutes d'euphorie, pourtant, la crainte s'abattit de nouveau sur Jean Cazals qui demanda :

— Ils ne vont pas nous mettre en prison, au moins ?

— Non, dit Firmin, qui se sentait transpercé par le regard désespéré de Cazals, de sa femme et de ses enfants. Ne t'inquiète pas. Je vais aller à la gendarmerie : c'est moi qui suis la cause de tout ça.

Des protestations s'élevèrent aussitôt : ils devaient y aller tous ensemble ou pas du tout.

— Vous savez bien que ça ne servirait à rien, dit-il. Occupez-vous plutôt de trouver un logement, parce que demain, quand ils vont revenir, ils seront nombreux et vous ne pourrez rien faire.

Puis il sortit, suivi par Prudence et Raoul qui demanda, une fois devant l'atelier :

— Pourquoi toi ? Tu n'as pas à faire plus que les autres.

— Moi, de toute façon, je n'ai pas le droit de voter.

Il remonta avec Prudence dans leur logement et, sans un mot, il l'interrogea du regard. Elle hocha la tête, sourit tristement.

— Ce ne sera pas long, dit-il. On n'a pas porté la main sur eux.

En bas, Raoul essaya de le retenir une dernière fois, ainsi que les vignerons qui s'étaient rassemblés devant l'atelier.

— Croyez-moi, c'est mieux comme ça, dit-il : moi, ils me connaissent déjà et je ne risque plus rien.

Jean Cazals l'embrassa. Firmin prit lentement la direction de Ginestas, sous le soleil accablant qui faisait miroiter des gouttes de sueur au bord de ses cils.

Mélanie sursauta en entendant le pas d'un cheval et le crissement des roues d'une charrette devant la Combelle. Elle était seule dans la maison, Julie s'étant rendue au Solail où elle aidait à la cueillette des olives. Elle n'était pas très rassurée car elle savait que des chemineaux de plus en plus nombreux couraient les campagnes pour mendier. Elle avait même entendu parler d'une vilaine histoire près de Bressan : un couple qui vivait à l'écart des routes avait été assassiné, et les gendarmes n'avaient jamais retrouvé les coupables. Elle n'avait jamais eu peur, pourtant, à la Combelle, sinon, au début, de Léonce, cet homme qui, aujourd'hui, provoquait en elle des sentiments contradictoires dans lesquels une attirance qu'elle ne s'expliquait pas se mêlait à une crainte confuse.

Cela datait exactement du jour où le maître du Solail l'avait découverte en train de soigner Antoine. Depuis, chaque fois qu'elle s'était retrouvée en sa présence, elle n'avait pu se défendre d'un trouble étrange et, à sa grande confusion, il lui arrivait de penser à lui, la journée, brusquement, sans raison. Comme elle était honnête, elle s'évertuait à le fuir, évitait de se rendre au château, dans les vignes où elle savait qu'il se déplaçait, et elle redoutait les moments où elle se trouvait face à lui, car il lui semblait qu'il était capable de lire dans ses pensées. Elle n'avait jamais connu de tels émois en la présence d'un homme, même avec Cyprien, au début, et elle ne parvenait pas à comprendre pourquoi elle se sentait attirée ainsi et s'en voulait, souvent, se jugeant coupable d'une faute qu'elle n'avait pourtant pas commise.

De la fenêtre, elle reconnut le cabriolet avant même d'apercevoir Léonce, et son cœur s'affola. Sa première réaction fut de ne pas répondre quand il frappa à la porte qu'elle prenait soin de fermer à clef. Mais il frappa une deuxième fois, plus fort, en disant :

— C'est moi ! Ouvrez ! Il faut que je vous parle.

Elle pensa à ce qui s'était passé, peu après son arrivée à la Combelle, quand Léonce l'avait surprise, et à ce qui serait arrivé si Antoine n'était pas survenu pour la défendre. Toute une somme de sensations désagréables lui revinrent en mémoire et elle se réfugia dans un mutisme qui lui parut éloigner le danger.

— Bon ! fit Léonce, si vous ne voulez pas ouvrir, je n'insiste pas, mais je suis sûr que vous êtes là, alors écoutez-moi : ma femme a besoin d'une couturière et je lui ai dit que vous aviez déjà travaillé au château. Il faudrait venir aujourd'hui, dans l'après-midi, pour en parler.

Il poursuivit, tandis qu'elle hésitait :

— Vous avez raison de vous enfermer : avec ce qui s'est passé à Bressan, on n'est jamais trop prudent.

Elle ne savait plus si elle devait répondre ou continuer de se taire, et pourtant elle avait envie qu'il reste là, pour qu'elle puisse continuer d'entendre cette voix qui la poursuivait, parfois, jusqu'au plus profond de ses rêves.

— Je voulais aussi vous parler d'Antoine, votre cousin, ajouta-t-il : j'ai décidé de le sortir de la fosse commune et de lui faire bâtir une vraie tombe au cimetière.

Il hésita un peu, ajouta :

— Avec tout ce qu'il a fait pour nous, ça me paraît juste, mais il faut que vous ne disiez si vous êtes d'accord.

En une seconde, toute la méfiance de Mélanie venait de s'envoler. Sans vraiment le vouloir, elle fit deux pas en avant et s'approcha de la porte qu'elle ouvrit sans plus réfléchir. Elle découvrit alors Léonce, souriant, pas du tout menaçant, mais presque humble, au contraire, comme si lui, le maître, lui demandait la permission d'entrer, ce qu'elle accorda sans attendre, s'effaçant sans un mot. Elle s'en éloigna, cependant, et passa de l'autre côté de la table, tandis qu'il murmurait :

— Vous voulez bien ?

Et, comme elle paraissait de pas comprendre :

— Pour votre cousin ?

— Oh ! oui ! dit-elle, merci.

Il la dévisageait, un mince sourire aux lèvres, paraissait s'amuser de son émotion.

— Il faudra une semaine ou deux, mais ce sera fait avant l'hiver, je vous le promets, reprit-il.

Elle hocha la tête, proposa :

— Voulez-vous boire quelque chose ?

— Non, merci.

Il s'approcha tout en demandant :

— Et pour la couture ? Vous êtes d'accord ? Un ou deux jours par semaine seulement.

— Oui, dit-elle très vite, ça ira comme ça.

Il s'était arrêté à moins d'un pas d'elle, la considérait avec un peu d'amusement, mais aussi, lui sembla-t-il, avec gravité :

— Ainsi, Mélanie, souffla-t-il d'une voix qui la transperça, nous serons plus près l'un de l'autre.

« Fuis ! Fuis ! » cria une voix près des oreilles de la jeune femme, mais elle ne bougea pas et, au contraire, murmura sans reconnaître sa propre voix :

— Oui.

Ensuite, elle ferma les yeux et attendit le sacrilège, le cœur fou, étonnée de le souhaiter si fort. Elle devina qu'il s'approchait encore, le sentit tout près, mais rien ne se produisit, et elle rouvrit les yeux. Il la dévisageait, son regard violent courant des épaules brunes à ses bras nus, à ses yeux, à sa poitrine, à ses cheveux d'un noir de jais, le même sourire posé sur ses lèvres cruelles.

— Mélanie, dit-il encore.

Il posa une main sur son épaule, la fit glisser sur le bras, caressa la peau, puis, tandis qu'elle fermait de nouveau les yeux, il recula et fit brusquement demi-tour. Elle ne comprit pas tout de suite qu'il s'en allait. Elle eut un vertige et dut s'appuyer contre la table, des larmes débordant de ses paupières. Elle entendit claquer le fouet puis le cabriolet s'éloigner. Elle dut s'asseoir, épouvantée par ce qui s'était passé mais, surtout, parce qu'elle venait de comprendre que cet homme était le diable, et que ce diable-là, désormais, était devenu aussi nécessaire à sa vie que l'air qu'elle respirait.

C'était avec un fol espoir que Prudence était allée la semaine précédente à Narbonne pour obtenir des nouvelles de la seule personne qui avait consenti à l'aider : Charlotte, son ancienne maîtresse, dont le mari était l'un des plus éminents avocats de la ville. Quand Prudence était entrée dans le salon, Charlotte s'était levée pour l'embrasser, car elle n'avait pas oublié combien l'aide de cette femme lui avait été précieuse à l'époque où sa mère était tombée malade.

— Alors ? avait demandé Prudence, qui vivait chaque minute dans l'angoisse depuis que Firmin était emprisonné.

Cependant, la beauté et la force qui émanaient de Charlotte l'avaient rassurée quelque peu. Il ne pouvait rien arriver de grave à Firmin tant que celle-ci s'occuperait de lui.

— Asseyez-vous, Prudence, je vous en prie, avait dit Charlotte qui paraissait un peu embarrassée.

Prudence avait obéi à regret, comme si elle s'était attendue à voir miraculeusement apparaître Firmin d'une seconde à l'autre.

— Ce n'est pas simple, vous savez, avait dit Charlotte en choisissant ses mots.

Prudence s'était figée, déjà déçue après avoir tellement espéré.

— Ils considèrent ce qui s'est passé comme une récidive de rébellion. Avec le passé de votre mari, on peut craindre le pire.

— Mais, il n'a rien fait ! Il a simplement empêché que...

— Ce n'est pas ce que dit le rapport des gendarmes, hélas !

— Votre mari a dû l'interroger, il doit connaître la vérité.

— Louis ne peut pas s'occuper de cette affaire, vous

le savez bien : avec sa position, il ne peut pas se permettre de défendre un ancien membre de la Commune.

Charlotte avait ajouté aussitôt, devant l'expression accablée de Prudence :

— Ne vous inquiétez pas : il a trouvé quelqu'un qui a accepté le dossier à sa place.

Prudence avait demandé, réalisant soudain que Firmin était beaucoup plus en danger qu'elle ne l'avait imaginé :

— Vous allez le sortir de là, n'est-ce pas ?

— Oui, avait répondu Charlotte. Du moins, je l'espère.

Cette réserve avait résonné désagréablement dans l'esprit de Prudence qui avait poursuivi tout bas, bouleversée par ce qu'elle découvrait :

— Que risque-t-il, au juste ?

Charlotte, d'abord, n'avait pas voulu répondre, puis elle avait pensé qu'il était préférable que Prudence mesure exactement la gravité de la situation :

— Les travaux forcés.

— Ce n'est pas possible, il n'a rien fait ! avait gémi Prudence.

— Cette fois-ci, non, mais il traînera toute sa vie le boulet de la Commune de Narbonne, vous le savez bien !

Prudence avait dévisagé Charlotte avec un tel désespoir que celle-ci avait tenté de la rassurer :

— Nous y arriverons, gardez confiance.

— Vous le croyez vraiment ?

— Oui, avait répondu Charlotte, je le crois. Ce n'est pas la peine que vous reveniez : Amélie vous donnera des nouvelles. Sachez seulement que vous pourrez toujours compter sur moi.

— C'est entendu, avait dit Prudence, réalisant

maintenant à quel point Charlotte prenait des risques pour défendre un homme qui était devenu un paria.

Et elle était partie, remerciant une nouvelle fois, désolée d'avoir mis son ancienne maîtresse dans un tel embarras.

Une semaine avait passé, puis une deuxième. Prudence n'avait cessé de se torturer jour et nuit, cherchant inlassablement des raisons d'espérer, tentant de se persuader que ce qui s'était passé dans la cour des Cazals n'était pas si grave que cela. Raoul et Victorine Maffre la soutenaient de toute leur amitié ; hélas, les jours se succédaient et aucune nouvelle n'arrivait de Narbonne. Prudence ne résistait pas au besoin d'aller marcher chaque matin sur la route de Bressan, celle par où arrivait sa fille quand elle venait à Sainte-Colombe.

Il faisait beau, ce matin-là, et les parfums mêlés des vignes et de la garrigue incitaient au regret de ne pouvoir simplement être heureux, de ne rien avoir à redouter du jour qui commençait. Prudence retardait le plus possible les vendanges de la petite vigne des collines, espérant que Firmin reviendrait à temps. Pourtant, le moment approchait où elle ne pourrait plus reculer, et cette idée aussi lui était douloureuse, tant ces vendanges représentaient une vraie récompense pour son mari, un réel bonheur, en fait, au milieu des difficultés de la vie.

Elle s'assit un instant au pied d'un arbousier, s'épongea le front, la chaleur étant déjà lourde en ce début de matinée. Elle tourna la tête dans la direction de Bressan, aperçut soudain sa fille, alors qu'elle n'espérait plus sa venue. Elle se leva d'un bond, tandis que, là-bas, la silhouette d'Amélie s'arrêtait net. Le cœur de Prudence se mit à cogner, s'affola. « Pourquoi ne s'approche-t-elle pas ? » se demanda-t-elle. Elle fit un signe du bras, mais Amélie ne bougea pas. Prudence s'élança et, malgré la faiblesse de ses jambes, qui s'étaient mises à trembler, rejoignit sa fille. Elle s'aperçut que celle-ci pleurait, demanda :

— Pourquoi pleures-tu ? Qu'est-ce qu'il y a ?

Amélie se précipita dans ses bras, secouée de sanglots, ne parvenant pas à répondre, tandis que sa mère répétait :

— Qu'est-ce qu'il y a ? Qu'est-ce qui se passe ?

Puis, repoussant Amélie :

— Vas-tu me dire, à la fin ?

Surprise par la rudesse du ton, Amélie avala sa salive, bredouilla :

— Cinq ans.

— Quoi ? cinq ans.

— Cinq ans de travaux forcés.

— Mais qu'est-ce que tu dis ?

— Le père. Cinq ans de travaux forcés.

— Mais pourquoi ? fit Prudence. Tu es folle !

— Ils l'ont jugé hier, fit Amélie, sans parvenir à regarder sa mère dans les yeux.

— Oh ! non ! gémit Prudence qui venait brusquement de comprendre. Ce n'est pas possible.

— Il faut venir, fit Amélie.

— Où ça ?

— A Narbonne. On l'emmène demain. Le mari de Charlotte a obtenu que tu puisses le voir.

Prudence se mit à tanguer sur la route, secouant la tête et murmurant, accablée :

— Non ! C'est trop d'injustice.

Elle finit par s'asseoir un peu plus loin, à bout de forces, et regarda ses mains tremblantes ouvertes devant elle, anéantie, incapable maintenant de prononcer le moindre mot, tout entière absorbée par un chagrin qui ne parvenait pourtant pas à déborder de ses paupières. Amélie s'approcha, entoura de ses bras les épaules de sa mère.

— Il ne faut pas rester là, dit-elle. Il faut partir, sinon on n'aura pas le train de midi.

— Mais où ? demanda brusquement Prudence qui n'entendait pas sa fille.

— A Narbonne, dit celle-ci, se méprenant.

— Non, fit Prudence, les travaux forcés.

— En Nouvelle-Calédonie.

— C'est loin ?

— Oui, fit Amélie dans un sanglot. C'est très loin.

— Cinq ans, soupira Prudence, cinq ans, est-ce qu'il en reviendra, au moins ?

— Oui, fit Amélie, je suis sûre qu'il reviendra. Pourtant on a eu bien peur que ce soit dix ou vingt ans, et dans ce cas il n'y aurait pas eu beaucoup d'espoir de le revoir vivant.

Prudence se tourna brusquement vers sa fille :

— Mais pourquoi ? demanda-t-elle.

— Tu le sais bien, souffla Amélie, Charlotte t'a expliqué.

Et, comme Prudence ne bougeait toujours pas, paraissant au contraire clouée sur la murette où elle était assise :

— Il faut partir ! Viens, maman, viens !

Amélie aida sa mère à se lever, la soutint, passant un bras sous son épaule. Au bout de quelques centaines de mètres, Prudence retrouva quelque énergie et, poussée par une pensée soudaine, se mit à marcher plus vite : si elle ne voyait pas Firmin aujourd'hui, elle ne le reverrait peut-être jamais.

Dans le train, elle retrouva suffisamment de forces pour ne pas apparaître désarmée devant lui, pour tenter de lui redonner courage, car c'était lui qui en aurait surtout besoin, et non pas elle, qui en trouverait toujours assez pour survivre et attendre.

Ce fut dans la rue, à Narbonne, tandis qu'elle marchait en compagnie de sa fille en direction de la maison d'arrêt, qu'elle mesura vraiment combien l'absence de Firmin lui serait insupportable. Une terrible révolte la secoua, puis la brisa, et elle dut s'appuyer un moment contre un mur pour ne pas tomber. Amélie la conduisit jusque devant la porte de la prison, qui se trouvait dans la vieille ville. Là, il fallut montrer l'autorisation de visite, attendre, puis suivre un long couloir très sombre, attendre encore.

— Laisse-moi lui parler seule, dit Prudence, tandis qu'une porte s'ouvrait et qu'un gardien leur faisait signe.

Elle obéit, entra dans une pièce étroite séparée en deux parties par une sorte de comptoir surmonté d'un grillage. Firmin était là, de l'autre côté, assis ; il se leva en apercevant sa femme.

— Trois minutes, pas plus ! dit le gardien, sortant dans le couloir en laissant la porte ouverte.

Prudence s'approcha, défigurée par la douleur, tendit la main, heurta le grillage. Firmin passa deux doigts et put saisir ses doigts à elle, les serrer un moment. Il paraissait pâle, très pâle, épuisé.

— Alors, tu as pu venir, souffla-t-il.

— Oui, dit-elle, oui.

Sa voix s'effrita et elle ne put continuer.

— Il ne faudra pas t'inquiéter, dit-il, je suis solide encore, et je te promets que je reviendrai.

— Oui, dit-elle de nouveau, je sais.

Elle luttait contre le désespoir qui l'étouffait, tentait de se montrer forte pour le rassurer. Elle parvint à murmurer :

— C'est trop injuste... trop injuste.

— Elle viendra un jour, la justice, dit-il. C'est pour ça que nous nous battons.

— Nous sommes en république, dit-elle, ne sachant plus, soudain, ce que ce mot signifiait, trop cruellement blessée après avoir, comme toutes les petites gens, tant espéré.

— Une république de notables, dit Firmin.

Il se tut un instant, soupira :

— Ce n'est pas encore la nôtre, mais elle viendra un jour. Il n'y en a plus pour longtemps.

— Tu le crois vraiment ?

— J'en suis sûr.

Ses doigts serrèrent plus fort ceux de Prudence.

— A la bonne heure, dit-il, ils ne sont pas froids aujourd'hui.

Puis, tandis qu'elle essayait de sourire :

— Il faudra te ménager, et surtout ne pas t'éloigner de Raoul et de Victorine.

Elle hocha la tête.

— Un jour, dit-il, un jour, quand nous regarderons en arrière, nous saurons vraiment combien nous sommes forts, toi et moi.

— Oui, dit-elle, nous sommes forts.

Mais elle ne put empêcher une larme d'éclore au bord de ses paupières, et elle baissa la tête.

— Ça sera vite passé, tu verras, ajouta-t-il, je suis sûr que tu sauras bien t'occuper de notre vigne.

— Oh ! oui ! dit-elle. Oui, je vais m'en occuper.

Mais cette idée lui parut tellement dérisoire qu'elle murmura :

— Firmin.

— Oui.

— Si tu ne revenais pas, dit-elle, je crois que je...

— Je reviendrai, dit-il, tu sais bien que je suis toujours revenu.

— Terminé ! lança une voix dans le couloir.

— Tu sais pourquoi je reviendrai ? reprit-il, sans paraître avoir entendu le gardien.

Elle ne répondit pas.

— Je reviendrai pour qu'on vieillisse ensemble et qu'on s'en aille ensemble, le jour venu.

Il n'eut pas le temps d'en dire plus. Un homme en uniforme le tira en arrière, et ses doigts furent brutalement détachés de ceux de Prudence. Elle le vit disparaître sans qu'il ait pu ajouter quoi que ce soit, puis elle ferma les yeux et se mit à trembler. Malgré les derniers mots de Firmin, un terrible pressentiment était venu la frapper en plein cœur, lui infligeant la certitude qu'elle ne le reverrait jamais.

Mélanie ne vivait plus, ni le jour ni la nuit. Il lui semblait que Cyprien l'épiait, que ses enfants la surveillaient, que tous lisaient dans son regard la passion dévorante qui la consumait depuis que Léonce, après avoir longtemps joué à la frôler, à s'éloigner, à la surprendre comme un chat jouant avec une souris, l'avait attirée dans son bureau, le château étant désert cet après-midi-là, et refermé la porte derrière eux. Ce qui avait eu lieu dans cette pièce à forte odeur de tabac, Mélanie ne l'eût jamais avoué à personne. Bien que mourant de honte en songeant à ces moments de folie, elle ne parvenait pas à les oublier. Elle se sentait aujourd'hui coupable de tout, même de respirer, et elle avait l'impression que tout le monde devinait ce qui s'était passé quand le maître de Solail avait brutalement emprisonné ses mains dans sa poigne de fer, depuis longtemps certain que sa proie ne se défendrait pas, ou juste ce qu'il faudrait pour donner l'illusion de refuser ce qu'elle attendait depuis des jours, depuis des mois.

Le regard le plus terrible était celui de Victoire, la femme de Léonce, qui savait très bien, elle, pourquoi son mari lui avait proposé de prendre une couturière deux jours par semaine, alors qu'elle n'en n'avait nul besoin. Et Mélanie lisait dans ce regard de la colère et du mépris. Elle savait qu'il lui faudrait un jour compter avec la vengeance de cette femme et elle ne doutait pas qu'elle serait implacable.

Elle essayait de se défendre de toutes ses forces contre la passion qui brûlait en elle, mais elle était dans la main du diable et elle le savait. Car Léonce était vraiment le diable : Mélanie l'avait compris dès le premier jour, à son arrivée au Solail pour les vendanges, il y avait si longtemps. Il la guettait, s'en amusait, la repoussait, la reprenait, et elle ne se sentait pas de taille à lutter. Elle ne savait que faire pour se libérer de ses chaînes, songeait à disparaître, à se jeter dans un puits. Il suffisait que Léonce passe près d'elle pour qu'elle oublie qui elle était, que son mari était honnête et courageux, qu'elle avait deux enfants, et que s'ils apprenaient comment elle se conduisait il lui faudrait vraiment disparaître et tout perdre : sa famille, la Combelle, tout ce qui était sa vie, sa vraie vie, celle qui coulait, sans passion, sans vertige, celle dont elle n'aurait jamais dû s'éloigner.

A force de se débattre vainement, de se désespérer, elle songea à se confier à Prudence qui venait plus souvent la voir depuis qu'elle était seule, et qui avait senti, elle aussi, que Mélanie n'était plus la même. Elle avait fini par tout lui avouer, et Prudence n'en avait pas été surprise : elle connaissait Léonce, savait de quoi il était capable.

— Pauvre petite, dit-elle, si vous saviez dans quelles griffes vous êtes tombée !

Et, devant l'insistance de Mélanie, Prudence expliqua la malédiction qui pesait sur le château et la Combelle, les rumeurs que faisaient courir la Tarasque et la Finette, avoua que sa fille, Amélie, avait aussi subi la loi de Léonce, et en avait souffert longtemps.

— Qu'est-ce que je dois faire ? demanda ce jour-là Mélanie, qui était à bout de forces.

— Quitter le Solail, abandonner la couture.

— Il viendra ici.

— Je viendrai, moi aussi, le plus souvent possible, dit Prudence. Je vous aiderai.

— Mais comment faire ? Léonce n'acceptera jamais.

— Parlez à sa femme.

— Elle me fait peur.

— Il n'y a pas d'autre solution.

Mélanie, un peu réconfortée par le soutien de Prudence, en qui elle avait toute confiance, se résolut à affronter la maîtresse du Solail deux jours plus tard, alors que celle-ci lui donnait de l'ouvrage avec le même air excédé, le même mépris qu'elle manifestait depuis le début de leurs relations.

— Je ne peux pas entreprendre cette robe, Madame, dit Mélanie d'une voix mal assurée.

— Ah ! bon ! Et pourquoi donc ? fit celle-ci, étonnée, ses yeux verts cherchant à deviner ce qui provoquait chez sa couturière un tel changement d'attitude.

— Parce que j'ai trop de travail à la Combelle, dit Mélanie. Je croyais pouvoir y arriver, et puis je me suis rendu compte que ce n'était pas possible.

Elle se troubla sous le regard qui la fouillait, tentait de percer les motivations profondes de cette jeune femme finalement bien vulnérable.

— Alors, vous en avez assez ? dit la maîtresse du Solail, avec une duplicité qui troubla davantage Mélanie.

— Je ne peux plus, répondit-elle.

— Comme je vous comprends, grinça Victoire avec un sourire mauvais, ajoutant aussitôt :

— Et je suppose que c'est moi qui dois l'annoncer à mon mari ?

— S'il vous plaît, Madame.

Leurs regards se croisèrent, mais celui de Mélanie se détourna très vite et Victoire comprit qu'elle n'avait pas en face d'elle une vraie rivale, mais une femme désemparée, vaincue par un affrontement qui la dépassait. Elle hésita un instant, reprit :

— Eh bien, c'est entendu ! Vous pouvez vous en aller ! Je parlerai à mon mari.

Soulagée, Mélanie regagna la Combelle, annonça le soir même à Cyprien qu'elle n'irait plus au château parce qu'elle avait trop de travail et se prépara à recevoir la visite de Léonce, non sans appeler Prudence à son secours.

Le maître du Solail mit trois jours avant de trouver l'occasion de la surprendre chez elle. Quand il frappa à la porte, Mélanie lui ouvrit, sortit, et Prudence apparut derrière elle. Pris d'une colère folle, Léonce lança, s'adressant à Prudence :

— Qu'est-ce que vous faites là, vous ? Je vous interdis de mettre les pieds dans cette maison !

— C'est entendu, dit Prudence sans se troubler, je n'y viendrai plus, mais ça ne m'empêchera pas de parler à Cyprien : il vient assez souvent au village.

— Si vous faites ça, je vous jure que votre mari ne reviendra jamais des travaux forcés ! cria Léonce.

Et il fit tourner bride à son cheval, sous le regard affolé des deux femmes qui, serrées l'une contre l'autre, mirent de longues secondes avant de trouver la force d'entrer de nouveau dans la métairie.

7.

Le combat dura plus d'un an entre Léonce et Mélanie qui succomba plusieurs fois, en l'absence de Prudence, car Léonce, machiavélique, la surprenait dans les endroits où elle l'attendait le moins. Cependant, au printemps suivant, la jeune femme se retrouva enceinte, et, dès qu'elle le lui avoua, le maître du Solail cessa de la harceler. Elle en fut soulagée, n'osant croire encore tout à fait à la fin de ses tourments, mais un jour qu'elle revenait du village, la Tarasque et sa fille surgirent devant elle et l'empêchèrent de passer, criant :

— Tu es grosse ! Tu es grosse ! Ton bâtard va mourir !

Epouvantée, Mélanie tenta en vain de leur échapper. Elles la suivirent jusqu'à la Combelle, tout en lançant leurs folles imprécations. Une fois chez elle, Mélanie put enfin s'enfermer et les deux femmes s'en retournèrent dans leur cabanon après avoir jeté quelques pierres contre les volets.

A partir de ce jour, Mélanie se mit à dépérir, hantée par la peur de mettre au monde un enfant qui fût de Léonce, et non de Cyprien. Durant les six mois qui suivirent, elle ne remit pas les pieds au village se privant ainsi du soutien de Prudence qui ne venait plus à la Combelle, par peur de Léonce dont elle prenait les menaces au sérieux.

Mélanie demanda à Julie de rester près d'elle quand la fatigue, la peur et la honte la contraignirent à demeurer couchée. Son calvaire dura jusqu'en octobre, le jour où elle donna naissance à un garçon bien portant, prénommé Justin, qui fut dès le premier instant le portrait de Cyprien. Elle avait eu si peur qu'elle retrouva le goût de vivre et, l'hiver suivant, alors qu'ils étaient seuls, un dimanche, avec Cyprien, afin d'éliminer tout risque de faillir de nouveau, elle trouva la force de lui avouer ce qui s'était passé.

Ils étaient tous deux face à face, près de la cheminée où flambaient des souches bien sèches que Cyprien avait entreposées dans la grange avant la mauvaise saison. Mélanie avait longtemps hésité, mesurant les conséquences, redoutant la réaction de son mari, mais elle savait que c'était le seul moyen d'élever une barrière infranchissable entre Léonce et elle.

Dès qu'elle eut parlé, Cyprien se tassa sur sa chaise, la dévisageant avec des yeux fous, puis il se leva, se saisit du fouet qu'il accrochait toujours près de la porte d'entrée, le brandit au-dessus d'elle, qui murmura :

— Vas-y, frappe-moi, c'est la seule chose qui pourra me guérir vraiment.

Elle ferma les yeux, attendit. Le fouet s'abattit contre le dossier de la chaise, manche brisé. Quand elle rouvrit les yeux, Cyprien tremblait de tous ses membres et murmurait :

— Pourquoi as-tu fait ça ? Pourquoi ?

— J'ai essayé de me défendre, dit-elle, de résister, mais je n'ai pas pu.

Il la considéra un instant en silence, cria :

— Et moi ?

Comme il s'agissait plus d'une plainte que d'une

menace, elle comprit qu'elle avait uni sa vie avec le meilleur des hommes et sa résolution en fut encore raffermie.

— Si tu veux, on peut partir, dit-elle.

— Et partir où ? cria-t-il. Tu crois que c'est le moment ?

Il s'enfuit, ne rentra qu'à la nuit, alors qu'elle était couchée près de leur fils. Il avait bu, elle le comprit, pourtant elle avait accepté en elle-même de payer le prix qu'il faudrait et elle n'eut pas un reproche, pas une plainte, ni cette nuit-là, ni durant l'année qui suivit, quand il rentrait soûl de Sainte-Colombe, le soir, après le travail. Au contraire, elle l'aidait à manger, à se déshabiller, retrouvant les mots de leurs premières années, acceptant tout d'avance, malgré les reproches de Séverin et de Julie qui ne reconnaissaient plus leur père et la poussaient à se rebeller.

Sa patience et sa douceur guérirent la douleur de Cyprien qui finit par oublier, ou du moins fit semblant. Mélanie, au lieu de fuir Léonce, provoqua une ultime rencontre au cours de laquelle elle lui dit qu'elle avait tout avoué à son mari et qu'il avait promis de se venger. Léonce prit la menace au sérieux et ne s'approcha plus de la Combelle, où Prudence put revenir sans crainte. Mélanie apporta alors à Prudence l'aide et le soutien que celle-ci lui avait accordés auparavant, et elle ne mesura ni son temps, ni son énergie retrouvée pour l'accompagner sur le chemin solitaire de sa vie, que l'absence de Firmin rendait douloureux.

— Deux ans ont déjà passé, disait Mélanie, plus que trois.

— C'est vrai, répondait Prudence, mais est-ce qu'il va tenir ?

Elle recevait quelques rares lettres que Firmin demandait d'écrire à un de ses compagnons qui savait, et Victorine Maffre, qui avait un peu d'instruction, les lisait à Prudence. Ces lettres disaient toutes à peu près la même chose : « Ma chère femme, je vais bien, ne te fais pas de souci pour moi, pense plutôt à toi, je vais rentrer bientôt. »

— Si seulement il savait écrire, regrettait Prudence, je suis sûre qu'il pourrait me raconter des tas de choses et je languirais moins.

— Il va bien, disait Mélanie, c'est l'essentiel. Il ne faut pas s'inquiéter inutilement.

— Cinq ans, soupirait Prudence, cinq ans...

On était en juillet, et les vendanges s'annonçaient belles, même dans la petite vigne des collines où Prudence se réfugiait dès qu'elle le pouvait pour penser à Firmin. Là, elle travaillait de son mieux, copiant ses gestes sur ceux de l'absent. Elle s'y sentait plus près de lui, et refusait pour cela le travail qu'on lui proposait dans les domaines. Raoul Maffre et sa femme l'aidaient beaucoup. Ils l'invitaient à leur table, et Prudence s'efforçait de payer sa dette en ramenant des collines des asperges sauvages, des pêches de vigne, parfois même un lapin qu'elle réussissait à prendre au collet. Elle aidait aussi Victorine et, de temps en temps, allait se louer à la journée pour gagner quelques sous. Mais ses seuls moments de plaisir étaient ceux qu'elle passait à la Combelle, avec Mélanie, dans cette pièce où elle avait été heureuse près de Firmin et où, parfois, il lui semblait deviner son ombre, passé la porte d'entrée. Léonce paraissait les avoir oubliées, mais elles se méfiaient tout de même, et Mélanie ne cessait de redouter une vengeance qui, effectivement, ne tarda guère.

Un soir de la fin juillet, Cyprien et Séverin revinrent à la Combelle et avouèrent, la mine sombre, qu'ils avaient eu des mots avec le maître.

— Il m'a reproché une mauvaise taille, dit Séverin. Depuis quelque temps il me surveille et je ne sais pas pourquoi.

Mélanie observa son fils : il allait sur ses quinze ans, il était mince et frêle, avec une sorte de fragilité que ses grands yeux verts rendaient encore plus touchante et il semblait à Mélanie qu'il ne sortirait jamais de l'enfance.

— Il nous a dit, ajouta Cyprien, qu'il faudrait nous en séparer après les vendanges. qu'on n'avait plus besoin de lui ici.

Mélanie sentit son cœur s'affoler, comprit que ce qu'elle redoutait venait d'arriver.

— Et que lui as-tu répondu ? murmura-t-elle.

— Que s'il chassait notre fils, on partirait aussi.

— Mon Dieu ! gémit-elle.

Et, afin que Cyprien ne se méprenne pas :

— Tu as eu raison, s'il faut partir, nous partirons.

— Il ne faut pas vous mettre dans le besoin pour moi, fit Séverin, je trouverai toujours de l'ouvrage dans la plaine ; j'ai l'âge de me débrouiller seul, maintenant.

— Je ne veux pas qu'il nous traite comme ça ! tonna Cyprien. S'il te chasse, nous partirons aussi, c'est dit.

Mélanie n'avait jamais vu son mari si décidé, si énergique. Lui qui s'en remettait volontiers à elle pour les grandes décisions, il avait changé ces derniers mois et elle devinait très bien pourquoi. Elle songea que, finalement, il se rangeait à ses côtés dans le combat qu'elle avait engagé contre Léonce, et elle en fut touchée, heureuse, certaine de trouver suffisamment de force, désormais, pour résister au feu qui l'embrasait encore, parfois, quand elle songeait au maître du Solail.

C'était pour Calixte, chaque soir, à l'heure de rentrer au village, des moments de grande paix et de bonheur, quand il traversait les vignes, seul, en regardant tomber la nuit dans l'odeur chaude des pins et des vignes, de la terre craquelée, des grains de raisin qui commençaient à prendre leur belle couleur des vendanges prochaines. Il savourait ces quelques minutes de trajet en pensant à sa vie, à sa charge de régisseur qu'il devait à Léonce, à sa femme Honorine, aux trois enfants qu'elle lui avait donnés : deux fils d'abord : Maxime et Benoît, qui le suivaient parfois dans les vignes, et Sylvie, âgée de six ans déjà mais qu'il faisait encore sauter sur ses genoux, chaque soir, en arrivant dans la petite maison située au départ de la route d'Argeliers, en bas de Sainte-Colombe.

Ce soir-là, pourtant, Calixte sentait une ombre peser sur lui : il n'avait pas osé intervenir quand Léonce s'en était pris violemment à Séverin, le fils du ramonet, alors que c'était un garçon irréprochable, soumis et courageux. Il n'avait pas davantage protesté quand Léonce avait menacé de les chasser après que Cyprien eut pris la défense de son fils. D'ailleurs, depuis quelque temps, le maître était devenu irascible et lui recommandait, à lui, Calixte, la plus grande fermeté, chaque matin.

Or, Calixte avait dû se faire violence, au début, pour assumer la charge que lui avait confiée Léonce, sa nature ne l'inclinant pas à ordonner, pas plus que ses origines, sa corpulence, ses boucles qu'il devait faire couper très court ni sa voix douce qu'il avait eu du mal à forcer pour donner des ordres. Il avait été encouragé par Honorine, qui ne travaillait plus au château depuis la naissance de son deuxième enfant. Celle-ci l'avait même poussé à se vêtir différemment, comme certains régisseurs qui portaient gilet, costume et souliers, mais Calixte n'avait pas pu abandonner ses socques, ses chemises et ses pantalons de toile.

Il avait toutefois accepté de se déplacer en jardinière et non plus à pied : c'était la seule concession qu'il avait consentie à un ordre, une hiérarchie auxquels il n'avait jamais aspiré. Comment eût-il refusé quelque chose à Léonce ? Comment se fût-il opposé à lui alors qu'il lui devait tout : son travail, sa position, sa maison, même, puisque le maître du Solail en payait le loyer ?

Il avait souffert en silence de voir le vieil Antoine errer dans les vignes, abandonné de tous à l'exception de Mélanie, et il ne comprenait pas la patience que lui témoignait le maître du Solail, ne pouvant deviner que ce dernier payait une dette : celle de son remplacement à la guerre d'où Calixte avait failli ne jamais revenir.

Par ailleurs, le combat mené ensemble contre le phylloxéra les avait rapprochés davantage, s'il en était besoin, et Léonce exigeait la compagnie de son régisseur continuellement, comme s'il cherchait par là à prolonger une jeunesse qui les avait réunis non pas par hasard, mais selon les termes d'un pacte, d'une nécessité mystérieuse et sacrée. Calixte, le plus souvent, même s'il ne comprenait pas son maître, se contentait d'obéir, répercutant ses ordres et ses menaces fidèlement, songeant à ne pas lui déplaire et songeant aussi, parfois, à ses enfants et au bénéfice qu'ils pourraient tirer de la position occupée par leur père, dès qu'ils seraient en âge de trouver un état.

Il approchait du village dont les premières lumières s'allumaient, là-haut, autour du clocher de Saint-Baudille qui semblait désigner une étoile grosse comme un pommeau d'argent dans un ciel de velours. Cette paix, ce silence — seulement de temps en temps troublé par le bref aboiement d'un chien — n'incitaient pas Calixte à se hâter, bien au contraire : il laissait le cheval aller à son pas, tirait sur les rênes, et s'arrêtait de temps en temps pour écouter respirer les vignes.

Car pour Calixte, qui était né au milieu d'elles, ces vignes étaient vivantes, leur cœur battait, là-bas, derrière les rangées de ceps, près de l'amandier dont il ne devinait plus qu'à peine la flaque sombre murmurant dans le vent de la nuit. Ces vignes l'avaient protégé de tout, toujours. Le malheur ne sévissait qu'ailleurs, très loin, au-delà des collines, là où les hommes parfois faisaient la guerre. Il n'avait jamais songé que le malheur pût le frapper ici, chez lui, dans un monde dont il connaissait le moindre frisson, le moindre soupir.

Pourtant, quand il arriva à proximité de sa maisonnette, Maxime, son fils aîné, l'attendait sur le chemin.

— C'est la mère, dit le garçon avant même que Calixte puisse engager la jardinière dans la cour ; elle est couchée depuis midi et elle se plaint du ventre.

Le régisseur sauta à bas de la jardinière, pas vraiment inquiet car Honorine était sujette à des maux d'entrailles depuis longtemps. Il laissa son aîné s'occuper du cheval, s'en fut dans la chambre où son épouse gémissait en se tenant le ventre à deux mains. Même s'il n'avait jamais vraiment aimé cette femme aux traits épais, à la chair flasque, au caractère dominateur, Calixte n'oubliait pas qu'elle lui avait donné trois beaux enfants et qu'elle était fidèle et courageuse. C'était la première fois qu'il l'entendait se plaindre de la sorte, et il comprit qu'elle avait besoin d'aide.

— Je vais aller chercher le médecin de Ginestas, fit-il, malgré sa grande fatigue.

— Non, souffla-t-elle, ça va sûrement passer. Donne-moi plutôt une tasse de cette tisane que j'ai préparée. Si ça ne va pas mieux, Maxime ira le chercher demain.

Calixte n'insista pas : il n'était pas d'usage de faire appel au médecin avant d'avoir exploré toutes les possibilités de se soigner au moyen des vieilles recettes dont on se transmettait le secret de génération en génération. Et puis, le médecin et les drogues qu'il conseillait coûtaient cher. On se soignait donc comme on pouvait et, la plupart du temps, le mal passait. Dans la nuit, cependant, Honorine commença à crier, et Calixte dut rassurer les enfants qui passaient de temps en temps leur tête par la porte. Au matin, elle s'apaisa.

— Ça va mieux, dit-elle à Calixte. Tu peux partir.

Il s'en alla, rassuré, promettant de revenir à midi, alors que d'ordinaire il prenait son repas au château. Il trouva alors à sa femme, qui ne cessait de gémir, un teint inquiétant et une forte fièvre. Il partit sur-le-champ à Ginestas, où la femme du médecin lui dit que son mari ne pourrait passer voir la malade que le soir. De là, le régisseur gagna le domaine où se poursuivait la taille en vert en prévision des vendanges. Le soir, quand le médecin — un vieil homme au regard plein d'humanité et à la voix douce — eut examiné Honorine, il demanda à parler à Calixte à l'écart des enfants.

— Elle est perdue, dit le vieil homme. C'est une septicémie, vous m'avez prévenu trop tard. Il n'y a plus rien à faire, sinon à souhaiter qu'elle ne souffre pas trop.

La nuit qui suivit, cependant, fut terrible, et les huit jours durant lesquels Honorine se battit contre le mal qui la rongeait furent plus terribles encore. Calixte avait placé les enfants chez des voisins pour qu'ils n'entendent pas crier leur mère. Lui ne la quittait guère, excepté le matin pour aller donner les ordres aux journaliers, et Cyprien le seconda avec compétence et dévouement.

Honorine fut enterrée dans le petit cimetière de

Sainte-Colombe, en présence de tout le village et des gens du château. A la sortie, Léonce s'approcha de son régisseur, posa sa main sur son épaule et lui dit :

— Amène tes enfants au Solail. Les femmes s'en occuperont et ils seront plus près de toi dans la journée.

Le premier soir, cependant, quand il se retrouva seul face à ses deux fils et à sa fille, Calixte eut comme un sanglot qu'il étouffa difficilement. Puis, constatant la douleur qui était inscrite dans le regard de ses petits, il se redressa et dit, d'une voix le plus ferme possible :

— Vous viendrez au château avec moi, comme ça on ne se quittera pas. Le soir, on rentrera avec la jardinière. Soyez courageux, les vignes ont besoin de nous.

Léonce faisait ses comptes dans son bureau, fumant l'un de ces gros cigares dont la bague rouge, aimait-il à penser, représentait le sceau de la puissance et de l'argent. Mais que restait-il vraiment aujourd'hui de la puissance et de la fortune des Barthélémie ? Il était endetté bien au-delà du raisonnable, Léonce, et il n'ignorait pas que les papiers signés chez l'avocat de Narbonne au profit de Charlotte lui imposaient de rembourser les trois quarts de la somme empruntée après les vendanges. S'il n'y parvenait pas, il savait très bien ce qui l'attendait : Charlotte redeviendrait propriétaire d'une partie du Solail et il ne pourrait plus le diriger seul, car sa sœur, il n'en doutait pas, lui ferait payer au prix fort tout ce qu'il lui avait fait subir, à commencer par le fait qu'elle avait été obligée de quitter le domaine.

Décidément, depuis quelques années, tout allait mal. Même Mélanie lui avait échappé, cette femme superbe qui avait été pendant plusieurs mois une véritable passion, et qu'il avait aimée à sa manière, c'est-à-dire violemment, et dont le souvenir ne cessait de le hanter. Il ne se passait pas une journée sans qu'il rêve de sa peau mate, de ses grands yeux de caraque, de cette manière désespérée qu'elle avait de s'abandonner après avoir lutté contre lui, contre elle-même, contre il ne savait quoi, au juste, qui la rendait plus belle encore, plus précieuse et plus indispensable. Aujourd'hui, elle avait dressé entre eux un mur qu'il ne pouvait pas tenter de franchir sans danger. Il se contentait donc de tresser autour d'elle les mailles d'un filet dans lequel, un jour, elle reviendrait se prendre, il en était certain, parce que les rares heures qu'ils avaient passées ensemble étaient tout simplement de celles qui ne s'oublient jamais.

Dans sa propre maison, il devait désormais faire face à l'hostilité de plus en plus agressive de Victoire, qui n'avait été dupe de rien, et qui ne lui pardonnait surtout pas d'avoir donné en gage une partie des vignes qu'elle lui avait apportées en dot.

Quant à Berthe, il n'avait pu la détourner de son désir de se marier avec ce beau Pierre qui n'avait pas le sou et qui portait des vêtements et des bottes troués. Le mariage avait été fixé pour octobre, après les vendanges, et le pire était que les tourtereaux avaient décidé d'habiter le Solail. Léonce n'avait pu s'y opposer puisque Berthe, au contraire de Charlotte, n'avait pas été dédommagée, et qu'elle était donc, au même titre que lui, propriétaire d'une partie du domaine. Il s'était bien juré de leur mener la vie assez dure pour que ces deux-là finissent par s'installer ailleurs, au lieu de passer leur temps à jouer du piano dans la grande salle à manger du Solail, en une oisiveté qui lui était insupportable.

Non, décidément, tout allait mal, même au village, où, pourtant, on avait été débarrassé de ce Firmin

Sénégas qui ne reviendrait probablement pas de Nouvelle-Calédonie — Léonce avait finalement renoncé à s'occuper de son sort, persuadé que les fièvres et les travaux forcés suffiraient à en venir à bout. Les radicaux et les socialistes, qui avaient pris la mairie, avaient décidé la construction d'une école dont les travaux allaient bientôt commencer. Pourtant, le mal n'était pas limité au village, car lors des législatives de 1885, les républicains modérés et les radicaux l'avaient emporté contre la liste conservatrice qu'avait soutenue Léonce, et il lui semblait qu'il représentait désormais l'un des derniers remparts contre le désordre et l'anarchie, qui, entretenus bientôt par les écoles sans Dieu, allaient déferler sur toute la plaine viticole.

D'ailleurs, n'étaient-ce pas ces républicains-là, modérés ou non, qui avaient autorisé la fabrication des vins artificiels et le sucrage des vendanges ? Certains petits propriétaires, acculés, pratiquaient même le mouillage, ajoutant de l'eau au vin de la première presse ; d'autres allaient jusqu'à vendre une piquette infâme qui résultait d'un apport d'eau sucrée sur du marc de la deuxième presse. Cette production frauduleuse, ajoutée aux importations d'Algérie, avait fait descendre le prix de l'hectolitre à quarante francs. Et c'était dans ces conditions-là que Léonce allait réaliser ses deuxièmes vendanges après sa replantation, en espérant pouvoir rembourser la majeure partie de ses dettes. Autant dire que le pari était d'ores et déjà perdu et qu'il devrait de nouveau négocier avec Charlotte, même si les vendanges s'annonçaient belles, après le bon ensoleillement de juillet. Les seules satisfactions qu'il tirait de sa vie, en cet été de feu, étaient de voir prospérer ses plants greffés, de sentir près de lui la présence de son fils Arthémon, l'héritier, qui, âgé de six ans, ne cessait de courir les vignes et, comme lui, Léonce, l'avait fait, de se mêler aux enfants des domestiques et des journaliers dans la cour du château.

Un coup timide frappé à sa porte le tira de ses réflexions. Il sursauta, posa le porte-plume dont il ne se servait plus depuis quelques minutes et répondit :

— Entrez !

La porte s'ouvrit lentement, poussée par Calixte qui n'avait pas l'habitude de venir déranger son maître en milieu d'après-midi et qui paraissait atterré.

— Qu'est-ce que tu veux ? fit Léonce rudement, ayant déjà compris qu'il se passait quelque chose de grave.

Calixte, pitoyable, baissait la tête, n'osant pas affronter le regard de l'homme qu'il craignait le plus au monde.

— Vas-tu parler à la fin ? s'écria Léonce. Tu ne vois pas que je suis en train de faire mes comptes ?

Calixte consentit alors à relever la tête et dit tout bas :

— Il faut venir.

— Pourquoi ? Qu'est-ce qu'il y a ?

Calixte ne se décidait pas à parler, ne parvenant pas à prononcer le mot qui courait dans l'Aude depuis un an, c'est-à-dire depuis que les plants américains commençaient à donner leur pleine mesure. Léonce fit le tour du bureau, vint tout près du régisseur, ordonna :

— Parle !

— Le mildiou, souffla Calixte. J'ai vu des feuilles touchées le long de la route d'Argeliers.

— Tu te trompes, fit Léonce, qui ne pouvait admettre en un instant qu'une nouvelle et terrible menace mît en péril les vignes qu'il avait entourées de tant de soins.

— Peut-être, fit Calixte, qui, devant la certitude de

Léonce retrouva un peu d'espoir, mais il vaudrait mieux venir voir.

— Je viens, dit Léonce en prenant son chapeau, mais j'espère que tu t'es rendu compte de ce que tu m'annonces. Si j'en suis quitte pour la peur, crois-moi, tu te le rappelleras.

— Il faut venir, répéta Calixte, comme si dans ces seuls mots résidait sa défense, et aussi l'espoir qu'il gardait de s'être trompé.

Ils sortirent, Léonce devant, Calixte le suivant à petits pas pressés. Ils prirent le cabriolet dont ils relevèrent la capote, la plaine étant un véritable four où la chaleur ondulait en vagues épaisses comme de la farine. Il n'y avait pas un souffle de vent. Les journaliers travaillaient à la taille et venaient à tour de rôle se désaltérer à l'eau stockée dans une cuve sous les amandiers. L'air sentait la paille et la feuille séchée. Il était presque impossible de lever les yeux vers le ciel qui semblait un miroir reflétant tous les foyers de l'univers.

Calixte et Léonce ne parlaient pas, mais le régisseur avait mis le cheval au trot. Quand ils arrivèrent au bas de la petite côte, au-delà de laquelle la route basculait vers Argeliers, Calixte prit une allée sur la droite, continua encore une vingtaine de mètres, puis arrêta le cheval. Ses deux garçons attendaient, allongés sous les feuilles pour se protéger du soleil. Ils se levèrent, à l'approche de Léonce et de leur père, mais ne dirent pas un mot et s'écartèrent un peu.

Calixte précéda Léonce jusqu'aux ceps qui se trouvaient au milieu d'une rangée fort belle et très chargée en raisins, s'arrêta, laissa passer Léonce. Celui-ci se baissa, prit une feuille entre ses doigts, l'observa longuement : elle était couverte de petites taches de couleur jaune, les contours de certaines virant au brun, et elle était presque totalement desséchée. Les grains, eux aussi, avaient pris une couleur brune, et ils se détachèrent dès que Léonce les fit rouler entre ses doigts.

Léonce se redressa, ruisselant de sueur, et pour la première fois Calixte vit passer une lueur de détresse dans les yeux de son maître. Certes, depuis l'apparition de la maladie, dans l'Aude, l'année précédente, on avait trouvé le remède à employer pour sauver les vignes — un mélange de sulfate de cuivre et de carbonate de chaux — mais il fallait sulfater avant le mois de juin et aujourd'hui il était trop tard. On ne pouvait qu'avancer les vendanges, en espérant que les raisins ne souffriraient pas trop en attendant.

— Vous auriez pu vous en apercevoir plus tôt, tonna Léonce, qui, aussitôt, se mit à inspecter fébrilement les autres ceps dans l'allée, suivi par Calixte, accablé.

Certaines feuilles étaient contaminées, mais elles étaient faiblement tachées de blanc et les efflorescences pouvaient être enlevées avec l'ongle. Léonce inspecta toute la vigne où la maladie, c'était évident maintenant, n'en était qu'à son début.

— Qui a travaillé ici ? demanda-t-il brusquement en se retournant vers Calixte.

Celui-ci hésita une seconde, puis répondit :

— Le ramonet.

— Va le chercher !

Cherchant un exutoire à sa colère, Léonce, comme à son habitude, venait en quelques secondes d'imaginer un plan qui allait compenser le dépit d'une mauvaise vendange. Pendant que son régisseur partait à la recherche de Cyprien, il se pencha sur les ceps de la vigne voisine, un peu rassuré tout de même, maintenant, en constatant que le mildiou n'aurait pas le temps de les attaquer toutes avant la fin de l'été.

Calixte ne mit pas plus d'un quart d'heure avant de revenir avec le ramonet.

— Regarde ! fit Léonce dès que Cyprien entra dans la vigne.

Cyprien se baissa, puis se releva, défait, anéanti par ce qu'il venait de voir.

— C'est toi qui as travaillé ici et tu ne t'en es même pas aperçu ! lança Léonce avec une agressivité volontairement blessante. A cause de toi, une partie de la récolte est perdue.

Cyprien cherchait des mots pour se défendre, mais la découverte de la maladie, ces feuilles et ces grains qui se détachaient d'eux-mêmes, était la preuve incontestable d'une culpabilité qu'il ne s'expliquait pas. Léonce savait bien que, de toute façon, il était trop tard pour agir puisqu'on était en juillet, mais il tenait là un prétexte qu'il comptait bien utiliser au mieux de ses intérêts.

— Après les vendanges, je ne veux plus te voir ici ! cria-t-il d'une voix chargée de haine. Et je me chargerai de faire savoir dans les domaines comment tu travailles : tu n'auras plus qu'à aller mendier sur les chemins avec ta femme !

Puis il tourna le dos et s'en alla sans se retourner, satisfait : il ne doutait pas que Mélanie viendrait l'implorer de les garder, et il comptait bien tirer de délicieux profits d'une revanche qu'il avait attendue longtemps, beaucoup trop longtemps.

Charlotte demanda au cocher d'arrêter la voiture, descendit lentement et ordonna :

— Attendez-moi là jusqu'à ce que je revienne !

On était au début de l'après-midi, l'un de ces après-midi d'octobre qu'adoucit le début de l'automne, dans les vents chargés d'odeurs de moût, de futaille, poussant dans le ciel des nuages qui ne sont d'aucune menace et qui, au contraire, filtrent les rayons du soleil dont la course s'infléchit plus tôt. Cela faisait onze ans qu'elle attendait ce moment, Charlotte, onze ans qu'elle n'était pas revenue au Solail, et elle se rendait compte, immobile en cet instant sur la route à la sortie d'Argeliers, qu'elle en avait rêvé souvent, presque toutes les nuits.

Elle n'avait pas revêtu l'une de ces robes de la ville qui mettaient en valeur sa beauté, mais une robe plus légère, de campagne, semblable à celles qu'elle portait jadis, au temps où elle courait les collines, les jambes griffées par les épines. Toujours immobile sur la route, elle n'avait pas la force d'avancer : c'était trop, soudain, ces vignes, cette vallée, Sainte-Colombe, là-bas au loin, avec ses toits semblables à des écailles de serpent, et, à droite, le Solail dont elle apercevait l'îlot sombre couronné par les pins parasols. Elle ne parvenait pas à comprendre pourquoi ses jambes tremblaient, pourquoi son cœur cognait à ce point dans sa poitrine. Quel était ce sortilège ?

Elle avait tout, là-bas, à Narbonne : deux beaux enfants, Hugues et Renaud, qui ne lui donnaient que des satisfactions, un mari attentif et dévoué, des gens de maison, l'argent, la considération, un bel appartement. Tout, elle avait tout, et pourtant elle mesurait une nouvelle fois que son cœur ne battait vraiment qu'ici, au Solail, dont les vignes commençaient à virer au jaune citron, épuisées, frémissantes au petit vent descendu des collines dont les pins égratignaient le ciel. Même Etienne, après un scandale avec une comédienne en tournée, s'était rangé en se mariant avec la fille d'un riche négociant en vins, Léon Blancpain, et ne lui donnait plus aucun souci.

Elle avait aussi des amis, Charlotte ; elle prenait des bains de mer à Gruissan, elle allait au théâtre, elle voyageait dès qu'elle en avait envie — comment eût-elle oublié ce voyage en Italie en compagnie de Louis ? Oui, elle possédait tout ce qu'elle n'aurait jamais imaginé dans ses rêves les plus fous, et pourtant elle ne pouvait être vraiment heureuse qu'ici, dans cette plaine où le parfum des feuilles se mêlait à ceux de la terre chaude, des ceps, des pins et du romarin des collines. Un parfum unique, qu'elle n'avait senti nulle part ailleurs — surtout pas à Narbonne — qui l'avait incitée à descendre du tilbury conduit par son cocher, et qui la dévastait maintenant, faisant perler des larmes au bord de ses cils.

Elle fit un pas, puis deux, avança sur la petite route, fermant de temps en temps les yeux, puis les rouvrant pour vérifier si elle ne rêvait pas. Non : c'étaient bien le Solail, c'étaient bien les collines de son enfance, c'était son monde, c'était le territoire sacré de son âme. Et ce monde-là, ce territoire-là, dont elle s'était éloignée trop longtemps, était désormais à elle : elle y revenait aujourd'hui en maîtresse, et non pas en vaincue. Léonce n'avait pas pu rembourser à temps. Plus de la moitié des vignes hypothéquées appartenaient désormais à Charlotte. Les papiers officiels se trouvaient dans sa poche. Elle avait livré combat, elle avait souffert, mais elle avait gagné. Et rien ne l'empêcherait désormais de venir au Solail lorsqu'elle en aurait envie, puisqu'elle était de nouveau chez elle.

Elle devina sur sa gauche le cabanon de la Tarasque et de la Finette, sourit en se souvenant de la malédiction que propageaient ces deux folles, se demanda si elles continuaient à poursuivre de leurs sarcasmes les femmes de la Combelle et les hommes du Solail. Un peu plus loin, elle prit sur sa droite le sentier qui revenait vers le canal dont les platanes, aux feuilles d'un vert salade, se fondaient dans le duvet du ciel. Elle entra dans les vignes et, pour la première fois depuis bien longtemps, elle s'allongea face au ciel, ferma les yeux, puis, l'instant d'après, les rouvrit. Rien ne changeait ici, ni l'odeur, ni la lumière, ni les bruits, ni la chaleur de la terre qui s'insinuait dans ses reins, ni le frémissement des feuilles prolongé par un murmure qui, parfois, la nuit, à Narbonne, si loin du Solail, venait l'alerter au plus profond de son sommeil. Non, ici, rien ne changerait jamais, et cette découverte, elle ne sut pourquoi, la rassura.

Quand elle repartit, elle avait fait provision de tout ce qui, fondamentalement, était indispensable à sa vie. Elle se sentait comme régénérée, neuve, jeune de nouveau, bien que la trentaine, atteinte depuis peu, n'eût pas le moins du monde attenté à sa beauté naturelle. Elle ralentit un peu en arrivant aux abords de l'allée du Solail dont les oliviers jetaient toujours les mêmes éclats de fer-blanc, mais elle n'y entra pas tout de suite et, au contraire, continua vers les vignes de la Croix. Elle aperçut la Combelle sur les premières pentes de la colline, le château la lui ayant cachée jusqu'alors. Elle songea à Mélanie, se demanda quel âge devait avoir aujourd'hui cet enfant à qui elle avait donné le jour dans les vignes lors des vendanges. Quinze ans ? vingt ans ? Elle ne savait plus. Il faudrait qu'elle se renseigne — et, elle ne sut pourquoi, cela lui parut très important.

Elle marcha encore sur près d'un kilomètre avant d'atteindre la Croix, qui se trouvait à l'intersection de deux allées. Elle s'arrêta un instant, rêva, repartit vers une autre vigne, celle où demeuraient à tout jamais enfouis ses treize ans. Là, de nouveau, elle s'allongea, et, une nouvelle fois, ferma les yeux. Elle sentit les mains chaudes du garçon sur ses bras, ses épaules, sa poitrine, mais les mains du garçon de la mascare, désormais, avaient la force de celles de Louis. Elle en fut déçue, et affolée soudain à l'idée que le temps passé avait anéanti l'un de ses plus précieux trésors. Le plus beau, le plus important d'une vie ne survivait donc jamais à la fuite inexorable des jours ? Une terrible poigne d'acier se referma sur sa poitrine. Oppressée, elle se leva et revint vers l'allée du Solail, comme si elle fuyait quelque chose, comme si une farce cruelle s'était jouée dans son dos, alors qu'elle s'était éloignée par négligence.

L'allée des oliviers qu'elle reconnut un à un la rasséréna. Eux, au moins, demeuraient semblables à ce qu'ils étaient autrefois. C'étaient bien les mêmes troncs torturés, les mêmes feuilles coupantes, les mêmes éclairs d'argent. Elle marcha plus vite, croisa des domestiques qu'elle ne connaissait pas mais qui se découvrirent pour la saluer, entra dans le parc, où l'odeur des buis se glissa en elle délicieusement. Elle y erra un moment, bouleversée, visitant les coins d'ombre entre les pins, les lilas, les lauriers-roses et les acacias, là où se trouvaient ses refuges d'enfant. Une voix l'appela. C'était Berthe, qui, du perron, l'avait aperçue.

Elles coururent l'une vers l'autre, s'embrassèrent avec tendresse car, si elles ne se voyaient pas, elles s'écrivaient de temps en temps, et Charlotte était au courant depuis longtemps du projet de mariage de sa sœur. Elles entrèrent dans le grand salon où elles jouaient jadis, et Charlotte demanda en apercevant le piano :

— Tu joues toujours ?

— Bien sûr.

— Tu ne voudrais pas jouer pour moi ?

— Mais si, viens.

Berthe, comme si elle devinait le désir de sa sœur, se mit à jouer ce prélude de Bach sur lequel elle avait travaillé si souvent, enfant, et Charlotte sentit déferler en elle une onde tiède et parfumée, celle du souvenir lié au bois verni du piano, à la musique, au parfum des buis surgissant par la fenêtre ouverte. Elle chancela, posa sa main sur l'épaule de sa sœur, écouta un long moment la merveilleuse musique qui emplissait la grande pièce et semblait se répandre également dans le parc, dont Charlotte apercevait les frondaisons secrètes.

Quand Berthe s'arrêta, au bout de longues minutes, Charlotte frissonna. En même temps, elle devina une présence derrière elle et se retourna : c'était Léonce qui les observait avec, sur les lèvres, ce sourire qui lui était coutumier.

— Je ne t'attendais pas avant ce soir, dit-il en s'approchant après avoir détaillé sa sœur de la tête aux pieds.

Il lui tendit les bras, voulut l'embrasser, mais Charlotte recula d'instinct, en disant :

— Bonjour, Léonce. Je suis arrivée plus tôt et j'en ai profité pour me promener dans les vignes.

— Il fallait me faire prévenir, dit-il, je t'aurais fait visiter.

— Je les connais, Léonce, et aussi bien que toi.

— Elles ont bien changé, pourtant, observa-t-il, et je suis sûr que tu ne connais pas le nom des porte-greffes.

— J'ai tout le temps d'apprendre, maintenant, fit Charlotte, avec une once de défi dans la voix.

Il y eut un instant de silence que Berthe mit à profit pour disparaître en prétendant qu'on l'attendait dans le parc. Léonce et Charlotte demeurèrent face à face, se mesurant du regard, sachant très bien l'un et l'autre que l'heure des règlements de comptes avait sonné.

— Allons dans mon bureau ! fit Léonce.

— C'est ça, allons dans ton bureau, dit Charlotte, remarquant, non sans jubilation, la lueur d'inquiétude qui s'était allumée dans les yeux de son frère.

Il la précéda, ouvrit la porte, s'effaça, lui désigna un fauteuil, mais elle resta debout, tandis que lui-même s'installait et allumait un cigare.

— A ton aise, dit-il, si tu veux rester debout...

Charlotte ne répondit pas. Elle saisit dans sa poche une enveloppe, l'ouvrit, en sortit un document de quelques feuillets, le posa sur le bureau.

— Qu'est-ce que c'est que ça ? fit Léonce.

— Tu le sais bien. C'est l'acte qui me rend propriétaire de la moitié des vignes.

Il demeura sans voix, se rappela leur dernière entrevue à Narbonne, il y avait une semaine de cela, le jour où il était allé lui dire qu'il ne pourrait pas rembourser à l'échéance.

— Alors, tu as osé ! fit-il d'une voix menaçante.

— Qu'est-ce que tu croyais ? répondit-elle, que j'allais te consentir des faveurs ?

Il ne répondit pas, continua de la dévisager avec un air mauvais et douloureux à la fois, comme s'il était victime d'un complot diabolique.

— Toi, Charlotte, tu as osé me faire ça ! répéta-t-il. Alors, tu as tout oublié de nos...

— Je n'ai rien oublié, le coupa-t-elle, au contraire, c'est pour cette raison que j'ai voulu revenir dans mes vignes.

Léonce réfléchissait, les paupières plissées, son regard fixé sur sa sœur, cherchant une parade qui ne lui ferait pas perdre la face.

— Dans tes vignes, certes, dit-il, mais pas dans ce château dont je peux t'interdire l'entrée.

— Dans ce cas, j'en ferai construire un autre sur les terres dont je suis propriétaire.

Il comprit qu'elle avait pensé à tout, et qu'il valait mieux, au moins pour aujourd'hui, le temps de bien analyser la situation, adopter un profil bas.

— Toujours aussi susceptible, fit-il en haussant les épaules.

Et il ajouta, doucereux :

— Comme si j'avais l'intention de faire souffrir ma petite sœur.

— Tu y as déjà réussi.

— J'ai tellement changé depuis, soupira-t-il. Même si tu ne me crois pas, je vais te faire un aveu : je suis content de ne plus être seul à porter le fardeau du domaine, et je suis surtout content que tu sois désormais à mes côtés, plutôt qu'un étranger.

Il souriait, et Charlotte retrouvait sans plaisir cette faculté qu'il avait de retourner toutes les situations à son profit.

— Que tu sois content ou pas, fit-elle, de toute façon ça ne change rien.

— Si tu savais comme tout a été difficile, comme je suis fatigué, aujourd'hui, ajouta-t-il en feignant de ne pas avoir entendu.

Elle eut l'impression, l'espace d'un instant, qu'il était sincère, mais elle se reprit très vite et répondit :

— Toi ? Fatigué ? A ton âge ?

— Le phylloxéra, la replantation, et maintenant le mildiou. Si je n'avais pas été là pour tenir la barre, il n'y aurait plus de Solail et tu ne pourrais pas y revenir aujourd'hui.

Il paraissait vraiment persuadé de ce qu'il avançait.

— Je compte bien y revenir chaque semaine, fit-elle, sans parvenir à dissimuler son agacement.

— Mais ce sera avec plaisir que je reverrai ma petite Charlotte qui m'a tellement manqué, dit-il avec ce sourire cynique qui faisait partie de ses armes favorites.

— Je ne suis pas ta petite Charlotte, Léonce, enlève-toi donc cette idée de l'esprit.

— Pour moi, tu le seras toujours, que tu le veuilles ou non.

— Peut-être pas quand je viendrai te demander des comptes.

— A moi ? Tu me demanderas des comptes ? Personne d'autre que moi ne s'occuperait aussi bien du Solail, tu sais pourquoi ?

Elle ne répondit pas.

— Parce que je l'aime plus que toi.

Il s'était levé, s'approchait de nouveau, redoutable, et elle recula jusqu'à la porte.

— Viens les voir, tes vignes, viens voir ce que j'en ai fait, moi tout seul, en quelques années !

Elle l'arrêta du bras, murmura :

— Je viens, mais avant, laisse-moi te dire une dernière chose, Léonce : si tu ne fais pas ce que je veux, si tu me fermes la porte du château, si tu ne me rends pas de comptes, je te jure que je vendrai mes vignes. Et le Solail ne sera plus jamais ce qu'il a été.

Il la dévisagea un instant, ne répondit pas, ouvrit la porte, lui prit le bras et l'entraîna dans le couloir.

A la fin du mois d'octobre, malgré les difficultés, le château retrouva son lustre des années passées, à l'occasion du mariage de Berthe que Charlotte avait souhaité aussi brillant que le sien. Ce furent le même défilé de voitures dans l'allée, les mêmes mets délicats composés par des cuisinières venues de Narbonne, les mêmes violons, les mêmes toilettes, et cela grâce à Charlotte qui s'était chargée de payer tous les frais, y compris la part de la famille de Pierre Fontanel, qui ne pouvait pas faire face à une telle dépense.

Ce jour-là, Charlotte retrouva Mélanie que Berthe avait tenu à inviter ainsi que son fils Séverin, celui qui était né dans les vignes un jour de vendanges. Quinze ans déjà. Quinze ans que Mélanie et Cyprien, faméliques, étaient arrivés au Solail et que Charlotte avait été touchée par le dénuement de la jeune femme, aussi bien que par sa beauté. Or, aujourd'hui, c'est à peine si elle la reconnaissait. Mélanie paraissait lasse, des rides précoces creusaient sa peau mate et dessinaient une sorte d'amertume au coin des lèvres. « Elle a souffert », songea Charlotte, et elle eut envie de savoir ce qui s'était passé à la Combelle en son absence.

Le soir, vers six heures, alors que les convives dansaient en attendant le dîner, elle attira Mélanie à l'écart et n'eut aucun mal à lui arracher des confidences.

— Nous partons dans une semaine, dit celle-ci.

— Pour aller où ? demanda Charlotte.

— On ne sait pas.

— Alors, pourquoi partez-vous ?

— Parce que votre frère nous chasse.

Mélanie était dans un tel état d'abattement qu'elle s'effondra, en larmes, et raconta tout, y compris son aventure avec Léonce, et combien il l'avait fait souffrir.

Charlotte en tremblait de rage. Après Amélie, c'était Mélanie, mais aussi sa famille, ses enfants, que Léonce poursuivait de son besoin de faire du mal, d'humilier, d'imposer sa loi. Elle en fut si exaspérée qu'elle demanda à lui parler avant le dîner et qu'ils se retrouvèrent dans le bureau où ils s'étaient maintes fois affrontés.

— Tu ne les chasseras pas ! fit Charlotte. Je veux que ce soit eux qui travaillent mes vignes.

— Ils seront partis avant une semaine, répliqua Léonce. C'est à cause de lui que la récolte a été si mauvaise : il n'a pas été capable de reconnaître le mildiou et on n'a pas eu le temps de traiter.

— Et elle, qu'est-ce que tu lui reproches ? De ne plus accepter de coucher avec toi ?

Léonce accusa le coup mais se reprit très vite, sourit, ne chercha pas à nier.

— C'est vrai que je le regrette beaucoup.

En fait, il espérait encore que Mélanie viendrait l'implorer de les garder et, pour tout dire, il l'attendait chaque jour.

— J'y tiens beaucoup ; pourtant, tu vois, je fais passer le sort de nos vignes avant tout.

Il souriait, sarcastique, insupportable, comme toujours. C'en était trop, cette fois, pour Charlotte, qui lança :

— Si tu les chasses, je les prends, moi, sur mes vignes, et je leur fais construire une maison. Le Solail, c'est fini.

— Attends donc, ne t'énerve pas ! fit-il. Je ne savais pas que tu tenais à ce point à eux.

Charlotte, excédée, ne l'écouta pas et sortit, faisant claquer la porte derrière elle.

Elle trouva Louis dans le salon et, pour se calmer les nerfs, accepta de danser. Louis, très discret, comme à son habitude, ne lui posa aucune question. Il lui proposa une petite promenade dans le parc et elle accepta. Apaisée, maintenant, elle lui montra une cache entre les acacias qui lui servait jadis de refuge.

— Et cette vigne, dit-il, où tu m'as conduit une fois, serais-tu capable de la retrouver ?

— Quelle vigne ? fit-elle en feignant de ne pas se souvenir.

Il se rendit compte qu'elle savait très bien de quoi il voulait parler, sourit à son tour.

— Eh bien ? fit-il.

— Je n'en trouve le chemin que de nuit.

— J'attendrai donc, dit-il.

Et, l'attirant contre lui :

— D'autant que la nuit tombe tôt en automne.

Ils rentrèrent. Le repas fut très gai et dura longtemps. Charlotte, qui était assise en face des mariés, fut satisfaite de constater combien sa sœur était heureuse. Et son bonheur, dans les sourires et cette manière qu'elle avait de se renverser vers l'épaule de Pierre, la rendait presque belle, parfois. Lui, avec sa stature, son front haut, ses grands yeux noirs, ses traits réguliers, était beau réellement. Elle se demanda s'il l'aimait vraiment ou si la situation désespérée dans laquelle se trouvait sa famille expliquait seule ce mariage.

Quand son regard croisa celui de Pierre, elle comprit à cette lueur qu'elle découvrait parfois dans les yeux des hommes, qu'il aimait, lui aussi, la beauté chez les femmes. Elle en fut malheureuse pour Berthe, et songea que ce mariage était miraculeux. Elle souhaita que cet homme, qui n'était pas mauvais, à défaut d'amour, saurait au moins donner à Berthe de la tendresse.

Les agapes, enfin, s'achevèrent. Elle dansa de nouveau avec Louis, mais peu de temps.

— Cette vigne, lui murmura-t-il à l'oreille, je crois que tu ne sauras pas la retrouver.

Ils sortirent, s'engagèrent dans l'allée dont les oliviers respiraient avec de légers soupirs. A mi-chemin, Charlotte prit sur la gauche, après avoir saisi la main de Louis. Il n'y avait pas de lune. On entendait distinctement la musique car le vent venait de l'ouest. Ils marchaient lentement, sans un mot, entre les rangées de ceps qui étaient devenus les siens — mais Charlotte n'eût avoué à personne que ce qu'elle avait acheté, c'était avant tout les ceps de la mascare : elle y avait veillé dès le premier jour, quand ils s'étaient penchés avec Louis sur le plan cadastral pour définir les vignes qui seraient gagées. Ils parcoururent encore une dizaine de mètres, puis un coup de feu en provenance du château les arrêta sur place.

— On a tiré, dit Louis.

Elle avait très bien entendu.

— Ça venait du château ? demanda-t-elle, avec l'espoir de s'être trompée.

— Oui, dit Louis. J'en suis sûr.

Alors, lâchant la main de son mari, elle se mit à courir comme elle se croyait incapable de courir, dévastée par l'idée que quelqu'un était mort le jour du mariage de Berthe. Mais qui ? Mélanie ou Cyprien, par désespoir ? Léonce, châtié par l'un ou l'autre ? Pierre, qui lui avait paru malheureux et qui n'aurait pas supporté de se vendre ?

— Attends-moi ! criait Louis dans son dos, mais elle ne l'entendait pas.

Elle courait, elle courait, retrouvant des sensations enfouies au fond de sa mémoire, des odeurs qui affluaient, des bruissements de feuilles froissées, des chuintements de terre qui s'enfonçait sous ses pieds. Elle tomba, demeura un instant inerte à reprendre sa respiration, se releva, se remit à courir, arriva au château où la musique s'était tue à bout de souffle, le cœur au bord des lèvres. Un attroupement s'était formé sur le perron. Elle s'avança, reconnut Cyprien et Calixte parmi les journaliers et les domestiques.

Elle monta les marches, interrogea Calixte du regard.

— Il a tiré sur le maître, dit le régisseur en désignant Cyprien.

— Léonce est blessé ?

Et, comme nul ne répondait :

— Il est mort ?

— Non, fit Calixte, on a pu détourner le fusil.

Elle cessa de trembler, ordonna :

— Emmenez-le chez lui.

Puis elle entra et, découvrant les invités atterrés et Berthe en pleurs, elle demanda à l'orchestre de jouer de nouveau, ce qu'il fit aussitôt. Dès que Louis apparut, elle lui prit le bras et se mit à danser, invitant les couples à faire de même. Il y eut un instant de flottement, puis chacun l'imita et l'atmosphère se détendit un peu. Mais elle ne put danser longtemps, car l'émotion, maintenant, lui coupait les jambes. Elle s'aperçut que Léonce n'était pas là. Elle s'arrêta net, demanda à Louis de l'excuser, se dirigea vers le bureau, entra sans frapper.

Léonce était assis et fumait. Quand il l'aperçut, une lueur de détresse passa dans son regard mais s'éteignit très vite. « Il a eu peur », songea-t-elle, et elle en fut secrètement satisfaite. Alors, elle dit d'une voix douce mais vibrante de colère contenue :

— Tu sauras désormais qu'on ne fait pas souffrir les gens impunément.

8.

L'AFFAIRE mit plus d'un an à s'effacer des mémoires. Une année durant laquelle Charlotte usa de toute son énergie pour défendre Cyprien et Mélanie dont Léonce, bien sûr, exigeait plus que jamais le départ. Pour le faire fléchir, elle dut entreprendre les fondations d'une maison dans ses vignes, afin d'y installer le ramonet, sa femme et ses enfants : alors Léonce comprit qu'elle ne plaisantait pas et il céda, non sans obtenir des compensations qu'elle lui consentit après d'âpres discussions : il dirigerait le domaine comme il l'entendait, et il ne lui montrerait les comptes qu'une fois par an, après les vendanges. Le coup de feu essuyé un soir de noces lui avait un moment donné à réfléchir : il avait alors semblé entrer en lui-même, n'avait guère quitté son bureau, ruminant on ne savait quelle vengeance, et les gens du château en avaient été plus inquiets que lorsqu'il se montrait trop présent.

Passé deux ou trois mois de réclusion, pourtant, il réapparut soudain, plus sombre et plus cassant que jamais, entra dans des colère folles dont la plus violente l'embrasa le jour où il s'aperçut que les travaux de l'école laïque avaient commencé au village. Il fallut ce jour-là que Calixte et les domestiques le retiennent pour qu'il n'aille pas y mettre le feu. On eût dit par moments qu'il devenait fou, surtout lorsqu'il sortait de son bureau après avoir lu *L'Eclair* qui ne cessait de fustiger la politique de Ferry et de Freycinet. En effet, l'autorisation d'enseigner avait été retirée à bon nombre de congrégations, des collèges de jésuites avaient été fermés, et l'enseignement secondaire des jeunes filles jusque-là élevées « sur les genoux de l'Eglise » était désormais l'apanage des établissements laïques. L'école était ainsi devenue le creuset des idées républicaines et cela, Léonce ne l'admettait toujours pas.

Mais ce qu'il reprochait le plus à Ferry et à ses pairs, Léonce, c'était leur affairisme au Tonkin, en Indochine, en Tunisie, alors que dans le pays même la crise ruinait les propriétaires. Heureusement, un espoir était né chez les monarchistes et les bonapartistes : le général Boulanger. On allait pouvoir, grâce à lui, renverser la République et revenir à des valeurs qui avaient fait leurs preuves en assurant la prospérité du pays pendant des dizaines d'années.

La situation viticole, elle, ne s'améliorait guère : les importations de vin d'Algérie augmentaient sans cesse et les quais de Sète était couverts de barriques. La fraude gagnait également du terrain, et, si l'on savait combattre le mildiou, le traitement accentuait les frais de façon considérable. De plus, les départements qui avaient replanté avant l'Aude, pour avoir été touchés plus tôt par le phylloxéra, présentaient un rendement à l'hectare beaucoup plus élevé qu'avant la maladie et, la demande en vin demeurant stable, cette production en hausse avait un effet catastrophique sur les prix. Tout cela au moment où le Solail relevait à peine la tête, devant faire face au mildiou, sans que l'on pût être persuadé que les plants américains se montreraient aussi résistants ici qu'ils l'étaient ailleurs.

Bref, Léonce n'avait guère de sujet de satisfaction

en ce mois de septembre, alors que les vendanges battaient leur plein. Certes, le raisin était beau, mais c'était le cas partout, et l'on se demandait si l'on pourrait vendre quarante francs l'hectolitre. Ainsi, pour Léonce, c'était presque désolant de sentir cette odeur de moût qui campait sur la plaine, de voir s'activer les charrois, les colles dans les vignes, les cuves se remplir d'un vin que l'on écoulerait peut-être moins cher que l'année précédente. Cette seule pensée l'exaspérait. Avoir tant investi, tant travaillé, tant donné de soi-même pour équilibrer à peine les finances du domaine lui faisait tout à coup douter de sa force et de ses capacités à assurer la survie du Solail.

Il attendit impatiemment le courtier qui passait chaque année fin septembre. Ce dernier arriva sur sa charrette anglaise un après-midi où l'orage menaçait, l'un de ces orages d'automne qui semblent solder les trop-pleins de chaleur accumulée pendant l'été. Le courtier était un homme roux à la barbiche élégamment taillée, portant costume noir, manchettes amidonnées et col dur. Léonce le savait rusé — au moins autant que lui — et ne l'aimait guère car il ne supportait pas l'idée d'être dépendant d'un seul homme, lui, le maître du Solail, même s'il n'ignorait pas que le courtier n'était que l'émissaire des négociants, les vrais maîtres du jeu.

Léonce lui fit visiter la cave où les muids et les demi-muids s'entassaient, lui fit goûter le vin de la première presse, puis l'entraîna dans son bureau, le fit asseoir, resta debout.

— Alors, dit-il, tu m'en donnes combien cette année ?

Le courtier fit la moue, parla d'abondance : d'importations massives, d'année exceptionnelle, d'écroulement des cours. Léonce, tout d'abord, ne s'en formalisa guère : c'était chaque année, en préambule, le même refrain.

— Combien ? répéta-t-il.

L'homme lissa sa barbiche, fit mine de s'abîmer dans de profondes réflexions, puis lâcha, comme par faveur :

— Trente-huit francs l'hecto.

Léonce blêmit, cessa de marcher derrière son bureau mais ne répondit pas. Il tira un tiroir, se saisit d'un cigare, l'alluma, puis il fit brusquement face au courtier qui recula d'instinct.

— A moi, tu ne me la fais pas ! rugit-il. Sans quoi je vais te dire ce qui va se passer : tu ne sortiras pas d'ici vivant.

Le courtier, qui avait l'habitude de négocier avec Léonce, ne reconnut pas cet homme dont les mains tremblaient, aujourd'hui, et dont le regard brûlait d'une lueur inquiétante.

— Vous ne comprenez pas, dit-il, ce n'est pas moi qui fixe les prix, vous le savez bien, c'est le marché.

— C'est toi qui fais le marché, dit Léonce, et mon vin, tu vas m'en donner quarante francs, ou alors je ne réponds plus de rien.

— J'en ai pris à trente-cinq francs, fit le courtier qui suait abondamment et à qui il tardait maintenant de sortir du bureau. A vous, j'en offre trente-huit parce que je suis certain qu'il n'est pas mouillé.

— Quarante ! fit Léonce.

Le courtier secoua la tête, muré dans ses certitudes, symbolisant dans sa masse têtue le sort contraire qui s'acharnait sur le Solail. Alors, tout à coup, c'en fut trop pour Léonce qui se précipita sur lui et le saisit au col en hurlant :

— C'est moi qui vais t'étrangler, tu vas voir !

L'homme se débattit, appela à l'aide, mais Léonce le tenait solidement et serrait son cou comme pour se délivrer d'une obsession qui le hantait : on voulait sa mort et il devait se défendre. Alertés par Berthe, Calixte et les domestiques eurent beaucoup de mal à libérer le courtier qui s'en alla, épouvanté, en jurant qu'il ne remettrait plus jamais les pieds au Solail. Quand il eut disparu, Léonce, toujours aussi excité, partit à pied dans les vignes en lançant des imprécations en direction des nuages qui s'accumulaient sur la plaine, se bousculant comme un troupeau fou, de plus en plus sombres, de plus en plus menaçants.

Il erra un long moment, comme s'il avait perdu la raison, gesticulant, criant, jusqu'à ce que l'orage crève au-dessus de sa tête, libérant une pluie tiède qui crépita sur les feuilles des vignes comme de la grêle. Il n'y avait plus de danger, puisque la récolte était dans la cave, mais Léonce, en cette soirée terrible, ne se souvenait plus de ce qui s'était passé les jours derniers, et cette nouvelle menace acheva de le briser. Il courut, étendant les mains en un geste dérisoire pour protéger ses ceps, tomba, se releva, repartit jusqu'à ce que, sans forces, il s'écroulât face au ciel qui déversait maintenant une pluie drue, froide, au milieu d'éclairs qui zébraient le ciel dans un grondement de fin du monde.

Calixte le trouva une fois l'orage parti, tard dans la nuit. Léonce était allongé face contre terre, immobile. Il tremblait. Calixte parvint à le tirer jusqu'à la jardinière et à le hisser tant bien que mal sur la plate-forme arrière. Au château, il aida Berthe et Victoire à le monter dans sa chambre, à le déshabiller, mais Léonce ne prononça pas le moindre mot. Ses yeux grands ouverts ne semblaient plus voir personne. On eût dit que quelque chose d'essentiel à la vie l'avait quitté, qu'il ne serait plus jamais le même homme.

Prudence avait longtemps attendu le facteur sur la route d'Argeliers, mais la présence voisine de la Tarasque et de sa fille lui avait fait craindre un mauvais sort jeté sur Firmin, dont elle n'avait pas reçu de lettre depuis presque deux mois. Elle attendait donc désormais sur la place, aidant Victorine ou Raoul, non sans guetter la ruelle par où apparaissait le facteur, quand il venait jusque-là. Mais elle ne reçut pas de nouvelle non plus ce matin d'octobre, et elle partit vers les collines pour chercher des porriols, les poireaux sauvages dont elle faisait son ordinaire en cette saison. Elle avait quelques sous depuis qu'elle avait vendu le vin de la petite vigne et ne se faisait aucun souci pour l'hiver qui approchait. L'après-midi, elle employait le plus clair de son temps à tricoter des chaussettes qu'elle désirait envoyer à Firmin le plus vite possible, sans se douter que là-bas les saisons n'étaient pas les mêmes qu'en France.

Il faisait doux, en ce milieu de journée, quand elle redescendit vers le village, portant sa cueillette dans son sac, et elle avait un peu oublié Firmin, la Nouvelle-Calédonie, tous ces cauchemars qui la hantaient la nuit — elle s'éveillait en sueur, tâtait le drap près d'elle, ne sentait que le froid, songeait à un suaire, tremblait jusqu'à l'aube. Elle n'était que refus et douleur depuis qu'on lui avait pris son homme, cette autre moitié d'elle-même, et elle ne respirait plus qu'à peine, son cœur ne battait plus de la même manière, elle avait froid, même l'été, surtout aux mains, puisqu'il n'était pas là pour les prendre dans les siennes, les serrer, leur redonner vie comme il en avait l'habitude depuis quarante ans.

La première personne qu'elle aperçut en arrivant sur la promenade fut Amélie, sa fille, qui discutait devant l'atelier avec Victorine. Prudence s'affola, ses jambes se dérobèrent sous elle, et elle dut s'appuyer au tronc d'un platane, cherchant à dissiper le voile noir qui était descendu devant ses yeux. Elle tendit une main dans la direction des deux femmes, essaya d'appeler, mais elles ne l'entendirent pas. Alors elle glissa lentement jusqu'à terre, une douleur étrange comprimant sa poitrine, et elle perdit connaissance.

Quand elle retrouva ses esprits, elle était couchée dans son lit. Amélie, penchée sur elle, la dévisageait avec une sorte d'effroi.

— Il est mort, fit Prudence.

— Non, dit Amélie, il est malade des fièvres de là-bas.

— C'est grave ?

— Pas autant que toi, fit Amélie. C'est la première fois que ça t'arrive, de tomber comme ça ?

Non, ce n'était pas la première fois, mais Prudence ne l'avait avoué à personne. Quand elle souffrait trop de l'absence de Firmin, qu'elle ne trouvait plus le sommeil, ce voile noir descendait sur ses yeux, ses jambes fléchissaient, et elle se couchait dans les vignes ou dans les collines, le temps que le malaise passe, n'en disant rien, pas même à Victorine...

— C'est la première fois, mentit-elle pour ne pas inquiéter sa fille.

Et elle ajouta aussitôt :

— Qui t'a dit, pour ton père ?

— Charlotte a demandé à l'avocat d'écrire, et quelqu'un lui a répondu : le directeur, je crois.

— Est-ce qu'il va mieux maintenant ?

— On ne sait pas, il faut attendre un peu.

— Attendre, attendre, murmura Prudence. Je ne fais que ça.

— Il faut aussi penser à toi, sinon à quoi ça servira qu'il revienne ?

— Oui, dit Victorine, tu nous as fait une belle peur, ce matin.

— C'est rien, souffla Prudence, un peu de fatigue, c'est tout.

— Il faut te reposer, reprit Amélie. Promets-le-moi.

Prudence hocha la tête, demanda encore :

— Quand aurons-nous d'autres nouvelles ?

— Dès qu'il ira mieux, il fera écrire, tu le sais bien.

— Oui, fit Prudence, bien sûr.

Mais c'était comme si, ce matin, elle avait perdu tout espoir.

— Il faut que je reparte, dit Amélie. Repose-toi bien, je reviendrai dès que je le pourrai.

— Reviens vite, ma fille, souffla Prudence.

Après quoi, épuisée, elle ferma les yeux.

Deux jours plus tard, elle était de nouveau sur pied, car elle ne supportait pas de ne rien faire, n'ayant jamais été habituée à rester couchée, même lorsqu'elle était malade. Elle se mit à « espoudasser » dans sa vigne, rassemblant soigneusement les sarments en bouffanelles, essayant d'oublier ces malaises qui s'emparaient d'elle de plus en plus souvent, au moment où elle s'y attendait le moins.

Une semaine passa, puis une autre, sans qu'elle reçoive la moindre nouvelle. Un jour qu'elle redescendait des collines, elle se trouva face à la Tarasque qui l'arrêta de la main en lui disant :

— Tu t'inquiètes pour ton homme, toi, et tu as raison, parce qu'il ne va pas bien du tout.

Prudence voulut se libérer, y parvint, mais la Finette, qu'elle n'avait pas entendue arriver dans son dos, lui barra la route. Ces deux femmes à la peau couleur de brique, aux yeux luisants, vêtues de haillons, lui firent envisager le pire. Elle les avait toujours évitées, connaissant les malédictions qu'elles jetaient çà et là, se demandant comment elles savaient tout ce qui se passait dans la plaine, et même au-delà. Elle chercha à fuir, mais la Tarasque lui saisit de nouveau le poignet et dit, d'une voix moins hostile :

— Tu es bonne, toi. Ne t'en fais pas, il reviendra.

Soudain, Prudence ne fut plus pressée de partir. Elle avait trouvé un soutien chez qui elle en attendait le moins. Elle avait pourtant toujours refusé d'accorder du crédit aux deux folles, mais aujourd'hui, elle avait besoin d'entendre ces mots qui étaient son seul réconfort depuis des mois.

— Il va revenir ? demanda-t-elle.

— Il est fort, ton homme, et c'est un homme de bien. Il reviendra, mais plus tard.

— Plus que deux ans, souffla Prudence.

— Non, dit la Tarasque, ce sera plus long, mais il reviendra.

— Pourquoi ?

— Pourquoi ? Pourquoi ? tu le sais bien pourquoi, c'est un homme qui t'aime trop.

— Mais qu'est-ce qu'il a ? Qu'est-ce qu'il a fait ?

— Il t'aime trop, répéta la Tarasque.

Puis elle la lâcha et elle partit sur le chemin, suivie par la Finette qui se retourna plusieurs fois en souriant. Prudence essaya de les suivre pour leur poser d'autres questions, mais elle n'y parvint pas, car, de nouveau, ses jambes fléchirent. Elle se laissa choir sur le sable du chemin, murmurant de nouveau, persuadée que les deux sorcières savaient la vérité :

— Pourquoi ? Pourquoi ?

Des jours passèrent. Octobre s'épuisa en brumes que le grec dissipait en milieu de journée. L'après-midi, le soleil faisait fumer les vignes qui viraient au viel or et au cuivre. Les femmes, vêtues de câlines, sarmentaient dans les domaines, et Prudence s'était louée au Solail, rassurée par le fait que le maître, Léonce, malade, ne sortait plus. Des bruits couraient à son sujet : certains disaient qu'il avait été atteint d'une attaque cérébrale, d'autres prétendaient que c'était la phtisie et qu'il n'avait pas pour longtemps à vivre.

Charlotte venait au moins une fois par semaine au Solail — arrivant en milieu de matinée, elle repartait le soir — et elle se heurtait chaque fois non pas à Léonce, mais à Victoire, sa femme, qui semblait avoir attendu ce moment pour affirmer une autorité trop longtemps contenue. Mais Charlotte, à force de se mesurer avec Léonce, avait suffisamment appris pour ne pas s'en laisser conter par une femme qui ne connaissait rien aux vignes et pas davantage aux affaires.

Un matin, en arrivant au Solail, Charlotte fit appeler Prudence et l'entraîna dans le parc en lui prenant le bras.

— Nous avons eu des nouvelles hier soir, dit-elle, et elles ne sont pas bonnes.

Prudence n'en fut pas véritablement surprise, car les mots de la Tarasque la hantaient depuis plusieurs jours. Elle pesa davantage au bras de Charlotte, murmura :

— Il est toujours malade.

— Non, au contraire, il allait beaucoup mieux, puisqu'il a tenté de s'évader. Mais il a été repris.

C'était donc ce qu'avait voulu dire la Tarasque. Prudence devina sans peine ce qui allait suivre.

— Il a été condamné à un an supplémentaire, fit Charlotte. Louis a essayé d'intervenir, mais il n'a rien pu faire.

Prudence s'était arrêtée de marcher, forçant Charlotte à l'imiter. Elle essayait de ne penser qu'au côté positif de la prédiction de la Tarasque : il reviendrait, c'était sûr, il reviendrait, et elle se sentit presque soulagée, maintenant, de savoir que Firmin n'était plus malade, qu'il n'était plus en danger. Elle fit brusquement face à Charlotte et dit, avec une force qui la surprit elle-même :

— Il reviendra.

— Mais oui, fit Charlotte, ébranlée par la flamme un peu folle qui brillait dans les yeux de Prudence. Bien sûr qu'il reviendra.

Depuis qu'il était marié avec Judith, la fille unique de Léon Blancpain, Etienne s'était acheté une conduite : il ne sortait plus la nuit, ne jouait plus, ne fréquentait plus les lieux de perdition qui, sans Louis, le mari de Charlotte, l'eussent entraîné vers un abîme. A vingt-sept ans, il en paraissait dix de plus, sa vie dissolue l'ayant usé prématurément, mais la couleur de ses cheveux, le bleu faïence de ses yeux atténuaient le sillon des traits du viveur qu'il avait été. Il avait balayé le passé dès qu'il avait connu Judith, deux ans auparavant, lors d'une soirée au théâtre qu'il fréquentait régulièrement, à la poursuite du fantôme de cette comédienne mariée avec laquelle il avait fait scandale. Aussitôt, il avait compris que sa vie allait en être changée. Blonde, comme lui, avec des yeux verts, des sourires de jeune fille à peine sortie de l'adolescence, elle dégageait une impression de fragilité qui l'avait touché tout de suite, lui qui était habitué à fréquenter des créatures autrement plus redoutables. En présence de Judith, il avait senti qu'il n'aurait jamais rien à redouter d'elle et donc qu'il pourrait employer son énergie à la seule activité à laquelle il avait trouvé de l'intérêt : le négoce du vin.

Cela faisait deux ans qu'à ses moments perdus il avait tenté de s'intégrer dans le circuit du commerce, mais il n'y était pas parvenu. Il avait compris qu'il avait besoin d'une assise et d'une honorabilité que Léon Blancpain, en acceptant de l'associer à ses affaires, lui avait fournies avec réticence, car il n'ignorait rien de ses frasques. Mais comment refuser à sa fille unique la possibilité de continuer à vivre dans le luxe auquel elle était habituée, et si possible avec un homme digne de considération ? Et, d'autre part, à qui transmettre une affaire quand on n'a pas d'héritier mâle ? Léon Blancpain n'avait finalement pas eu le choix : il avait accueilli Etienne dans son négoce tout en lui laissant une part d'initiative qui n'était pas négligeable.

Les nouveaux époux habitaient la maison voisine de l'immeuble situé à l'extrémité de la rue des Quatre-Fontaines où vivaient les parents de Judith, tandis que les entrepôts se trouvaient un peu plus loin, au bord du grand boulevard d'enceinte, dans la rue des Tanneurs. Même s'ils ne prenaient pas leurs repas en commun, il était fréquent qu'Etienne et Judith fussent invités chez les Blancpain, Judith étant très liée avec sa mère qui vivait très mal une séparation pourtant relative.

Ainsi, Etienne avait pu se lancer dans une activité dont il espérait qu'elle lui assurerait les revenus que le Solail ne lui fournissait plus et que les dettes avaient toujours rognés. Ayant souvent manqué d'argent, malgré l'aide de Charlotte, il était bien décidé à mettre en œuvre tous les moyens pour en gagner beaucoup, et très vite. Dès le début, il n'avait pas hésité à importer du vin d'Algérie et à le mélanger à celui qu'il achetait aux petits viticulteurs du Languedoc. Il avait ainsi trouvé de nouveaux débouchés, vendant trente pour cent moins cher son vin dans les villes où les ouvriers, dans les fabriques, ne regardaient guère à la qualité.

Mais cela ne lui avait pas suffi : il avait bientôt utilisé à plein la loi de 1884 qui autorisait le sucrage. Et, non content de le pratiquer sur du vin véritable, il faisait arroser d'eau sucrée le marc de la deuxième presse, obtenant ainsi du vin à des prix défiant toute concurrence, tout cela en cachette de son beau-père, bien évidemment. Ses activités prospérèrent tellement vite qu'il en vint à concurrencer directement Léon Blancpain, lequel, en cette fin d'année 1887, finit par découvrir le pot aux roses. L'affaire était pour lui si grave — son honorabilité lui valait la considération de tous les notables de la ville — qu'il devint fou de colère et exigea une explication non pas dans la maison, où sa femme et sa fille risquaient de s'en émouvoir, mais dans son bureau de l'entrepôt Blancpain, dont les initiales trônaient au-dessus de l'entrée comme preuve d'un honneur et d'une fierté incontestables.

— Depuis quand tu trafiques ? demanda-t-il avec une voix qu'Etienne ne lui connaissait pas.

Léon Blancpain était un homme corpulent, chauve, aux bras énormes, aux sourcils épais, qui faisait trembler tous ses employés.

— Je ne trafique pas, répondit Etienne, j'applique la loi.

— Quelle loi ?

— Vous le savez bien, celle de 1884.

— C'est une loi qui a été faite pour les voleurs.

— Alors, les voleurs sont nombreux.

— C'est bien mon avis. On ne travaille pas comme ça chez moi. Il va falloir que tu ailles trafiquer ailleurs.

Etienne ne répondit pas tout de suite. Il avait compris qu'il ne devait pas aviver la fureur de son beau-père, dont les yeux roulaient sous des sourcils encore plus embroussaillés que d'habitude. Non qu'il en eût peur, mais il savait qu'il avait encore besoin de lui pendant quelque temps. Il choisit de faire amende honorable, songeant aussi à Judith qui aurait souffert d'une séparation.

— Je me suis adapté, c'est tout : en période de crise, c'est ce que l'on doit faire, non ?

— Tu as sali mon nom, lança Léon Blancpain. Tout le monde connaissait mon honnêteté et la qualité de mes vins.

— Je me suis contenté de vendre où vous n'avez jamais vendu : dans les grands villes du Nord.

— Un vin qui n'en est pas un, et sous mon nom. Tu vas déguerpir d'ici, et que je ne te revoie plus jamais.

Etienne hésita, pensa à Judith, répondit :

— Comme vous voulez.

Il s'en alla sans ajouter quoi que ce soit qui pût augmenter la fureur de son beau-père, mais le soir, face à Judith, il raconta l'entrevue en se faisant passer pour une victime de l'intransigeance d'un homme débordé par les nouvelles donnes du marché. Aussitôt, Judith, en pleurs, s'en fut voir sa mère et il ne fallut pas plus d'une heure aux deux femmes éplorées pour venir à bout du négociant qui consentit à transiger. Il allait louer une partie de l'entrepôt à son gendre qui travaillerait désormais sous son propre nom. C'était exactement le plan rêvé par Etienne depuis le premier jour. Il avait désormais les mains libres pour développer une activité qui allait lui assurer l'aisance et la fortune auxquelles il avait toujours aspiré.

Malgré tout ce qu'il leur avait fait subir, Mélanie ne pouvait pas s'empêcher de songer à Léonce et de se demander ce qui lui était arrivé. Personne ne le savait vraiment. Au terme d'une année si difficile à vivre, elle aurait dû se montrer soulagée du fait que le maître du Solail ne se trouve plus en présence de Cyprien dans les vignes, mais il y avait toujours en elle, soigneusement enfouies, des flammèches que le vent du souvenir ravivait parfois, faisant naître une sorte de pitié pour Léonce, dont elle avait honte et souffrait en silence.

Depuis que Charlotte avait pris leur défense, elle n'avait plus peur car elle savait qu'ils auraient toujours du travail et un toit grâce à elle. Mais demeurait toujours posée sur la Combelle une sorte de menace, que ressentaient également Cyprien et Séverin, qui étaient devenus inquiets et taciturnes. Cette menace était désormais personnifiée par Victoire, mais surtout par Calixte, qui avait changé depuis qu'il s'était remariée avec Pauline Castella, une héritière de Sainte-Colombe, qui avait vingt ans de moins que lui et l'avait transformé en quelques mois. Ils vivaient dans une grande maison sur la route de Bressan, avec les très vieux parents de Pauline et les enfants de Calixte, menaient grand train, allant festoyer à Narbonne tous les dimanches, en toilettes et costume.

Calixte semblait un autre homme : la maladie de Léonce, après l'avoir un moment accablé, lui avait laissé le champ libre pour manifester une autorité que sa femme paraissait lui avoir insufflée. Il était devenu dur, cassant comme Léonce, et Cyprien se disait parfois qu'il vengeait son maître dont on disait qu'il n'était plus que l'ombre de lui-même. Le régisseur surveillait étroitement Cyprien dont il n'avait pas oublié le coup de fusil, lui imposait les pires cadences, ainsi qu'à Séverin qui ne se plaignait pas, mais parlait d'aller s'engager dans l'armée.

— Plus qu'un an, disait Mélanie. Tu partiras bien assez tôt, va.

Julie travaillait dans les cuisines du Solail, aidant la vieille Maria qui laissait chaque jour davantage d'initiative à Luisa, sa fille, laquelle prenait naturellement sa suite, comme cela arrivait souvent dans les domaines où des générations de domestiques demeuraient souvent au service de générations de maîtres.

Mélanie, qui demandait à sa fille des nouvelles des gens du château, en arrivait toujours à l'interroger sur le maître.

— On ne le voit pas, répondait Julie.

— Est-ce qu'il est couché ou est-ce qu'il se lève ?

— Il est dans son bureau, je crois.

Elle n'insistait pas, de peur que la petite ne soupçonne quelque chose, car elle craignait toujours que Julie n'apprenne ce qui s'était passé entre elle et Léonce — ce que plus grand-monde, aujourd'hui, n'ignorait au Solail. Elle s'occupait beaucoup de Justin, ce fils dont la naissance l'avait tellement soulagée, et qui, à deux ans, était très vigoureux et dormait peu, la nuit, tant il semblait avoir de force et d'énergie. Aussi fut-elle très étonnée de le trouver un matin très pâle, fatigué, ayant du mal à respirer. Elle ne s'en inquiéta pas tout d'abord, mais, vers midi, l'enfant se mit à étouffer. Le prenant dans ses bras, elle courut vers les vignes où travaillait Cyprien. Voyant son fils dans cet état, il quitta son travail et partit prévenir le médecin d'Argeliers. L'homme arriva à la nuit, alors que Justin geignait, bouche ouverte, et s'étouffait de plus en plus.

— C'est le croup, dit le vieux médecin. Faites vite chauffer de l'eau.

Et il passa deux heures à essayer d'arracher du larynx de l'enfant les membranes mortelles. Mélanie, près de lui, l'aidait de son mieux, ainsi que Cyprien, mais en découvrant en quel danger se trouvait son enfant, elle sortit quelques instants pour cacher ses larmes, essayant de repousser cette idée terrible qui venait de naître en elle : celle d'une punition divine. Son fils allait mourir. Tous les enfants qui avaient le croup mouraient. Elle avait trahi les siens, elle avait commis une faute impardonnable avec Léonce, et elle allait la payer.

Désespérée, elle rentra dans la chambre que le vieux médecin s'apprêtait à quitter car on l'attendait ailleurs. Il leur expliqua ce qu'ils devaient faire, ajoutant qu'il fallait essayer de soulager ainsi leur fils pendant quarante-huit heures. Il repasserait le lendemain pour juger de l'évolution de l'enfant. Il s'en alla, harassé, et ils comprirent qu'il n'était pas sûr de retrouver Justin en vie à son retour.

Mélanie et Cyprien reprirent côte à côte le combat, et la nuit qu'ils passèrent l'un près de l'autre fut de celles que l'on n'oublie jamais. Quand Justin s'étouffait de nouveau après quelques minutes de répit, Cyprien lui tenait la bouche ouverte pendant que Mélanie tentait de saisir et d'arracher les peaux vigoureuses qui l'étouffaient. Elle se demanda vaguement si elle se serait autant battue si l'enfant avait été celui de Léonce mais elle chassa très vite cette pensée, qui lui parut sordide. Et pourtant ! Aurait-elle pu accepter de voir près d'elle Cyprien si malheureux, mais si courageux, aussi, qui tenait son enfant dans ses bras, lui parlait, le réchauffait, tentait de lui insuffler la vie qui le fuyait ? Ce fut cette nuit-là que Léonce sortit définitivement de l'esprit de Mélanie. Elle n'y pensa plus désormais que comme à un homme un peu lointain dont la santé inquiétait ses proches, mais plus jamais comme à un amant dont les mains avaient caressé sa peau.

Car les mains qu'elle avait devant les yeux, cette nuit comme celles qui allaient suivre, étaient celles de Cyprien, des mains qui soignaient et qui sauvaient. Il ne quitta pas la chambre pendant deux jours et deux nuits, accompagna Mélanie au bout de cette épreuve sans faillir et sans jamais désespérer. Ils gagnèrent ensemble et s'en trouvèrent plus proches, plus complices qu'ils ne l'avaient jamais été. Quand l'enfant fut hors de danger, le médecin les félicita, but un verre avec eux et ils comprirent qu'ils s'étaient fait là un allié fidèle contre le malheur. Mélanie s'en trouva plus forte, délivrée de ces mois de folie durant lesquels elle était devenue une autre : une Mélanie morte aujourd'hui, et dont le souvenir était presque effacé.

Cyprien reprit le travail mais dut affronter Calixte qui, non content de lui retenir les deux jours passés à la Combelle, prétendit retenir également l'après-midi durant lequel Cyprien était allé à Argeliers chercher le médecin. Ce soir-là, ils se trouvaient face à face dans une allée, seuls, au milieu des vignes de la Croix.

— Si je ne te les retiens pas, dit Calixte, ça fera un mauvais exemple, et je ne serai plus maître des hommes.

— Tu as bien changé, toi, depuis quelque temps, dit Cyprien à cet ancien journalier qui portait maintenant le costume et jouait au « monsieur ».

— Je fais ce qui me plaît, et ce n'est pas toi qui vas me donner des conseils.

— Certes, mais n'oublie pas que les maîtres changent parfois, et que les régisseurs doivent rendre des comptes à ceux qui arrivent.

— C'est une menace ?

— Tu le prends comme tu veux.

Calixte hésita, serra les dents, fit demi-tour et remonta dans la jardinière, non sans jeter un dernier regard à Cyprien qui souriait.

Cyprien parla le soir même de l'incident à Mélanie, qui ne s'en inquiéta guère : elle savait pouvoir compter au besoin sur Charlotte, mais surtout, depuis qu'elle avait sauvé son fils, il lui semblait qu'elle avait gagné la bataille la plus difficile qu'elle aurait à livrer de sa vie.

Noël, cette année-là, fut très doux. Le cers cessa de souffler deux jours avant les fêtes et fut remplacé par un marin qui apporta de lourds nuages sombres, mais pas de pluie. Berthe, qui craignait beaucoup le froid et qui était sur le point de mettre au monde son enfant, en fut heureuse. Elle espérait une fille, à qui elle pourrait apprendre à jouer du piano, et qu'elle garderait près d'elle le plus longtemps possible.

La vie qu'elle menait avec Pierre depuis plus d'un an la rendait heureuse : il était bien tel qu'elle l'avait souhaité : calme, attentif, dévoué. Il lui avait donné cet enfant qu'elle avait toujours espéré, dont la naissance prochaine achèverait de la combler. Même s'il partait la journée à Ginestas pour aider son père à tenter de restaurer leur fortune en s'occupant du négoce des olives, Pierre rentrait toujours à heures fixes, de bonne humeur, et ne prêtait pas attention aux remarques parfois désobligeantes de Victoire, qui, en la matière, avait succédé à Léonce. La cohabitation n'était pas toujours facile, mais Léonce, depuis l'automne, n'était plus le même. Berthe en avait été inquiète, au début, quand le médecin avait diagnostiqué une congestion cérébrale, mais aujourd'hui, son frère allait mieux. Comme Charlotte venait une fois par semaine au Solail, Berthe ne se sentait pas seule pour faire face aux difficultés de la vie quotidienne, et rien, donc, n'assombrissait une vie telle qu'elle l'avait imaginée, au Solail, avec de la musique, un mari attentionné et bientôt un enfant.

En ce 24 décembre, cela faisait dix jours qu'on avait commencé le jeûne, dix jours également que le carillonneur, après l'angélus, sonnait le « Nadalet » en tapant la cloche avec le plat de la main. Les domestiques avaient apporté le tronc d'olivier que l'on allumerait à la tombée de la nuit, et qui devait durer jusqu'à la Saint-Sylvestre. Berthe avait espéré accoucher le soir de Noël, mais elle se disait aussi que, dans ce cas, elle regretterait de ne pouvoir assister au souper, à la messe de minuit et au réveillon au retour de Sainte-Colombe.

Ce soir, Charlotte et Louis étaient venus au Solail avec leurs enfants. Le couvert avait été dressé dans la grande salle à manger, sur une belle nappe blanche. S'il était de tradition que les valets et les servantes rentrent chez eux à l'occasion de Noël (« *Per Nadal cadun à son oustal* », disait le proverbe), au Solail, Maria et Luisa logeaient en bas, à côté des cuisines, et pouvaient donc servir comme elles le faisaient d'ordinaire.

Le souper fut pris en présence des enfants — Léonie et Arthémon, ceux de Victoire et de Léonce ; Hugues et Renaud, ceux de Charlotte et de Louis —, qui avaient été exceptionnellement autorisés à veiller. Léonce, d'ordinaire si froid, si hostile, parut s'en réjouir. Il avait perdu son acidité naturelle, comme s'il se sentait moins sûr de lui, de sa force, et comme — songeait parfois Berthe — s'il avait peur, désormais, d'être de nouveau frappé par la main du destin qui semblait menacer les hommes du Solail depuis la chute de cheval de Charles Barthélémie.

Charlotte, elle, était manifestement contente de ces retrouvailles qui réunissaient — à l'exception toutefois d'Etienne — une famille trop longtemps dispersée.

— Tu nous le donnes quand, cet enfant ? demanda-t-elle à Berthe qui répondit :

— Avant la fin de l'année, j'espère.

Les flammes de la « calendau » d'olivier dansaient dans la grande cheminée séculaire devant laquelle tant de Barthélémie s'étaient réchauffés. Des bougies avaient été disposées sur la nappe blanche, les enfants riaient, on eût dit que le Solail avait retrouvé sa paix d'avant les querelles, et que tout était de nouveau possible. C'est ce qu'avait demandé Berthe au bon Dieu, lors de la prière rituelle, quand on avait allumé le tronc d'olivier : « Que nous vivions tous dans l'entente et l'harmonie, et que rien, jamais, s'il vous plaît, ne nous sépare plus. »

Après le repas, les hommes avaient joué aux cartes, les femmes et les enfants au loto, en attendant la messe de minuit. Puis les cloches avaient commencé à appeler les fidèles dans la nuit, et l'on s'était préparé à partir en voiture, Berthe un peu inquiète d'être prise par les douleurs de l'enfantement en chemin. Mais tout se passa bien, et elle put regarder briller les lumières des voitures dans la nuit, les lanternes de ceux qui allaient à pied, et aussi celles des étoiles, là-haut, qui veillaient sur le monde.

Dans l'église, comme d'habitude, les chantres jouèrent le dialogue entre l'Ange et les Bergers, et, au terme d'une belle messe chantée, on admira la crèche vivante avant de rentrer : l'âne, Joseph, Marie, l'Enfant Jésus qui fit rêver Berthe à celui qu'elle allait bientôt tenir dans ses bras.

Au retour, les enfants s'extasièrent devant les chevaux à bascule, les poupées, les nougats et les mandarines trouvés dans leurs souliers placés devant la cheminée, puis toute la famille réveillonna jusqu'à trois heures du matin, et ce fut le premier des festins qui devaient durer douze jours, précisément jusqu'à la fête des Rois.

Avant de se séparer, Berthe se mit au piano et chanta *Minuit chrétien,* accompagnée par Charlotte et par Pierre. Elle songea qu'elle l'avait joué seule, en secret, les années précédentes, priant pour qu'un jour la famille soit de nouveau réunie autour d'elle. Elle avait donc été exaucée. En ce 24 décembre, tout ce qu'elle avait souhaité, elle l'avait obtenu.

Le lendemain, Charlotte et Louis partirent dans la matinée tandis que Berthe et Pierre les suivaient de peu pour passer le jour de Noël avec les parents de Pierre. Ils demeurèrent à Ginestas jusqu'au soir et retournèrent à la tombée de la nuit au Solail. Ce fut en chemin que Berthe ressentit les premières douleurs. Pierre fouetta le cheval, aida sa femme à se coucher, et fit prévenir la sage-femme de Sainte-Colombe. La délivrance ne fut pas facile et dura longtemps, au point que le médecin d'Argeliers fut appelé en secours et s'apprêta à utiliser les fers. Dans un dernier sursaut d'énergie, après quatre heures d'efforts, Berhe parvint à mettre au jour sa fille sans lui imposer cette épreuve qui, bien souvent, marquait les enfants pour la vie. C'eût été bien dommage, car cette enfant, cette fille, était belle, si belle que Berthe pleura de bonheur, bouleversée par l'idée qu'elle avait su lui donner ce qui lui avait manqué à elle si cruellement : la beauté et la grâce. Et cette enfant bénie des dieux, prénommée Violaine, Berthe ne douta pas un instant de lui avoir aussi transmis le don merveilleux de la musique.

Troisième partie

LA TEMPÊTE

9.

ALORS ? demanda Léonce à son fils Arthémon qui le rejoignait sur le perron dans la douceur de ce soir d'octobre 1905 où flottait encore l'odeur du marc et de la futaille des dernières vendanges.

Arthémon s'assit face à son père, soupira. A vingt-cinq ans, il ressemblait beaucoup à Léonce au même âge, mais quelque chose dans son visage aux traits moins aigus, exprimait davantage de bienveillance pour les êtres et les choses.

— Ils réclament deux francs, dit-il, et c'est vrai que, même à ce tarif-là, on ne peut pas faire vivre une famille.

— C'est tout ce que tu trouves à dire ! s'insurgea Léonce. Quand on vend le vin cinq francs l'hecto, comment veux-tu donner plus de deux francs par jour à des ouvriers ?

— Je sais bien, fit Arthémon, qui se trouvait seul, pour la première fois, face à une grève de journaliers dont la plupart s'étaient rassemblés en syndicats agricoles en 1903.

Seul, puisque son père, à cinquante-trois ans, demeurait paralysé à la suite d'une deuxième congestion cérébrale qui l'avait frappé en 1902, au plus fort de la crise viticole, comme s'il n'avait pas pu supporter de voir s'installer la misère dans le domaine qu'il dirigeait. En effet, à la suite d'une récolte nationale record en 1900 — plus de soixante millions d'hectolitres —, les cours s'étaient effondrés jusqu'à cinq francs en 1901. Heureusement, la récolte de 1902 avait été faible, celle de 1903, catastrophique, à cause de fortes gelées, si bien que les prix avaient remonté jusqu'à vingt-cinq francs. Ce n'avait été qu'un bref répit, car la récolte record de 1904, les importations toujours plus massives de vins d'Algérie et la réapparition des vins de sucre avaient fait resurgir le phénomène de mévente et chuter de nouveau les cours à cinq francs, du moins si l'on trouvait à vendre, ce qui n'était pas toujours le cas.

Quand, de plus, s'ajoutait à la crise une grève d'ouvriers agricoles, il eût mieux valu se débarrasser des vignes et se lancer dans le négoce — mais comment vendre, puisque le prix de la terre, en Narbonnais, avait baissé de quatre-vingts pour cent ? Arthémon n'avait même pas évoqué cette éventualité avec son père, ni d'ailleurs avec sa tante Charlotte, qui était propriétaire de plus de la moitié des vignes. Il se savait condamné à se battre et à se passer des ouvriers qu'il ne pourrait de toute façon pas payer avant l'hiver.

— Renvoie-les ! fit Léonce, que sa paralysie avait aigri, rendu irritable, encore plus insupportable qu'auparavant. Rien ne presse dans les vignes. Ils crèveront de froid et de faim et viendront te supplier de les reprendre.

— Je ne peux pas faire ça, dit Arthémon.

— Et pourquoi ?

— Parce que, maintenant, nous sommes engagés ensemble dans le même combat. Nous disparaîtrons tous ou nous nous sauverons tous.

— Qu'est-ce que tu me racontes ? Tu es devenu fou ?

— Je reviens du marché de Ginestas, expliqua Arthémon : il y avait un homme qui était monté dans un platane. Il parlait à la foule, disait qu'il fallait déclarer la guerre à la fraude, interdire les vins de sucre et rétablir les privilèges des bouilleurs de cru pour distiller les surplus et alléger les marchés.

— Qui c'était ?

— Ils l'appellent Marceau, mais je crois qu'il s'appelle Marcelin Albert. C'est un homme d'Argeliers qui tient un café sur la place.

— Il est vigneron ?

— Il n'a qu'une petite vigne, mais je suis sûr que c'est lui qui a raison : c'est la fraude qui nous tue. Sans importations et sans sucre, on vendrait le vin trente francs.

— Et tu devrais donner deux francs à un journalier ? demanda Léonce, revenant à son idée première.

— Et alors ? Qu'est-ce qu'on ferait sans eux ? s'emporta brusquement Arthémon, c'est toi qui travaillerais les vignes ?

Léonce pâlit, serra les dents. Depuis qu'il était rivé sur ce fauteuil, il savait bien qu'il n'était plus le maître, ni dans les vignes, ni au château, mais jamais jusqu'à ce jour son fils ne lui avait parlé de la sorte. Pourtant, Arthémon n'était pas un mauvais fils : depuis qu'il s'était installé au Solail, au retour de son service militaire, et qu'il s'était marié avec Pascaline Ambert — une fille de famille de Ginestas qui avait apporté en dot quelques vignes et dont il avait déjà eu un fils, prénommé Jules, en 1902 —, il s'était toujours montré attentionné envers son père. Il le conduisait régulièrement dans le domaine sur le cabriolet, le tenait scrupuleusement au courant des affaires, mais il devenait évident aujourd'hui qu'ils ne voyaient plus la situation du même œil et qu'Arthémon se tournait davantage vers sa tante Charlotte avec qui, au contraire, il s'entendait très bien.

— Je leur parlerai demain, fit Arthémon.

— Pour leur dire quoi ? dit Léonce, exaspéré. Tu n'as pas à parler à ces fainéants.

— Je leur montrerai qu'il y a encore du vin dans les cuves. Et que si on ne le vend pas avant l'an prochain, on sera obligé de le jeter au ruisseau.

— Et tu crois qu'ils t'écouteront ?

— Oui, si je leur dis que je vais devoir abandonner la moitié des vignes et donc me séparer de la moitié d'entre eux.

— Tu laisserais des vignes en friche, toi ?

— Si je ne peux pas faire autrement, je serai bien obligé.

— Tu es devenu complètement fou ! dit Léonce, incapable d'envisager une telle éventualité.

— Tu n'as jamais connu une crise comme celle-là ! répliqua Arthémon. C'est la misère partout. Les petits propriétaires comme les grands, les journaliers comme les artisans crèvent de faim. Que deviendrait-on si Charlotte ne faisait pas l'avance de recettes qui ne se réaliseront peut-être jamais ?

— Charlotte ! Charlotte ! On dirait qu'il n'y a qu'elle ici !

Arthémon n'eut pas le temps de répondre. Des hommes et des femmes s'avançaient dans l'allée bordée d'oliviers.

— Tiens ! fit Arthémon, je n'aurais même pas à attendre demain : les voilà.

Une trentaine de journaliers s'avançaient en effet, malgré Calixte qui tentait de leur barrer la route, noirs, dépenaillés, maigres à faire peur. Des femmes les suivaient, tenant des enfants dans les bras, et même s'ils ralentirent un peu en arrivant à proximité du perron, Léonce et Arthémon reconnurent sans peine celui qui les menait : c'était ce Tonin qui avait fait les cent coups à Narbonne, au moment de la Commune, et que Charles Barthélémie avait été trop bon de reprendre au Solail.

— Une racaille qui ne crève pas ! fit Léonce en le reconnaissant et en songeant aussi à ce Firmin Sénégas qui était revenu des travaux forcés comme par miracle, alors que tout le monde, ou presque, l'avait cru mort.

Arthémon ne répondit pas et se leva calmement quand les journaliers se furent arrêtés en bas du perron, la plupart se découvrant, dans ce geste d'humilité coutumier qu'ils avaient, dans les vignes, en apercevant leur maître. Tonin, qui, malgré ses soixante-dix ans, travaillait encore, fit un pas en avant et dit, d'une voix qui tremblait un peu :

— On ne ne plus vivre si on n'a pas nos deux francs. On n'a rien pour manger. Nos gosses crèvent de faim.

— Je sais, fit Arthémon en descendant deux marches, et croyez bien que j'en suis aussi malheureux que vous. Venez avec moi.

Il passa au milieu des journaliers sans la moindre crainte, prit la direction des caves en longeant le château par la droite. Comme les ouvriers hésitaient, il se retourna et répéta :

— Venez donc !

Des hommes dépassèrent Tonin qui finit par les suivre, ainsi que les femmes et les enfants, dont certains commençaient à pleurer. Dans la cour intérieure, les domestiques et les valets accueillirent les journaliers avec hostilité : ils se considéraient comme supérieurs à ces hommes et à ces femmes qui louaient leurs bras à la journée et ils n'appréciaient pas cette intrusion dans un domaine qui leur appartenait.

Calixte, lui, s'étant placé aux côtés d'Arthémon,

avait pris un air outragé, comme si on avait attenté à sa dignité.

Arthémon entra dans l'immense cave qui sentait cette odeur à nulle autre pareille : mélange de marc pressé, de soufre, de futaille, de moût, odeur un peu aigre, et enivrante, parfois, qui obligeait à laisser les portes grandes ouvertes.

Les journaliers ne voulaient pas entrer. Calixte, encouragé du regard par Arthémon, les poussa un peu, et ils finirent par s'agglutiner dans l'ouverture de la porte, tandis qu'Arthémon, se dirigeant vers un demi-muid, tournait un robinet, laissant couler du vin.

— Regardez ! dit-il, il y en a cinq comme ça ! Impossible de le vendre ! Il faudrait le donner, et encore on n'en voudrait pas. Comment voulez-vous que je vous paye davantage ?

— On ne peut plus acheter de pain, on ne nous fait plus crédit, lança une femme qui portait un enfant endormi sur ses bras.

— Moi, je ne peux pas payer davantage, fit Arthémon, du moins tant que je vends si mal le vin.

— Alors on n'a plus qu'à crever, dit Tonin.

— Qu'est-ce que vous voulez que je vous dise ? Je ne peux pas vous donner ce que je n'ai pas.

— Vous avez du pain, au moins, lança la même femme, qui pleurait, maintenant, comme si elle venait de comprendre que cette révolte ne servirait à rien.

Arthémon ferma le robinet et s'approcha d'elle. La douleur et le désespoir qu'il lisait dans ses yeux le bouleversaient. Il savait qu'il allait faire une bêtise, mais ce fut plus fort que lui et il déclara, sans plus réfléchir :

— Je ne peux pas vous payer, mais je peux vous aider : vous, les femmes, vous pourrez venir aux cuisines tous les jours à midi : on vous donnera de la soupe.

Il y eut un long moment de flottement chez les journaliers, puis une deuxième femme, qui était maigre et noire comme un cep calciné, demanda :

— Jusqu'à quand ?

— Jusqu'à ce que ça aille mieux, s'entendit répondre Arthémon, qui savait pertinemment qu'il avait du mal à nourrir les domestiques.

Mais c'était plus fort que lui : cette misère qu'il venait de découvrir dans toute son étendue, subitement, il s'en jugeait responsable. De plus, il savait très bien que sans journaliers pour travailler la vigne, il n'y aurait pas de récolte. Il ne douta pas que Charlotte l'approuverait. Quant à son père, il faudrait bien qu'il admette qu'on ne pouvait pas laisser mourir de faim des hommes et des femmes qui, grâce à leur travail, rendaient possibles les vendanges chaque automne.

Les journaliers hésitaient toujours, mais les femmes, elles, pensaient seulement au pain de leurs enfants. Ce furent elles qui sortirent les premières, puis les hommes suivirent, Tonin le dernier, qui lança, en un ultime défi :

— Elles viendront dès demain.

Arthémon hocha la tête. Malgré le regard désapprobateur de Calixte et des domestiques rassemblés dans la cour, il se sentait en paix avec lui-même : il avait besoin des journaliers et les journaliers avaient besoin de lui. Plus que jamais il était convaincu que ceux qui vivaient de la vigne se sauveraient tous ou disparaîtraient ensemble, au terme d'un combat qu'ils allaient devoir livrer côte à côte.

Les journaliers s'éloignèrent. Arthémon, debout dans l'allée, les regarda un long moment, songeant que sans doute deux ou trois d'entre eux mourraient cet hiver — ce fut le cas pour Tonin, qui fut emporté par une pneumonie. Arthémon se demanda s'il ne devait pas aller voir son oncle Etienne, à Narbonne, qui continuait d'acheter du vin, lui, même s'il le payait seulement trois francs l'hectolitre. Il décida d'en parler à sa tante dès qu'elle viendrait au Solail.

— C'est vrai qu'elle est belle, ta fille, dit Charlotte à Berthe, assise face à elle, tandis que Violaine, après avoir joué du piano, regagnait sa chambre. Je ne crois pas avoir jamais vu une aussi belle fille dans toute la ville de Narbonne.

— Et dix-huit ans, déjà, murmura Berthe qui s'occupait négligemment à un ouvrage de broderie.

— S'il te plaît, ne me parle pas du temps qui passe, fit Charlotte en fronçant les sourcils. Je le mesure chaque matin dans mon miroir, et ce n'est pas à mon avantage.

Elle venait d'atteindre la cinquantaine, et elle ne s'habituait pas à cette idée, s'efforçant au contraire de mettre ses pas dans ceux de sa jeunesse, et venant donc de plus en plus souvent au Solail. Ses deux fils, en effet, n'avaient plus besoin d'elle : ils travaillaient avec leur père, dans l'étude dont il avait hérité à la mort de maître Cathala. A vingt-quatre et vingt-trois ans, ils menaient leur vie comme ils l'entendaient, plus proches de leur père que de leur mère, et surtout habitués depuis leur plus jeune âge à la ville, à ses excès, à ses plaisirs, n'ayant aucun goût pour la vie à la campagne, et donc pour le Solail.

Charlotte, au contraire, y venait deux fois par semaine, ainsi que le dimanche, pour régler avec Arthémon les problèmes qui s'accumulaient, mais aussi et surtout parce qu'elle ne pouvait pas s'en passer. Car elle était la véritable maîtresse, désormais, même au château, Victoire préférant vivre chez sa fille, Léonie, qui s'était mariée à Carcassonne avec un fils de notaire. Quant à Léonce, conscient de son handicap, il n'ignorait pas que c'était sur les épaules de sa sœur que reposait le sort du Solail : Charlotte, en effet, assurait sa survie avec les intérêts de son argent placé par Louis. Sans cela, avec la crise terrible que traversait la viticulture, que serait-il advenu du Solail ? Léonce faisait contre mauvaise fortune bon cœur, d'autant que Charlotte n'abusait pas de son pouvoir et qu'elle faisait confiance à Arthémon, dont elle partageait les idées. D'ailleurs, elle s'entendait aussi bien avec Berthe qu'elle avait aidée, soutenue, accompagnée lors de la mort de Pierre, en 1897, disparu dans un accident de voiture sur la route de Narbonne.

— Il va falloir bientôt songer à la marier, dit-elle avec un soupir en revenant à Violaine.

Berthe leva vers elle un regard horrifié. Perdre Violaine après avoir perdu son mari ? Jamais elle n'y consentirait. Car il y avait chez sa fille la même noblesse de traits que chez son père, le même port de tête, la même aisance à se déplacer, la même grâce naturelle. C'était pour elle que Berthe avait consenti à survivre après la disparition de l'homme qui lui avait apporté le bonheur, chaque jour, chaque nuit. Violaine était sa revanche, sa fierté, et elle ne consentirait jamais à la voir s'éloigner.

— Je n'ai plus qu'elle, murmura Berthe, et elle n'a plus que moi.

— Il est normal que les filles se marient, fit Charlotte doucement.

— Pas elle, dit Berthe, ou alors j'en mourrai.

— Comment peux-tu dire une chose pareille ? Songe à mon mari, à mes fils, qui se débrouillent si bien sans moi.

— Violaine est une fille.

— Et alors ?

— Elle ne me quittera jamais.

Charlotte sourit de nouveau, sans insister. Elle

venait d'écouter de la musique — Violaine jouait déjà mieux que sa mère —, elle avait bavardé avec sa sœur, elle devait maintenant s'occuper des affaires du Solail.

— J'y vais, dit-elle. A tout à l'heure.

Berthe ne répondit pas, murée qu'elle était dans ses réflexions au sujet de sa fille.

Charlotte sortit sur le perron où se trouvait Léonce, dans son fauteuil, un plaid sur ses genoux, comme chaque jour au milieu de l'après-midi. De là il contemplait ses vignes, souffrant sans aucun doute de ne pouvoir s'y déplacer, mais il lui arrivait de lancer quelques ordres aux journaliers ou aux domestiques qui passaient par là, ce qui lui donnait l'illusion d'exercer toujours son autorité.

— Il m'a dit qu'il t'attendait à la Croix, fit-il en apercevant Charlotte.

Et, comme elle s'élançait sans répondre, n'ayant pas envie d'entamer avec Léonce une discussion qui, elle le savait, se terminerait mal :

— Il nous a mis dans de beaux draps, ajouta-t-il d'un ton sinistre.

— Il m'en parlera, dit Charlotte.

Comme il faisait beau, elle ne prit pas le cabriolet mais s'en alla à pied par le chemin, qui, sur la gauche, partait vers la Croix et les collines. L'air était doux, fruité, et charriait des parfums de marc, celui que distillaient les vignerons qui avaient pu conserver leur privilège malgré la loi de 1903. Dans le ciel d'un bleu très pâle s'étiraient des écharpes légères comme du duvet. Charlotte aimait par-dessus tout cette saison, la mollesse de la terre épuisée, la profondeur de l'air qui avait des sonorités de verre, et ses odeurs qui, plus que n'importe quelles images, la renvoyaient vers un passé dont le foyer brûlait délicieusement au fond de son cœur. Elle s'étonnait souvent de cette faculté qu'elle avait de revivre l'espace d'un instant, un instant seulement, des émotions, des sensations surgies tout droit de son enfance. Certes, c'était très bref, très fugitif, mais elle avait l'impression que ces instants duraient un siècle, et ils l'emplissaient d'un bonheur dans lequel elle se plaisait à deviner les prémices de la vie éternelle.

Ainsi arriva-t-elle à la Croix sans même s'en rendre compte. Arthémon s'y trouvait. Il vint vers elle, lui embrassa la main, par jeu, singeant en cela les mœurs de la ville dont ils se moquaient l'un et l'autre.

— Alors ? fit-elle, encore une catastrophe, à ce que m'a dit ton père ?

Elle souriait, heureuse de retrouver le sosie de Léonce jeune sans avoir à en supporter les travers. Ils avançaient dans une allée où le vent froissait les feuilles exténuées. Charlotte n'avait guère envie de parler des problèmes, mais le Solail coûtait de plus en plus cher, et Louis lui avait fait comprendre qu'y engloutir tant d'argent devenait dangereux.

— Les journaliers étaient en grève, dit Arthémon, ils réclamaient deux francs.

— Ils ne le sont plus ? demanda-t-elle en s'arrêtant.

— Non, je leur ai montré les cuves. Je leur ai dit qu'on ne pouvait pas payer, mais je leur ai promis une distribution de soupe tous les midis.

Il ajouta, comme Charlotte ne répondait pas, comme pour se justifier :

— Je ne voudrais pas qu'on meure de faim dans le domaine. D'ailleurs, on a besoin de ces hommes autant qu'ils ont besoin de nous.

Charlotte le dévisagea, rencontra la lueur chaude de ses yeux, où elle devina également l'éclat d'une certaine innocence.

— J'aurais décidé exactement la même chose, dit-elle.

Arthémon, bien que satisfait, demeura préoccupé.

— Une dépense supplémentaire, fit-il. Il faudrait vendre le vin qui reste, sans quoi, je ne saurai qu'en faire.

Il hésita, se troubla, puis ajouta :

— J'ai pensé qu'on pourrait faire appel à Etienne : trois francs, c'est mieux que rien.

Charlotte le considéra un moment sans sourire.

— Il ne le prend plus qu'à un franc, dit-elle, et de toute façon je ne veux pas. Il y a trop de fraude, aujourd'hui, dans la viticulture, et ça va mal finir. Etienne également.

— Alors ? Que va-t-on faire ?

— Ne t'inquiète pas : tu sais très bien que ma seule passion est le Solail. Je m'y ruinerai s'il le faut, mais je ne l'abandonnerai jamais.

Elle se tut, montra les vignes qui soupiraient autour d'eux, dans un frémissement de feuilles caressées par le vent, puis elle murmura :

— Regarde et écoute. Tout ce que j'aime est là. Personne ne me le prendra, jamais.

Chaque après-midi, Mélanie avait plaisir à conduire son petit-fils Ludovic au-delà du canal du Midi, sur la route de Béziers, où passait parfois l'une de ces automobiles qui avaient fait leur apparition quelques années auparavant, soulevant un nuage de poussière dont on suivait l'essor jusqu'à l'horizon. En coupant par les vignes, ils trouvaient Séverin et Cyprien occupés aux labours d'automne, et Mélanie expliquait à l'enfant comment et pourquoi on labourait les vignes, l'initiant déjà à ce qui serait sans doute le travail de toute une vie.

Elle était grand-mère depuis huit ans, Mélanie, après que Séverin se fut marié avec Clarisse, une journalière du domaine, et se fut installé avec eux à la

Combelle. Heureusement, Justin, lui, était encore au service militaire, mais quand il reviendrait on ne pourrait plus habiter tous dans la même maison, surtout si Justin se mariait à son tour. Clarisse et Séverin avaient en effet deux enfants : Jérôme et Ludovic, dont l'intrépidité rendait difficile la vie dans une maison si petite. C'est pour cette raison que Mélanie avait pris l'habitude de s'occuper du plus jeune en l'emmenant de plus en plus souvent au-dehors, laissant à Clarisse la garde de la maison, mais aussi de son fils aîné, qui n'obéissait qu'à elle.

Par ailleurs, si Mélanie s'entendait bien avec Clarisse, qui était douce et courageuse, la vie en communauté ne provoquait pas moins des tensions, surtout quand les hommes rentraient très fatigués, le soir, et qu'ils devaient encore supporter l'agitation des enfants. L'idée lui était venue de suggérer à Séverin d'aller s'installer au village, puis elle y avait finalement renoncé, se demandant si, passé la cinquantaine, la présence de ses petits-enfants n'allait pas bientôt représenter le seul bonheur de ses jours.

Elle avait réussi à oublier le passé, mais il lui arrivait encore de songer à Léonce. Elle l'avait seulement revu en deux ou trois occasions, et pas du tout depuis qu'il était paralysé, c'est-à-dire depuis trois ans. Dès qu'Arthémon avait pris en main les affaires du domaine, il y avait eu moins de conflits, malgré la crise, entre les ouvriers et lui. Cyprien et Séverin paraissaient plus contents de partir au travail, Calixte ayant calqué son attitude sur celle de son nouveau maître, devenant ainsi moins exigeant, plus conciliant. Pourtant, tout allait mal, aujourd'hui, dans la viticulture, avec cette mévente qui durait. La misère régnait partout, donnant bien du souci aux hommes, ainsi qu'à leurs femmes qui ne trouvaient pas toujours de quoi faire manger leur famille.

A la Combelle, Séverin avait voulu se joindre à la grève des journaliers, mais Cyprien s'y était opposé : un ramonet n'était pas un ouvrier. Le maître lui donnait un toit et sa confiance, il ne devait pas le trahir. Séverin avait insisté, rappelant combien ils avaient souffert avec Léonce Barthélémie. Mais Clarisse avait réussi à le convaincre de ne pas bouger. La grève n'avait pas duré. Les choses s'étaient calmées ; pas la misère, et c'était pitié de rencontrer ces journaliers faméliques, dépenaillés, qui rappelaient à Mélanie son arrivée au Solail au moment du phylloxéra.

A la maison, on se nourrissait de soupe, de pommes de terre ou de fèves, surtout grâce à Julie qui était mariée depuis 1900 avec Félix, un fils de petit propriétaire, qui avait reçu quelques terres de son père, près du canal, où il cultivait des légumes. Ainsi la vie suivait son cours, dans le travail, la peine et parfois des moments de bonheur, comme cet après-midi où Mélanie serrait la main chaude de Ludovic dans la sienne en savourant la douceur de l'automne qui avait embrasé les feuilles de vigne.

En approchant du canal, elle aperçut le cabriolet qui lui avait tellement fait battre le cœur autrefois, mais il était aujourd'hui conduit par Arthémon. Elle ne changea pas de direction, suivit au contraire l'allée qui menait directement au canal, ne voulant pas allonger sa route à cause de son petit-fils. Elle arriva près du véhicule au moment où les journaliers portaient un homme que tout d'abord elle crut blessé. Il ne lui fallut que quelques secondes pour reconnaître Léonce, que les ouvriers hissaient maintenant avec difficulté sur le cabriolet, après qu'il eut passé une heure sur son fauteuil descendu au milieu des vignes.

Elle était tout près, mais il ne l'avait pas vue. Elle ne bougeait plus, bouleversée par la déchéance totale d'un homme qu'elle avait aimé. Elle aurait voulu fuir mais elle n'en eut pas le temps. Arthémon était monté à côté de son père et faisait reculer le cheval jusque dans la grande allée. La présence de Ludovic empêcha Mélanie de se mettre à courir et elle se contenta de s'écarter un peu.

— Qu'est-ce qu'il a, le monsieur ? demanda Ludovic.

— Rien, rien, répondit-elle.

Elle tremblait, et trembla davantage quand son regard croisa celui de Léonce. Ce qu'elle y lut la ravagea : elle n'avait jamais vu un tel désespoir dans les yeux de quelqu'un, une telle honte d'être vivant, une telle colère envers soi-même, envers elle, elle ne savait pas, elle ne savait plus. Et ce regard dura, dura, la clouant sur place, jusqu'à ce que le cabriolet, enfin, s'éloigne et la laisse désemparée, au comble d'une angoisse qu'elle ne s'expliquait pas.

Elle n'eut pas la force d'aller jusqu'à la route, au grand chagrin de Ludovic qui tenait à apercevoir une automobile. Elle dut lui promettre de revenir le lendemain, mais l'enfant ne voulut rien savoir et elle dut le porter, si bien qu'elle arriva épuisée à la Combelle. Le soir, elle ne put manger. La nuit qui suivit, elle ne dormit pas, poursuivie qu'elle était par le regard de Léonce, d'une insondable détresse.

Le lendemain, vers le milieu de la matinée, alors qu'elle était occupée à sa lessive, devant la Combelle, elle fut étonnée de voir apparaître Cyprien. Elle eut peur, tout à coup, d'une dispute avec Calixte et elle ressentit la même impression désagréable qu'elle avait connue au temps où Léonce s'acharnait sur eux. Cyprien s'approcha et dit d'une voix froide :

— Il est mort.

— Qui ? fit-elle, craignant soudain pour l'un des siens, en particulier Séverin.

— Léonce. Cette nuit. Il s'est tiré une balle de revolver dans la tête.

Elle revit le regard croisé la veille, chancela, dut s'asseoir, tenta de se ressaisir.

— Je repars, dit-il, comprenant qu'il devait la laisser seule. Il faudra aller à la visite, ce soir, au château.

Elle hocha la tête mais ne répondit pas. Elle songeait que l'homme qui venait de se donner la mort avait résisté pendant des années à la maladie mais n'avait pas supporté de la revoir, elle, bien portante, et belle, encore, quand lui-même n'était plus qu'un impotent. « Je l'ai tué », se dit-elle, et cette pensée, au lieu de lui donner la sensation d'une revanche définitive, l'accabla. Elle l'avait donc aimé à ce point ? La honte, de nouveau, s'empara d'elle, si bien qu'elle refusa de faire la visite traditionnelle au château, pour ne pas risquer de se trahir.

Le jour de l'enterrement dans le grand parc où étaient ensevelis les Barthélémie, elle demeura en arrière, cachée parmi les journaliers et les gens du village, et elle ne s'approcha pas de la tombe. Elle repartit en hâte à la Combelle, persuadée qu'une absence allait désormais hanter l'air qu'elle respirait. Un cœur, quelque part, avait cessé de battre. Le sien ne lui avait jamais fait aussi mal.

Pour Firmin Sénégas, l'heure de la revanche avait sonné. Malgré son grand âge et ses six ans de bagne, il ne doutait pas de trouver assez de force pour vivre la révolte qui ne manquerait pas de renverser tous ces politiciens seulement soucieux de sauver leur siège et de défendre des intérêts qui n'avaient rien de commun avec ceux des vignerons. Malgré le scandale de Panama et l'affaire Dreyfus, les radicaux au pouvoir venaient de faire voter la séparation de l'Eglise et de l'Etat, et les inventaires qui avaient suivi avaient provoqué pas mal d'échauffourées en Languedoc, où les conservateurs, finalement, avaient dû s'incliner. En cette année 1905, la crise franco-allemande du Maroc venait d'être dénouée par l'efficacité de l'Entente cordiale. Ainsi le gouvernement allait poursuivre sa politique coloniale, à la grande fureur de Firmin qui ne cessait, avec ses amis, de la dénoncer.

En Languedoc même, Ferroul avait pris la mairie de Narbonne dès 1894, mais il avait été battu aux législatives de 1898, non sans continuer de propager, grâce à ses activités de médecin des pauvres, ses idées, au demeurant plus proches de celles de Frédéric Mistral que de celles de Jules Guesde. A Paris, c'était Albert Sarrault, le jeune député radical audois, qui défendait tant bien que mal les viticulteurs en prédisant la révolte prochaine.

Les vins artificiels, en effet, faisaient des ravages et ruinaient la viticulture traditionnelle, au point qu'on pouvait apprendre la technique de leur élaboration jusque dans les journaux : « Mettre dans le fût un kilo d'acide tartrique, un kilo d'acide urique, un kilo d'acide sulfurique, jeter dessus un litre ou deux d'eau froide pour éviter l'explosion, puis soixante litres d'eau bouillante, agiter avec un bâton et jeter dessus 100 kilos de sucre. Il faut environ 100 kilos de sucre pour 6 hectos de vin à 10 degrés, il convient donc de renouveler ce mélange autant de fois que nécessaire, etc. »

En 1903, les vignerons d'Argeliers, réunis dans la grande salle du théâtre à l'invitation de Marcelin Albert, avaient violemment dénoncé les vins artificiels et réclamé l'autorisation de distiller les surplus. Firmin assistait à cette réunion, ainsi que Raoul et les petits vignerons de Sainte-Colombe. Depuis, Firmin ne quittait plus Marcelin, qui, outre ses activités de cabaretier, avait auparavant monté plusieurs pièces de théâtre dont il était l'auteur. Certains l'avaient baptisés « lou Cigal » ou « tête folle », à cause de son goût pour le paraître et sa promptitude à s'exalter, ce qui ne l'avait pas empêché, avec ses amis Senty et Blanc, de composer *La Vigneronne,* qui allait devenir le chant de ralliement de la révolte :

« Guerre aux bandits narguant notre misère
Et sans merci guerre aux fraudeurs
Oui, guerre à mort aux exploiteurs,
Sans nul merci guerre aux fraudeurs
Et guerre à mort aux exploiteurs... »

Les termes violents de la chanson avaient séduit Firmin qui suivait Marceau de village en village où, grimpant sur les platanes, il appelait les vignerons à la solidarité et au combat. Jaurès était même venu en personne aux arènes de Béziers, en avril, pour soutenir la grève des journaliers, et « lou Cigal » était allé promettre à Ferroul, sur la promenade des Barques, à Narbonne, de lui amener bientôt cent mille hommes.

A Sainte-Colombe, Firmin se chargeait lui-même de faire signer la pétition lancée par le comité, pétition qui demandait aux vignerons « de poursuivre leur juste revendication jusqu'au bout, de se mettre en grève contre l'impôt, de décider la démission de tous les corps élus, d'engager toutes les communes du Midi à suivre leur exemple aux cris de : Vive le vin naturel ! A bas les empoisonneurs ! » A Béziers, on avait voté un blâme aux ministres, et à ceux du Midi en particulier. Le 19 juin, à Sallèles-d'Aude, on avait exhorté les vignerons à faire échec aux saisies d'huissier qui sévissaient dans toute la région, apportant avec elles la désolation.

Ces événements consolaient Firmin de ce qu'il avait subi au bagne, et venaient sur le tard justifier le combat obstiné de sa vie. Aussi y participait-il de toutes ses forces, parfois suivi par Prudence, qui avait longtemps cru ne jamais le revoir. Ni l'un ni l'autre n'oubliaient le jour de leurs retrouvailles sur le quai de la gare de Bressan, un matin de novembre. Quand il était descendu du train, d'abord elle ne l'avait pas reconnu, tellement il était maigre, barbu, et hésitant dans sa démarche. Il était resté seul au bout du quai, et c'est alors qu'elle l'avait aperçu, ne trouvant pas la force, soudain, d'aller vers lui. Il avait comblé seul la cinquantaine de mètres qui les séparait, avait enfin pu serrer dans ses bras ce corps de femme devenue vieille, mais qu'il sentait jeune contre lui, semblable à celui dont il n'avait cessé de rêver, là-bas, dans l'enfer où il avait survécu par miracle.

Depuis, ils ne s'étaient plus quittés, cheminant côte à côte dans la vieillesse et ses difficultés, portés l'un et l'autre par ces ferments de révolte en train de lever, dont Firmin pensait qu'elle balayerait une fois pour toutes les entraves à la liberté et à l'égalité des hommes. Il n'était pas fâché de constater que les gros propriétaires souffraient autant que les petits, et il lui arrivait de penser que la ruine des grands domaines allait peut-être conduire un jour à une redistribution des terres. S'il n'avait pas assisté aux obsèques de Léonce Barthélémie, il avait apprécié la conduite d'Arthémon qui, même s'il ne les payait pas, donnait au moins à manger aux journaliers. Car c'étaient ceux-là qui souffraient le plus de la crise : ceux qui travaillaient pour des salaires de misère incapables de leur assurer le pain de chaque jour. C'est à eux qu'il pensait, ce matin de la fin octobre, en marchant vers Argeliers, en route vers le café de Marcelin Albert, inquiet de voir s'éteindre les foyers de l'espérance allumés au printemps et qui avaient brûlé tout au long de l'été.

Il ne pouvait s'empêcher de s'arrêter par moments

pour examiner les vignes, d'y entrer, même, parfois, pour vérifier la profondeur des labours et la qualité des engrais. Là-bas, vers Narbonne, le ciel, sur la mer, se voilait de nuages gris qui annonçaient le marin pour les jours à venir. Il faisait moins chaud, déjà, ce qui n'était pas pour déplaire à Firmin, qui supportait de plus en plus mal la canicule en été et dont les vieilles jambes peinaient aujourd'hui pour couvrir des kilomètres qu'il parcourait autrefois sans la moindre difficulté.

Il arriva sur la place d'Argeliers vers dix heures, la traversa entre les platanes qui commençaient à perdre leurs feuilles, puis il pénétra dans le café de Marcelin Albert, qui était attablé avec son ami le pharmacien Senty. S'ils s'étaient méfiés au début de Firmin à cause de son action lors de la Commune — qui lui avait valu une réputation sulfureuse —, les hommes d'Argeliers l'avaient reconnu au cours de l'été comme l'un des leurs, soucieux de défendre les vignerons, la qualité de leur vin, de combattre la fraude et tous les exploiteurs. Invité à s'asseoir, Firmin communiqua aux deux hommes ses craintes de voir s'éteindre la révolte.

— Les journaliers vont souffrir, cet hiver, dit-il, car dans la plupart des domaines ils ne sont plus payés.

Marcelin hocha la tête, accablé.

— Je sais, dit-il, ce sont les maires qui nous ont trahis en prenant position contre la campagne de démissions qu'on avait lancée.

Il paraissait grave. Son teint de cire, ses yeux fiévreux, sa barbe mal taillée lui donnaient un air fatigué, malgré le costume noir, le col amidonné et le cronstadt qu'il portait en permanence, depuis qu'il était devenu l'emblème de tout un peuple.

— Il faut faire quelque chose, dit Firmin, ça ne peut pas s'arrêter comme ça. Il faut relancer le mouvement.

Marceau soupira et, prenant à témoin son ami Senty, répondit :

— Les gros ne nous ont pas suivis : ils n'ont pas encore compris que notre combat est aussi le leur. Mais ça viendra. Et ce jour-là, les maires comme les gros propriétaires seront aussi de notre côté.

— Il sera trop tard, dit Firmin.

A cet instant, la femme de Marcelin, qu'on appelait « la courte », apporta des verres qu'elle posa vivement sur la table avant de s'éloigner. Firmin n'aimait pas cette petite femme noire, minuscule et fripée, qui paraissait jalouse de ceux qui approchaient son homme. Celui-ci attendit d'ailleurs qu'elle eût disparu pour répondre :

— Rien n'arrêtera notre mouvement. C'est un fleuve qui coule et qui grossit d'heure en heure : il finira par tout emporter sur son passage. Ce sera notre victoire et notre gloire à tous que d'avoir balayé les ennemis de la véritable viticulture, celle qui est notre honneur et notre espérance.

Il s'était presque dressé pour parler, retrouvant cette exaltation qui lui était naturelle quand il discourait sur les places et sur les platanes et qui, sans doute, lui valait tant de succès.

— Si les cuves sont encore pleines avant les vendanges prochaines, alors le feu se rallumera de lui-même, assura Senty.

— C'est loin, dit Firmin, beaucoup ne le verront pas.

S'il pensait aux journaliers, il pensait aussi à lui-même, car disparaître avant de voir triompher la révolte était devenu sa hantise.

— Nous gagnerons ! s'écria Marcelin avec conviction. Notre combat est juste : c'est une question de jours ou de mois, mais nous nous débarrasserons des fraudeurs et des exploiteurs. J'ai promis à Ferroul d'amener cent mille hommes sur la place de Narbonne et je les lui amènerai, même si je dois les porter un par un sur mes épaules !

La confiance et la détermination de Marcelin Albert mirent du baume au cœur de Firmin, qui discuta encore un moment avec lui et avec Senty. Quand il repartit, après avoir partagé avec eux un frugal repas, sous l'œil courroucé de « la courte », il avait repris espoir. Le printemps finirait bien par arriver. Il pressa le pas, sous un ciel voilé maintenant, dans l'air qui sentait la fumée des sarments que l'on commençait à brûler dans la plaine. A Sainte-Colombe, Prudence l'attendait pour monter dans leur vigne.

Les affaires d'Etienne n'avaient jamais aussi bien marché. Depuis qu'il travaillait pour son propre compte, il ne fabriquait plus que du vin artificiel ou achetait à bas prix chez les petits vignerons des surplus que ceux-ci (dont les enfants se nourrissaient parfois de poêlées de glands et marchaient pieds nus) étaient trop contents de solder pour vider leurs cuves. Ces surplus, Etienne les mouillait à trente pour cent et les expédiait chez les débitants parisiens, non sans falsifier les feuilles d'expédition, afin que le service des fraudes ne pût jamais remonter à la source.

Il avait été obligé de chercher un nouvel entrepôt pour échapper aux foudres de son beau-père, qui n'eût pas toléré ces manœuvres sous son propre toit. Il en avait trouvé un derrière l'Hôtel-Dieu, où travaillaient désormais plus de dix ouvriers qu'il payait très bien, pour éviter les fuites ou les bavardages. Si les portes de l'entrepôt, sur le devant, demeuraient closes, elles s'ouvraient à l'arrière sur des jardins qu'Etienne avait aussi achetés, dès que l'occasion s'était présentée, pour éviter les regards indiscrets.

Judith, sa femme, s'inquiétait beaucoup de cette activité, car son père lui prédisait les pires catastrophes. La mère de Judith, que l'avenir de sa fille préoccupait au plus haut point, l'incitait à mettre en garde Etienne contre les risques qu'il prenait, à le supplier de revenir à un négoce traditionnel. Mais Etienne avait désormais pris goût à l'argent facile, et il couvrait sa femme de cadeaux, lui faisant oublier ainsi les menaces qui pesaient sur eux.

Il s'était par ailleurs rapproché de Louis, le mari de Charlotte (qui l'avait déjà défendu lors de ses déboires de jeu), et l'avait plus ou moins intéressé à ses affaires, lui versant des revenus que l'avocat, par manque de temps plus que par insouciance, acceptait comme règlement des études entreprises au sujet des différentes lois votées sur la viticulture, notamment celle du 5 août 1905 relative à la répression des fraudes. Etienne se croyait ainsi à l'abri et développait ses activités dans tous les domaines, y compris le transport de diverses denrées, légumes ou olives, en direction des grandes villes.

Pour lui, il n'existait donc pas de crise de la viticulture, mais seulement des vignerons incapables de produire un autre vin que le vin naturel dont personne, en ville, ne se souciait. Il s'était plusieurs fois heurté à ce sujet avec Charlotte et Arthémon, bien qu'il n'eût plus d'intérêts au Solail, Charlotte ayant veillé à ce que les remboursements de ses dettes de jeu vinssent en dédommagement de la part qu'il aurait dû toucher au moment de la succession de leur père. Etienne n'ignorait pourtant pas dans quelles difficultés se débattait sa famille et il ne cessait de lui proposer son aide.

Ce jour-là, sachant que Charlotte se trouvait au Solail, il quitta Narbonne dans sa Panhard-Levassor flambant neuve et se rendit au domaine qu'il ne fréquentait plus guère, depuis que ses affaires lui prenaient tout son temps. L'arrivée du bolide dans le parc attira les domestiques qui l'examinèrent avec un mélange de crainte et d'admiration. Ils indiquèrent à Etienne que Charlotte et Arthémon se trouvaient dans les vignes et lui expliquèrent la direction à prendre. Au lieu de partir à pied, il remonta dans son automobile et s'engagea dans le chemin qui menait vers le canal, en direction de la Croix. Les journaliers se redressèrent en entendant le vacarme et demeurèrent immobiles un long moment en découvrant les chromes luisants, les roues à rayons, la maîtrise du conducteur qui maniait le volant avec la plus grande dextérité, dans un grondement impressionnant qui faisait s'envoler les passereaux sur les platanes du canal.

Alertés par le bruit, Charlotte et Arthémon arrivèrent à la Croix à l'instant où Etienne enlevait ses lunettes de conduite. Ils se doutaient de ce qui le poussait à venir au domaine, et ils se méfiaient, connaissant la réputation qu'il s'était forgée en quelques mois auprès des vignerons. Etienne embrassa sa sœur, serra la main d'Arthémon, en vint sans détour à l'objet de sa visite :

— J'ai appris qu'il vous restait du vin, et vous n'avez même pas pensé à moi, fit-il d'une voix faussement attristée.

Charlotte observa un moment les boucles châtain presque blond et les yeux clairs de son frère, dans lesquels brillait toujours la même insouciance qu'au temps de sa folle jeunesse.

— On ne peut pas se permettre de le vendre un franc, répondit-elle avec humeur.

Etienne feignit de s'étonner, s'indigna :

— Qui vous parle d'un franc ?

— Ceux que tu as volés en parlent assez pour que ce soit parvenu à nos oreilles.

— Vous préféreriez peut-être qu'ils gardent leur vin dans leurs cuves ou qu'ils le jettent au ruisseau ?

Charlotte ne répondit pas tout de suite, puis elle s'approcha de son frère et le fixa de ses yeux de lavande avant de murmurer :

— Il ne faut pas jouer avec la misère des gens, Etienne. Un jour tu le paieras.

— Mais enfin ! s'écria-t-il, je ne les vole pas, je leur rends service, puisque, de toute façon, ils ne le vendraient pas.

— Certes, dit Charlotte, et tu sais pourquoi ils ne le vendent pas ?

Elle poursuivit, tandis qu'Etienne secouait la tête :

— Ils ne le vendent pas, et nous non plus, d'ailleurs, à cause des fraudeurs qui inondent le marché de vins frelatés.

Etienne prit un air outragé, retrouvant ses mines d'adolescent devant une grande personne, comme au temps où Charlotte le réprimandait avant de régler ses dettes.

— Moi ? un fraudeur ? s'indigna-t-il. Je me contente d'écouler les surplus en y ajoutant du sucre : c'est autorisé par la loi.

— Certainement pas.

— Demande à Louis, il te le dira.

Charlotte pâlit, demanda :

— Qu'est-ce que Louis vient faire dans cette histoire ?

— C'est mon avocat. Ce n'est pas interdit par la loi, d'avoir un avocat, non ?

La stupeur cloua Charlotte sur place. En un instant, elle venait de percer à jour les perfides projets d'Etienne : ils consistaient tout simplement à compromettre Louis pour en jouer auprès d'elle et, peut-être, pour s'emparer du Solail le jour où elle ne parviendrait plus à faire face.

— Va-t'en ! dit-elle avec une rage qui débordait malgré elle, et ne remets plus jamais les pieds ici !

D'abord il recula, puis, avec l'assurance que lui avait donnée sa récente réussite, il répondit :

— Regarde comme tu es : je viens te proposer d'acheter tes surplus trois francs l'hecto, et tu veux me chasser !

— Va-t'en, Etienne ! répéta Charlotte, les yeux mi-clos, les mains tremblantes.

Arthémon, demeuré muet jusqu'à présent, intervint en disant :

— Partez, mon oncle, ça vaut mieux.

Etienne hésita, ajouta :

— Ce que je veux, c'est vous faire profiter de ma réussite.

Et, s'adressant directement à Charlotte :

— Te rendre tout ce que tu as fait pour moi, au lieu de voir te débattre dans des difficultés qui vont te ruiner.

— Ecoute-moi, bien, Etienne, fit Charlotte qui était d'une pâleur extrême, ici, au Solail, on fabriquera toujours du vrai vin, pas du poison, et on le vendra sans toi. Et maintenant, pour la dernière fois, va-t'en !

Etienne défia sa sœur du regard, puis, rajustant ses lunettes, lança :

— Eh bien, crevez donc ! puisque c'est ce que vous voulez !

Il remit en marche son automobile, haussa les épaules, partit dans ce même grondement qui fit de nouveau s'envoler les oiseaux des platanes.

Charlotte regarda un moment s'éloigner le véhicule, puis elle eut un long frisson et dit à Arthémon :

— Je crois que je viens de vieillir de dix ans.

Il était heureux, Justin, de pouvoir enfin marcher dans les vignes auxquelles il avait tellement pensé, là-bas, si loin, à Rochefort, où il faisait son service militaire. Le garçon frêle qui avait failli mourir du croup en bas âge était devenu un homme mûr à force de hisser des haubans, de ferler des voiles, et de nettoyer le pont des bateaux. En cette fin d'octobre, c'était la deuxième permission qu'il obtenait, et il venait tout naturellement demander à Calixte, le régisseur, de reprendre sa place dans les vignes pendant les huit jours qu'il devait passer à la Combelle. Il ne lui serait pas venu à l'idée de rester sans rien faire, une journée de salaire étant toujours la bienvenue, surtout avec les difficultés auxquelles on devait faire face aujourd'hui.

Des journaliers le saluèrent de loin, et il répondit joyeusement, allant même boire un verre avec l'un de ceux qui se désaltéraient sous les amandiers. Puis il repartit, accueillant délicieusement tous les sons, tous les parfums qui affluaient vers lui et le mettaient au comble du bonheur. Ces vignes ne lui appartenaient pas, et pourtant c'était à elles qu'il avait le plus pensé, à Rochefort, comme si sa vie se trouvait déjà enclose dans ce domaine où il avait grandi et où il reviendrait définitivement dans moins d'un an.

Il approchait du château, quand le son d'une douce musique l'arrêta. Il n'avait jamais entendu sa pareille, car il venait rarement jusque-là, sinon à l'époque des vendanges, quand il fallait aider à hisser les comportes vers l'étage d'où elles étaient versées dans le fouloir. Une fois ou deux, à cette occasion, il avait entendu Berthe jouer, sans savoir ce qu'était un piano, mais aujourd'hui la musique n'était pas la même : il lui sembla qu'elle l'appelait. C'était ridicule, et cependant cette pensée demeura dans sa tête tout le temps qu'il attendit de pouvoir parler au régisseur, occupé dans les caves à surveiller les ouvriers chargés de tirer le vieux marc du pressoir avec les griffes et les fourches. A un moment, la musique cessa brusquement, puis la tête d'une jeune fille apparut à la fenêtre : elle était blonde, avec de longs cheveux souples et bouclés tombant sur ses épaules, de grands yeux clairs qui rencontrèrent ceux de Justin et ne se détournèrent pas. Elle souriait. Il ne put croire que ce sourire lui était adressé, et il se tourna vers la cave, intimidé par cette beauté qui lui parut accordée à la musique entendue en arrivant.

On l'appela. Calixte lui proposa de travailler dans la cave, et non pas dans les vignes où il avait assez de monde. Il pourrait venir dès le lendemain. Justin remercia et ressortit. Dans la cour encombrée de charrettes et de barriques, il entendit de nouveau la musique, s'arrêta un moment en espérant follement que l'apparition se manifesterait de nouveau, mais rien ne se produisit et il dut repartir.

En passant devant le perron, pourtant, la musique lui parvenant mieux, il leva la tête vers la fenêtre ouverte sur la façade du château, et il lui sembla que la jeune fille jouait pour lui. Alors, son émotion fut plus forte que sa crainte à pénétrer dans l'antre sacré des Barthélémie. Il escalada les marches, pénétra dans le couloir et, ne trouvant personne, monta les marches vers l'étage d'où s'échappaient les notes magiques du piano. Elles le guidèrent jusqu'à la porte de la grande salle à manger, qui était ouverte. Le cœur battant, il entra, aperçut les longs cheveux blonds, la tête légèrement penchée sur l'épaule et se sentit comblé : la mélodie coulait bien des doigts de cette jeune fille qui soudain, ayant senti une présence dans son dos, se retourna.

Le premier réflexe de Justin fut de s'enfuir, et elle

le devina sans doute, puisqu'elle leva une main, comme pour le retenir, et demanda :

— Qui êtes-vous ?

Il demeura muet tant il se sentait pitoyable dans ses vêtements de travail — pantalons et chemise rapiécés —, son gilet mal boutonné, ses souliers pleins de terre ; et, comme il ne répondait pas, elle répéta :

— Qui êtes-vous donc ?

— Je suis le deuxième fils du ramonet de la Combelle. Je m'appelle Justin.

Elle examina ce jeune homme grand et brun, aux membres déliés, aux yeux d'un noir de velours, si vivants et si intelligents, s'amusa de sa gêne, et demanda :

— Vous aimez la musique ?

Il se troubla, puis il murmura, poussé par une force dont il ne connaissait pas l'origine mais qui le contraignit à prononcer ces mots fous :

— C'est vous que j'aime.

Elle cilla, son sourire s'effaça, tandis qu'elle continuait à le considérer avec une sorte de douleur dans le regard.

— Et vous ? Qui êtes-vous ? demanda-t-il, encouragé par le fait qu'elle ne l'ait pas encore chassé, malgré ce qu'il lui avait dit.

— Je m'appelle Violaine, dit-elle. Que faites-vous ici ?

— Je suis venu demander du travail au régisseur.

— Je voulais dire : ici, à l'étage.

— J'ai eu envie de vous voir.

— Et si on nous surprend ?

— Tant pis pour moi. Il y aura eu ça, au moins, dans ma vie.

Elle le dévisagea un instant sans parler, demanda :

— Que voulez-vous dire ?

— Vous le savez très bien : vous, la musique, je n'en aurais jamais tant espéré.

Une porte claqua au deuxième étage, et, tandis que Justin s'apprêtait à partir, elle eut de nouveau un geste de la main pour le retenir.

— Je vais travailler à la cave pendant huit jours, dit-il.

Et, comme des pas se rapprochaient, il bondit dans l'escalier, dévala les marches et se mit à courir dans l'allée, puis dans les vignes, comme un fou.

A la Combelle, on ne reconnut pas ce Justin qui était arrivé la veille au soir accablé par sa vie militaire et qui paraissait transformé par un seul après-midi passé au domaine. Pendant la nuit, il erra dans les vignes, incapable de dormir, s'approcha même du château dans l'espoir d'apercevoir une fenêtre par où apparaîtrait celle qui était entrée dans sa vie. Tout cela n'avait pas de sens, il le savait bien, et sûrement était sans espoir, mais il ne songeait même pas à lutter contre ce sortilège qui était né de l'alliance parfaite entre la beauté d'une femme et celle de la musique.

Durant la semaine qui suivit leur rencontre, Violaine apparut fréquemment à la fenêtre, à l'heure où les journaliers sortaient pour manger. Elle, qui d'ordinaire se mêlait peu aux gens de maison, se promena dans la cour plusieurs fois, se faisant expliquer par sa mère, très surprise, le travail de ceux qui œuvraient dans la cave. Les deux derniers jours, elle partit seule dans les vignes, prétextant un besoin de prendre l'air avant la mauvaise saison, et c'est ainsi qu'elle se trouva face à Justin dans une allée, alors qu'il regagnait la Combelle. Ils en avaient tant rêvé l'un et l'autre qu'ils restèrent un long moment silencieux, lui émerveillé de pouvoir s'approcher d'une jeune fille dont la compagnie lui avait toujours paru interdite, elle éblouie par ce jeune homme si beau, si calme, si attentif, qui venait de lui confirmer ce que lui avait enseigné la musique : la vie était belle et l'amour existait vraiment.

Quand il fallut se séparer, elle murmura seulement :

— Il faut revenir vite.

— Je vous le promets, dit-il avant de s'enfuir, persuadé qu'ils venaient d'échanger là un serment qui écarterait tous les obstacles au bonheur qui leur était promis.

10.

UN an plus tard, en août, les cuves étaient encore pleines, et la question se posa de savoir comment se débarrasser du vin avant les vendanges. A Sainte-Colombe et dans les villages des alentours, les saisies d'huissier se multipliaient contre ceux qui refusaient de payer l'impôt, provoquant des drames dans les familles qui se retrouvaient sans meubles du jour au lendemain. Ces meubles étaient vendus aux enchères à Narbonne, souvent à bas prix, ce qui occasionnait des troubles, violemment réprimés par la troupe. A Paris, le président Fallières avait succédé au président Loubet, Sarrien à Rouvier, puis Clemenceau à Sarrien. Ce radical se proclamait déjà « le premier flic de France », ce qui faisait enrager Firmin, contraint par ailleurs de ne plus s'opposer aux saisies d'huissier, depuis qu'il avait payé si cher sa solidarité envers les vignerons.

Ce mois d'août avait été chaud, et jamais les vendanges ne s'étaient annoncées aussi belles. Cela signifiait qu'on ne vendrait pas mieux le vin que l'année précédente, et Firmin, à qui il restait près d'un demi-muid, était allé demander conseil à Marcelin Albert et à ses amis d'Argeliers. Il rentrait découragé, ce soir-là, tandis que la nuit tombait sur les vignes lourdes de grappes, et que leur parfum, uni à celui de la terre chaude, épaississait l'air sur la plaine assoupie.

C'était l'heure qu'il préférait, jadis, quand on n'avait qu'à se soucier de produire, de rentrer de belles vendanges, et que l'on attendait le courtier sans crainte, certain que l'on était de vendre à un prix raisonnable, c'est-à-dire à un prix qui permettrait de vivre décemment. Aujourd'hui, on ne songeait qu'à survivre, même ceux qui ne dépendaient pas directement des vignes. Raoul Maffre, le tonnelier, comme le forgeron, le charron, n'avait presque plus de travail. Le Midi se mourait. Firmin se désolait de ne pas voir se rallumer la révolte, ne comprenait pas comment, après avoir tant souffert, tant lutté, après être devenu vieux, il ne pouvait pas manger du pain tous les jours. Et le pire était devant lui, il le savait. Il allait devoir annoncer une bien mauvaise nouvelle à Prudence : c'est pour cette raison qu'il marchait lentement, repoussant le moment où il ouvrirait la porte de leur petit appartement.

Elle l'attendait sous la suspension en porcelaine, ravaudant sous la chiche lumière une chemise déjà bien reprisée. Il s'assit sans un mot, se mit à manger le peu de soupe qu'elle avait tenue chaude, où flottait un maigre morceau de cansalade. Elle ne lui posa pas de questions, attendit, certaine qu'il finirait bien par parler et déjà résignée. Les années de solitude, la vieillesse et les soucis l'avaient usée : elle ne pouvait même plus monter dans les collines où elle trouvait autrefois les poireaux et les asperges sauvages. Elle brûlait encore du même feu que lui, mais la révolte qui tardait et la misère qui dévastait le Languedoc lui faisaient douter, parfois, du monde meilleur dont ils avaient rêvé l'un et l'autre.

— Il va falloir vider le vin dans le fossé, dit-il brusquement, comme pour se débarrasser d'un trop lourd fardeau.

Elle l'avait imploré de vendre à bas prix l'automne précédent, mais il s'y était toujours refusé, par fierté. Aujourd'hui, pourtant, elle ne songeait même pas à lui en faire le reproche, et partageait ce dur malheur qui était de jeter au fossé une récolte durement gagnée, surtout depuis que leur âge leur rendait le travail très pénible. Mais cette petite vigne constituait leur seule source de revenus, puisqu'il n'y avait plus de travail chez Raoul, et il n'était pas question de l'abandonner.

— On ira cette nuit, ajouta-t-il, je ne veux pas qu'on nous voie.

Elle hocha la tête, comprenant trop bien que cette honte, cette indignité, devait être cachée, faute de quoi elle les tuerait.

— On videra dans un tonneau et on le portera sur la brouette jusqu'à la route d'Argeliers.

— Oui, dit-elle, c'est le mieux.

Il acheva de manger très vite, demeura un long moment anéanti, penché sur ses mains ouvertes devant lui, incapable de se décider au geste sacrilège.

— Allons, dit Prudence, puisqu'il le faut.

Il releva la tête, et il y eut dans ses yeux comme la lueur vacillante d'une bougie qui s'éteint. Prudence eut peur, mais il se reprit très vite et se leva, l'appelant du regard pour cette ultime épreuve, sachant très bien qu'une fois de plus elle serait là pour l'aider.

En bas, dans la cave qui jouxtait l'atelier de Raoul, ils firent le moins de bruit possible pour vider du vin dans le tonneau, puis ils partirent sur la route d'Argeliers, se relayant pour aller plus vite. Quand il ouvrit le robinet, que le vin commença à couler dans le fossé, Firmin eut un gémissement, puis il se redressa, portant les mains à ses reins. Il aperçut alors des lumières en lisière des vignes du Solail, et comprit qu'il n'était pas le seul à vider ses cuves en cette nuit si belle de la fin août : même les Barthélémie étaient contraints d'agir comme lui. Il lui sembla à cet instant qu'une nouvelle alliance pouvait naître de cette catastrophe et il en fut un moment réconforté : les grands et les petits étaient pour une fois égaux dans la misère. Peut-être finiraient-ils par se retrouver unis dans le combat qui allait s'engager, c'était devenu inévitable, du moins le pensait-il.

Ils durent faire cinq fois l'aller-retour entre la cave et le fossé, cinq chemins de croix dont ils faillirent mourir l'un et l'autre, tellement la blessure était profonde. A la fin, quand le dernier tonnelet fut vide, comme ils étaient épuisés, ils s'arrêtèrent à mi-chemin, face à face. Firmin prit sa femme par les épaules et murmura :

— J'aurais jamais cru qu'un jour on en arriverait là.

Elle s'aperçut qu'il pleurait, cet homme que rien jamais n'avait brisé, même pas la prison, même pas le bagne, et elle en fut si cruellement touchée qu'elle s'affaissa sans qu'il puisse la retenir. Il eut très peur, se pencha sur elle, murmura :

— Prudence, Prudence...

Il tenta de la relever, mais il n'avait plus de forces. Alors, il s'assit à son côté et lui prit les mains, dans ce geste qui les avait toujours réunis dans les meilleurs et les pires moments de leur vie. Ils demeurèrent ainsi un long moment, sous les étoiles qui veillaient sur le monde et — si mal, pensa-t-il — sur les hommes. Puis il parvint à la redresser et, quand son malaise fut dissipé, ce fut elle qui murmura :

— Allons nous coucher, il est grand temps.

Des lumières se déplaçaient encore dans les vignes du Solail. Firmin eut l'impression que personne ne dormait, cette nuit-là, dans la plaine. Et il ne put trouver le sommeil, tandis qu'il reposait près de Prudence, les yeux grands ouverts, attentif à la douleur de cette blessure à laquelle, il le devinait, il ne pourrait pas survivre longtemps.

— Nous n'avons pas payé l'impôt foncier ? fit Arthémon, étonné, devant Charlotte qui, cet après-midi-là, était contrainte de lui avouer à quel point les affaires allaient mal.

— Non. Je n'ai pas pu, comme tant d'autres. D'ailleurs, je n'ai presque plus d'argent. Juste de quoi tenir jusqu'aux vendanges, en espérant que l'on vendra le vin.

— Ça va si mal que ça ?

— J'ai été obligée de gager quelques-unes des vignes.

Ils marchaient dans une allée baignée de soleil, et Charlotte, fermant les yeux, leva la tête vers le ciel bleu.

— Que c'est bon ! fit-elle. Pourquoi faut-il avoir des soucis quand le ciel est si beau ?

— Parce qu'on ne vit pas dans le ciel mais sur la terre, ma tante, fit Arthémon sans sourire.

Ils arrivèrent à l'ombre d'un amandier, s'assirent sur des comportes renversées.

— Et ces vendanges qui s'annoncent si belles ! dit Charlotte. Où est-il le temps où tout le monde chantait en cueillant le raisin ?

— Grâce à mon oncle et à ton mari, ce temps-là ne reviendra plus, je le crains, fit Arthémon d'une voix lasse.

Charlotte le considéra un instant avec surprise, ne comprenant pas ce qu'il voulait dire. Il sortit alors de sous son gilet un journal, le déplia, le tendit à sa tante.

— Tu lis, *La Dépêche* maintenant ?

— Il le faut bien, ma tante. Ne sommes-nous pas tous engagés dans le même combat ?

— Tu as raison, dit-elle. Et puis, à qui font peur les radicaux, aujourd'hui, n'est-ce pas ?

Comme Arthémon se contentait de sourire, Charlotte se mit à lire l'article. Il y était question d'une affaire de mouillage qui avait éclaté à Narbonne et dans laquelle était mis en cause le négociant Etienne Barthélémie que défendait l'avocat Louis Daubert. Selon le journaliste, cinq mille hectolitres mouillés à quarante pour cent avaient été découverts dans l'entrepôt du marchand qui, pour sa défense, avait invoqué le déversement accidentel d'une conduite d'eau dans ses cuves. Comme cette défense n'avait pas suffi, l'avocat avait mis en cause les employés de l'administration chargés du contrôle, qui auraient été soudoyés par un négociant concurrent.

Charlotte, très pâle soudain, malgré la chaleur, releva la tête.

— Tu n'en avais pas entendu parler ? demanda Arthémon.

Elle ne répondit pas, touchée de plein fouet par ce qu'elle redoutait depuis quelque temps, non pas pour Etienne, qui n'avait que ce qu'il méritait, mais pour Louis, pour leurs enfants qui travaillaient à l'étude et allaient être déconsidérés non pas aux yeux de la bonne société narbonnaise — ce dont Charlotte se moquait —, mais aux yeux de ceux parmi lesquels elle vivait : les vignerons, grands et petits, en péril aujourd'hui à cause de ces pratiques frauduleuses. Ainsi, Louis était allé jusqu'à défendre Etienne, bien qu'il connût tout de ses difficultés à elle, de son attachement au Solail, du combat presque désespéré qu'elle menait. Il l'avait trahie. Des larmes de rage et de souffrance montèrent à ses yeux, et elle ne put les dissimuler à Arthémon qui murmura :

— Excuse-moi, je n'aurais pas dû te montrer ça.

— Je l'aurais appris quand même, alors... un peu plus tôt ou un peu plus tard...

Elle s'était détournée pour sécher ses yeux, s'en voulant de sa faiblesse, elle qui n'avait pas pleuré depuis tant d'années.

— Je suis là, ma tante, souffla Arthémon.

Elle se retourna, et la jeunesse, le sourire d'Arthémon lui firent du bien. Il ressemblait tellement à Léonce au même âge, qu'il sembla à Charlotte qu'elle retrouvait un peu de l'énergie d'une époque où elle livrait combat sans faillir.

— Je repars ! décida-t-elle brusquement.

— Pas sous cette chaleur ! fit Arthémon, attends au moins que le soleil commence à redescendre.

Elle répondit en souriant :

— Je ne peux pas. Il faut que je reparte tout de suite. J'ai vraiment besoin de savoir ce qui s'est passé.

Il n'insista pas, l'accompagna jusqu'au perron où l'attendait sa voiture et lui dit, avant que le cocher ne lui ouvre la porte :

— Je me battrai avec toi jusqu'au bout, ma tante.

— Je sais, mon neveu, fit-elle avec un pauvre sourire.

En chemin, elle ne cessa de regarder par la vitre ouverte les vignes qui, comme elle, lui semblaient trahies, et sa colère ne fit qu'augmenter. Sa souffrance, aussi, car elle avait cru pouvoir compter sur Louis en toutes circonstances. Certes, il ne lui parlait guère de son métier, de ses affaires, tandis qu'elle gérait elle-même l'argent de sa dot, mais elle avait toujours cru qu'ils partageaient quand même l'essentiel, et cela dans une mutuelle confiance.

Quand elle arriva, la nuit tombait. Louis était en

train de dîner, seul, leurs deux fils vivant désormais dans leur appartement en ville.

— Je ne t'attendais pas ce soir, fit-il en se levant pour l'accueillir, fidèle à ses bonnes manières, affable et souriant, comme à l'accoutumée.

Il ajouta, tandis qu'elle s'asseyait sans un mot, intrigué par la profonde lassitude inscrite sur son visage :

— Quelque chose ne va pas ?

Elle planta ses yeux de lavande dans ceux de son mari, répondit sans tergiverser :

— Imagine-toi que des conduites d'eau ont cassé chez Etienne et qu'elles se sont déversées directement dans ses cuves. Ce n'est vraiment pas de chance.

Il ferma les yeux, soupira, ayant compris tout de suite au ton de Charlotte qu'elle était venue lui demander des comptes et qu'il ne s'en sortirait pas facilement.

— Ecoute, dit-il, c'est le métier, tu le sais bien.

— Quel métier ? s'insurgea-t-elle. Un métier qui permet de défendre ceux qui affament des milliers de vignerons ?

Et, comme il baissait la tête, non pas par humilité mais par souci de ne pas attiser sa colère :

— Un métier qui permet de mettre en cause des gens de l'administration pour sauver des voleurs ?

Un silence terrible tomba, que mit à profit Amélie pour apporter une salade.

— Merci. Je n'ai pas faim. Tu peux desservir, dit Charlotte d'une voix vibrante de colère contenue.

Amélie obéit, tandis que Charlotte reprenait du même ton glacé :

— Tu sais que je ne peux plus payer. Et tu sais ce que représente pour moi le Solail. Alors pourquoi défends-tu ceux qui trafiquent le vin, Louis ?

Il releva enfin la tête, dit calmement :

— J'ai défendu un client. Je ne fais que ça depuis

trente ans, même si ces clients ne me plaisent pas. Nous en avons vécu, de ce travail, toi et moi, et très bien.

— Non, l'arrêta-t-elle, pas moi. Moi, j'ai vécu de ma dot et de mes revenus.

— Mais ils n'existent plus aujourd'hui, dit-il doucement.

Et il le regretta aussitôt, car elle le dévisagea un moment en silence, avec une sorte d'incrédulité dans le regard, comme si, tout à coup, elle ne le reconnaissait plus.

— Il y a autre chose qui n'existe plus, fit-elle d'une voix très lasse, c'est ce que nous avons partagé tous les deux. Tu n'es plus à mes côtés, mais du côté de ceux qui finiront par me prendre ce que j'ai de plus cher.

— Mais non, plaida-t-il, je suis avec toi. Tu le sais bien.

— Plus maintenant.

Et, comme il ne trouvait rien à répondre, elle ajouta, les yeux humides malgré l'effort qu'elle faisait pour se contenir :

— Je vais donc repartir chez moi, au Solail, pour le défendre, et je ne reviendrai plus jamais ici.

Louis accusa le coup, murmura :

— Si c'est ce que tu veux vraiment, eh bien, va-t'en, mais sache que, contrairement à ce que tu crois, je suis avec toi, pour t'aider, et je te donnerai tout l'argent que tu voudras.

Il comprit qu'il avait prononcé des paroles irréparables quand elle répondit :

— Je ne veux pas de cet argent que tu gagnes avec des voleurs.

Un silence impitoyable succéda à ces paroles définitives. Tout était dit. Il le sentit, mais il refusait de la perdre si vite, en une soirée, alors qu'ils vivaient dans l'entente et l'harmonie depuis si longtemps.

— Je te promets que si j'avais su...

— Tu as toujours su ce que tu faisais, Louis, l'interrompit-elle.

Elle le considéra un instant en silence, puis, bouleversée, malheureuse comme elle ne l'avait jamais été, elle sortit, le laissant seul, debout, désemparé, regardant sa main tendue, inutile. Une main qu'elle ne saisirait plus jamais.

Couché sous des ceps lourds de grappes, Justin attendait sans vraiment y croire celle qui lui avait fait la promesse de le rejoindre à la nuit tombée. Cela faisait une semaine qu'il était rentré de Rochefort, une semaine durant laquelle il avait cherché tous les prétextes pour s'approcher du château et guetter la fenêtre par où apparaîtrait Violaine dont la musique s'évadait toujours vers le parc, surtout en fin d'après-midi, à l'heure précisément où les charrettes revenaient vers les remises. Il avait enfin pu l'apercevoir ce dernier soir, et il avait su tout de suite qu'elle l'attendait. D'ailleurs, elle s'était débrouillée pour le croiser dans l'allée d'oliviers, tandis qu'il repartait vers la Combelle, et ils avaient pu échanger quelques mots, à peine murmurés.

— Où se retrouver ? avait-elle demandé d'elle-même à l'instant de se séparer. J'ai tellement espéré votre retour.

— A la Croix, cette nuit, si vous pouvez.

— Je viendrai.

« Je viendrai... je viendrai... », ces deux mots, Justin, qui s'était renversé face aux étoiles, ne cessait de les entendre, mais il ne les croyait pas. Prenant prétexte auprès de ses parents du fait qu'ils étaient trop nombreux à la Combelle, il avait demandé au régisseur la permission de s'installer dans le cabanon où avait vécu le vieil Antoine à la fin de sa vie. Ainsi était-il plus libre de ses mouvements, surtout la nuit, et avait-il acquis un peu d'indépendance, non sans avoir promis à Mélanie qu'il regagnerait la Combelle dès le début de l'hiver.

C'était une nuit magique que cette nuit-là. Il semblait à Justin que tous les parfums des collines avaient fait alliance avec les parfums des vignes et roulaient des vagues épaisses qui faisaient chanter les feuilles et hersaient la terre, plus chaude qu'un lit au réveil. Les étoiles lui paraissaient si proches qu'il avait envie de tendre la main pour les cueillir. Il distinguait à peine, tout là-bas, les lumières du château entre les pins et les acacias qui tremblotaient sous le léger vent de la nuit.

A un moment, Justin crut entendre marcher, mais les pas s'éloignèrent en direction du canal. Il se redressa, s'approcha de l'allée pour mieux voir. Il dut patienter encore une demi-heure, puis, alors qu'il commençait à désespérer, il aperçut une tache claire au bout du chemin : les cheveux blonds de celle qu'il attendait. Il se mit debout au milieu de l'allée pour ne pas l'effrayer en surgissant brusquement. Elle ralentit un peu sa marche en apercevant sa silhouette, mais il la rassura en disant :

— C'est moi, n'ayez pas peur.

Elle vint jusqu'à lui, et ils restèrent face à face un instant, tandis qu'il demandait :

— Alors, vous avez pu venir ?

— Oui, dit-elle, mais n'a pas été facile.

Il n'osait s'approcher, la toucher, car ce simple geste lui paraissait sacrilège, lui qui n'avait touché que deux ou trois filles des bars louches de Rochefort, et d'ailleurs il se demandait si c'était bien elle, s'il ne rêvait pas.

— Je ne peux pas croire que vous êtes venue jusqu'à moi, dit-il d'une voix nouée.

— Pourquoi ?

— Vous le savez bien : le château, la musique, et puis vous êtes si belle...

— Cela ne compte pas pour moi.

Cette réponse et la pensée qu'elle allait peut-être repartir très vite l'enhardirent un peu. Il avança vers elle et elle fit également un pas en avant, si bien qu'ils se retrouvèrent l'un contre l'autre et qu'il l'enlaça tout naturellement, comme si ce geste était inscrit dans leur destinée depuis leur venue au monde. Ensuite, elle se laissa aller contre lui et il la souleva pour l'emporter au milieu des vignes, dans un refuge où rien ni personne ne pouvait plus les rejoindre, déjà inséparables malgré tout ce qui les séparait.

Ce fut elle qui se réveilla la première, quand les coqs de Sainte-Colombe se mirent à chanter.

— Mon Dieu ! s'exclama-t-elle, quelle heure peut-il être ?

Il faisait nuit encore, mais le jour commençait à éclore au-dessus des collines où le ciel rosissait.

— Vite, dit-elle.

— Je vous raccompagne, fit-il.

— Non, reste, les journaliers ne vont pas tarder à arriver.

— Et comment se revoir ?

— Ici, souffla-t-elle. Chaque fois que je pourrai.

Il voulut la retenir encore, mais elle se dégagea et se mit à courir, retenant sa robe d'une main, se retournant une dernière fois au bout de l'allée, avant de disparaître.

Justin demeura un long moment immobile, n'osant croire à ce qui s'était passé, à ce bonheur inconnu qui vibrait au fond de lui, trop grand, trop vaste, et un peu inquiétant. Quand il fut certain qu'elle ne reviendrait pas en arrière, qu'aucun bruit n'agitait encore le château, il rentra dans le cabanon et se coucha en attendant le jour, incrédule encore, tandis qu'il revivait cette nuit magnifique, son cœur battant au même rythme que durant ces heures inoubliables.

Au matin, il eut besoin d'aller vérifier à l'endroit où ils s'étaient couchés s'il n'avait pas rêvé. Il y trouva un petit mouchoir brodé et parfumé à la lavande, le mit dans sa poche et, rassuré, partit au travail. La journée, il ne pensa qu'à la nuit qui viendrait, contrôlant la course du soleil dans le ciel d'un bleu de myosotis, respirant de temps en temps le mouchoir qui lui restituait, intactes, les sensations éprouvées au cours des heures passées.

Violaine revint la nuit suivante, et toutes les nuits du mois d'août et de septembre, profitant des vendanges et des allées et venues de la main-d'œuvre dans le parc et les vignes. Alors, parfois, tandis qu'elle marchait vers la Croix, elle entendait des murmures et des soupirs entre les ceps, et elle se hâtait de rejoindre Justin pour apaiser la fièvre qui la dévorait, au milieu de l'air nocturne chargé de sucre, de folie, de passion.

Un jour qu'elle allait en voiture à Ginestas, chez une couturière, avec sa mère, une femme noire, qui tenait un enfant dans ses bras, se dressa devant le cocher qui dut s'arrêter pour ne pas la renverser. Elle se mit à rire d'un rire fou, regardant fixement Violaine et cria, brandissant son enfant :

— Regarde ! Regarde ! Mais le tien, il mourra.

Le cocher dut s'y reprendre à deux fois pour s'ouvrir le passage et, lorsque la voiture se fut éloignée, Violaine demanda :

— Qui c'était ?

— Le Finette. Sa mère est morte il y a trois ans.

Elle, elle a eu un enfant, mais on ne sait pas de qui. C'est toujours comme ça, avec ces femmes.

Violaine se sentit rougir et se tourna de l'autre côté, feignant de regarder les vignes où les colles achevaient les vendanges. Elle ne s'aperçut pas de l'expression soucieuse qu'avait prise le visage de sa mère, et elle oublia les mots prononcés par la Finette et son rire de folle.

La nuit d'après, tandis qu'elle rentrait de son rendez-vous avec Justin, aux premières lueurs de l'aube, elle eut le pressentiment d'une menace immédiate et elle pressa le pas. Quand elle poussa la porte de sa chambre, sa mère était assise sur le lit, défigurée, méconnaissable, accablée.

— D'où viens-tu ? demanda-t-elle d'une voix blanche.

Et, se dressant aussitôt, comme sa fille ne répondait pas :

— Qui est-ce ? Dis-moi son nom !

Violaine, le moment de surprise passé, retrouva un peu d'aplomb et répondit, comme dans un défi :

— Justin. Le fils du ramonet.

Berthe ferma les yeux, gémit. Elle avait toujours redouté une catastrophe de ce genre mais c'était pis que ce qu'elle avait imaginé depuis que la Finette, sur la route, avait éveillé ses soupçons.

— Qu'est-ce que tu as fait, ma fille ? gémit Berthe.

— Je l'aime.

— Un journalier ? qui ne sait ni lire ni écrire ?

— Je m'en moque, je l'aime comme il est.

— Tu le vois depuis combien de temps ?

— Depuis qu'il est revenu.

Berthe, anéantie, ferma de nouveau les yeux.

— Tu es devenue folle, murmura-t-elle.

— Non, je ne suis pas folle, je l'aime et je le veux.

Berthe se leva, s'approcha de sa fille :

— Je ne te laisserai pas gâcher ta vie pour un journalier, dit-elle. Ça, je ne te le permettrai pas.

— Eh bien, je me passerai de ta permission.

Berthe, qui n'avait jamais frappé sa fille, la gifla brusquement. Les yeux pleins de larmes, Violaine la défia du regard, puis elle alla s'asseoir sur son lit et dit :

— Je ne te le pardonnerai jamais.

Regrettant son geste, Berthe s'adoucit, murmura :

— Et la musique ? Ce voyage à Paris que nous devions faire pour que tu puisses jouer avec un chef d'orchestre ?

— Ma musique, c'est lui.

Berthe soupira, fit un pas vers sa fille, se ravisa, puis elle sortit et referma la porte à clef derrière elle.

Assise sur une chaise à l'ombre du perron, Charlotte regardait Arthémon et Calixte venir vers elle à petits pas, écrasés qu'ils étaient par la chaleur de l'après-midi. Bien que l'on fît la sieste pour laisser passer la canicule, elle ne tombait jamais vraiment avant la nuit. Et cette chaleur renvoyait Charlotte vers les torrides étés d'autrefois, quand, de sa chambre enfouie dans la pénombre, elle attendait impatiemment l'heure de pouvoir sortir, de courir dans les vignes, de retrouver ceux qu'elle aimait : son père, Léonce, les hommes et les femmes qui travaillaient sur le domaine et qui peuplaient son univers de fillette assoiffée de vie.

Aujourd'hui, elle aurait été bien incapable de courir, à cause de son âge, certes — comment se faire à l'idée d'avoir passé la cinquantaine ? —, mais aussi à cause de cette lassitude qui l'envahissait par moments, alors qu'elle aurait dû se sentir heureuse d'être rentrée au Solail. Mais les soucis l'accablaient et, comme elle avait peur de perdre le domaine après l'avoir définitivement retrouvé, elle ne cessait de chercher la possibilité de payer l'impôt foncier que lui réclamait instamment le receveur de Ginestas.

En voyant s'approcher Calixte et Arthémon, elle devina qu'elle allait encore une fois devoir faire face à un problème. Effectivement, Arthémon lui dit qu'il voulait lui parler, et invita d'un geste Calixte à s'approcher. Celui-ci demeura debout, gêné, son chapeau à la main après s'être décoiffé.

— Qu'y a-t-il ? demanda Charlotte avec un geste d'impatience.

Calixte ne se décidant pas, Arthémon prit la parole en s'asseyant face à Charlotte :

— Calixte est venu dire que ses deux aînés voulaient partir en Algérie.

Elle n'eut pas l'ombre d'une réaction, regarda simplement le régisseur qui se troubla et murmura :

— Oui, je vois bien qu'ici c'est de plus en plus difficile, qu'il n'y a pas de place pour eux ; on est déjà si nombreux et les affaires vont si mal.

Et, comme Charlotte demeurait impassible, il se justifia davantage :

— Ils sont mariés à présent. On est trop nombreux à la maison, avec Adèle et Lucien que j'ai eus de Pauline.

— Et alors ? fit Charlotte.

— Alors, je ne voudrais pas que vous le preniez mal, que vous croyiez que je n'ai plus confiance, ni eux non plus.

Charlotte eut un soupir, considéra un instant son régisseur qui paraissait réellement accablé.

— Qu'ils s'en aillent, dit-elle brusquement, et il lui sembla aussitôt qu'elle venait de prononcer des paroles irréparables.

Calixte hocha la tête, se troubla de nouveau, remercia, puis s'éloigna. Arthémon, lui, demeura assis, évitant de croiser le regard de Charlotte, dont les yeux venaient de se voiler.

— Ce n'est pas si grave, dit-il, on ne peut quand même pas donner du travail à tout le monde.

— Jusqu'à présent on avait pu, dit-elle.

Il y eut entre eux un silence qu'Arthémon préféra ne pas rompre, pour ne pas troubler la réflexion de Charlotte. Celle-ci, se tournant brusquement vers l'allée, aperçut une calèche qui venait vers le château et demanda :

— Qu'est-ce que c'est que ça, encore ?

Arthémon se leva, descendit au bas du perron, attendit que le cocher tire la porte de la calèche qui s'ouvrit sur le receveur de Ginestas, un homme portant jabot et chapeau haut de forme, de belle prestance, aux lèvres fines et aux yeux gris.

— Je voudrais vous parler, dit-il à Arthémon ; ainsi qu'à Madame, ajouta-t-il aussitôt en désignant Charlotte du menton.

— Eh bien, parlons, mon ami, parlons ! fit Charlotte en se dressant brusquement, décidée à faire face, comme toujours, retrouvant les réflexes de la combattante qu'elle n'avait cessé d'être.

— Peut-être serait-ce mieux à l'intérieur, suggéra l'homme de l'administration d'une voix doucereuse.

— Comme vous voudrez, fit Charlotte en l'invitant à la suivre, ainsi qu'Arthémon, dans le bureau qui avait été celui de Charles Barthélémie, puis de Léonce.

Là, elle ne fut guère étonnée d'entendre cette main armée du destin lui annoncer que si elle n'avait pas payé avant le 1er novembre, on ferait procéder à une saisie de meubles.

— Vous serez payé, mon ami, dit Charlotte, qui préféra ne pas le heurter de front et user de son charme.

— Vous comprenez bien, Madame, que ce ne serait pas une mesure que je prendrais de gaieté de cœur.

— Mais j'en suis certaine, mon ami, aussi vous prendrez bien en attendant un fond de madère ?

L'homme de l'administration fut ainsi amené à glisser dans une conversation de salon qui se termina, de longues minutes plus tard, à l'instant où l'on entendit la voix de son cocher dans le parc. Alors, il s'excusa de devoir partir et il sortit sur le perron, suivi par Arthémon et Charlotte, qui sentit son cœur battre plus vite : en bas, mystérieusement prévenus, les domestiques et les journaliers s'étaient rassemblés, formant une muraille entre les marches et la calèche qui attendait, trente mètres plus loin, au départ de l'allée d'oliviers.

Quand le percepteur apparut, il y eut un murmure d'hostilité parmi les gens du Solail, manifestement décidés à lui barrer le passage. Il appela vainement son cocher, qui était retenu près de la calèche par deux journaliers, se tourna vers Charlotte et demanda :

— Qu'est-ce que cela signifie, Madame ?

Elle sourit, répondit :

— Simplement qu'ici vous êtes sous ma protection, ce qui ne sera plus le cas sur la route.

Et, devant son air scandalisé, elle ajouta :

— Ce sont des hommes et des femmes qui mangent comme vous et moi, vous ne le saviez pas ?

Il lui jeta un regard furieux, fit deux pas en avant, mais les journaliers ne s'écartèrent pas.

— Laissez passer monsieur le receveur ! lança alors Charlotte d'une voix amusée.

Les hommes s'écartèrent, très lentement, et le receveur eut tout le temps de percevoir la menace qui pesait sur lui. Une fois la calèche partie, comme les journaliers, les domestiques et Charlotte se trouvaient face à face, elle observa un moment ces visages à la peau brunie, couverts de sueur, ces bras noueux, ces mains jamais lasses, ces regards où, derrière la souffrance et la fatigue, il y avait aussi, lui sembla-t-il, une lueur de confiance. Elle frissonna malgré la chaleur, puis elle descendit les marches et vint les remercier avec une sincère émotion.

A la nuit, elle prit une grande cape d'hiver, marcha jusqu'au canal, revint vers la Croix, entra dans une vigne, s'enroula dans sa cape et se coucha. Elle songea aux enfants de Calixte, ce fidèle serviteur, qui devaient partir, mais elle revit surtout les visages tendus vers elle de ses journaliers et de ses domestiques. Elle savait désormais qu'elle allait devoir se battre pour elle mais aussi, et surtout, pour eux. D'où son besoin d'aller puiser des forces sur la terre, dans ses vignes, entre les ceps qui murmuraient doucement des mots de réconfort. Quand le jour se leva, elle se sentit comme neuve. Frissonnante dans le petit matin luisant de « mouille », elle regagna le château où brillaient déjà des lumières dans la salle à manger.

Les vendanges s'achevaient, et Justin, désespéré, ne comprenait pas pourquoi Violaine ne le rejoignait plus chaque nuit. Il errait dans les vignes comme un damné, s'approchait du château jusque sous la fenêtre de celle qu'il attendait, ne dormait plus, hésitait à forcer les portes comme il l'avait fait une fois, le jour où il avait surpris Violaine au piano. Le dernier soir des vendanges, au moment où le maître et la maîtresse du Solail accordaient le « Dieu-le-veut » — malgré les difficultés, Charlotte avait tenu à ce que les vendangeurs fussent traités comme d'habitude —, Justin renonça au festin et s'éloigna comme chaque nuit en direction des vignes de la Croix. « Ce sera ce soir ou plus jamais », se dit-il, et cette pensée soudainement le fit s'arrêter au milieu du chemin, haletant, submergé comme il ne l'avait jamais été par le désespoir. Il s'assit au bord d'une allée, écoutant dans le lointain les cris et les rires des vendangeurs, seul au monde, essayant d'imaginer l'avenir sans Violaine, persuadé qu'il ne pourrait pas supporter de vivre sans elle. Il était si loin dans sa solitude qu'il n'entendit pas le premier appel et qu'il sursauta au second.

— Justin ! Justin !

Déjà elle était contre lui, le serrait, murmurait :

— Vite ! Vite ! Partons !

— Mais où ?

— Emmène-moi ! Partons loin, vite !

Elle le tirait par le bras, lui voulait résister, comprendre, se coucher avec elle au milieu des ceps, mais elle n'avait qu'une idée en tête : fuir. Alors il céda et se mit à courir, lui tenant la main, en direction du canal, tandis qu'elle pleurait et prononçait des mots sans signification. Au canal, ils reprirent leur souffle quelques instants, puis ils traversèrent à l'écluse. De l'autre côté commençaient les vignes d'Argeliers. Ils s'y engagèrent, toujours courant, jusqu'à ce que, épuisés, ils fussent contraints de s'arrêter de nouveau. Alors ils retrouvèrent les gestes et les mots auxquels ils avaient rêvé, puis, apaisée, un peu rassurée, Violaine lui expliqua ce qui s'était passé et comment sa mère avait pris la décision de l'éloigner du Solail.

— Je ne veux pas, gémit-elle. Je ne pourrai pas vivre sans toi. Emmène-moi très loin ! Emmène-moi !

Elle retrouvait soudain son exaltation désespérée, et il y avait tant de souffrance dans sa voix qu'il était un peu effrayé.

— Mais où aller ? demanda-t-il.

— A Narbonne, fit-elle. On se cachera.

Ils repartirent en marchant le plus vite possible vers Argeliers dont ils apercevaient déjà les toits luisant sous la lune. Chemin faisant, Violaine parlait de ce qu'elle avait enduré ces derniers jours : sa crainte de ne plus le revoir, son besoin de vivre avec lui, n'importe où, dans n'importe quelles conditions, et de ne pas le perdre, jamais, plus jamais.

— Oui, disait-il, maintenant que nous sommes ensemble, rien ne nous séparera plus. N'aie pas peur.

Après Argeliers, ils prirent la route de Saint-Marcel sans se lâcher la main et ils avancèrent plus vite que dans les vignes. Il leur semblait que la nuit, épaisse et chaude, les protégeait de toutes les menaces. Parfois on entendait chanter les gens de la Montagne noire qui passaient cette dernière nuit de vendanges à la belle étoile avant de repartir vers leurs horizons de bois et de forêts. Il devait être à peu près deux heures du matin. La robe de Violaine murmurait en doux froissements à chacun de ses pas, et c'était elle qui se hâtait le plus, comme si elle devinait la présence d'un ennemi lancé à leur poursuite.

Le fatigue eut cependant vite raison de sa détermination, car elle n'était pas habituée à marcher si vite et si longtemps. Justin la porta pendant près de deux kilomètres puis, à bout de forces, il s'engagea dans une vigne et se laissa tomber près d'elle. Moins d'une minute plus tard, ils dormaient dans les bras l'un de l'autre.

Ce fut lui qui s'éveilla le premier. Le jour se levait, là-bas, sur les collines qu'ils avaient quittées à la nuit, traînant derrière lui un long filet rose qui s'accrochait par endroits à la cime des pins. Justin réveilla Violaine qui eut un sursaut affolé puis, le reconnaissant, sourit et se laissa aller contre lui.

— Il faut repartir, dit-il, c'est le jour.

Elle s'assit, défroissa sa robe, rectifia sa coiffure, se leva. Ils se remirent en marche, frissonnant dans la fraîcheur de cette aube pâle qui les jetait dans l'inconnu.

Comme ils ne pouvaient pas suivre la route, il leur fallut toute la journée pour arriver à Narbonne, où ils trouvèrent refuge sous un porche de la rue des Carmes. Ils n'avaient pas mangé depuis la veille, sinon quelques raisins grappillés dans les vignes, ceux que les vignerons abandonnent par tradition aux pauvres des communes. Ils n'avaient pas d'argent, Justin parce qu'il n'était pas payé, Violaine parce qu'elle s'était enfuie à l'improviste, et ils se trouvaient dans un dénuement auquel Violaine n'était en rien habituée. Justin lui proposa de l'attendre pendant qu'il irait chercher de quoi se nourrir, mais elle eut peur de rester seule, et elle préféra le suivre.

Ce fut une journée de cauchemar qui s'éternisa jusqu'au soir sans qu'ils trouvent quoi que ce soit à manger. A la nuit, Justin vola des pommes dans un enclos, puis ils se couchèrent sous le porche, déjà conscients du fait que cette vie était sans issue.

Le lendemain, ce fut pis encore : Justin se fit surprendre à voler et ils durent s'enfuir, reprenant d'instinct la route de Sainte-Colombe où ils parvinrent seulement à la nuit tombée. Ils se cachèrent pendant quarante-huit heures encore au milieu des vignes d'Argeliers, de l'autre côté du canal, et c'est là qu'on les retrouva un matin, tremblants de froid et de faim, se laissant mourir dans les bras l'un de l'autre.

Cette épreuve laissa Violaine si souffrante et si désespérée que sa mère renonça à l'emmener à Paris, comme prévu, à l'automne. Charlotte prit la défense de sa nièce, rappelant à Berthe combien elle avait aimé Pierre et quelle douleur avait été la sienne à sa mort. Mais Berthe n'en démordit pas : sa fille était tout ce qui lui restait, elle ne voulait pas la perdre, encore moins pour la laisser gâcher sa vie avec un journalier. Elles partiraient donc au début de janvier à Paris. Là-bas Violaine oublierait tout, prétendait Berthe, et se consacrerait à son unique et véritable passion : la musique.

Depuis qu'elle avait appris ce qui se passait entre son fils et Violaine, Mélanie ne dormait plus, et se demandait si la malédiction de la Tarasque et de la Finette n'allait pas se réaliser encore une fois. Décidément, la Combelle et le château étaient bien trop proches pour que les hommes et les femmes qui y habitaient ne fussent pas un jour attirés les uns par les autres. Elle-même, Mélanie, en avait subi les conséquences, et le souvenir de Léonce ne restait jamais absent de sa mémoire, pas moins que la peur qu'elle avait eue de mettre au monde un enfant — Justin, précisément — qui fût du maître du Solail. Aujourd'hui, les choses étaient inversées, en somme, mais la souffrance était la même pour ceux qui étaient séparés.

Ce qui inquiétait vraiment Mélanie, en réalité, c'était la douleur de son fils, qui s'était enfermé dans le cabanon et refusait d'en sortir. Elle s'y était rendue à deux reprises, mais Justin n'avait pas voulu lui ouvrir. Elle savait qu'il avait besoin d'aide, redoutait un acte de désespoir et tremblait à longueur de journée. Dès qu'elle avait un moment libre, elle courait vers le cabanon, espérant que Justin lui ouvrirait et qu'elle pourrait enfin lui parler.

Il y consentit un matin, exactement une semaine après qu'on eut retrouvé les amoureux dans les vignes. Dès qu'il ouvrit la porte, en apercevant le visage de Justin, Mélanie mesura à quel point il avait souffert. Ses traits étaient durs, ses yeux dévorés par une fièvre qui le faisait trembler tandis que, assis sur sa paillasse, il dévisageait sa mère d'un air hostile et inquiétant.

Elle s'était assise sur l'unique chaise de paille crevée, face à lui, ne trouvant plus les mots qu'elle avait pourtant préparés.

— Je sais qui nous sommes, dit-il brusquement, mes yeux se sont ouverts. J'aurai mis le temps, mais aujourd'hui je sais.

Elle ne comprit pas tout à fait ce qu'il voulait dire — ou plutôt elle craignit de trop bien le comprendre. Et, comme elle ne répondait pas et le regardait sans pouvoir dissimuler sa propre détresse :

— Nous sommes des pestiférés. Nous travaillons pour eux, mais ils nous haïssent, et pourtant sans nous ils ne vivraient pas.

Il se redressa, reprit :

— Pour les Barthélémie, nous sommes de la boue, et moi aujourd'hui, à cause d'eux, je me sens sale. Regarde-moi ! Regarde-moi ! Tu ne te sens pas sale, toi ?

— Justin ! gémit Mélanie.

— Nous avons de la terre — leur terre — jusque sous les ongles et dans les cheveux, nous travaillons sous le soleil de l'aube jusqu'à la nuit, nous grelottons dans leur cave l'hiver, nous pleurons avec la poudre du soufrage, nous avons les reins sciés par les cuves de cuivre du sulfatage, tout ça pour quelques sous qui nous permettent juste de ne pas mourir de faim. Et qu'est-ce qu'ils nous rendent ? Du mépris, seulement du mépris.

— Les vignes sont à eux, murmura Mélanie d'une voix lasse.

— Pourquoi sont-elles à eux ?

Mélanie eut un geste vague des mains, souffla :

— Parce que c'est comme ça.

— Alors, qu'au moins ils nous respectent.

Justin se tut un instant, mais son regard demeurait toujours aussi fiévreux.

— Cette fille était pour moi. Elle est venue au monde pour vivre avec moi, je le sais, j'en suis sûr.

— Cela ne se peut pas, Justin, fit-elle doucement.

— Pourquoi ?

Il avait crié, s'était dressé, menaçant, presque, lui qui avait toujours été si calme, si paisible, et qu'elle ne reconnaissait plus aujourd'hui.

— On n'y peut rien, fit-elle. C'est comme ça, mon petit.

Il vint près d'elle, lui saisit les bras, les serra jusqu'à lui arracher une grimace.

— Tu me fais mal, Justin, dit-elle d'une voix étranglée.

— C'est comme ça ! C'est comme ça ! reprit-il. Tu ne sais dire que ça, accepter, se soumettre. A quoi ? A qui ?

— C'est notre vie, fit-elle avec un gémissement.

Il la serra plus fort, puis il la lâcha subitement et dit :

— Ce ne sera pas la mienne.

Et, toujours tremblant, il cria :

— Ce ne sera pas la mienne, non ! Moi, les Barthélémie, maintenant, à partir d'aujourd'hui, je vais leur faire la guerre ! Je m'en vais demain. Je ne veux plus travailler pour eux, mais je n'irai pas loin, je resterai tout près, et on verra un jour qui sera le plus fort !

— Mais où iras-tu ?

— Au village, à Sainte-Colombe. La nuit dernière, je suis allé voir Firmin Sénégas et Raoul Maffre. Je vais me faire tonnelier.

— Les tonneliers travaillent pour les vignerons, mon petit.

— Il n'y a pas que les Barthélémie dans la plaine.

Elle soupira, à moitié rassurée, à présent, après avoir craint de le perdre à jamais.

— Raoul Maffre n'a plus de travail, dit-elle encore, en une dernière tentative pour le retenir.

— Il me prend quand même comme apprenti. Il ne me payera pas, mais il me nourrira. Pour dormir, il y a assez de place dans l'atelier.

Elle ferma les yeux et, de nouveau, soupira. Ce n'était sans doute pas une mauvaise solution : on était si nombreux à la Combelle.

— Je viendrai ce soir pour parler à mon père, et dès demain je partirai, ajouta-t-il.

— Oui, dit-elle. Oui, c'est bien comme ça.

Puis, tandis qu'elle approchait pour l'embrasser avant de s'en aller, il recula en disant :

— Non ! Ne me touche pas.

Mélanie sentit les larmes lui monter aux yeux en comprenant qu'il ne la considérait plus comme une alliée, mais comme une ennemie.

— De toute façon, dit-il encore d'une voix farouche et vibrante de haine, qu'ils le veuillent ou non, ces crapules de Barthélémie, Violaine et moi, un jour on vivra ensemble.

Mélanie ferma les yeux, n'osa lui dire que Violaine aussi était une Barthélémie. Elle fit demi-tour et, sans un mot, s'en alla vers ses souvenirs.

11.

Au printemps suivant, on n'avait pas encore vendu le vin de l'année précédente et la misère ravageait l'Aude où la situation était devenue catastrophique. En février, Marcelin Albert avait envoyé à Clemenceau un télégramme alarmant dont les mots avaient soigneusement été pesés dans le café d'Argeliers : « Midi se meurt. Au nom de tous les ouvriers, commerçants, viticulteurs, maris sans espoir, mères prêtes au déshonneur, enfants sans pain, pitié ! » Le ministre de l'Intérieur, pas vraiment inquiet de ce qui se tramait si loin de Paris, avait cependant fini par nommer une commission chargée d'enquêter « sur la production, le transport et le commerce des vins en vue de proposer les mesures susceptibles de remédier à la situation ».

Ce fut l'occasion que saisit Marcelin Albert pour faire entendre sa voix et celle des « fous d'Argeliers », parmi lesquels figurait Firmin Sénégas, persuadé que l'explosion, cette fois, était inévitable. Aussi partit-il à l'aube de ce 11 mars 1907 pour se joindre à ceux qui avaient décidé de porter à la commission d'enquête la pétition selon laquelle les signataires décidaient de se mettre en grève contre l'impôt, demandaient la démission de tous les corps élus, et engageaient toutes les communes du Midi à suivre leur exemple aux cris de : « Vive le vin naturel ! A bas les empoisonneurs ! »

Il faisait beau ce matin-là, autour des charrettes qui s'étaient engagées sur la route de Sallèles-d'Aude, et Firmin regrettait que Prudence n'ait pu l'accompagner : depuis quelques semaines, elle était obligée de se coucher pendant l'après-midi, car elle était de plus en plus fatiguée. Mais c'était elle qui l'encourageait à rejoindre les révoltés, alors qu'il hésitait à la quitter, soucieux de veiller sur elle. « Il y a Victorine, disait-elle, ne t'inquiète pas. » Il était donc parti une fois de plus vers Argeliers où il avait retrouvé les amis de Marceau, et, avec clairon et tambours, tous s'étaient mis en route vers Narbonne.

A Sallèles-d'Aude, une dizaine de manifestants se joignirent à eux. A Cuxac, ils furent une vingtaine, avec leurs pancartes et leurs drapeaux, à venir grossir la cohorte des vignerons qui arrivèrent à Narbonne au moment où la commission d'enquête descendait du train à la gare. Le clairon sonnait, les tambours jouaient, et Firmin retrouvait les émotions qu'il avait éprouvées dans cette même ville, il y avait bien longtemps. Dans la cour, le sous-préfet, très inquiet, se précipita vers Marcelin Albert pour le supplier de ne pas créer d'incidents.

— Soyez tranquille, Monsieur, dit Marcelin, nous ne sommes pas des perturbateurs mais des miséreux qui viennent apitoyer sur leur situation les membres de la commission parlementaire.

La cohorte des révoltés repartit vers la sous-préfecture, suivant en un joyeux désordre le clairon et les deux tambours. Là, Firmin se souvint qu'il avait été pris en 1871 aux côtés d'Emile Digeon, l'homme qui avait proclamé la Commune, et quelque chose en lui se mit à vibrer intensément, animé qu'il était par un sentiment de revanche, et déjà, lui sembla-t-il, de victoire. La commission accepta d'entendre la délégation d'Argeliers en fin de matinée, après quoi l'élu républicain de la circonscription de Prades, Emmanuel Brousse, vint serrer la main de Marcelin Albert qui lui déclara devant ses amis rassemblés :

— Nous avons allumé notre dernière chandelle. Si vous attendez encore, nous n'y verrons plus clair.

— Au nom de tous mes collègues, je vous promets que nous ferons tout pour que vous ayez satisfaction.

Réconfortés par cette promesse, les « fous d'Argeliers » défilèrent en chantant *La Vigneronne* vers la promenade des Barques où ils s'installèrent pour déjeuner sous le regard curieux des Narbonnais. On était au début du mois de mars, mais il ne faisait pas froid, au contraire : un vent tiède courait sur la promenade où les moineaux venaient guetter les miettes d'un repas qui était fort arrosé, l'un des vignerons ayant apporté sur sa charrette une petite barrique de son vin.

Comme il mangeait lentement son pain et son fromage, Firmin reconnut soudain, un peu à l'écart, le fils du ramonet, Justin Barthès, que Raoul Maffre avait pris avec lui pour lui apprendre le métier. Firmin remarqua que le jeune homme n'avait rien à manger. Il alla vers lui, et lui dit en lui tendant un morceau de pain :

— Alors, tu es venu !

— Raoul m'a donné la journée. Le travail ne presse pas, vous le savez bien.

— Je suis content que tu sois là, petit, dit Firmin qui décelait dans la présence d'un fils de ramonet, parmi les petits vignerons, le premier signe d'un rassemblement plus vaste, celui que tous appelaient de leurs vœux.

Au reste, il n'ignorait rien de ce qui s'était passé entre Justin et l'héritière des Barthélémie, et il avait deviné qu'il y avait là le ferment d'une révolte semblable à celle qui l'avait animé, lui, dans sa jeunesse. Les deux hommes mangeaient face à face, et ce pain partagé était comme la transmission d'un témoin : c'est ce que pensait Firmin, heureux d'être là au soleil, parmi les vignerons rassemblés, au crépuscule de sa vie, mais au départ d'un mouvement qui, il en était persuadé aujourd'hui, allait changer l'existence de ces hommes contraints de se battre pour survivre.

— Il faudrait que tu parles à ton père et à ton frère, dit Firmin ; que tu leur fasses comprendre que cette lutte est aussi la leur.

— Je le ferai dès demain, répondit Justin.

Firmin aima le ton décidé de ce jeune homme brun dont les yeux brillaient d'une fièvre ardente. Il devina qu'il y avait chez lui une force, une violence même qui allaient transformer sa vie comme elles avaient transformé sa propre vie à lui, Firmin. Il eut un élan vers lui, tout à coup, à cette idée, et il voulut se montrer plus proche, plus chaleureux :

— Si j'avais eu un fils, commença-t-il..., mais les mots s'arrêtèrent dans sa bouche, car c'était là le plus grand regret de sa vie.

En effet, que Prudence ne lui eût pas donné d'autre enfant qu'Amélie venait le foudroyer, parfois, dans cette vieillesse qui le faisait se retourner sur son existence. Heureusement, il y avait eu le reste, et surtout le combat pour un monde meilleur et plus fraternel.

— A vingt ans, j'étais comme toi, dit-il avec une grande sincérité.

Les yeux noirs de Justin se posèrent sur lui.

— Vous n'aviez pas vécu ce que j'ai vécu.

La voix avait vibré de colère contenue.

— Un jour, la terre appartiendra à ceux qui la travaillent, et les hommes pourront se marier avec les femmes de leur choix, dit Firmin, pour lui faire comprendre qu'il n'ignorait rien de ce qui s'était passé au Solail.

Justin le considéra avec gravité, demanda :

— Vous le croyez vraiment ?

— J'en suis sûr, petit, mais il faudra le vouloir vraiment, et se battre pour ça jusqu'au bout de ses forces.

— Ce que je veux surtout, c'est voir tomber les châteaux, fit Justin avec rage.

— Tu le verras, petit. Rappelle-toi bien ce que je te dis aujourd'hui, ici, à Narbonne : tu le verras.

Firmin but à même sa bouteille de vin, la tendit ensuite à Justin qui ne se fit pas prier.

— A la bonne heure ! Voilà que tu aimes mon vin, maintenant, dit Firmin en renfonçant le bouchon de liège.

Ils se sourirent. Marcelin venait de monter sur une chaise et haranguait la foule des passants. Ceux-ci s'arrêtaient, écoutaient avec intérêt cet homme vêtu de noir qui déclamait avec la fougue et l'emphase de l'acteur de théâtre qu'il avait été. A trois heures de l'après-midi, sous un ciel sans nuages que semblait astiquer le cers, il fut décidé de défiler de nouveau. « Guerre aux bandits narguant notre misère et sans merci guerre aux fraudeurs », chantaient les vignerons, parmi lesquels Firmin et Justin, côte à côte, avançaient fièrement dans les rues de la ville où les habitants, aux balcons ou sur les trottoirs, les acclamaient.

— Tu vois : ils ont compris, dit Firmin.

C'était un jour unique, plein d'espérance : la commission avait promis de plaider pour la suppression du sucrage, pour une lutte plus vigoureuse contre la fraude, pour des mesures de bienveillance dans le recouvrement des impôts, des faillites et des ventes par expropriation.

Les vignerons ne reprirent la route du retour que le soir, encore exaltés par le miracle de cette journée où, pour la première fois, ils avaient été entendus. Quand Firmin et Justin quittèrent Argeliers, la nuit était tombée. Ils s'engagèrent sur le chemin de Sainte-Colombe du même pas fatigué, mais heureux. L'air des collines descendait sur la plaine comme une lave fraîche, répandant l'odeur des pins.

— Il faudra me raconter, fit Justin, tandis qu'ils approchaient de Marcorignan.

— Quoi donc ?

— La Commune, le bagne, tout ça.

— Autant s'y mettre tout de suite, alors ! dit Firmin, heureux de cette complicité qui naissait entre eux.

Il commença à raconter ce qu'il avait vécu, encouragé par l'intérêt de Justin, et il continua jusqu'à ce qu'ils arrivent à Sainte-Colombe, à une heure du matin. Là, au lieu de se séparer, il fit monter Justin dans l'appartement, et il continua de parler toute la nuit dans la cuisine à peine éclairée, au-dessus de l'atelier de Raoul, tandis que Prudence dormait dans la chambre à côté.

Mélanie n'avait pas oublié la soirée où Justin était venu discuter avec son père et son frère aîné. Elle avait eu peur, tout d'abord, de cette fièvre qui brillait dans les yeux de son fils, elle avait même tenté de le dissuader d'engager la conversation avec les deux hommes, qui étaient si différents de lui, mais Justin avait passé outre. Il avait bien fait car, contrairement à ce qu'elle redoutait, ils avaient été tous les trois du même avis pour décider de se ranger aux côtés des révoltés : ces « fous d'Argeliers » qui étaient allés interpeller la commission d'enquête à Narbonne et venaient de créer un bureau de défense viticole, dont le siège se situait dans la pièce attenante au café de Marcelin Albert.

De là, ils avaient organisé des manifestations dont le succès allait croissant : ils étaient trois cents à Sallèles le 24 mars, six cents à Bressan le 31, jour de Pâques ; un millier le 7 avril à Ouveillan — là même où l'on avait découvert le phylloxéra le 5 juillet 1878 —, cinq mille à Coursan le 14, quinze mille le 21 avril à Capestang.

Justin avait raconté comment, ce jour-là, Marcelin Albert était monté sur une petite tribune pour haranguer les vignerons en ces termes :

— Unissons-nous tous, sans distinction de partis, sans distinction de classes ! Pas de jalousie ! Pas d'ambition ! Pas de haine ! Pas de politique ! Tous au drapeau de défense viticole !

Ces mots avaient suffi à convaincre Cyprien et Séverin devant lesquels, en outre, Justin avait brandi le journal *Le Tocsin,* créé par le comité. Ayant appris à lire pendant son service dans la marine, grâce à un ami de chambrée avec qui il s'était lié d'amitié, Justin avait lu à son frère et à son père des mots dans lesquels ils s'étaient aussitôt reconnus, comme se reconnaissaient aujourd'hui des milliers de vignerons : « Nous sommes ceux qui travaillent et qui n'ont pas le sou... nous sommes ceux qui ont du vin à vendre et qui ne trouvent pas toujours à le donner... nous sommes ceux qui sont endettés jusqu'au cou... nous sommes ceux qui aiment la République, ceux qui la détestent et ceux qui s'en foutent... nous sommes des miséreux qui ont femme et enfants et qui ne peuvent pas vivre de l'air du temps... nous sommes ceux qui ne veulent pas crever de faim... C'est le tocsin. A l'aide, paysans ! A l'aide, vignerons ! Il faut défendre votre sol. Il faut défendre votre maison ! Il faut défendre votre existence, et le tocsin sonne au rassemblement ! »

C'est ainsi que Cyprien, Séverin, Justin et Mélanie Barthès, au matin du 28 avril, étaient partis en charrette vers Lézignan où devait se dérouler une manifestation pour protester, entre autres choses, contre une déclaration de M. Caillaux, le ministre des Finances, qui venait de recommander aux vignerons d'abandonner la vigne et de se lancer dans la culture des primeurs.

Vingt-cinq mille personnes se pressaient dans les rues de la petite ville qui n'avait jamais accueilli tant de monde. Dans la cohue noire et bourdonnante qui se répandait entre les maisons au crépi ocre, Mélanie tentait de ne pas perdre de vue Cyprien et Séverin, alors que Justin les avait quittés pour aller rejoindre les proches de Marcelin Albert. Des clairons sonnaient, des tambours jouaient, dominant par instants les chants repris en chœur par les vignerons. Certains brandissaient des pancartes sur lesquelles étaient inscrits les mots d'ordre lancés par les organisateurs : « A bas les fraudeurs ! Vive le vin naturel ! Caillaux, au tonneau ! » Autant de slogans diffusés par *Le Tocsin.*

Quand Marcelin Albert monta sur une estrade dressée sur la place centrale de Lézignan, il y eut un mouvement de foule qui emporta Mélanie avec une telle violence qu'elle en fut effrayée. Elle essaya de se dégager mais n'y parvint pas. Elle ne voyait plus ni Cyprien, ni Séverin. Elle était seule au milieu d'une foule compacte, enthousiaste, terrifiante dans ses élans qui l'agitaient en vagues incontrôlables, et d'où il était vain de tenter de s'extraire. Mélanie trouva refuge près d'un platane mais n'entendit que quelques bribes du discours prononcé par Marcelin, dont la voix pourtant grave et forte, à cause du brouhaha qui courait parmi la foule, ne portait pas au-delà de cinquante mètres.

Pressée contre le platane, elle attendit en se demandant comment elle allait pouvoir retrouver son mari pour lui donner son repas qu'elle portait dans un panier. Des acclamations saluèrent les ultimes exhortations à la révolte lancées par Marcelin, puis les hommes et les femmes refluèrent vers l'autre extrémité de la place, et Mélanie put se mouvoir plus facilement. Elle mit toutefois plusieurs minutes à trouver non pas Cyprien, mais Séverin, qui mourait de faim. Ils s'installèrent sur une murette à l'angle d'une petite rue, où Cyprien finit par apparaître, affamé lui aussi.

Ils mangèrent leur pain et leur fromage en compagnie de vignerons avec qui ils discutèrent sans façon, comme s'ils se connaissaient depuis toujours, et Mélanie en ressentit une impression de force et de solidarité qui lui fit du bien : décidément, oui, ils avaient eu raison de venir, et elle remercierait Justin de les avoir sortis de leur isolement, de leur avoir ainsi permis de côtoyer ceux qui souffraient des mêmes difficultés : les journaliers, les domestiques, les petits vignerons, les ramonets, les régisseurs, certains gros propriétaires, même, qui avaient commencé à rejoindre le mouvement lancé à Argeliers. Ils partagèrent leur bouteille de vin avec une famille venue de Bressan, discutèrent avec elle jusqu'au moment où il fallut défiler de nouveau dans Lézignan en reprenant les mots d'ordre lancés par le comité.

L'après-midi passa ainsi en allées et venues, chants, slogans repris en chœur, dans une atmosphère frondeuse et joyeuse où chacun se plaisait à parler à son voisin, où l'on jouait des coudes pour tenter d'approcher celui que l'on commençait à appeler « le Rédempteur », un simple vigneron cafetier de village qui avait réussi à mobiliser, grâce à son charisme, sa foi, sa sincérité, des milliers d'hommes et de femmes.

Vers le soir, la foule se dirigea vers la gare, qui se trouvait sur la route de Narbonne. Ceux qui étaient venus en charrette tentèrent de se frayer un passage parmi ceux qui allaient attendre leur train. Mélanie et Cyprien s'étaient justement donné rendez-vous sur la place de la gare, vers où se pressaient des milliers de personnes. Elle se demandait comment Cyprien allait pouvoir passer quand il y eut des cris affolés, un hennissement de cheval emballé, puis la foule s'ouvrit, sous l'effet de la panique. Mélanie aperçut alors la silhouette de Cyprien qui tentait de retenir le cheval, et elle se précipita. A cinquante mètres d'elle, la charrette fit une embardée, le cheval ayant brusquement viré à gauche, et elle ne vit plus Cyprien, entendit seulement crier la foule. Elle cria, elle aussi, se faufila entre les vignerons qui dressaient une véritable muraille entre elle et la charrette. A mi-chemin, un cercle s'était formé, au milieu duquel elle aperçut Cyprien, allongé, une tache de sang grossissant autour de sa tête tournée vers le sol. Elle s'agenouilla, voulut le retourner, et elle comprit alors qu'il ne lui parlerait plus jamais : il s'était fracassé le crâne en tombant violemment, devenant ainsi sans le savoir le premier mort de la révolte des vignerons.

Mélanie, épouvantée, se releva, appela à l'aide, mais elle eut un vertige et s'évanouit. Quand elle reprit conscience, Séverin et Justin étaient penchés sur elle, défigurés par la douleur, méconnaissables, surtout Justin, qui — pensa-t-elle aussitôt — devait se reprocher de les avoir entraînés dans cette aventure. Pour ne pas ajouter à sa douleur, elle fit un grand effort sur elle-même et se redressa, soutenue par ses fils, jetant à peine un regard au corps de Cyprien sur lequel on avait posé une bâche où à une extrémité la tache de sang s'élargissait.

Pour éloigner Mélanie, Séverin l'emmena vers un café. Il lui fit boire un cordial pendant que Justin se chargeait des formalités. Elle ne parlait pas, semblait absente de ces lieux qui lui paraissaient étrangers, s'étant réfugiée dans cette partie d'elle-même où elle parvenait à s'extraire du monde, certaines fois, quand elle souffrait trop. Un homme vint lui serrer la main, lui présenter ses condoléances. Il portait un chapeau cronstadt, avait un teint de cire, un regard fiévreux. Elle ne reconnut même pas Marcelin Albert, murmura un merci sans comprendre ce qu'il lui disait.

Plus tard, elle se rendit compte qu'elle se trouvait dans une charrette sur la route de Sainte-Colombe, reconnut Séverin qui veillait sur elle, lui demanda où se trouvait Cyprien.

— Il est devant, dans l'autre charrette.

Cette réponse suffit à la rassurer et elle retourna dans ces régions lointaines de son esprit où rien ni personne ne pouvait plus l'atteindre. Cela dura trois jours et trois nuits. Sans cette fuite, elle serait morte, sans doute, aurait rejoint son mari dont la silhouette, debout dans la charrette, ne cessait de passer devant ses yeux, même dans le sommeil.

Cyprien fut enterré dans le petit cimetière de Sainte-Colombe en présence d'une foule inconnue qui vint s'incliner sur sa tombe sans savoir qu'il ne serait pas le dernier à mourir, ce printemps-là.

— Qui sont ces gens ? demanda Mélanie à Séverin qui la soutenait à la sortie du cimetière.

— Ils étaient à Lézignan. Ils viennent de partout : Bressan, Ginestas, Sallèles, Marcorignan... partout.

Le soir, Justin resta dormir à la Combelle, tant il était inquiet pour sa mère. Julie proposa de venir y habiter quelque temps, mais Mélanie refusa : elle n'était pas seule, puisqu'elle avait près d'elle Séverin, Clarisse et leurs deux enfants. Le lendemain, avant de partir, Justin se fit des reproches devant sa mère : il se sentait coupable, ne se pardonnait pas d'avoir entraîné son père à Lézignan.

— Sans moi, il serait encore en vie, dit-il. Si tu savais comme je m'en veux.

Elle trouva la force de le consoler et de lui répondre :

— Il était heureux, tu sais, ce jour-là, peut-être même plus qu'il ne l'avait jamais été.

Et, comme Justin ne comprenait pas :

— Il n'était plus seul, tu comprends ? Nous avons été seuls toute notre vie, mais à Lézignan il avait compris que rien ne serait plus jamais comme avant.

— Tu crois ?

— J'en suis sûre.

Ils étaient assis devant la Combelle, face à face, bouleversés, encore, par ce qui s'était passé. Mélanie prit Justin par le bras, lui dit :

— Continue, mon fils ! Pour que sa mort serve à quelque chose, et qu'il soit là-haut aussi heureux qu'il l'a été à Lézignan.

Justin l'embrassa, répondit avant de partir :

— Il sera heureux encore. Je te promets qu'il sera heureux.

Arthémon et Charlotte n'hésitèrent pas à nommer Séverin Barthès ramonet de la Combelle : ils savaient trop de quel dévouement était le fils de Cyprien, et combien son travail était irréprochable. Charlotte s'était même déplacée pour réconforter Mélanie, avait passé un après-midi avec elle, retrouvant cette complicité qui les avait rapprochées dès le jour de leur arrivée au Solail, il y avait si longtemps. Elle avait chargé Arthémon de veiller à ce que tout se passe bien chez les Barthès, puis elle était partie pour Narbonne, car les soucis s'accumulaient et, si elle avait pu payer l'impôt foncier grâce au vin qu'elle avait bradé l'année précédente, elle ne pouvait plus payer les journaliers. Elle avait souvent reculé le moment d'une ultime entrevue avec Louis, mais cette fois, il fallait agir, et vite.

Elle se sentait seule, malgré Arthémon et Pascaline, depuis que Berthe et Violaine étaient parties à Paris, que le piano demeurait silencieux. Victoire, elle, préférait la ville à la campagne et ne quittait plus Carcassonne. Les journaliers et les domestiques avaient rejoint le mouvement des révoltés, dont Charlotte était exclue. Elle avait eu une longue discussion avec Arthémon à ce sujet, et ils étaient tombés d'accord pour se joindre aux manifestants lors des prochaines réunions, persuadés qu'ils étaient de devoir mener le même combat, pour la survie des uns et des autres.

— Notre place est à leurs côtés, avait dit Charlotte, d'autant que nous ne pouvons plus les payer.

C'était là son tourment. Trois de ses ouvriers étaient morts l'hiver précédent, plus un enfant en bas âge, un adolescent, deux femmes, dont une en couches, et, malgré la distribution de soupe quotidienne, elle s'inquiétait fort de les voir si mal armés contre le froid et la faim. C'est pour eux qu'elle s'était décidée à reprendre la route de Narbonne où elle n'était pas retournée depuis son départ, à affronter Louis de nouveau, mais en quémandant cette fois. Elle avait longuement réfléchi aux arguments qu'elle allait développer, tandis qu'elle montait vers la vieille ville, en direction de la rue des Nobles où se trouvait toujours l'étude de Louis et de ses enfants.

Elle n'eut pas à attendre longtemps, car son mari, en apprenant sa présence, croyant à une réconciliation, la fit entrer tout de suite dans son bureau et annula tous ses rendez-vous.

— Il me tardait de te revoir, dit-il dès qu'elle fut assise devant lui, toujours aussi belle, mais d'une beauté sombre, désormais, et rebelle, qui lui fit comprendre combien elle avait changé.

Lui avait à peine vieilli. Il demeurait toujours aussi élégant, souriant, à l'aise en toutes choses, et toujours disposé, vis-à-vis d'elle, à la plus grande bienveillance.

— Tu veux voir les enfants ? demanda-t-il.

— Je les verrai quand nous aurons terminé.

— Comme tu voudras.

Puis il demanda, certain qu'elle était revenue pour reprendre la vie commune :

— D'autant que tu auras tout loisir de les voir, désormais, n'est-ce pas ?

Le regard qu'elle lui jeta lui fit comprendre qu'il se trompait complètement, et son sourire, aussitôt, s'effaça.

— Bien, fit-il, dis-moi plutôt ce qui me vaut le plaisir de te recevoir ici.

— Je suis venue te féliciter, dit-elle.

Et, comme il prenait un air étonné, mais sans être dupe de ce qui allait suivre :

— Tu as fait créer à Etienne une société anonyme, en sachant que le directeur ne pourrait être accusé de mouiller lui-même son vin. C'est bien toi qui as trouvé ça ?

— Oui, dit Louis d'une voix glacée, c'est moi, parce que c'est mon métier. Mais je dois ajouter une chose : c'est que Hugues m'y a aidé.

— C'est bien ce que je voulais t'entendre dire. Grâce à toi, mes enfants aussi se battent contre moi.

— Ils ont choisi d'être avocats.

— Comme toi.

— Oui. Comme moi.

— Ce qui leur permet à eux aussi de défendre des gens qui vendent du poison, c'est-à-dire des vins avariés qu'ils mélangent avec de l'acide sulfurique.

— Je ne connais rien à la fabrication des vins, dit Louis, l'arrêtant de la main.

— Etienne ne t'en a pas informé ?

— Ecoute, fit Louis, je ne...

— Non, c'est toi qui vas m'écouter ! l'interrompit-elle. Le Solail est en train de mourir, et je n'ai plus rien à perdre : comme tu le sais, toute ma vie est là-bas, alors voilà ce que je vais faire : je vais divulguer tout ce que je sais des pratiques d'Etienne et je démontrerai que tu n'es pas seulement son avocat mais aussi son complice. Une fois que tu seras condamné, je demanderai le divorce.

— Dois-je te faire observer, répliqua Louis après un instant de stupeur, que c'est toi qui as quitté le domicile conjugal ?

— C'est exact, fit Charlotte, mais le problème n'est pas là : le problème c'est que tu perçois des bénéfices d'une activité criminelle. Et ça, s'il le faut, je le prouverai.

— Tu ne pourras pas le prouver parce que ce n'est pas vrai.

— Tu sais, avec Etienne, il suffit de prêcher le faux pour savoir le vrai. Est-ce que tu es bien sûr qu'il ne t'a pas compromis sans que tu le saches ? C'est, en tout cas, ce qu'il m'a dit, à moi, un jour, sans que je lui demande rien.

Louis était devenu d'une pâleur extrême. Il dévisageait Charlotte, incrédule, ne parvenant pas à croire qu'elle était capable de lui en vouloir à ce point.

— Vérifie bien ta comptabilité, ajouta-t-elle. Je suis sûre que tu auras des surprises.

Il refusa brusquement le défi de ses yeux, baissa la tête, réfléchit un instant, puis il se redressa et demanda d'une voix qui, malgré elle, par sa douceur, la transperça :

— Dis-moi, Charlotte, qu'est-ce que je t'ai fait pour que tu m'en veuilles à ce point ?

Elle s'en voulait d'avoir prononcé des mots qui ne

lui ressemblaient pas, en était meurtrie, même, mais elle pensa au Solail et ne faiblit pas.

— Je veux sauver mon domaine, tu le sais bien.

Il la considéra un long moment en silence, puis il demanda :

— Et pour ce domaine tu serais prête à ruiner ma réputation et celle de nos enfants ?

Bien qu'elle n'eût jamais pu s'y résoudre, elle répondit néanmoins :

— Je ne supporte pas qu'on prenne le parti des criminels.

— Etienne est ton frère.

— Etienne ne m'est plus rien. Il est mort, Etienne, depuis qu'il empoisonne des pauvres gens qui ne le savent même pas.

— Tu parles comme un de mes clients qui est radical.

— Non, je parle avec ma conscience, parce que je vois autour de moi des gens qui ont faim, qui ne peuvent pas s'habiller, qui souffrent comme tu ne l'imagineras jamais, et ça, je ne le veux pas, à plus forte raison quand c'est de ma faute.

— De ta faute ?

— Oui, puisque je ne peux plus les payer.

Malgré elle, les larmes lui étaient montées aux yeux. Un long silence s'installa, au terme duquel Louis demanda doucement :

— Qu'est-ce que tu veux, Charlotte ?

Un long silence les sépara, durant lequel elle eut l'impression qu'elle pouvait tout obtenir de lui.

— Vendons l'appartement et les meubles, dit-elle, et partageons. Tu t'installeras ailleurs.

Leurs regards se croisèrent. Elle comprit qu'il n'avait pas peur de ses menaces, qu'il l'aimait vraiment, quand il répondit :

— C'est entendu. Je m'occupe de tout et je vais essayer de faire le plus vite possible.

Elle eut un sourire qui n'était pas victorieux mais triste, car elle comprit qu'elle s'était trompée à son sujet. Alors elle murmura :

— Merci, Louis.

— Je ne me battrai jamais contre toi, Charlotte. C'est toi qui es partie, fit-il en souriant à son tour.

— Et tu ne m'as pas remplacée ?

— Tu n'es pas de celles que l'on remplace, dit Louis en haussant les épaules, tu es de celles que l'on n'oublie jamais.

En entendant ces mots, elle s'en voulut, de nouveau, d'avoir usé d'arguments indignes d'elle, indignes d'eux ; pourtant, comment eût-elle pu agir autrement ? La situation était tellement grave...

— Le Solail, murmura Louis, les vignes de la Croix, la musique du bal... bien sûr que c'est toi qui as raison.

— N'en fais pas trop tout de même, dit-elle en riant pour qu'il ne se méprenne pas. Et allons voir ces enfants qui ressemblent tant à leur père.

Une heure plus tard elle repartait vers le Solail, délivrée d'un grand poids. Elle savait qu'elle pouvait de nouveau compter sur Louis, et que le domaine était sauvé, au moins pour quelque temps.

Il tombait une petite pluie fine sur Narbonne, au matin du 5 mai, quand Justin y arriva avec ceux de Sainte-Colombe et d'Argeliers. Ils avaient eu toutes les peines du monde à pénétrer dans la ville, envahie par des milliers et des milliers de vignerons venus de tout le département en train, en bicyclette, en voiture, en charrette, et qui se pressaient maintenant vers la promenade des Barques d'où devait partir le défilé. Ce n'était déjà plus la petite manifestation à laquelle Justin avait assisté en compagnie de Firmin quelques semaines auparavant, mais une véritable marée humaine, en costume, casquette et canotier, qui déferlait sur le quai Victor-Hugo et le cours Mirabeau. Chacun avait fait preuve d'imagination pour inventer des slogans qu'arboraient fièrement les pancartes brandies par les délégations des villages. On y lisait : « Le dernier croûton », « L'eau au canal et le sucre au sucrier », « Mort aux fraudeurs ! », « Pas d'argent, pas d'impôt ! », toutes sortes d'invectives qui exprimaient une révolte dont n'était pas absente la gouaille naturelle des gens du Midi.

Les « casse-croûte » furent sortis des musettes et des paniers en attendant l'heure du défilé officiel, qui avait été fixée à treize heures. Justin chercha Firmin Sénégas pour partager son repas avec lui, mais il ne le trouva pas. Il réussit à se frayer un passage jusqu'à la murette du canal de la Robine et sortit son pain et son fromage de sa musette. C'est alors qu'il remarqua une jeune fille qui se trouvait juste à côté de lui. Elle le dévisageait, ne baissait pas les yeux, et il s'étonna de la voir seule, souriante, avec une robe à volants, un curieux chapeau à fleurs, une contenance qui n'étaient pas de la campagne mais de la ville. Il ne put s'empêcher de demander :

— Vous aussi, vous travaillez la vigne ?

— Non, répondit-elle, moi je suis ouvrière en confection à Narbonne. J'ai été placée par mes parents qui étaient journaliers près de Ginestas.

— Et vous les cherchez ?

— Non, ils sont morts.

— Oh ! Pardon ! Je ne pouvais pas savoir.

— Ça fait longtemps, vous savez.

Justin la regarda mieux. Elle était brune, avec un petit nez retroussé, de la vivacité dans ses yeux verts et aussi, lui sembla-t-il, un peu de malice.

— J'ai voulu venir parce que je suis née au milieu des vignes, reprit-elle.

— C'est bien, ça, fit Justin. Je vous en remercie.

— Seulement, je n'ai pas trouvé les gens de Ginestas.

— Ils sont là-bas, plus loin, dit Justin en désignant de la main le cours Mirabeau.

Et il ajouta aussitôt, comme s'il voulait la garder près de lui :

— Moi, je suis de Sainte-Colombe, c'est tout près, vous savez.

— Bien sûr que je sais.

Elle semblait s'amuser de lui, et cette manière qu'elle avait de le dévisager sans ciller, tout en le mettant mal à l'aise, l'intriguait. Elle mangeait une pomme en y croquant de ses belles dents blanches qui brillaient entre deux lèvres légèrement fardées. Il se demanda si elle n'était pas l'une de ces filles que l'on rencontrait dans la vieille ville, mais il s'en voulut d'avoir eu une telle pensée quand elle déclara d'une voix qui n'était pas encore totalement dégagée de l'enfance :

— Comme je travaille le dimanche, de temps en temps j'ai un jour de repos dans la semaine. Aujourd'hui, ça tombe bien : je ne reste pas seule dans ma chambre sous les toits.

Il se demanda s'il y avait là une invite mais, pour la première fois, elle baissa les yeux et détourna la tête.

— Vous voulez un morceau de pain ? demanda-t-il en lui tendant la main.

Elle se tourna de nouveau vers lui, sourit :

— Je ne voudrais pas vous priver, fit-elle.

— J'en ai assez : voyez.

Elle prit le pain, puis un morceau de fromage, se mit à manger en l'observant du coin de l'œil.

« Qui est-elle vraiment ? se demanda-t-il. Elle n'est

pas seulement venue pour fuir sa solitude, il y a une autre raison, mais laquelle ? »

— C'est beau, tout ce monde rassemblé, reprit-elle. Il faut que tous ceux qui travaillent de leurs mains s'aident les uns les autres.

Et elle ajouta, plantant son regard de rivière dans le sien :

— Comme ça, nous serons plus forts.

Cette seule phrase le remplit de bonheur : il n'avait jamais pensé que les ouvriers de la ville pussent être solidaires des vignerons. C'étaient deux mondes tellement différents, tellement refermés sur eux-mêmes que cela lui avait toujours paru impossible. De plus, c'était une femme, jeune et très jolie, qui exprimait cette nouvelle solidarité.

— Vous devez avoir soif, dit-il.

— Pourquoi ? fit-elle dans un éclat de rire. Je parle tellement ?

— Non, c'est pour faire passer le pain.

Il lui tendit sa bouteille qu'elle prit sans façon, et elle but au goulot, comme une vigneronne. Puis elle lui rendit sa bouteille en disant :

— Ça fait longtemps que je n'ai pas bu de la sorte, et un vin aussi bon. Ça me rappelle mon enfance.

Il lui sembla qu'elle était émue, soudain, et il but à son tour, sans essuyer le goulot, comme pour mieux sentir le goût de ses lèvres.

— Je m'appelle Justin Barthès, dit-il quand il eut terminé.

— Moi, c'est Nathalie.

Ils étaient face à face, tout près l'un de l'autre, hésitant à se dire tout ce que leurs yeux exprimaient, oubliant la foule qui les entourait. Ce fut Justin qui, le premier, se rendit compte qu'on les observait. Il s'écarta légèrement, rangea les restes de ses victuailles dans sa musette, puis lui dit, désireux de changer de place, afin d'échapper aux regards :

— Je vais chercher ceux de Sainte-Colombe. Je vous emmène, si vous voulez.

— Oui, je vous suis.

Pour ne pas le perdre dans la foule, elle saisit le bas de sa veste, dans un geste naturel qui le toucha : lui-même, enfant, tenait ainsi quelquefois sa mère, dans la cour du Solail. À peine eurent-ils rejoint les vignerons de Sainte-Colombe que le cortège s'ébranla lentement derrière les drapeaux, les tambours et les pancartes. Il pleuvait toujours, mais faiblement. En reprenant en chœur les slogans, Justin entendait la voix de Nathalie près de lui, et cette présence le réchauffait. A un moment, même, elle lui prit le bras, se serra contre lui, tandis que le cortège, sur le cours Mirabeau, écoutait le discours de Ferroul, le maire de Narbonne, qui, après avoir longtemps hésité, avait rejoint le mouvement :

— Voilà longtemps que vous faites crédit à l'Etat ! L'heure est venue où le dette contractée avec vous doit être payée !

Marcelin Albert lui répondit en montrant de la main la foule rassemblée :

— Au nom des amis fédérés et en mon nom personnel, je salue les Narbonnais. Il y a deux ans, j'ai promis à Ferroul de lui amener cent mille hommes. Les voilà !

L'un des vignerons proches de l'estrade y monta pour demander si l'on devait faire confiance aux gros propriétaires qui, dans l'Hérault, avaient fait jeter en prison des ouvriers en grève, et Ferroul proposa que tous les vignerons présents demandent la libération des ouvriers. La motion adoptée, Justin n'entendit plus rien, car une vague le repoussa vers la promenade des Barques, Nathalie toujours accrochée à son bras.

Là, ils discutèrent encore un moment, puis Firmin Sénégas apparut, épuisé par cette journée qui avait commencé très tôt avant l'aube. Justin lui proposa de l'aider à sortir de la cohue et de reprendre la route de Sainte-Colombe, ce que Firmin accepta volontiers.

— Nous allons partir, dit Justin en se retournant vers Nathalie qui eut comme une petite moue de dépit.

— Ça ne fait rien, dit-elle, c'était une belle journée.

— Et il y en aura d'autres, fit Justin.

— Vous croyez ?

— Bien sûr.

— Ici ? A Narbonne ?

— Oh ! Oui !

— Alors, on se reverra peut-être.

— Je l'espère bien.

— A bientôt, donc.

Et Nathalie disparut, tandis que Firmin demandait à Justin qui elle était. Il le lui expliqua tout en essayant de se frayer un passage vers l'hôtel de ville, afin de remonter vers la gare où ils avaient laissé la charrette prêtée par Raoul. Cela leur prit une bonne heure, et, quand ils se retrouvèrent enfin sur la route, le soir tombait déjà, une grisaille humide noyant les vignes et les coteaux.

— Une ouvrière ! continuait de s'étonner Justin. Une ouvrière avec les vignerons ! Tu te rends compte !

Firmin hochait la tête, mais ne répondait pas. En même temps que de la joie, une grande fatigue était tombée sur ses épaules. Les yeux fixés sur la grande plaine qui s'endormait dans une délicieuse odeur de bois mouillé, il se demandait avec un peu d'angoisse s'il aurait assez de forces pour voir se concrétiser le grand rêve de sa vie.

Il fut forcé de se reposer et ne put assister aux manifestations qui se poursuivirent tout au long du mois de mai. Justin, au retour, lui faisait un récit complet et détaillé de ce qui s'était passé : à Marcorignan, le matin du 12 mai, des vignerons mécontents de ne pouvoir trouver de la place dans le train en partance pour la manifestation de Béziers avaient bloqué la voie, et le préfet de l'Aude, venu négocier, avait dû faire demi-tour. A Béziers, ce même jour, une foule immense avait envahi les rues et plus d'un millier de charrettes encombraient le Champs-de-Mars. La queue du cortège ne s'était pas encore ébranlée que le meeting, sur la place de la Citadelle, s'achevait par la remise d'une gerbe à Marcelin Albert. Cent cinquante mille personnes avaient approuvé le vote d'un ultimatum à Clemenceau : « Si, à la date du 10 juin, le gouvernement n'a pas pris les dispositions nécessaires pour provoquer un relèvement des cours, la grève de l'impôt sera proclamée et le comité envisagera s'il n'y a pas lieu de prendre des dispositions plus énergiques. »

Malgré l'appel au calme de Marcelin Albert, des émeutiers avaient mis le feu à l'hôtel de ville et des coups de feu avaient été tirés pour mettre fin au désordre dont on se demandait si les responsables n'avaient pas été soudoyés. Sans attendre l'échéance du 10 juin, beaucoup de petites communes s'étaient refusées à payer l'impôt et le gouvernement avait dû lâcher du lest : Caillaux, le ministre des Finances, avait convoqué à Paris les trésoriers-payeurs généraux des départements viticoles, pour leur recommander de mettre fin aux saisies.

Le 19 mai, à Perpignan, c'était plus de cent soixante dix mille personnes qui avaient défilé dans les rues, malgré la présence des dragons venus de Carcassonne, réquisitionnés par le préfet. En présence de slogans de plus en plus violents : « A mort les fraudeurs ! »,

« Du pain ou du sang ! », Marcelin Albert, une fois de plus, avait lancé un appel au calme qui avait été entendu, mais pour combien de temps ? Ferroul, lui, incitait les comités à plus de détermination, et des agitateurs étrangers à la viticulture profitaient des manifestations pour provoquer des troubles que ne manquait pas d'exploiter le gouvernement.

— Il faut faire attention de pas tomber dans un piège qui entraînerait une répression terrible, dit Firmin à Justin, tandis qu'ils rentraient, ce soir-là, des vignes de Marcelin Albert, à Argeliers, que les habitants de Sainte-Colombe, par solidarité avec le « Rédempteur », étaient allés travailler.

— Quelle importance ! fit Justin, la colère sera telle qu'elle emportera tout sur son passage.

— Méfie-toi, petit, dit Firmin qui retrouvait chez son compagnon la fougue de sa propre jeunesse.

— On n'en est plus à se méfier de quoi que ce soit : aujourd'hui il faut mettre le feu partout.

— Et un jour, ils feront tirer sur nous.

— Mais non, ils n'oseront jamais.

Firmin prit Justin par le bras, le força à s'arrêter.

— Ils oseront, petit. Et j'espère que tu ne seras pas devant les fusils.

Justin attendit un instant pour répondre, sourit :

— Je serai en première ligne, tu le sais bien.

Firmin le considéra un moment avec gravité, puis il murmura :

— Moi aussi, si je tiens debout jusque-là.

Ils ne parlèrent plus jusqu'à Sainte-Colombe, se séparèrent devant l'atelier de Raoul.

— Alors à demain, avec Prudence, dit Justin.

— Entendu. A six heures.

Firmin avait en effet décidé Prudence à venir assister une fois, une seule fois, à une manifestation. « Il faut que tu voies ça, avait-il dit, c'est ce que nous avons espéré toute notre vie. » Elle avait fini par accepter, autant pour lui faire plaisir que pour vivre ce qu'elle imaginait sans difficulté, tant les récits de Justin, vivants et colorés, étaient fidèles à la réalité.

Ils partirent par le train, ce matin du 26 mai, afin de ne pas avoir à supporter la fatigue supplémentaire d'un voyage en charrette. Ils eurent beaucoup de mal à trouver de la place dans le wagon bondé et, ensuite, à supporter les cris, les chansons, les slogans qui, pour le première fois, inquiétèrent Firmin : « Du sang s'il le faut ! », « Malheur aux traîtres ! » scandaient des voix à l'autre extrémité du wagon. Firmin sourit à Prudence, essaya de la rassurer, tant il y avait de violence dans les propos comme dans les attitudes des vignerons contraints d'en faire toujours plus pour espérer être entendus un jour.

Ils arrivèrent à Carcassonne vers onze heures et furent tout de suite emportés par la marée humaine qui passa sous un arc de triomphe portant l'inscription : « Salut à nos frères de misère ». Il faisait chaud, très lourd, même, déjà, sous les balcons pavoisés et les banderoles multicolores, tandis que, accompagnée par le son déchirant des clairons, la foule se mêlait à celle qui était descendue des péniches sur le canal du Midi et se répandait sous les platanes en attendant le départ du défilé. Des manifestants chantaient *La Marseillaise* des vignerons, que Firmin et Prudence reprirent en chœur :

« Enfants de la viticulture,
Marchons sous le même étendard.
La misère enfin est trop dure
Il faut agir et sans retard... »

Des jeunes gens passèrent près d'eux, brandissant leur écriteau : « Les étudiants aux viticulteurs du Midi, salut ! » Firmin voulut partir à la recherche de Justin, mais il y renonça, ayant peur de perdre Prudence dans la cohue. Alors, après avoir trouvé un peu d'ombre sous les platanes, ils se mirent à manger, dans l'ambiance joyeuse et colorée de cette foule noire qui était agitée par moments de vagues folles, de sombres colères ou de rires superbes, sous un soleil de feu. Près d'eux, des panneaux narbonnais laissaient à penser que le désespoir risquait de faire basculer la révolte dans l'irréparable : « Il faut en finir ! », « Jusqu'à la dernière goutte de sang ! », « Vaincre ou mourir ! » Et quand un mouvement de foule les coinça contre la murette, pour la première fois, Firmin eut peur — non pas pour lui, mais pour Prudence, qui, malgré la chaleur, était très pâle et respirait avec difficulté. Il parvint à se glisser entre la foule et elle, puis l'étau se desserra. Alors, rangeant leurs victuailles, ils s'éloignèrent et s'assirent plus loin, à l'ombre d'une maison au balcon couvert de fleurs blanches.

Ils entendirent à peine le discours prononcé sur le boulevard Barbès par Marcelin Albert qui lança, comme à son habitude, un appel à l'union en dehors de toute politique et expliqua que comme au temps de la croisade contre les Albigeois, les vignerons étaient venus défendre Carcassonne : « Viticulteurs, mes frères, soyez dignes d'eux ! Sachons le crier haut et fort ! En avant pour la défense de nos droits ! le Midi le veut ! le Midi l'aura ! »

Il y avait tant de monde que le défilé ne put s'ébranler. Firmin et Prudence furent repris par la foule qui refluait en tous sens, sans aucune logique, comme un serpent devenu fou, et cette fois ils ne purent s'échapper. Firmin prit Prudence par le bras et il tenta une nouvelle fois de s'éloigner, en vain. Alors, ils se laissèrent porter au gré d'une marée qui finit par les abandonner une heure plus tard, à bout de forces, dans une ruelle, sous la chaleur devenue accablante.

— Sortons d'ici, dit Prudence. Essayons d'aller à la gare.

Mais les deux cent cinquante mille manifestants, cet après-midi-là, obstruaient toutes les rues, toutes les issues. Et quand Firmin et Prudence parvinrent à la gare, vers sept heures du soir, ils étaient complètement épuisés, n'ayant plus rien à boire. Ils durent pourtant attendre le départ du train pris d'assaut qui ne s'ébranla qu'à huit heures au lieu de sept, et ils n'eurent pas la force de parler durant tout le voyage.

A Bressan, heureusement, quand ils prirent la route, un peu d'air frais descendait des collines avec l'arrivée de la nuit. Ils s'arrêtèrent au café pour boire enfin, puis ils montèrent sur la charrette de Raoul et partirent vers Sainte-Colombe. La nuit était tiède. Ils n'étaient pas seuls sur la route, des vignerons regagnant leur demeure, aussi exténués qu'eux après cette journée si chaude et si agitée.

Firmin et Prudence firent une halte en haut du petit col au-delà duquel on apercevait les lumières de Sainte-Colombe. On se serait cru déjà en été, tellement l'air était épais, saturé de l'odeur des pins et des romarins.

— On aura vu ça tous les deux ! murmura Firmin en prenant les mains de Prudence.

— Mais à quel prix ! fit Prudence qui respirait difficilement.

— Ça n'a pas de prix.

— Oui, dit-elle, tu as raison, ça n'a pas de prix.

Ils s'assirent un moment sur le talus, au bord de la route.

— Comment tu te sens ? demanda-t-il.

— Je voudrais rentrer, me coucher.

— Oui, on va y aller, mais je voulais te dire ici, ce soir, que je crois vraiment que la vie va changer.

— Oui, fit-elle, la vie des autres, parce que nous...

— Quelle importance ? dit-il d'une voix calme. Nous y aurons travaillé jusqu'au bout de nos forces, n'est-ce pas ce qui compte ?

— Si, bien sûr : c'est la seule chose qui compte.

Il l'attira contre lui, et elle laissa aller sa tête sur sa poitrine un long moment, songeant sans le lui dire à cette nuit où ils avaient vidé les tonneaux dans le fossé.

— Maintenant, une seule chose me préoccupe, souffla-t-elle, c'est que nous partions ensemble quand l'heure sera venue.

— C'est si pressé ? demanda-t-il en souriant.

— Non, mais parfois je sens que...

Il lui mit un doigt sur la bouche, murmura :

— Regarde comme cette nuit est belle.

Elle hocha la tête, se tut. Ils restèrent de longues minutes immobiles, à savourer ces moments d'un bonheur qui leur avait toujours paru interdit, puis ils remontèrent sur la charrette et rentrèrent chez eux, confiants, dans cette nuit saupoudrée d'étoiles parmi lesquelles ils apercevaient les signes annonciateurs d'un monde nouveau.

Elle se sentait heureuse, Charlotte, depuis qu'avec Arthémon ils avaient rejoint le mouvement des révoltés, s'associant ainsi à ceux qui, petits ou grands, menaient le même combat qu'eux. A Perpignan, à Narbonne, elle avait défilé au coude à coude avec des vignerons inconnus, gueux ou propriétaires, et elle avait vraiment compris, malgré l'appréhension qu'elle avait eue d'être rejetée, qu'elle faisait intimement partie de ce monde-là, que sa vie n'avait de sens qu'auprès de ceux qui vivaient de la vigne, et l'aimaient, comme elle, d'un amour et d'une force qui venaient de plus loin que l'enfance — sans doute de ces milliers d'hommes et de femmes qui s'étaient penchés sur les ceps et les grappes, dans le froid ou la canicule, pendant des dizaines d'années.

Elle n'ignorait pas que certains gros propriétaires payaient leurs journaliers pour alimenter le foyer de la révolte et provoquer un embrasement susceptible de ramener au pouvoir le duc d'Orléans, mais elle n'avait pas besoin de pousser les siens à manifester : le dimanche, ils rejoignaient d'eux-mêmes les révoltés. Renseignés par les gens de Sainte-Colombe, les responsables du mouvement n'avaient donc pris aucune mesure de défiance vis-à-vis des maîtres du Solail qui se comportaient plutôt mieux avec leurs gens que d'autres grands propriétaires.

A Narbonne même, Charlotte s'était retrouvée côte à côte avec ce Firmin que Léonce, son frère, avait chassé du domaine, et elle en était demeurée toute surprise, se demandant comment cela était possible. « La vigne, s'était-elle dit, la vigne. » Lui, qui était âgé maintenant, et paraissait très fatigué, l'avait évidemment reconnue. Mais au lieu de s'écarter d'elle, il avait souri, d'un sourire énigmatique sans être hostile, au contraire. Puis il avait dit, la regardant droit dans les yeux :

— Si les Barthélémie sont dans la rue, c'est que bien des choses ont changé. Donnez-moi le bras, Charlotte.

Elle l'avait écouté sans façon et ils avaient avancé ainsi réunis pendant quelques centaines de mètres, jusqu'à ce qu'un reflux de la foule les sépare, non sans, de sa part à elle, une sorte de regret. A Perpignan, à Béziers, à Carcassonne, elle ne l'avait pas revu, mais elle avait côtoyé ses propres journaliers, et chaque soir elle était rentrée au Solail un peu ivre de ces contacts qui brisaient en quelques heures des années de suspicion et de méfiance. « Si Louis me voyait », songeait-elle souvent, mais elle n'avait jamais été si heureuse, comme si elle avait enfin trouvé sa vraie place, au côté de ceux qu'elle aimait vraiment.

Un soir de la fin mai, elle se trouvait sur le perron avec Arthémon et Pascaline, quand une voiture s'engagea dans l'allée.

— Qui ça peut bien être ? demanda-t-elle.

Arthémon, qui redoutait une visite d'huissier du fait qu'une fois de plus, en accord avec la motion votée par les vignerons, on n'avait pas payé l'impôt, descendit les marches et attendit que le cocher ouvre la porte. Celle-ci laissa apparaître une jeune femme que, d'abord, Charlotte ne reconnut pas. C'est seulement quand la jeune fille leva la tête qu'elle reconnut Violaine, devenue encore plus belle depuis qu'elle était partie.

— Que se passe-t-il ? demanda Charlotte quand Violaine l'eut embrassée. Où est donc Berthe ?

— A Paris. Elle était souffrante quand j'ai dû me rendre à Montpellier pour un concert. Je n'allais pas repartir sans vous faire une petite visite, non ?

— Parce que tu donnes des concerts, maintenant ?

— Pas en soliste, avec un orchestre.

Charlotte détailla sa nièce dont les cheveux blond platine formaient une véritable couronne autour de son visage épanoui. Ses grands yeux clairs, ses belles lèvres et son front haut lui donnaient une sorte de noblesse qui semblait fragilisée par l'empreinte d'une ancienne blessure. Après le dîner qu'ils prirent en famille dans la grande salle à manger, quand Charlotte se retrouva seule avec Violaine dans le boudoir où elle faisait ses comptes — elle avait laissé le bureau à Arthémon —, ce fut sans aucune surprise qu'elle entendit sa nièce avouer avec une prière dans la voix :

— Je suis venue pour le voir. Je vous en supplie, ma tante. Je n'ai jamais pu l'oublier.

Elle parlait de Justin, bien sûr, et Charlotte s'était doutée du véritable motif de sa visite dès que Violaine était apparue au bas du perron. Devant cet aveu, pourtant, des sentiments contradictoires se mêlèrent dans sa tête : que répondre à cette jeune fille dont le regard brillait d'un amour fou ? Refuser de l'aider ou accepter ?

— Et ta mère ? fit-elle.

— Je vous en prie, ma tante, j'en ai tant besoin. N'avez-vous jamais éprouvé cela ? Ne pouvez-vous me comprendre ?

Certes si, elle pouvait comprendre, Charlotte, d'autant, elle le savait, que Violaine et Justin se rencontraient dans les vignes, ces mêmes vignes où se situait le refuge le plus lointain mais le plus sûr, le plus beau, le plus précieux de sa vie. Elle hésita, pourtant, demanda :

— Et tu repartiras demain ?

— Dès demain. Je vous le promets.

Charlotte pensa à Berthe, hésita encore, mais la jeunesse triomphante de sa nièce la décida.

— Qui envoyer pour que ça ne se sache pas ? demanda-t-elle.

Et, comme les yeux de Violaine ne cessaient de l'implorer :

— Tu me vois, moi, aller de nuit frapper à la porte d'un journalier ?

Violaine ne répondit pas tout de suite. Elle baissa la tête, murmura :

— S'il vous plaît, ma tante, vous me rendriez si heureuse.

Charlotte soupira, demanda dans un sourire :

— Et ou faut-il qu'il aille ?

— A la Croix. Il le sait.

— C'est vraiment ce que tu veux, ma nièce ?

— J'en ai tellement besoin, murmura Violaine. Si vous saviez comme j'en ai rêvé !

Charlotte s'habilla et sortit. La nuit était douce, de cette douceur de la fin mai où se diluent les parfums des plantes, épaissis durant la journée par les premières chaleurs. « Je suis folle », songea Charlotte, et cette idée la fit rire toute seule tandis qu'elle levait la tête vers les étoiles, écoutant le vent qui glissait sur les vignes dont les feuilles chuchotaient des secrets de fontaine.

Elle s'arrêta, se retourna. Là-bas, les oliviers de l'allée pétillaient comme une eau vive sur des galets. « Je suis folle », répéta Charlotte à mi-voix, mais elle se mit à courir comme elle courait quand elle allait, enfant, à la recherche de Léonce et d'Amélie dans les collines. Un peu plus loin, essoufflée, elle s'arrêta de nouveau, écouta battre follement son cœur, et elle en fut émue, comme à l'approche d'une rencontre longtemps espérée. Il lui sembla qu'elle était devenue semblable à Violaine, se demanda quel âge elle avait aujourd'hui, fit un rapide calcul... vingt ans. « Mon Dieu, se dit-elle, vingt ans », et une vague désespérée déferla en elle, comme si elle avait franchi les limites d'un territoire qui lui était devenu interdit.

Elle n'avait pas pris de lanterne, car la nuit était claire. D'ailleurs, elle connaissait tellement bien le chemin de Sainte-Colombe que son pied ne heurta nul obstacle. Une fois parvenue sur la place, elle se dirigea sans une hésitation vers l'atelier du tonnelier et frappa à la porte. Elle dut s'y reprendre à plusieurs reprises, avec en elle une délicieuse sensation de culpabilité, puis la porte s'ouvrit sur un jeune homme qui, en l'apercevant, ouvrit des yeux ébahis.

— Elle vous attend, dit Charlotte sans laisser à Justin le temps de se remettre.

— Qui ça ?
— Vous le savez bien.
— Violaine ?
— Violaine.
— Mais où ?
— Au même endroit. Dans les vignes.

Elle repartit, laissant Justin médusé, incrédule, se demandant s'il n'avait pas rêvé.

Au Solail, Violaine attendait impatiemment le retour de sa tante. Dès que Charlotte lui eut annoncé qu'elle avait mené à bien sa mission, elle partit en courant, sans même penser à la remercier. Charlotte s'en fut se coucher, sans pouvoir trouver le sommeil, car elle se demanda longtemps si, en devenant complice de sa nièce, elle n'avait pas fait une bêtise. Elle fut seulement rassurée quand elle l'entendit rentrer avant l'aube, mais l'inquiétude revint, après le repas de midi, quand elle sentit Violaine malheureuse et hésitante.

— Tu m'as promis de repartir, lui dit-elle.

— De toute façon, il ne veut plus de moi, dit Violaine.

— Et cette nuit, alors ?

— C'était la dernière fois. Il ne parle que de révolte et de révolution : il veut changer le monde.

Violaine soupira, ajouta dans un sanglot :

— Je ne l'ai pas reconnu.

— Moi aussi, parfois, je ne me reconnais pas, tenta de plaisanter Charlotte.

Violaine n'eut même pas la force de sourire. Elle boucla ses bagages et fit appeler une voiture, plus malheureuse qu'elle ne l'avait jamais été. Au moment des adieux, Charlotte lui glissa à l'oreille :

— Ce qu'on a vécu à vingt ans ne meurt jamais.

Violaine avait baissé la vitre de la voiture, regardant désespérément sa tante qui ajouta :

— La musique doit te l'enseigner mieux que moi.

— Oh ! ma tante, j'ai tellement mal.

— Ce qui compte, fit Charlotte, c'est ce qui demeure vivant au fond de toi, et ça, personne ne pourra te le prendre.

Un faible sourire éclaira enfin le visage de Violaine. Le cocher fouetta le cheval et la voiture s'en alla.

— Le vrai problème, ma fille, murmura Charlotte pour elle-même, c'est que la musique n'est vraiment belle qu'ici.

Puis elle retourna vers Arthémon et Pascaline qui l'attendaient sur le perron.

12.

En cette soirée du 18 juin 1907, le tocsin n'arrêtait pas de sonner au clocher d'Argeliers, appelant les vignerons à s'opposer à l'encerclement du village décidé d'urgence par les autorités. Depuis le début du mois, en effet, de graves événements avaient mis en péril le gouvernement qui avait décidé de réagir par la force. A Nîmes, le 2 juin, c'étaient trois cent mille personnes qui s'étaient rassemblées pour écouter Marcelin Albert et Ferroul, lequel avait juré de démissionner le 10 juin si les vignerons n'étaient pas entendus. A Montpellier, huit cent mille personnes avaient envahi les rues le 9 juin, et dans l'escalade des discours, Ferroul, une fois encore, avait été le plus déterminé, lançant à la foule rassemblée sur la place de la Comédie : « Demain, à huit heures du soir, je fermerai l'hôtel de ville après y avoir fait arborer le drapeau noir et, au tocsin de la misère, je jetterai mon écharpe à la face du gouvernement. »

Pour disperser la foule, les chasseurs à cheval avaient failli charger sur le boulevard Victor-Hugo, mais le préfet de l'Hérault, appelé d'urgence, avait fait heureusement preuve de sagesse en libérant un vigneron emprisonné. Le 10 juin, comme promis, Ferroul avait hissé le drapeau noir sur la façade de l'hôtel de ville de Narbonne, et bon nombre de conseils municipaux, appliquant la consigne, avaient démissionné.

Pourtant, au lendemain d'un débat houleux au parlement, Clemenceau avait décrété que les conseils municipaux démissionnaires demeuraient responsables de la marche des affaires communales, ce qui n'avait fait qu'attiser le feu de la révolte. Marcelin Albert, depuis Argeliers, lui avait expédié un télégramme sans concession : « Nous n'avons plus d'ordres à recevoir du président du Conseil, j'engage toutes les municipalités fédérées et démissionnaires à se conformer à cette décision. » Dès lors, l'arrestation du comité d'Argeliers et de Ferroul devenait inévitable, malgré l'ultime tentative de conciliation qu'avait menée Albert Sarrault auprès du maire de Narbonne. C'est ainsi que des troupes dépêchées depuis tout le pays étaient venues relever celles jugées peu fiables des régiments du Midi, dont certains avaient chanté *l'Internationale*. Sur la place de Narbonne, dans la soirée du 18 juin, le 139e de ligne avait même fraternisé avec la foule qui était venue parlementer avec les soldats et leur avait donné à boire.

C'est dans cette atmosphère d'insurrection permanente que ce même soir Justin venait de voir arriver de Narbonne un ami de Marcelin Albert, qui portait la nouvelle que tout le monde redoutait : la troupe marchait vers Argeliers pour arrêter le Rédempteur et les membres du comité. Ceux-ci, aussitôt, escortés par Justin et quelques hommes armés de bâtons et de fourches, s'enfuirent dans la campagne pour y tenir conseil.

— Venez à Sainte-Colombe, proposa Justin, on vous abritera le temps qu'il faudra.

Après mûre réflexion, Marcelin et les autres membres du comité décidèrent de regagner leur village pour faire face à leurs responsabilités. Quand ils y arrivèrent, sept mille personnes occupaient Argeliers, ce qui fit reprendre espoir à Justin. Bientôt, cependant, les guetteurs signalèrent un corps de cavalerie sur la route de Béziers : c'était le 13e chasseurs qui prenait position dans le but d'isoler le village. Il se demanda s'il ne devait pas fuir pour gagner Narbonne et continuer le combat, mais il préféra demeurer au cœur de cette foule grondante pour tenter de sauver Marcelin.

Celui-ci avait disparu, et Justin en fut soulagé, surtout au moment où, à quatre heures du matin, deux cents gendarmes à cheval, suivis d'une meute de policiers et d'un escadron de chasseurs, pénétrèrent dans le village. La foule tenta alors de rallier les soldats, mais, encadrés comme ils l'étaient par les policiers, ils ne faiblirent pas. Justin comprit alors que cette bataille-là était perdue, et, avec trois jeunes hommes armés comme lui de bâtons, il décida de s'enfuir dans les vignes pour, de là, gagner Narbonne où Ferroul, lui, ne se rendrait pas aussi facilement.

La nuit était chaude, pleine de fièvre et de lueurs. Justin marchait sans véritable crainte avec ses compagnons au beau milieu des vignes, le plus loin possible de la route. Ils connaissaient si bien la région qu'ils purent sortir du piège et éviter les villages dont les lumières brillaient dans la nuit, du moins celles qu'avaient allumées les soldats et les gendarmes. Ils contournèrent ainsi Ginestas, Sallèles-d'Aude, et dépassèrent Marcorignan alors que le jour se levait. Il restait encore beaucoup de chemin à parcourir, mais les quatre hommes n'avaient pas peur : ils savaient que les soldats ne pouvaient pas s'aventurer sans risque au milieu des vignes. Avec le jour, le monde alentour s'apaisa. La violence parut se fondre dans la lumière. Toutefois les quatre hommes ne relâchèrent pas leur méfiance, au contraire. Fatigué, épuisé, Justin se félicita que Firmin ne se trouvât pas avec lui, car Narbonne était encore loin.

Ils n'y arrivèrent qu'en milieu d'après-midi, par un chemin détourné qui les amena derrière l'Hôtel-Dieu. Ils décidèrent alors de se séparer pour ne pas attirer l'attention et, passé le canal, ils se fondirent dans la foule qui semblait agitée d'une colère sourde. Justin, ayant jeté son bâton, marcha vers la place de l'Hôtel-de-Ville et se renseigna sur les événements. Il apprit que Ferroul avait été arrêté dans la nuit et que, malgré la détermination des femmes qui s'étaient couchées devant le landau réquisitionné par les policiers, il avait été emmené vers une destination inconnue. Cette nouvelle emplit Justin de fureur : Marcelin Albert et Ferroul en prison, la révolte risquait de s'éteindre en quelques heures, surtout si les soldats prenaient position dans toutes les villes du Midi, comme ici, à Narbonne, où on en voyait partout, jusque dans le couloir des maisons.

La population, pourtant, essayait de parlementer avec eux, leur offrait du vin ou à manger, mais depuis la « fraternisation » du 139e de ligne dans cette même ville le 18 juin, ils avaient énergiquement été repris en main par les officiers. Cette fois, les fantassins avaient sorti les baïonnettes et se montraient hostiles. Lorsqu'ils quittèrent finalement la place, ce fut sans avoir été approchés par les émeutiers. Ceux-ci purent alors continuer d'édifier des barricades, sans être inquiétés outre mesure. D'autres, parmi lesquels se trouvait Justin, préférèrent marcher sur la sous-préfecture pour réclamer la libération de Ferroul.

En chemin, à l'angle d'une ruelle, il entendit une voix qui ne lui était pas inconnue :

— Justin ! Justin !

Il se retourna, aperçut la jeune fille qui avait partagé

son repas et défilé avec lui : l'ouvrière en confection, si gaie et si pleine de vie, dont il se rappela aussitôt le prénom :

— Nathalie ! dit-il, qu'est-ce que vous faites ici ? C'est dangereux, il ne faut pas rester !

— Vous ne croyez pas que j'allais manquer ça ! dit-elle en lui prenant le bras.

— Alors, vous ne travaillez pas aujourd'hui ?

— Il est huit heures du soir, voyons ! dit-elle en riant.

Il rit lui aussi, et ils se mirent à courir pour rattraper la centaine d'hommes et de femmes qui marchaient vers la sous-préfecture. Les lourdes portes étaient fermées, mais aucun piquet de garde n'en protégeait l'accès. Comme personne ne répondait aux appels des émeutiers, un cri courut parmi la foule :

— Il faut l'enfoncer.

Des hommes revenaient déjà avec un madrier que Justin empoigna sans hésiter, Nathalie toujours accrochée à son bras. Il fallut plus de dix minutes pour détruire la porte qui céda dans un craquement bien vite dominé par les cris de joie des émeutiers. Ils se trouvèrent alors face à face avec les baïonnettes de la maréchaussée. Dans le même temps, Justin entendit des coups de fusil, puis la course des soldats qui prenaient les émeutiers à revers. Ceux-ci continuèrent pourtant de bombarder la cour de pierres et de cailloux, puis ils allumèrent un feu de pétrole dans l'entrée, dont la fumée les dissimula bientôt aux gendarmes massés dans la cour.

— Qui a tiré ? demanda Justin à Nathalie.

— Je sais pas, dit-elle. Venez !

Ils se dégagèrent avec peine, non sans que Justin fût obligé d'ouvrir un passage entre deux gendarmes qui venaient de faire un prisonnier. Toujours courant, ils retournèrent vers le centre-ville, puis ils s'engagèrent sur le boulevard Gambetta, où la foule était compacte et très remontée contre un escadron de cuirassiers qui venait d'arrêter les agresseurs des officiers venus dîner au restaurant du Grand Hôtel. Chargé de dégager le boulevard, l'escadron se heurta à une barricade édifiée à son extrémité, juste avant le pont du canal. Justin le vit tourner bride et, aussitôt, il aperçut les sabres brusquement dégainés, ce qui déclencha les injures de la foule, ainsi que des jets de cailloux et de bouteilles.

Une nouvelle charge échoua sur des charrettes à bras et des échelles lancées en travers du boulevard. Alors, des coups de feu se mirent à éclater un peu partout, rendant fous les chevaux et les cavaliers.

— Vite ! dit Justin. Vite !

Il entraîna Nathalie vers la terrasse du Méridional et tenta de se faufiler à l'intérieur surpeuplé. Le patron du café essayait d'abaisser la grille de fer quand une rafale éclata, atteignant trois hommes et une jeune fille. Justin aperçut en un éclair le visage défiguré de l'un des hommes, frappé par une balle, et il se jeta à terre, entraînant Nathalie. Furieux de ne pouvoir déloger les émeutiers de derrière les barricades, les cuirassiers venaient de prendre pour cibles les consommateurs du café. D'autres rafales retentirent, brisant les globes d'éclairage et plongeant le boulevard dans l'obscurité.

— Il faut partir, dit Justin, ils vont nous massacrer.

— Allons chez moi, fit Nathalie.

Ils rampèrent jusqu'à la porte qui s'ouvrait sur l'arrière dans une ruelle, puis ils tentèrent de contourner le boulevard pour se protéger derrière la barricade qui tenait toujours. Mais, au moment où ils y arrivaient, une nouvelle charge au sabre des cuirassiers ébranla le boulevard. Justin détourna au dernier moment le sabre d'un soldat difforme et moustachu qui prenait pour cible Nathalie. Ils en restèrent un moment paralysés d'horreur puis reprirent leur course pour voir tomber devant eux un adolescent frappé par un cuirassier.

— Vite ! gémissait Nathalie.

Mais comment passer de l'autre côté de la barricade ? Coincés entre elle et les cuirassiers qui étaient allés faire tourner les chevaux et revenaient au galop, ils ne durent leur salut qu'à une main qui leur ouvrit la porte d'une maison. C'était celle d'une vieille femme au visage parcheminé, dont les yeux étaient emplis de colère. Loin de refermer la porte derrière eux, elle cria des injures à l'adresse des soldats et tomba tout à coup, frappée par une balle. Justin voulut la tirer à l'intérieur, puis il pensa qu'elle était morte et il y renonça. Il recula, referma vivement, entraîna Nathalie à l'extrémité de la maison où se trouvait le départ d'un escalier. Ils montèrent à l'étage et regardèrent pendant plus d'une heure les cuirassiers s'acharner en pure perte contre la barricade. Il y eut encore quelques coups de feu, puis le calme revint peu à peu. Alors, Justin put entraîner Nathalie dans une chambre sous les toits, pour une première nuit d'amour qui eut le parfum et le goût de la poudre et des larmes.

Malgré son immense fatigue, Firmin avait tenu à partir pour Narbonne ce matin-là, par le train, qui, depuis Bressan, atteignait la sous-préfecture au milieu de la matinée. Raoul était avec lui, qui n'avait pas voulu l'abandonner dans ces moments si vitaux pour les vignerons. A Argeliers, en effet, depuis que tous les membres du comité avaient été arrêtés — à l'exception toutefois de Marcelin Albert, dont Firmin ignorait où il se cachait —, c'était la désolation. Les deux hommes ne conservaient plus d'espoir qu'en Ferroul, et aussi dans la population de la ville de Narbonne, vers laquelle ils accouraient pour reprendre le combat.

Comme Justin la veille, ils furent frappés de stupeur par la nouvelle de l'arrestation de Ferroul, dès qu'ils posèrent le pied dans une ville en état de siège, dont les rues étaient jonchées de pierres, de bouteilles cassées, de planches de bois, de toutes sortes de projectiles qui montraient combien la bataille avait été rude pendant la nuit. Il y avait des patrouilles partout, et des contingents d'infanterie protégeaient les abords de la sous-préfecture. Des gendarmes, baïonnette au mousqueton, parcouraient la ville sous les lazzis d'une population qui, en se réveillant au matin de ce 19 juin, avait appris la nouvelle des morts de la veille et réclamait vengeance. Sur la façade du Méridional, le drapeau rouge de la Bourse du travail avait été fixé, souligné par un crêpe noir. C'est là que vers midi Raoul et Firmin trouvèrent Justin, revenu sur les lieux où il avait failli périr dans la nuit. Il le leur raconta avec force détails, et Firmin, accablé, murmura :

— Ils ont osé tirer. Comment est-ce possible ?

— Sur des gens qui étaient dans un café, sans armes, et qui ne les menaçaient même pas, soupira Justin.

La barricade, à l'extrémité du boulevard, était toujours debout, mais ceux qui la défendaient laissaient passer la population qui, incrédule, voulait s'approcher du Méridional. Justin, Raoul et Firmin retournèrent vers la promenade des Barques, où Nathalie apparut vers treize heures. Comme Justin avait peur pour elle, elle repartit presque aussitôt chez sa patronne, tandis que les trois hommes mangeaient le contenu des musettes apportées de Sainte-Colombe. Un peu plus tard, des cris jaillirent de la foule assemblée sur la promenade :

— Des mouchards ! Des mouchards !

Envoyés aux nouvelles par le sous-préfet retranché dans ses murs, trois policiers avaient été reconnus par des témoins qui avaient assisté à l'arrestation de Ferroul. Aussitôt, ils furent pris en chasse par des hommes et des femmes qui voulaient les lyncher. Raoul et Justin se mêlèrent à la foule, alors que Firmin, trop fatigué, demeurait assis à proximité du kiosque de *La Dépêche*, un peu inquiet de la tournure prise par les événements. Cette violence aveugle, cette folie meurtrière résonnaient désagréablement en lui, lui faisaient mal.

Il comprit bientôt que la foule, s'étant emparée de l'un des policiers, voulait le pendre au balcon d'un immeuble qui surplombait la place de la promenade des Barques. D'horreur, il voulut s'y opposer, mais il n'eut pas la force de passer et, désemparé, il descendit par un escalier vers le canal pour se rafraîchir.

De là, il vit des hommes courir, en rattraper un autre au milieu de la passerelle. Il pensa que ce devait être l'un des policiers qui avait réussi à s'échapper. Il y eut une échauffourée entre les poursuivants, puis il vit le policier basculer et tomber dans l'eau du canal. Des coups de feu furent alors tirés dans sa direction et Firmin entendit distinctement les balles crépiter dans l'eau puis faire éclater le ciment de la berge. Le policier nageait avec une vigueur surprenante pour un homme qui devait être blessé. Là-haut, des pierres partaient toujours dans sa direction et l'une d'elles le toucha à la tête. Il gémit, coula un moment, puis il refit surface et recommença de nager, visiblement épuisé.

Face à cet assassinat d'un homme désarmé, Firmin ressentit un profond désespoir. Des larmes de rage lui montèrent aux yeux. Lui qui rêvait de solidarité et de générosité, il découvrait subitement la haine et la violence aveugles. Il s'agenouilla sur le bord du canal, tendit une main au fuyard qui, épuisé, la saisit aussitôt. Mais Firmin n'avait pas assez de forces pour le hisser sur la rive. Heureusement, d'autres mains secourables se tendirent aussi, et le policier, dont le visage était couvert de sang, fut enfin hissé sur la promenade.

Il s'agissait maintenant de le protéger. Firmin tremblait de fatigue et de colère, tandis que les sauveteurs du policier discutaient pour savoir ce qu'il convenait de faire. Ils décidèrent finalement de le conduire sous bonne escorte à l'hôtel de ville où il serait remis au colonel commandant la place. A cet instant, Firmin aperçut Justin qui venait vers lui et, à son regard, il comprit qu'il avait assisté à la scène. Sans se concerter, ils suivirent les hommes qui encadraient le policier et tentaient de se frayer un passage au milieu de la foule agitée d'une fureur sombre.

Une fois sur la place, face à l'hôtel de ville que défendait le 329e de ligne, Firmin, en apercevant les soldats baïonnette au canon, eut un mauvais pressentiment : il avait connu pareille situation.

— Attention ! dit-il à Justin qui marchait devant lui. Je suis sûr qu'ils vont tirer.

Mais Justin ne l'entendit pas. Il continua d'avancer avec la fougue et l'inconscience de son âge vers les soldats qui, face à cette vague menaçante, malgré une voix qui prévint que l'on amenait un policier blessé, chargèrent brusquement, baïonnette en avant. Un long cri partit de la foule qui se replia dans la panique et, dans les secondes qui suivirent, tandis que Firmin perdait de vue Justin, un premier coup de feu partit, aussitôt suivi par d'autres. Dans la bousculade qui s'ensuivit, Firmin tomba et eut toute les peines du monde à se relever. Une main le saisit heureusement à l'épaule et l'entraîna dans la rue de l'Ancien-Courrier où un homme gisait, mort, le visage tourné vers le ciel avec une expression de surprise.

Sur la place maintenant dégagée, les soldats avaient reculé jusqu'à la façade de l'hôtel de ville, laissant apparaître des corps allongés sur le sol, morts ou blessés, que quelques téméraires tentaient de tirer à l'abri.

— N'y va pas ! cria vainement Firmin à Justin qui s'élançait déjà, car il avait reconnu le corps de Raoul au milieu.

Firmin, alors, le reconnut aussi. Sans songer au danger, il se précipita et, une fois devant le corps du tonnelier, tandis que Justin le tirait en arrière, il demeura debout face aux soldats, comme pour protéger ses deux compagnons. En face, les soldats hésitaient, alors que des cris montaient de la foule dans les rues adjacentes. Firmin, debout, tremblait, mais ce vieillard qui leur faisait face semblait fasciner les soldats qui reconnaissaient en lui l'un de ces aïeux qu'ils côtoyaient chaque jour dans leurs villages. Aucun coup de feu ne partit. Firmin se sentit empoigné par deux mains énergiques et se retrouva à l'abri sans l'avoir voulu.

— Emmenons-le à l'Hôtel-Dieu, vite ! dit Justin.

Ce ne fut pas facile de s'ouvrir un passage, car Raoul était très lourd et il souffrait beaucoup de sa jambe qui avait été traversée par une balle. Il perdait énormément de sang. Firmin n'avait pas la force de porter son ami, mais des vignerons inconnus aidaient Justin dont le visage ruisselant de sueur dissimulait quelques larmes de rage. Enfin, ils y arrivèrent par la rue du Pont-des-Marchands, et ils purent confier Raoul à une infirmière qui lui prodigua les premiers soins.

— Il faut que j'y retourne ! dit alors Justin. Reste là, toi, avec Raoul, je reviendrai te chercher.

— Prends garde à toi, petit ! répondit Firmin qui ne songea même pas à le retenir.

Assis sur une chaise de paille, il sentait une grande

fatigue l'envahir : c'était comme si la victoire qu'il avait crue à portée de la main ces derniers mois, lui paraissait tout à coup inaccessible. Après avoir demandé un verre d'eau, rassemblant les forces qui lui restaient et d'accord avec Raoul, il repartit vers la place de l'Hôtel-de-Ville que désertaient maintenant les soldats rapatriés vers la sous-préfecture. Des fenêtres, les habitants lançaient toutes sortes d'objets, tandis que les plus intrépides et les plus inconscients des vignerons — parmi lesquels Firmin reconnut Justin — les assaillaient en tentant de leur arracher leurs fusils.

Sur la place même, un officier en retraite s'en prenait au colonel commandant du 139e apparu au balcon :

— Cinq morts criait-il ! Cinq de nos enfants ! Vous ne vous en sortirez pas comme ça, croyez-moi !

— On a d'abord tiré sur nous ! se défendait le colonel.

— C'est faux ! le premier coup de feu est parti de la troupe.

Firmin perdit la suite de l'altercation qui fut couverte par le grondement de la foule redevenue menaçante, maintenant que les soldats avaient quitté la place. Mais ce ne fut que pour être remplacés par d'autres régiments qui, à cette heure, roulaient vers Narbonne pour tuer dans l'œuf toute nouvelle tentative d'insurrection.

Justin, qui ne voulait pas abandonner le combat, raccompagna Firmin à la gare en lui promettant de veiller sur Raoul. Là, les vignerons faisaient la chasse aux mouchards et aux policiers déguisés en surveillant les quais. Justin, s'apprêtant à repartir, aida Firmin à monter dans un wagon.

— Fais bien attention à toi, petit, lui dit Firmin qui,

une fois seul, dut attendre le départ pendant deux heures.

Plus tard, dans la nuit épaisse et lourde dans laquelle rôdaient des orages, devinant la présence des vignes le long de la voie ferrée, il lui sembla qu'une fibre sacrée se rompait au fond de lui, comme si elle avait été sectionnée par une balle. Il comprit qu'il pleurait lorsque qu'une femme, assise en face de lui, lui tendit un mouchoir avec la sollicitude d'une fille pour son père malade.

Charlotte était revenue de Narbonne très marquée par ce qui s'était passé : cinq morts dont une jeune fille qui se trouvait là par hasard, et à deux mètres d'elle, au départ de la rue du Pont-des-Marchands. Arthémon avait ce jour-là refusé de la suivre et elle s'en félicitait encore, une peur rétrospective ne cessant de la hanter lorsqu'elle songeait au danger qu'elle avait couru. On disait aujourd'hui que les soldats du 17e de ligne s'étaient mutinés pour protester contre ces événements et, refusant de marcher contre les vignerons, avaient envahi les allées Paul-Riquet à Béziers. A Perpignan, des troubles violents avaient ébranlé la ville, de même qu'à Montpellier.

— Où tout cela va donc nous mener ? demandait Arthémon : à la guerre civile ?

Charlotte ne répondait pas mais s'interrogeait : devait-elle continuer à soutenir cette révolte qui risquait de mettre le Midi à feu et à sang ? Les journaliers avaient déserté les vignes, les petits propriétaires également, plus personne ne travaillait, et l'on avait passé la mi-juin. Elle se demandait, tandis qu'un soir plein de langueur tombait sur le Solail, si, en raison de tous ces événements, son domaine n'allait pas un jour prochain se trouver en péril. Et pourtant, elle ne regrettait rien de ce qu'elle avait vécu, bien au contraire : ses journaliers la considéraient d'un autre œil, tandis qu'elle-même se sentait plus proche d'eux, comme si le fait de se battre à leurs côtés avait comblé le fossé qui les séparait depuis des générations.

A Narbonne, elle avait croisé deux ou trois fois ce Justin qu'elle était allée chercher une nuit pour Violaine, et elle l'avait trouvé beau, dans la fièvre qui l'animait, avec son regard farouche, ses gestes ardents. Elle l'avait même aperçu en compagnie d'une jeune femme brune accrochée à son bras et s'en était émue, ne sachant si c'était à cause de Violaine ou par une sorte de regret de n'avoir pu approcher ce genre d'homme au temps où lui étaient autorisées toutes les audaces. Pourquoi fallait-il que ce soir elle se sentît exclue, en pensant à lui, des seuls vrais trésors de la vie : ceux que dispense sans calcul la jeunesse ?

Elle prit un châle et sortit dans le parc pour respirer le parfum des lauriers-roses. On aurait dit que la plaine, tapie dans une attente inquiète, guettait l'extinction des foyers qui embrasaient les villes du Midi, respirant à peine, avec une sorte de halètement d'animal craintif. « Que va-t-il se passer ? » se demanda Charlotte. Et elle revit avec une pointe de regret le visage de jeune loup de ce Justin qui courait les vignes la nuit. « Je suis folle », se dit-elle, mais, au lieu de revenir vers le château, elle partit vers la Croix, dans l'attente, dans l'espoir d'elle ne savait quoi, peut-être pour retrouver les traces d'un amour fou, l'une de ces amours qui lui étaient aujourd'hui interdites. Elle rentra bien après la tombée de la nuit, ne put dormir et lut jusqu'au matin les pages d'un roman qui lui parut sans le moindre intérêt.

Le lendemain, au milieu de la matinée, une voiture s'annonça dans la cour. Elle se pencha à la fenêtre et, reconnaissant Louis qui montait déjà les marches du perron, inquiète, elle se hâta de descendre.

— Je m'inquiétais pour toi, dit-il, une fois assis face à elle dans la grande salle à manger du Solail. Avec tout ce qui est arrivé, je me demandais si toi ou Arthémon n'aviez pas été blessés.

— Non, tu vois, répondit-elle, tout va bien, mais je te remercie d'être venu jusqu'ici.

Il souriait, toujours impeccablement vêtu — veste droite, gilet et pantalons rayés —, avec cette élégance qui lui semblait si naturelle.

— Je suis venu aussi te donner des nouvelles d'Etienne, ajouta-t-il, baissant la voix.

Et, comme le visage de Charlotte venait brusquement de se fermer :

— Il a quitté Narbonne avec sa femme : les vignerons s'en sont pris à son entrepôt.

— Il est blessé ?

— Non, tu le connais, Etienne, il est parti la veille du 19.

— Et toi ? demanda Charlotte. Et Renaud ? Et Hugues ?

— Ne t'inquiète pas. Nous ne risquons rien.

Elle n'était cependant pas entièrement rassurée.

— Qu'est-ce qui se passe à Narbonne depuis le 19 ? demanda-t-elle.

— Les soldats occupent les rues et dispersent les attroupements. Mais on peut circuler.

Elle en fut à la fois heureuse et désespérée. Louis s'éclaircit la gorge, parut hésiter, puis :

— Tu as vu où cela nous mène ? Tu ne crois pas que...

Elle l'arrêta d'un regard, demanda d'une voix très douce mais où perçait une menace :

— Est-ce que tu es en train de me reprocher quelque chose, Louis ?

Il se troubla, répondit hâtivement :

— Non, mais peut-être serait-il temps de mettre fin à tout ça.

Elle baissa la tête, sembla réfléchir, mais il y avait de la colère dans ses yeux quand elle la releva et dit :

— Je croyais que tu avais compris que désormais je prenais mes décisions seule.

Elle tentait de réprimer sa colère, y parvenait avec peine, ayant la sensation d'être de nouveau lâchée par celui sur qui elle croyait pouvoir compter. Il le comprit, murmura :

— Excuse-moi.

Gêné, il se leva, s'en fut regarder par la fenêtre, persuadé que les liens tissés récemment entre eux venaient de nouveau de se rompre. L'un et l'autre s'efforcèrent de donner le change pendant le repas de midi qu'ils prirent en compagnie d'Arthémon et de Pascaline, puis Louis repartit en embrassant légèrement Charlotte sur le front, ainsi qu'il en avait maintenant l'habitude. Elle regarda s'éloigner la voiture comme on regarde s'éloigner un oiseau dans le ciel, au fond d'un horizon que la brume envahit.

Le soir, elle repartit de nouveau dans les vignes, pour profiter de ces heures bénies de juin qui prolongent le jour avec des douceurs ineffables. Toute la chaleur accumulée sur la plaine prenait maintenant son essor vers les collines bleues. La vraie vie était là, elle le savait, et sans doute aussi un peu plus que la vie. Elle avait toujours deviné que les nuits de juin conduisaient à des rivages inconnus, dont le sable très doux coule d'au-delà des étoiles, depuis les autres mondes. Ces nuits-là, seules, pouvaient donner aux humains le soupçon d'une prochaine éternité. Ces nuits-là rendaient possible ce qui ne le serait jamais.

Elle frissonna, marcha vers la Croix, songea : « S'il est vraiment l'homme que je crois, c'est là qu'il viendra. » Elle s'assit sur la terre chaude au bord de l'allée, rêva, la tête levée vers les étoiles, que les distances étaient abolies, qu'elle avait gagné les rivages d'au-delà du temps.

Elle sentait les parfums de la terre, des ceps et des feuilles rouler en elle comme les vagues d'une mer. « Oh ! se dit-elle, c'est tellement bon d'avoir vingt ans », et c'est alors qu'elle entendit des pas. Elle se leva, s'immobilisa au milieu du chemin, son visage éclairé par la lune. Elle le reconnut dès qu'il s'approcha. L'agneau de la Combelle était vraiment devenu un loup. Et il était jeune et beau. Il ne pouvait pas ne pas l'avoir reconnue, la maîtresse du Solail. Il hésita à peine. Quand ses bras se refermèrent sur elle, dans un éclair de lucidité elle tenta de lui échapper, mais elle n'en avait nulle envie. Il le crut, pourtant, et c'est avec une violence folle qu'il la coucha entre les ceps et s'empara d'elle tandis qu'elle souriait, les yeux perdus dans les étoiles, ses mains caressant une peau qui avait la douceur de ces sables blancs aperçus tout la-haut, et qui coulaient maintenant en pluie tiède sur la terre.

Depuis la mort de Cyprien, avec la tournure qu'avaient prise les événements, Mélanie s'inquiétait beaucoup pour Justin et pour Séverin. Heureusement, la présence de Clarisse — la femme de Séverin — et celle de ses petits-enfants lui étaient précieuses, d'autant que la jeune femme se montrait enjouée et courageuse. Il y avait aussi Julie, qui venait le plus souvent possible et accompagnait Mélanie au cimetière de Sainte-Colombe. Elles passaient une heure ou deux ensemble pour parler du disparu et des souvenirs qu'elles avaient en commun à la Combelle. Mais celui que Mélanie attendait vraiment, c'était Justin. Car elle n'ignorait rien de la colère qui l'habitait et elle savait qu'il était capable de se battre contre des soldats en armes. Aussi pensait-elle à lui chaque jour, chaque nuit, ne cessait d'interroger ses proches pour avoir de ses nouvelles, redoutait qu'il fût blessé.

Après le 19 juin, il était revenu une fois à la Combelle, un soir, et il était reparti en disant qu'il allait dormir dans les vignes. Depuis, on ne l'avait pas revu. Mélanie fit part de son inquiétude à Séverin qui promit d'aller se renseigner auprès de Firmin Sénégas, à Sainte-Colombe. Séverin revint un soir la mine sombre, refusant d'abord de parler. Puis, devant l'insistance de Mélanie et de Clarisse, il avoua que Justin était en prison à Narbonne pour avoir voulu forcer un barrage dans la ville en état de siège, en allant voir Raoul.

— Il a résisté, dit Séverin d'une voix morne. Il a même frappé les gendarmes.

— Mon Dieu ! gémit Mélanie. Il faut aller l'aider.

— Personne ne peut plus rentrer dans la ville, fit Séverin, il y a des barrages partout.

— Ils n'arrêtent pas les femmes, tout de même ! s'insurgea-t-elle.

— Les femmes comme les hommes : on doit justifier d'un domicile à Narbonne pour pouvoir passer.

— Mais qu'est-ce qu'on peut faire ? dit Mélanie ; on ne va pas le laisser tout seul là-bas !

Séverin baissa la tête en signe d'impuissance, ne sachant que répondre. Brusquement, Mélanie se leva pour sortir et il n'eut que le temps de la retenir par le bras en demandant :

— Il va faire nuit. Où vas-tu ?

— Au Solail. Voir Charlotte.

Il la lâcha et Mélanie partit, courant presque, du moins aussi vite que ses jambes tremblantes le lui permettaient. La chaleur de la journée commençait seulement à se dissiper. L'air épais, sucré comme une pêche de vigne, empêchait Mélanie de respirer à son aise, la forçait à s'arrêter souvent alors qu'elle aurait déjà voulu parler à celle qui allait sauver Justin, elle en était sûre.

Comme chaque soir, Charlotte prenait le frais sur le perron, en compagnie d'Arthémon et de Pascaline, avant d'aller faire sa promenade dans les vignes. Elle ne fut pas vraiment surprise de voir surgir Mélanie, car elle savait par ses journaliers ce qui s'était passé à Narbonne. Elle la fit asseoir, tant elle avait de difficulté à reprendre son souffle, remarqua en elle-même combien Mélanie avait changé depuis la mort de son mari. Elles s'étaient vraiment retrouvées à cette occasion-là, Charlotte ayant pris soin de se montrer attentive auprès d'elle, en se rendant chaque jour à la Combelle.

— Justin ! mon fils ! Il a été arrêté à Narbonne ! fit Mélanie, réussissant enfin à parler.

— Je sais, dit Charlotte doucement, il s'est battu avec les gendarmes. Il y en a même un qui est blessé.

— Il faut faire quelque chose, gémit Mélanie. Il faut l'aider...

Et, comme Charlotte ne répondait pas :

— Votre mari... S'il vous plaît. Je payerai... je ferai ce qu'il faudra... Je viendrai travailler ici tous les jours.

— Allons, fit Charlotte, personne ne te demande ça.

Des larmes étaient montées aux yeux de Mélanie qui reprit, toujours suppliante :

— Je ne peux pas le perdre, lui, après avoir perdu Cyprien.

— Mais non, fit Charlotte, il ne risque pas grand-chose.

— Il est en prison, gémit Mélanie ; ils vont le garder...

Puis, se souvenant de ce qui était arrivé à l'ancien ramonet de la Combelle :

— Ils vont l'envoyer au bagne.

— Mais non, fit de nouveau Charlotte.

— Si ! Ils vont l'envoyer au bagne. J'en suis sûre.

Il y avait un tel désespoir dans la voix de Mélanie que Charlotte en fut un instant ébranlée.

— Votre mari ; il faut lui demander de défendre Justin, reprit Mélanie. Je vous en prie !

Charlotte ne répondit pas tout de suite, car elle venait de comprendre que si elle acceptait de venir en aide à Justin, elle allait devoir rencontrer les deux hommes et elle n'y tenait pas du tout.

— Je vais réfléchir, dit-elle.

Elle se reprit aussitôt, devant l'accablement de Mélanie :

— Je vais essayer.

— Quand ?

— Dès que possible.

— Demain ?

— Non. Il faut que je me renseigne avant pour savoir ce qui s'est exactement passé.

— Il faut faire vite ! insista Mélanie, dans deux jours ce sera peut-être trop tard.

Elle avait saisi le bras de Charlotte et le serrait avec un désespoir qui faisait vraiment peine à voir.

— Je vais m'en occuper, reprit Charlotte, la repoussant doucement, je te le promets.

Mélanie, enfin, s'apaisa.

— Merci, dit-elle. Je ne l'oublierai pas.

Charlotte sourit, hocha la tête, déclara :

— Ne t'inquiète pas. Je te promets de te donner des nouvelles dès que je le pourrai.

Mélanie remercia encore, puis elle repartit sans se douter un instant du poids du fardeau qu'elle venait de déposer sur les épaules de la maîtresse du Solail.

Dans les vignes, la nuit descendait maintenant avec des caresses de velours. L'air, saturé de parfums, campait en strates épaisses sur la plaine assoupie. Mélanie respirait toujours avec autant de difficulté, non seulement à cause de ces vagues chaudes et lourdes qui l'oppressaient, mais aussi parce qu'elle n'était pas tout à fait rassurée. Elle avait, en effet, espéré plus d'empressement à l'aider de la part de Charlotte. Et elle pensait également à ce Firmin Sénégas qui avait été condamné au bagne et avait failli ne jamais en revenir. Ces idées noires tournèrent dans sa tête toute la nuit, si bien qu'avant l'aube, ayant pris sa résolution, elle se leva sans bruit, se munit de quelques victuailles et partit vers la gare de Bressan pour prendre le train de Narbonne.

Quand le jour se leva, sur la route en bordure de la voie ferrée, elle vit des soldats, des soldats, et encore des soldats. Il y en avait tant qu'on se serait cru en guerre. Elle en fut fort inquiète, d'autant plus que ses voisins et voisines, dans le wagon, parlaient de Narbonne comme d'une ville à feu et à sang. Ils prétendaient même qu'on n'entrait pas dans la ville sans être suivi jusqu'à la destination dont il fallait justifier en arrivant. Une heure plus tard, à l'instant où elle essaya de sortir de la gare, elle comprit que les voyageurs n'avaient pas menti ; se heurtant à un barrage, on lui demanda son nom et son adresse. Désemparée, ne sachant que répondre, elle finit par avouer qu'elle allait voir son fils emprisonné. Elle fut alors conduite devant un officier menaçant qui l'interrogea sans ménagement et ne consentit à la libérer, malgré ses supplications, qu'à l'heure où un train repartait vers Bressan. Et dans ce train qui la ramenait vers la Combelle, elle se sentit misérable, perdue, incapable de lutter contre des événements qui lui faisaient brusquement prendre conscience de son impuissance et de sa petitesse.

Charlotte ressentit la même désagréable impression, le surlendemain, en arrivant à Narbonne en voiture, après avoir franchi les barrages en justifiant de son domicile. Une femme d'avocat, à condition de ne pas faire état de sa qualité de propriétaire, pouvait se déplacer facilement : l'officier s'excusa même des désagréments qu'il lui causait, en rendant responsables les vignerons. Charlotte s'engagea donc dans la Grand-Rue qui descendait vers la promenade des Barques et ne reconnut pas la ville, tant elle avait souffert des émeutes.

Sa voiture fut arrêtée deux fois en un kilomètre, et elle crut qu'elle n'arriverait jamais sur le boulevard Gambetta. Elle en voulait beaucoup à Mélanie, qui ne pouvait pourtant pas mesurer dans quel embarras elle la mettait en lui demandant d'intervenir en faveur de Justin. Heureusement, elle avait trouvé le moyen de ne rien demander à son mari : elle allait voir Renaud, leur fils cadet, qui s'était installé à son compte au 30 du boulevard Gambetta. Renaud était son préféré. Contrairement à Hugues, qui avait toujours suivi aveuglément son père, il avait fait preuve d'indépendance dès qu'il l'avait pu, même lorsque, par nécessité, il avait dû, au début, travailler avec lui. C'était un grand jeune homme brun, aux yeux clairs, qui ressemblait beaucoup à sa mère, même s'il n'avait jamais partagé son amour du Solail, étant né et ayant toujours vécu à la ville.

Renaud la reçut aussitôt et ne fut pas surpris outre mesure de sa requête, puisque le nommé Justin Barthès était né à la Combelle et avait travaillé au Solail. Il ne cacha pas à sa mère que c'était une cause difficile à défendre, mais qu'il l'acceptait pour lui être agréable, à condition, bien sûr, que le détenu y consente.

— Il faudrait que je le voie, dit Charlotte. Aujourd'hui, si possible.

— Je vais essayer, répondit Renaud. Il me faut une heure ou deux. A midi, nous déjeunerons ensemble si tu veux bien. Ça me ferait plaisir : on se voit si peu.

Charlotte accepta et l'attendit, assise dans un fauteuil, incapable de prêter attention au journal qu'elle feuilletait machinalement, car elle se demandait si elle n'était pas en train de jouer avec le feu. Et pourtant, le souvenir de ce qui s'était passé dans la vigne de la Croix ne lui était pas désagréable, bien au contraire : il avait rejoint dans sa mémoire quelques autres, précieux et secrets, vers lesquels elle allait volontiers, quand la vie quotidienne lui paraissait terne et grise. Ils la conduisaient en quelque sorte vers la lisière extrême de sa vie, celle qui lui permettait de larguer les amarres et de partir pour des rivages inconnus, auxquels elle n'aborderait jamais dans la banalité de la vie quotidienne.

Elle revit l'espace d'un éclair le visage de loup qui était apparu cette nuit-là dans la lumière de la lune, et elle tenta de l'imaginer dans l'obscurité d'une cellule. Comment la recevrait-il ? Est-ce que la même violence brûlerait au fond de lui, ou est-ce qu'il apparaîtrait abattu et vaincu ? Elle avait hâte de le savoir et ressentait comme un besoin — ridicule, se disait-elle — de le protéger.

A midi, Renaud revint avec une autorisation de visite pour quinze heures. Ils déjeunèrent au Grand Hôtel, et elle en profita pour se renseigner discrètement sur la vie de son fils : oui, il songeait à se marier, même s'il vivait seul pour l'instant dans un appartement situé au-dessus de son étude. Les affaires étaient un peu difficiles, mais c'était normal au début. Elle-même lui confia ses difficultés pour faire vivre le Solail et elle fut heureuse de sentir qu'il n'y était pas insensible. Il essaya de comprendre les raisons de la colère des vignerons, mais ne se montra pas optimiste : à son avis, Clemenceau allait parvenir à briser la révolte.

— Tous ces soldats, murmura-t-elle, qui aurait cru qu'on en arriverait là un jour ?

— Pas moi, en tout cas, dit Renaud qui supportait mal de vivre dans une ville envahie par la troupe.

Vers la fin de leur déjeuner, réfléchissant aux conséquences néfastes que la défense d'un homme tel que Justin Barthès pouvait provoquer pour son fils, Charlotte proposa :

— Si tu ne veux pas t'en occuper, dis-le-moi, Renaud, je ne t'en voudrai pas.

— Les avocats, à leurs débuts, choisissent rarement les causes qu'ils défendent, répondit-il.

Mais il lui sembla — et elle en fut heureuse — que son fils ne regrettait pas d'avoir à défendre un vigneron.

Un peu avant quinze heures, ils partirent vers la prison, et il leur fallut beaucoup de patience pour franchir tous les obstacles qui se dressèrent devant eux : manifestement, des ordres avaient été donnés pour que ceux qui avaient de près ou de loin participé aux émeutes ne bénéficient pas de la moindre faveur.

A l'intérieur même du bâtiment, ils durent encore patienter un long moment avant de pouvoir rencontrer Justin Barthès. Au moment d'entrer dans la salle de visite, Charlotte demanda à son fils de l'attendre quelques minutes dans le couloir.

— C'est inutile qu'il te voie, dit-elle, s'il ne veut pas d'avocat.

Quand elle entra, son cœur, malgré elle, battit plus fort. Justin, qui était assis à une table basse, se leva brusquement en la reconnaissant et lança, avec une agressivité qui la désarçonna :

— Qu'est-ce que vous faites là, vous ?

Jamais mots prononcés à son intention n'avaient retenti en elle avec une telle violence. Il ajouta, voulant la blesser, l'humilier :

— Ça ne vous a pas suffi l'autre nuit ?

Elle fit face, cependant, car elle n'était pas femme à se laisser malmener de la sorte :

— Je suis venu avec mon fils, qui est avocat. Il a accepté de vous défendre.

— Et qu'est-ce qui vous fait penser que je ne peux pas me défendre tout seul ? Est-ce que je vous ai demandé quelque chose ?

— Vous, non, fit-elle, mais votre mère, oui.

— Je ne vous crois pas.

— Elle est pourtant venue avant-hier au Solail.

— Ça m'étonnerait fort.

— Elle est venue, Justin.

— Je vous interdis de m'appeler Justin, cria-t-il.

Et, menaçant, il s'avança vers elle, qui ne bougea pourtant pas.

— S'il faut payer, je payerai ! Et je ne serai pas le seul. Vous pouvez rentrer dans votre château et bien en profiter : le jour n'est pas loin où nous y mettrons le feu !

— Je brûlerai donc avec, si c'est vraiment ce que vous voulez.

— Tout ce que je veux, c'est que vous sortiez de cette pièce.

— Ecoutez, Justin...

— Foutez le camp, je vous dis ! Foutez le camp, ou alors vous allez le regretter !

— J'espère que votre mère comprendra que j'ai tout essayé, fit Charlotte, reculant jusqu'à la porte.

— Dehors !

Il avait crié, de nouveau, et la porte venait de s'ouvrir, tirée par un gardien qui avait dégainé son arme. Charlotte sortit, demeura un instant immobile contre le mur, face à Renaud qui avait entendu le prévenu crier. Cette violence à laquelle elle s'était heurtée lui faisait craindre pour l'avenir, soudain, quelle que soit l'issue de la révolte. Elle avait cru qu'elle avait comblé le fossé avec ceux qui, de près ou de loin, dépendaient du Solail, et elle venait de découvrir qu'il n'en était rien.

— Excuse-moi, Renaud, dit-elle. Je n'aurais jamais dû te faire venir jusqu'ici. Partons.

Il lui donna le bras pour sortir de la prison, devinant qu'il s'était passé quelque chose de plus grave qu'elle ne l'avouait.

— Oublie tout ça, lui dit-elle au moment de le quitter, je me suis trompée, c'est tout. Et surtout, pas un mot, à personne.

— Promis, dit-il. Rentre bien.

Elle partit sans être inquiétée, car il était bien plus facile de quitter la ville que d'y entrer. Tandis qu'elle roulait vers le Solail, elle voyait encore devant elle le visage implacable de Justin Barthès et se demandait si cette haine qu'elle avait découverte provenait d'un orgueil bafoué ou de causes plus profondes. Elle se souvint alors de Violaine, et se dit que Justin souffrait en réalité d'une maladie d'amour. Elle en fut un peu rassurée, et elle envia l'un et l'autre, car elle n'avait jamais connu une telle passion qu'au fond d'elle-même, pourtant, elle avait toujours espérée.

A Mélanie, elle raconta ce qui s'était passé, s'en tenant toutefois à l'essentiel. Justin fut condamné à un mois d'emprisonnement et regagna Sainte-Colombe à la fin du mois de juillet. Charlotte se rendit quelquefois dans les vignes de la Croix à la nuit tombée, mais l'obscurité resta sourde à ses soupirs et elle n'eut plus, pour s'éblouir, que la lumineuse indifférence des étoiles lointaines.

Accablé, Firmin s'assit un instant au bord de sa vigne. Il avait beau s'abrutir dans le travail, il ne pouvait pas oublier qu'une fois de plus le foyer de la révolte venait de s'éteindre. Les villes avaient été paralysées par la troupe, les meneurs arrêtés, et Marcelin Albert, considéré comme un traître par ceux qui l'avaient encensé, se cachait comme un assassin. Firmin, pourtant, ne croyait pas à une trahison de la part du « Rédempteur ». Il était persuadé que Marcelin, en allant à Paris en juin, avait réellement eu l'intention de se rendre aux autorités dans l'enceinte même de la Chambre des députés. Il avait demandé son aide à Félix Aldy, le député audois, mais il avait vainement attendu et, ne sachant que faire, il s'était résolu à aller voir Clemenceau en personne.

Hélas ! le petit vigneron sincère et innocent d'Argeliers n'était pas de taille à affronter le rusé président du Conseil. Celui-ci avait convaincu Marcelin de retourner au pays « pour rentrer dans la loi » et, surtout, il lui avait donné un billet de cent francs pour son voyage. De faiblesse, peut-être, de désespoir sans doute, Marcelin avait pleuré, puis il avait accepté le billet, sans quoi il n'aurait pu rentrer : sa femme avait dû emprunter les cent francs du voyage d'aller. Et c'était cet homme-là, qui n'avait pas cent francs devant lui, qu'on accusait aujourd'hui d'avoir trahi les vignerons !

Firmin songeait amèrement que les humbles ne lutteraient jamais à armes égales avec ceux qui détenaient le pouvoir et l'argent. Il souffrait pour Marcelin qui avait failli être frappé par des vignerons en colère dans sa propre maison. Ferroul, lui, une fois mis en liberté provisoire, avait récupéré le mouvement avec les survivants du comité d'Argeliers, mais la révolte s'était effritée avec la promulgation de la loi du 29 juin qui réglementait le sucrage et imposait la déclaration des récoltes. Dans la première quinzaine de juillet, un nouveau texte avait réglementé le mouillage, la circulation des vins et des alcools. Pour toutes ces raisons, bonnes ou mauvaises selon le point de vue que l'on adoptait, l'incendie achevait de s'éteindre, tandis qu'un homme seul, abandonné de tous, errait dans les vignes à la recherche de son honneur perdu.

Cette pensée ne cessait de hanter Firmin. Il avait admiré Marcelin, il avait cru en lui, il le connaissait bien, et il savait qu'il n'avait pas trahi. C'était Clemenceau qui l'avait déconsidéré auprès des siens par d'habiles déclarations dans les journaux parisiens. Firmin avait besoin de croire encore en Marcelin. Il ne pouvait pas accepter cette ultime défaite au soir de sa vie. Aussi, malgré Prudence qui le suppliait de se ménager, il partait chaque soir à la recherche de celui qui, seul, à ses yeux, pouvait ranimer la flamme de la révolte. Il l'avait revu une fois, Marcelin, et ils avaient pu parler ensemble pendant quelques minutes, cachés dans un cabanon :

— Clemenceau m'a dit que le duc d'Orléans était à nos portes, avait murmuré le cabaretier. Tu sais comme je suis républicain et patriote : en 1870, je me suis engagé pour la durée de la guerre. Alors, j'ai eu peur ; parce que la république, c'est ce que nous avons gagné de plus précieux. C'est à ce moment-là que j'ai pleuré. Je suis sûr que toi, au moins, tu me comprends.

Voilà comment le machiavélisme d'un homme politique avait triomphé sans peine d'un simple vigneron. Et Marcelin ne s'était même pas rendu compte qu'il se faisait acheter. Du moins pour ceux qui ne le connaissaient pas. Pas pour Firmin, qui savait que l'homme sincère et dénué d'ambition était celui qui savait si bien monter dans les platanes. « Un enfant », disait aujourd'hui Ferroul, avec son habileté de politicien rompu à toutes les manœuvres, « Marcelin Albert est un enfant. »

Plongé dans ses réflexions, Firmin regardait le soir descendre sur la plaine que n'agitait pas le moindre souffle de vent. Il venait de tailler sa vigne en vert à l'approche des vendanges, mais sans le moindre goût, sans le moindre plaisir. Prudence devait s'inquiéter. A l'instant où il se leva, il sentit un voile se poser sur ses yeux. Il se rassit, cherchant à échapper au malaise qui, subitement, rendait son corps lourd, très lourd. Il passa une main devant ses yeux, mais les vignes, en bas, demeuraient terriblement lointaines, comme si la nuit, déjà, les avait recouvertes. Il essaya d'appeler ; seul un mince filet de voix sortit de sa bouche :

— Prudence... Prudence...

Il sentit que ses dernières forces le quittaient, qu'un poids immense le rivait sur le petit banc de pierre sur lequel il était assis. Or il avait toujours lutté, jamais subi. Puisant au plus profond de lui une dernière énergie, il se dressa, fit quelques pas dans sa vigne, s'accrochant aux ceps, et il lui sembla que le malaise se dissipait. Il continua, tanguant d'une jambe sur l'autre, et, sortant de la vigne, commença à descendre vers la vallée le long du chemin creusé d'ornières. Il voulut alors s'asseoir sur un rocher au bord du sentier, puis il se dit qu'il valait mieux essayer de rentrer au village le plus vite possible.

Il repartit, ruminant dans sa tête douloureuse d'amères pensées, revoyant Marcelin sur un platane, puis les soldats de la place de l'Hôtel-de-Ville à Narbonne. « Ils ont tiré », se dit-il, à l'instant où une douleur atroce lui déchirait la poitrine, et il tomba face contre terre au milieu d'un genêt dont il aimait tellement les fleurs d'or. Foudroyé, il mourut en quelques secondes, ce combattant inépuisable, et les vignes, plus bas, semblèrent tourner leurs feuilles vers cette brèche ouverte dans la nuit.

On le trouva au petit matin, bien après que Prudence eut alerté Raoul et Victorine. On le porta jusqu'à son domicile où le village entier défila pour les condoléances. Prudence était assise près de lui, au chevet de ce lit qui représentait, avec une table et deux chaises, tout ce qu'ils possédaient. Elle ne parlait pas, ne semblait voir personne. Malgré la chaleur oppressante de l'été, elle avait froid. Elle tremblait. Elle eut beaucoup de mal, le lendemain, bien que soutenue par Raoul et Victorine, à suivre le cortège jusqu'au petit cimetière de Sainte-Colombe. Le soir, quand tout fut terminé, elle voulut rester seule. Elle se reposa, s'assoupit, puis, vers minuit, elle se leva sans bruit et monta à petits pas vers le cimetière.

Le vent jouait dans les cyprès qui projetaient de grandes ombres dans la nuit. Elle n'avait pas peur, Prudence. Elle avançait lentement, toujours tremblante, vers la grille qui s'ouvrit en grinçant. Elle marcha vers la tombe de l'homme avec qui elle avait parcouru la vie, s'allongea dessus, se recroquevilla et ne bougea plus. Tous les pins des collines chantaient. Elle revit ce jour où Firmin avait pris ses mains dans les siennes, il y avait si longtemps, et se mit à sourire : elle n'avait plus froid maintenant. Elle mourut sans s'en rendre compte, bercée par le murmure des collines et le frémissement lointain des vignes qui lui ouvraient les portes d'un monde où l'attendait Firmin, avec le regard lumineux des hommes qui n'ont plus de colère.

Quatrième partie

LE TONNERRE

13.

MALGRÉ la chaleur étouffante, les journaliers, sous leur chemise et leur chapeau devenus verts, sulfataient les vignes, bien que l'on fût en août, car cette année 1914 était une année de mildiou. On eût dit que la nature entière était malade, d'ailleurs, sur les collines comme dans la plaine, et Charlotte, conduite par Arthémon dans le cabriolet, ressentait une sorte de malaise, depuis plusieurs jours. Son instinct l'avertissait que quelque chose, dans le monde, s'était déréglé. Elle trouvait des araignées partout, jusque sur son oreiller, son chat ne se laissait plus approcher, et les chevaux eux-mêmes, avec qui pourtant elle entretenait des relations familières, ruaient sans raison ou ne se laissaient pas atteler.

Il était près de quatre heures, ce samedi 1er août, et les vignes, tremblantes dans la brume de chaleur, s'irisaient sous le sulfate de cuivre qui sortait en une pluie fine des cuves maniées par les hommes dégoulinant de sueur. Charlotte avait demandé à Arthémon de l'y mener malgré la canicule, car elle était lasse de la lecture des journaux qui tous, ou presque, jugeaient la guerre inévitable. Et tout cela à cause d'un archiduc assassiné dans une ville lointaine où l'on n'irait jamais — dont on entendait d'ailleurs parler pour la première fois — et pour la défense d'intérêts très éloignés de ceux du pays, à plus forte raison de ceux du Languedoc où l'on voulait seulement songer, cet été-là, aux vendanges qui approchaient.

— Arrête-toi là, dit Charlotte à Arthémon en désignant l'ombre maigre d'un amandier aux branches noueuses et tordues comme les doigts d'un centenaire.

Arthémon fit ce qu'elle lui demandait, puis il lui tendit les rênes et, s'épongeant le front d'un revers de main, descendit du cabriolet. Il cueillit alors une grappe, l'examina, la porta à Charlotte qui observa avec satisfaction les grains lourds, de belle couleur, en train de mûrir. Sans cette menace de guerre que l'on sentait rôder autour de soi, on aurait pu espérer de magnifiques vendanges. D'autre part, tout n'allait pas si mal dans la viticulture. Depuis quelques années, en effet, le prix de l'hectolitre était remonté à plus de vingt francs, à cause des mauvaises récoltes, certes, mais aussi et surtout grâce aux mesures de la loi de 1907, si chèrement arrachées au gouvernement de l'époque : désormais, les stocks devaient être déclarés, ce qui rendait les fraudes plus difficiles — du moins étaient-elles plus sévèrement réprimées.

Au Solail, tout allait bien. Charlotte vivait en bonne intelligence avec Arthémon et Pascaline qui avaient maintenant deux enfants : après Jules était née Blanche, en 1910. Victoire, la femme de Léonce, ne venait plus du tout au domaine : elle habitait définitivement chez sa fille, à Carcassonne. On pouvait penser que les terribles méventes qui avaient provoqué la révolte de 1907 ne se reproduiraient plus, et que de nouveau la vigne allait permettre de vivre décemment. De plus, Charlotte avait réussi à rétablir l'équilibre de ses comptes et espérait beaucoup dans les vendanges prochaines. C'est pourquoi les rumeurs de guerre l'irritaient fort : elle ne comprenait pas comment des hommes pouvaient être assez fous pour se battre alors qu'ils n'avaient aucune raison immédiate, qu'ils n'étaient pas en péril, que rien ne les menaçait directement. Aussi se refusait-elle à croire à cette guerre que les journaux annonçaient comme probable, en raison des alliances, depuis la mise en branle de l'engrenage dans lequel les nations de l'Europe s'étaient imprudemment aventurées.

Malgré la chaleur — à cinquante-neuf ans, Charlotte la supportait de plus en plus difficilement —, elle descendit à son tour du cabriolet et s'engagea dans une allée pour respirer le parfum unique de la terre et des feuilles chaudes, celui qui, depuis toujours, avait le pouvoir de lui faire tout oublier, sauf l'essentiel : cette palpitation soudaine de son cœur chaque fois qu'elle posait le pied sur la terre nourricière, une terre craquelée, en cet été de feu, mais qui savait se faire douce à ses doigts, surtout au pied des ceps, à l'endroit ou les rabassiés la rendaient plus meuble, plus fragile, comme une chair secrète.

Elle se baissa, la pétrit entre ses doigts, se redressa, et la respira en fermant les yeux. Ce fut à cet instant qu'une cloche s'ébranla. D'abord, elle ne l'entendit pas vraiment, du moins ne lui accorda-t-elle pas de véritable attention. Quand une deuxième se joignit à la première, pourtant, et que leurs sons mêlés se mirent à voler sur la plaine, Charlotte tourna la tête vers le village, le cœur battant. Elle vit des hommes courir au loin, se demanda : « Qu'est-ce qui se passe ? » revint vers l'allée centrale, incapable de faire le lien, soudain, entre ces cloches dont l'écho se répercutait maintenant sur les collines et les rumeurs des derniers jours.

— Que se passe-t-il ? fit-elle en apercevant Arthémon qui se précipitait vers le cabriolet.

— Le tocsin, dit-il.

— Le tocsin ?

Elle chercha à l'horizon les nuages porteurs de grêle, n'en aperçut aucun.

— Viens, dit Arthémon.

Elle monta dans le cabriolet et ne dit pas un mot jusqu'à Sainte-Colombe, tout entière obsédée par ces cloches qui semblaient s'être donné le mot et qui, de tous les villages alentour, appelaient à elle ne savait quoi — ou plutôt se refusait-elle à le comprendre, par une sorte de refus instinctif d'un danger trop terrible.

A Sainte-Colombe, tous ceux qui ne travaillaient pas dans les vignes étaient sortis sur les portes et s'apostrophaient. Charlotte remarqua que des femmes pleuraient. Arthémon arrêta le cabriolet devant l'une d'elles qui portait un enfant dans ses bras avec un air effrayé, comme si on voulait le lui prendre.

— C'est la guerre, dit-elle.

Et elle répéta, d'une voix qui parut à Charlotte agitée de sanglots :

— La guerre, c'est la guerre !

Charlotte se tourna vers Arthémon qui demeurait sans réaction, comme hébété : alors elle comprit vraiment ce qui se passait. Plus que de l'abattement, c'est de la colère qui s'empara d'elle, et elle ordonna d'une voix dure à Arthémon qui semblait assommé :

— Allons jusqu'à la promenade.

Des hommes couraient devant le cabriolet, hagards, comme s'il y avait le feu dans leur maison, tandis que les femmes, des seuils, les appelaient avec de grands gestes. Au milieu de la promenade, le maire, Auguste Rességuier, montrait le télégramme reçu du ministère de l'Intérieur, qui avait décrété la mobilisation générale le lundi 1er août. Charlotte descendit, s'approcha, écouta les conversations et se sentit un peu rassurée : ce n'était que la mobilisation, pas encore la guerre.

Elle revint rapidement vers le cabriolet, fit part de ce qu'elle avait appris à Arthémon, mais il haussa les épaules, et elle perdit de nouveau espoir.

En revenant vers le Solail, elle eut l'impression que le monde n'était plus le même : les femmes faisaient rentrer les enfants dans les maisons, les hommes parlaient entre eux à voix basse, délaissant les bêtes qui tournaient vers eux leur tête placide, des volets se fermaient, un grand silence tombait sur la plaine d'où semblaient s'être enfuis les oiseaux. Une pitié soudaine s'était abattue sur les gens et les choses, dans laquelle on devinait, sans bien le définir, un bouleversement de l'existence dont pouvaient surgir les pires maux. Charlotte pensait à ses fils, qui allaient partir, sans doute, et pour la première fois de sa vie elle les sentit en danger. Quelle était donc cette fracture soudaine du temps et des habitudes ? Qu'allait-il se passer ?

Au Solail, quand ils arrivèrent, les gendarmes les attendaient en compagnie de Pascaline en pleurs : Arthémon devait partir dès le lendemain dans la territoriale. Ayant rempli leur mission, ils s'en allèrent. Charlotte sortit dans la cour. Là aussi, les femmes s'essuyaient les yeux, et les hommes, par petits groupes, discutaient à voix basse. Elle erra un moment dans le parc, mais ne reconnut rien de son domaine familier : les arbres ne portaient plus les mêmes couleurs, les parfums n'étaient plus les mêmes. Elle revint vers le château, tenta de rassurer Blanche qui se demandait pourquoi sa mère pleurait.

— Ça ne pourra pas durer bien longtemps, dit Arthémon, qui semblait avoir retrouvé son calme. Ce qui m'inquiète, ce sont les vendanges. Comment allez-vous faire sans hommes ? Heureusement que Calixte ne partira pas.

Il ajouta, comme Charlotte paraissait ne pas comprendre :

— Oui, tout le monde va partir, même Séverin, comme moi, dans la territoriale. Il faudra faire venir des femmes de la Montagne noire ou bien des Espagnols.

Elle eut un geste de lassitude, comme si tout cela n'avait aucune importance.

— Les vendanges, soupira-t-elle.

— Calixte n'a que soixante-deux ans, reprit Arthémon, il est encore capable de mener des Espagnols.

— Oui, dit Charlotte, sans doute, on verra.

Ils prirent le repas du soir sur le perron, mais eurent à peine la force de manger. Pascaline se retenait difficilement de pleurer et Arthémon ne parvenait plus à parler.

Au moment où les femmes desservaient, une voiture automobile s'annonça dans l'allée. Quand les portes s'ouvrirent, Charlotte reconnut Renaud et Hugues, ses fils, qu'elle n'avait pas vus depuis plusieurs mois. Elle songea amèrement que Louis, en ce soir funeste, n'avait pas daigné venir jusqu'à elle. Elle le voyait de moins en moins, n'en souffrait guère ; ce soir, pourtant, elle eût aimé qu'il fût présent avec ses enfants, près d'elle.

— Il est malade, lui avoua Hugues, les médecins ne savent pas exactement de quoi.

Elle en fut vaguement soulagée, puis, tout de suite après, encore plus inquiète.

Hugues et Renaud étaient venus lui dire au revoir. L'un partait le lendemain pour Compiègne, l'autre pour Charleroi.

— Ce sera vite fini, prétendit Renaud.

— Pas plus de deux mois, renchérit Hugues.

Ses fils ! Aussi différents l'un de l'autre qu'elle

l'était de Louis : autant Renaud ressemblait à sa mère, autant Hugues ressemblait à son père.

— Promettez-moi de prendre soin de vous, de ne pas trop vous exposer, dit-elle.

Ils promirent, mais que ne promettait-on pas à sa mère, dans chaque maison, en cette soirée du 1er août 1914 ? Ils dissimulaient de leur mieux la peine qu'ils avaient de la quitter, et pourtant il fallait rentrer à Narbonne pour achever les préparatifs du départ. En les embrassant, elle s'aperçut qu'elle ne s'était jamais vraiment rendu compte de quel poids ils pesaient dans sa vie. Elle sentit leurs muscles, leur chair contre elle et, en songeant furtivement que ces muscles, cette chair pouvaient être frappés mortellement, quelque chose en elle se brisa.

— Revenez-moi vite, dit-elle encore.

La voiture démarra, et elle fit quelques pas pour l'accompagner. Elle regarda se fondre dans l'obscurité le visage de Renaud tourné vers elle, puis elle monta les marches du perron et, accablée, s'assit, en compagnie d'Arthémon et de Pascaline, face au parc où l'obscurité semblait plus épaisse que jamais. Au bout d'un moment, elle eut l'impression qu'ils avaient besoin d'être seuls avant d'être séparés pour longtemps, et elle s'en alla, après avoir fait promettre à Arthémon de la réveiller avant de partir le lendemain.

Elle erra un instant dans le parc où la chaleur du jour n'était pas encore tombée. C'était comme si la terre avait la fièvre. « Et les vignes ? » se demanda-t-elle. Elle quitta le château et s'engagea sur le chemin, son cœur cognant très fort dans sa poitrine. Il n'y avait pas un souffle de vent. Tout se taisait, les hommes comme les bêtes, en attendant on ne savait quoi. On aurait dit que des spasmes secouaient le flanc des collines dont Charlotte distinguait les formes bossues, semblables à des monstres guettant leur proie.

Elle eut peur pour la première fois, au milieu de ses vignes où palpitait pourtant le meilleur de sa vie. L'idée lui vint que ce monde, son monde, ne serait peut-être plus jamais ce qu'il avait été. Elle s'arrêta, puis, prise d'une panique soudaine, elle fit demi-tour et courut aussi vite qu'elle le put jusqu'au Solail qui dormait toutes fenêtres ouvertes.

Il avait espéré jusqu'au bout, Justin, que les partis ouvriers de France et d'Allemagne allaient s'opposer à la guerre. Une motion avait même été votée en ce sens le 16 juillet lors du congrès du parti socialiste. Mais Justin avait compris que tout était perdu à la nouvelle de l'assassinat de Jaurès, le 31 juillet, et le tocsin ne l'avait pas surpris, le lendemain, dans l'après-midi, alors qu'il était en train de raboter une douelle, devant l'atelier de Raoul. Ce dernier était mort, mais Victorine, sa femme, louait l'atelier à Justin, qui s'était marié en 1908 avec Nathalie, l'ouvrière en confection rencontrée à Narbonne. Le jeune couple, qui habitait dans l'ancien appartement de Firmin et de Prudence, avait un fils : Clément, âgé de cinq ans. Nathalie s'était installée couturière, et leur vie, même si elle était difficile, aurait pu être heureuse sans cette menace que Justin avait sentie se lever depuis le vote par l'Assemblée de la loi « de trois ans » sur les obligations militaires.

Six mois auparavant, les gendarmes étaient venus chercher son livret et le lui avaient rapporté modifié trois jours plus tard. En cas de mobilisation, il ne devait pas rejoindre la marine, mais l'infanterie. Il avait deviné ce que cela signifiait, mais que faire ? Auprès de qui protester ? Il savait bien que pour les autorités il était suspect de la même manière que les soldats des régiments du Midi qui allaient payer très cher leur insubordination pendant les événements de 1907. Il aurait déserté, s'il n'avait pas craint pour sa femme et son fils. Au contraire, il avait dû donner sa parole aux gendarmes, venus s'assurer de sa personne, le 1er août à six heures du soir.

Le jour se levait, ce dimanche-là, et Justin le regardait couler dans la chambre en se demandant si ce n'était pas la dernière fois qu'il voyait pénétrer le soleil dans ce lieu protégé. Il hésitait encore à partir, car la révolte contre une guerre aussi absurde ne cessait de bouillonner en lui. Il espérait encore, dans la journée ou celles qui allaient suivre, un sursaut des défenseurs de la paix, qu'ils fussent français ou allemands, ignorant que l'Union sacrée, appelée de tous ses vœux par Poincaré, avait anéanti en quelques heures les élans pacifistes.

Il se leva sans bruit, passa dans la cuisine, mit du café à chauffer, s'assit, regardant pensivement la porte de la chambre où dormaient sa femme et son enfant. Comment échapper à ce piège dont il était persuadé de ne pas sortir vivant ? Pourquoi accepter de perdre ce qu'il avait eu tant de mal à construire ? Et pour qui ? Pour quels intérêts ? Pour les marchands de canons : ceux qui s'engraissaient pendant les guerres au détriment du pauvre monde ! A cette idée, Justin se mit à trembler d'une colère qui lui fit monter des larmes dans les yeux.

Il n'entendit pas la porte de la chambre s'ouvrir, aperçut Nathalie à l'instant où elle s'asseyait face à lui. Il la trouva belle malgré ses cheveux emmêlés, ses yeux gonflés à cause des larmes de la nuit. Elle tendit une main par-dessus la table, toucha la sienne.

— Ne pars pas, dit-elle.

— S'ils me prennent, ils me fusilleront, tu le sais bien.

Elle hocha la tête, grimaça un sourire.

— Peut-être que ça ne durera pas longtemps...

— Non, fit-il, de toute façon ça ne peut pas durer longtemps.

Ils restèrent un moment immobiles, les yeux dans les yeux, puis elle eut un sanglot en disant :

— On était si bien.

— C'est pas fini, dit-il. Je reviendrai vite.

— Promets-le-moi.

Il sourit, murmura :

— Je te le promets.

Et, comme elle s'essuyait les yeux :

— D'ailleurs, si ça se trouve, une grève générale va tout paralyser. On ne peut pas faire se battre des hommes qui ne le veulent pas.

Elle hocha de nouveau la tête, s'en fut chercher le café et en versa dans deux bols de terre cuite. Puis elle mit sur la table du pain et un morceau de cansalade.

— J'ai pas faim, dit-il.

— Allons, il faut manger, tu ne peux pas voyager comme ça, le ventre vide.

Il ne répondit pas, songea à tous ces repas qu'ils avaient pris ensemble depuis leur mariage, à tout ce bonheur qui venait de s'envoler à cause de cette maudite guerre. Une nouvelle fois, il eut envie d'aller se cacher dans les collines, et il fut sur le point de le dire à sa femme. C'est alors que l'on entendit frapper à la porte, en bas, et Nathalie se précipita à la fenêtre.

— Les gendarmes, dit-elle.

Justin, qui ignorait se trouver sur la liste du carnet B — lequel recensait les hommes susceptibles d'entraver les opérations de mobilisation —, se demanda ce qu'ils voulaient.

— Nous sommes chargés de vous accompagner à la gare, crièrent-ils.

— Je viens, dit-il, j'en ai pour dix minutes.

Et, furieux mais résigné, il referma la fenêtre.

— Tu vois, dit-il à Nathalie.

Il se sentait presque soulagé, à présent, sachant qu'il ne pouvait plus fuir, que certains avaient pris la décision pour lui, en quelque sorte, et qu'il ne mettrait pas sa femme et son fils en danger. Il s'habilla calmement, évitant de regarder Nathalie qui garnissait une musette de pain et de fromage, tournée vers l'évier. Quand elle lui fit face, il comprit qu'elle faisait un effort pour ne pas pleurer. Pourtant, elle demanda :

— Laisse-moi t'accompagner un peu sur la route.

— Avec les gendarmes ?

— Et alors ? Quelle importance !

Il y avait une telle prière dans ses yeux qu'il capitula.

— Pas trop loin, dit-il, on ne peut pas laisser le petit seul trop longtemps.

— Il dort, fit-elle, et il ne risque rien.

Ils se turent. Il était prêt, maintenant. Il poussa lentement la porte de la chambre, entra, vint près du lit de son fils, s'agenouilla. L'enfant dormait et respirait calmement. Justin s'approcha pour sentir son souffle contre sa joue, craignit de le réveiller, recula. Il regardait les cheveux drus, les oreilles, le nez, la bouche, et quelque chose se déchirait en lui, lui donnant envie de crier. Il devait se séparer de ce qu'il avait de plus cher au monde, du seul être pour lequel il aurait donné sa vie avec plaisir. Il ne put se retenir, appuya sa tête contre le bras nu de son fils qui tressaillit. La pensée lui vint que peut-être il ne le reverrait plus jamais.

— Mon petit, murmura-t-il.

L'enfant gémit, se tourna de l'autre côté, et Justin n'eut plus devant lui que les épaules rondes, brunies par le soleil. Il ne parvenait pas à se relever. Il ne pouvait pas. Quelque chose le rivait à ce lit, qui lui rappelait que la vraie vie était là, le seul bonheur des jours : cette tiédeur de la peau, du souffle, de l'innocence d'un enfant endormi et, de nouveau, la révolte gronda en lui.

En entendant appeler en bas, il réussit à se relever. Une dernière fois, il se retourna vers le lit avant de refermer la porte, puis il se retrouva dans la cuisine, face à Nathalie qui s'était habillée. Elle demanda :

— Tu ne l'as pas réveillé ?

— Non, fit-il, et, de nouveau, une vague désespérée déferla dans sa poitrine, lui arrachant un sanglot qu'il eut du mal à dissimuler.

Alors, pour ne pas ajouter au chagrin de sa femme, rassemblant ses forces, il s'engagea résolument dans l'escalier.

En bas, le jour clair et rose annonçait le grand beau temps. Il faisait chaud, déjà, les nuits d'août ne parvenant pas à dissiper totalement la canicule des journées. Le ciel, d'un acier pur, avait l'éclat d'une lame aiguisée par le gel.

— Je vous avais donné ma parole, dit Justin aux deux gendarmes qui attendaient. C'était pas la peine de revenir.

— Ce sont les ordres, fit le brigadier, qui ne semblait pas un mauvais homme.

— Et vous allez me passer les menottes, peut-être ?

— Mais non ! Allez, ne faites pas d'histoires, marchez devant.

Nathalie à ses côtés, Justin prit la route de Bressan, salué sur le pas de la porte par les hommes qui étaient aussi sur le départ. Deux ou trois marchaient déjà, là-bas, plus loin, ce qui réconforta quelque peu Justin. Les gendarmes suivaient à une cinquantaine de mètres en arrière, se montrant discrets, si bien qu'on ne pouvait pas deviner vraiment quelle était leur mission.

A la fontaine romaine, la route se mettait brusquement à monter vers le petit col planté de très beaux pins, au-delà duquel elle basculait vers Bressan. Justin s'arrêta et dit à Nathalie :

— Le petit est seul.

Elle hocha la tête, mais supplia :

— Encore un peu.

— Non, fit-il, c'est trop dur comme ça.

Il voulut l'embrasser mais elle recula, puis, l'instant d'après, se précipita dans ses bras.

— Justin, gémit-elle. Justin.

— Pense au petit, dit-il.

Elle consentit enfin à se détacher de lui. Il fit un pas, puis deux, la regardant toujours. Alors, comme elle avançait de nouveau vers lui, il se retourna brusquement et se mit à courir.

Après l'euphorie des premiers jours de guerre, soigneusement entretenue par les journaux, il y eut vers le 20 août de désagréables rumeurs qui inquiétèrent fort les trois femmes de la Combelle. Depuis le départ de Félix, en effet, Julie était venue à la Combelle où elle partageait, avec Clarisse et Mélanie, ses craintes et ses espoirs. Elle avait évidemment emmené avec elle Rose, sa fille de treize ans, qui appréciait beaucoup la compagnie de Jérôme et de Ludovic, les fils de Clarisse, âgés respectivement de seize et quatorze ans. C'étaient eux, maintenant, les hommes de la maison, et ils montraient beaucoup de vaillance dans le travail des vignes qu'ils avaient appris de leur père.

Mélanie se rendait chaque jour au village pour y voir Nathalie et glaner des nouvelles. Elle ne s'habituait pas à la promenade déserte, sans hommes, à part deux ou trois vieux qui fumaient en suçant leurs moustaches. Elle s'inquiétait surtout pour Justin et Félix, car elle savait Séverin dans la territoriale, en principe pour le moment à l'abri des dangers. Subitement, pourtant, vers la fin du mois d'août, les nouvelles devinrent alarmantes : du jour au lendemain, on apprit que les Allemands marchaient sur Paris et que les routes étaient envahies par des réfugiés qui fuyaient devant l'ennemi. L'un d'eux, un Lorrain, arriva même à Sainte-Colombe en prédisant les pires catastrophes : selon lui, toute la France allait tomber sous la domination allemande. Ce fut la période d'une grande peur qui incita les femmes à se rassembler pour des conversations au cours desquelles elles cherchaient vainement à se rassurer : quelque chose d'incompréhensible et de monstrueux s'était produit, là-bas, dans le nord du pays, et c'était certainement pour cette raison que certains soirs le ciel se mettait à saigner, au-dessus des terribles batailles dans lesquelles les hommes étaient engagés.

Un après-midi, Mélanie trouva Nathalie en pleurs.

— J'ai rêvé qu'il criait, dit-elle, qu'il était blessé, et puis je l'ai vu mort.

Mélanie tenta de la réconforter, tandis qu'elle surveillait de loin Clément qui jouait sur la promenade. C'est alors qu'elles aperçurent le maire, Auguste Rességuier, la poitrine barrée de son écharpe tricolore, traverser la promenade et s'approcher de la maison du charron : il apportait la terrible nouvelle du premier mort du village, Adolphe Bousquet, qui était tombé à vingt-huit ans devant Sarrebourg, déchiqueté par les canons allemands.

La nouvelle frappa le village de stupeur. Ce premier mort faisait prendre conscience du fait que chaque famille était menacée, et que la victoire rapide à laquelle on avait d'abord cru ne s'obtiendrait qu'au prix de douloureuses épreuves. Mélanie et la plupart des femmes allèrent veiller dans la maison du disparu, en compagnie des parents, du frère et des sœurs qui ne savaient où les recevoir sans la présence du mort, et qui erraient d'une pièce à l'autre, hagards, désespérés, appelant Adolphe avec des sanglots étouffés.

La vie reprit, mais au ralenti, comme si chacun retenait son souffle pour ne pas attirer l'attention du destin, et Nathalie commença à guetter la porte du café par où était apparu le maire, ce jour-là, puisque aussi bien il n'y avait plus personne pour la pousser, cette porte, à part un vieux ou deux qui allaient siroter un verre de grenache. Quand la première lettre de Justin arriva, Nathalie s'empressa de la lire à Mélanie venue comme chaque jour aux nouvelles :

« Ma chère femme, disait Justin, je t'écris ces quelques lignes assis au bord du chemin, car depuis quelques jours nous ne cessons pas de marcher. Mon régiment a été engagé dans une bataille, mais aujourd'hui le danger est passé et je ne crois pas que nous nous battrons de sitôt. Comment va Clément ? Dis-lui bien de ne pas s'inquiéter pour son papa, et que je reviendrai très vite pour vous serrer dans mes bras, toi, ma chère femme, et lui, notre fils qui me manque tellement. A bientôt donc, et surtout prenez bien soin de vous. »

Au lieu de rassurer les deux femmes, cette lettre leur révéla que Justin avait échappé à la mort et que la menace demeurait permanente. Dès lors, elles cessèrent de vivre et leurs journées ne furent qu'une angoissante attente, malgré le soin qu'elles prirent de dissimuler leur inquiétude à leurs enfants.

A la Combelle, Séverin et Félix aussi avaient écrit. Si le premier s'inquiétait surtout des vendanges, le second parvenait mal à cacher la situation périlleuse dans laquelle il se trouvait. C'était curieusement dans les soucis ménagers que Mélanie et Julie parvenaient à oublier ce qui se passait là-haut, si loin qu'on avait cru impossible, au début, d'avoir un jour à en subir les conséquences. Pourtant, il avait fallu remettre en service le petit four de la Combelle pour cuire le pain, et l'on manquait déjà de sucre et de farine. Des contrebandiers en apportaient d'Espagne, mais on se méfiait de ces hommes qui rôdaient autour des maisons en sachant les femmes seules. D'autant qu'ils allaient le plus souvent par deux, et qu'ils surgissaient toujours au moment où l'on s'y attendait le moins. Ainsi la guerre faisait renaître les plus anciennes peurs, et parfois les cloches de Sainte-Colombe se mettaient à sonner, comme pour appeler à se défendre contre un ennemi invisible dont les hordes approchaient. Ce n'était qu'une femme qui appelait à la prière pour les soldats du village, mais le cœur, soudain, avait battu plus vite, et l'angoisse tardait à se dissiper.

L'inquiétude crût jusqu'au 10 septembre, puis l'on apprit par les journaux que l'armée française sortait victorieuse de la bataille de la Marne, à l'issue d'un terrible combat. *La Dépêche* et *L'Illustration* montèrent les taxis qui avaient permis la victoire, et rendirent familiers les noms de Joffre, de Gallieni et de von Kluck. Le soulagement dura peu, car on se mit à redouter les conséquences des combats acharnés grâce auxquels les soldats avaient sauvé le pays. La maire dut revêtir deux fois son écharpe tricolore, mais il ne se rendit pas à la Combelle : Abel Serrano, un journalier, était tombé devant Bar-le-Duc, et Albin Roussille, un fils de petit propriétaire, dans les marais de Saint-Gond.

A la Combelle, les lettres se faisaient attendre. Celle de Félix arriva la première, rassurante, puis Nathalie reçut un petit mot de Justin qui parlait peu de lui et s'inquiétait surtout pour elle. Ce fut celle de Séverin qui mit le plus de temps à arriver, et pour cause : il avait été blessé du côté de Verdun. Ainsi, c'était celui pour lequel on s'inquiétait le moins qui avait le plus souffert. Et de quoi exactement ? Séverin parlait de blessure à un bras, mais il ne donnait pas plus de détails et promettait d'autres nouvelles rapidement. Il tint parole, mais ce fut pour annoncer ce à quoi nul n'était préparé : quoique hors de danger, il avait été amputé du bras gauche.

« Dans mon malheur, j'ai eu de la chance, écrivait-il, je vais passer devant une commission de réforme et je compte bien rentrer très vite à la Combelle. »

Les femmes, d'abord anéanties par cette nouvelle, se consolèrent en songeant que lui au moins reviendrait et qu'il pourrait continuer à travailler puisqu'il était droitier. Elles se remirent au travail en essayant de penser aux vendanges qui approchaient, non sans jeter de temps en temps un regard d'angoisse vers le chemin par où risquait un jour d'arriver le funeste messager de la guerre.

Charlotte tentait également d'oublier que ses fils étaient en danger, là-haut, dans ces contrées lointaines où, sans la guerre, ils n'auraient jamais eu l'idée d'aller. Heureusement, Berthe et Violaine avaient regagné le Solail dès le début du mois de septembre, et les notes du piano, parfois, faisaient penser au temps où l'on redoutait seulement la mévente du vin. Charlotte était allée à Narbonne voir son mari, car ce que lui en avaient dit ses deux fils avant leur départ l'avait inquiétée. Elle avait trouvé Louis très changé, amaigri, méconnaissable. De quoi souffrait-il ? Il n'avait su le lui dire, son médecin ne se prononçant pas, et pourtant Louis n'avait que soixante ans.

— Je vais essayer de tenir le temps que Hugues revienne, et après, si tu veux de moi, je viendrai au Solail avec toi.

D'abord, elle avait cru qu'il plaisantait, mais il y avait

une telle détresse dans ses yeux, qu'elle comprit qu'il avait vraiment besoin d'elle.

— De quoi souffres-tu ? Où as-tu mal ?

Il n'avait mal nulle part, mais il se sentait épuisé. Elle avait eu de la peine à le quitter, lui avait fait promettre de la prévenir s'il avait besoin d'aide. Il lui avait appris que, grâce à ses relations, Etienne avait obtenu les marchés du vin de l'armée et fait affecter son fils Michel dans un bureau à Paris. Elle en avait conçu du dépit, non par véritable jalousie, mais parce qu'elle était incapable, elle, de mettre ses fils à l'abri.

— Et nos enfants ? avait-elle dit.

— Contrairement à ce que tu pensais, avait répondu Louis, je n'ai pas le même sens de l'honneur qu'Etienne. Il ne sera pas dit que mes fils n'auront pas fait leur devoir.

Elle était repartie heureuse de cette réponse, même s'il lui en coûtait, même si Hugues et Renaud étaient en danger. Il lui avait semblé ce jour-là, que Louis, malgré le mal qui le rongeait — ou peut-être à cause de ce mal —, essayait vraiment de combler la distance qui les avait longtemps séparés. Depuis, elle se sentait moins seule pour faire face aux responsabilités innombrables qu'elle assumait depuis le départ d'Arthémon, Calixte n'ayant plus les forces nécessaires pour mener à bien l'organisation des vendanges.

Elle avait hésité à faire venir des Espagnols, mais elle y avait été obligée, car les femmes de la Montagne noire, en l'absence de leurs maris, ne voulaient pas quitter leur village. Elle avait pris soin de faire venir des hommes d'âge mûr, non des jeunes, et exigé qu'ils vinssent avec leurs femmes, de manière qu'il n'y eût pas de problèmes avec celles du Solail.

C'est ainsi que les vendanges commencèrent à la mi-septembre, par une journée de grand soleil comme on en connaissait depuis le début de l'été. Rosemonde, la mousseigne qui menait si bien les colles, était morte depuis cinq ans. Charlotte dut elle-même en prendre la direction, laissant à Calixte la responsabilité du transport du raisin et de son déversement dans les cuves, à Pascaline celle des repas, notamment celui du soir, dans la cour du Solail.

Elle fut tellement occupée les premiers jours qu'elle n'eut pas le temps de penser à la guerre, et se surprit à se sentir heureuse au milieu des vignes, dans cette lumière de feu qui incendiait la plaine, faisant lever des odeurs, des parfums qui la renvoyaient violemment vers son enfance, cette époque bénie où nulle menace ne rôdait autour d'elle. Elle n'avait pas eu besoin d'interdire les « mascares », car les Espagnols n'auraient pas songé à en prendre l'initiative. Ils venaient chercher le raisin au bord des vignes mais n'y entraient pas, allaient déverser leurs hottes dans les comportes alignées sur la charrette, travaillaient sans lever la tête, se relayant au fouloir à bras, le soir, après le repas.

Entre les rangs, nul ne chantait, car les femmes craignaient d'entendre le glas ou d'apercevoir le maire dans une allée. Pourtant, au fur et à mesure que la journée avançait, elles perdaient peu à peu de leur réserve et discutaient entre elles : alors, un rire fusait, parfois, vite étouffé, et le silence retombait pour quelques minutes, uniquement troublé par le bruit des grappes chutant dans les paniers de fer. Charlotte essayait de veiller à tout, aidait les femmes qui étaient en retard à l'extrémité du rang, ne se privait pas de goûter les raisins, et, parfois, quand elle se savait seule dans une rangée, d'écraser délicieusement une petite grappe dans sa bouche, comme elle avait tant aimé le faire, enfant, honteuse de ce gaspillage et en même temps transportée dans quelques brèves secondes de bonheur fulgurant.

Au fil des jours, elle sentit que les habitudes revenaient d'elles-mêmes, et que la joie de la cueillette gagnait les femmes malgré elles. Même Mélanie, à qui elle avait confié la responsabilité d'une colle, souriait lorsqu'elle se redressait, que leurs regards se croisaient, complices et fières de mener à bien les vendanges sans les hommes. Si Berthe aidait Pascaline au château, Violaine avait souhaité travailler dans les vignes. Elle y côtoyait Nathalie, et Charlotte se demandait si elle n'avait pas voulu y venir précisément pour faire sa connaissance et obtenir des nouvelles de Justin. Elle frissonnait parfois à l'idée que l'une et l'autre ignoraient ce qui s'était passé une nuit dans les vignes de la Croix, et elle se surprenait à trembler autant pour Justin que pour ses fils, et pour Arthémon. D'ailleurs, il lui arrivait de convoquer souvent ce souvenir sans le moindre remords, car il représentait le seul intercesseur avec une jeunesse qu'elle avait de plus en plus de mal à rejoindre par la pensée, ce dont elle souffrait plus que du vieillissement de son corps, de la fatigue qui s'accumulait sur ses épaules, des rides de son visage où la lavande de ses yeux allumait encore de superbes foyers.

Hugues, Renaud, Arthémon, Justin. Elle finit par les oublier, tant la récolte était belle, les comportes vermeilles, le vin de la première presse prometteur. Les femmes aussi, absorbées par le travail, oubliaient que leurs hommes risquaient leur vie loin du Solail, et ces minutes dérobées au malheur venaient les hanter, la nuit, comme autant de fautes qu'il faudrait bien un jour expier. On approcha ainsi de la fin des vendanges qui, exceptionnellement, ne seraient pas clôturées par le « Dieu-le-veut ». Charlotte en avait ainsi décidé : on ne pouvait pas s'amuser et chanter dans les circonstances présentes.

Le dernier matin, vers midi, le soleil disparut et des nuages bas, poussés par le « grec », s'avancèrent sur la plaine. « Nous aurons fini avant l'orage », songea Charlotte qui achevait de remplir un panier à l'extrême limite d'une vigne. Il lui sembla alors entendre crier. Elle essuya son front envahi par la sueur, se releva : au bout de l'allée, à une centaine de mètres d'elle, le maire arrivait, reconnaissable aux couleurs vives qui barraient sa poitrine. Les femmes s'enfuyaient en courant dans la direction opposée, et Charlotte comprit que c'étaient elles qui criaient. Son cœur se mit à cogner très fort, mais elle fit face, comme à son habitude, et, sortant de la vigne, elle marcha à la rencontre d'Auguste Rességuier.

Elle avait l'impression d'un grand silence autour d'elle, que tout le monde, même les oiseaux, s'étaient tus. Elle marchait d'un pas ferme vers l'homme qui personnifiait le destin, malgré les gouttes de sueur qui glissaient dans ses yeux, malgré son cœur qui lui faisait mal, malgré les prénoms qui virevoltaient dans sa tête : Hugues, Renaud, Arthémon, Justin. Il lui semblait avancer sur une terre hostile, aveuglée par le soleil, distinguant seulement l'homme qui venait vers elle, vêtu de son costume et de son chapeau cronstadt. « Où sont-ils, tous ? » se demanda Charlotte qui ne s'était jamais sentie aussi seule. Elle s'arrêta sous un amandier, car ses jambes ne la portaient plus. Auguste Rességuier, sa lettre officielle à la main, s'approcha, s'arrêta à deux mètres d'elle, la salua.

— Qui ? fit-elle, car il lui fallait savoir maintenant, vite, très vite, sinon elle allait tomber.

— Lucien, le fils de Calixte, votre régisseur : il est mort sur la Marne le 9 septembre.

Mon Dieu ! Pourquoi fallait-il qu'elle se sentît soulagée, alors qu'un homme du Solail était mort ? Elle craignit que le maire ne le devine, se reprit et dit :

— Calixte est au château.

— S'il vous plaît, venez avec moi, fit Rességuier.

— Je viens, dit-elle, et elle se dirigea vers la jardinière, tandis que les femmes, reprenant espoir, se risquaient à se rapprocher.

Elle évita soigneusement d'appeler l'une ou l'autre pour ne pas lui faire peur, et elle prit elle-même les rênes, afin de s'éloigner le plus vite possible et, ainsi, les rassurer.

Au Solail, quand ils arrivèrent, ce fut la même panique dans les yeux des femmes, qui cessa au moment où Charlotte demanda où se trouvait Calixte.

— Dans la cave, au fouloir.

A l'instant d'y entrer, elle fut prise d'une immense pitié pour le vieux régisseur qui se démenait de son mieux pour mener à bien les vendanges.

— Restez là, dit-elle au maire. Je vais le chercher.

Elle entra dans la cave où cinq ou six hommes travaillaient à hisser les comportes à l'étage avec le treuil à crochets pour les verser dans le fouloir. Calixte, appuyé sur un muid, surveillait les opérations. L'âge l'avait rendu fragile, amaigri, surtout depuis que les deux fils qu'il avait eus avec Honorine avaient dû partir en Algérie. Sylvie, sa fille issue de ce premier mariage, avait quitté la maison et vivait au village avec un journalier, car elle ne s'entendait pas avec Pauline, la deuxième femme de Calixte. Mais « l'oustal » n'était pas déserté pour autant : Lucien, le fils que Calixte avait eu de Pauline, y vivait avec sa femme Thérèse, ainsi qu'Adèle, la préférée de Pauline, qui était née en 1902. Lucien était donc le seul fils qu'avait gardé Calixte près de lui, et il en avait fait « son héritier » ; il avait d'ailleurs été entendu avec Arthémon que Lucien deviendrait régisseur dès que son père ne pourrait plus travailler. Charlotte, évidemment, ne l'ignorait pas, de même qu'elle n'ignorait rien des liens étroits qui unissaient Lucien et son père. C'est pour cette raison qu'elle avait tenu à accompagner le maire.

Calixte, en apercevant Charlotte, fut étonné, car d'ordinaire elle n'entrait dans la cave que le soir, pour prendre connaissance de la quantité de raisin qu'on avait foulé. Il vint vers elle, comme il en avait l'habitude, et avec un air si soumis, si confiant, qu'elle ne se sentit plus la force, soudain, de parler. Elle n'avait jamais oublié, en effet, que Calixte était parti à la guerre à la place de Léonce, qu'il avait le même âge que lui, et il personnifiait tout un pan de l'enfance de Charlotte, la plus heureuse, la plus précieuse à son souvenir.

Calixte se trouvait maintenant tout près d'elle, la questionnant du regard. Elle ne pouvait pas reculer.

— Il est arrivé quelque chose, dit-elle.

— Les Espagnols ? demanda-t-il, croyant à un incident dans les vignes.

— Non, fit-elle, et elle souhaita éperdument, à cet instant, que le maire vienne à son secours, lui qui avait l'habitude d'annoncer ce genre de nouvelles.

— Les femmes ? demanda Calixte qui ne songeait qu'aux vendanges.

— Non, fit Charlotte.

Et elle ajouta, baissant pour la première fois les yeux devant son régisseur :

— Lucien.

D'abord, Calixte ne répondit rien, car lui aussi, avec les vendanges, avait oublié la guerre. Puis il aperçut le maire qui entrait, avec un peu de retard, ainsi que Charlotte le lui avait demandé. Calixte ne cria pas. Il tourna deux fois sur lui-même, puis il s'éloigna vers l'extrémité de la cave comme s'il avait été frappé par la foudre, et il s'abattit contre le mur du fond, au pied duquel il se laissa glisser, anéanti. Charlotte et Auguste Rességuier s'approchèrent, demeurant debout face à Calixte qui regardait droit devant lui, hochant la tête, ne disant mot.

— Sur la Marne, fit le maire, pour la victoire. Un héros, ton Lucien, mon Calixte.

Le régisseur ne réagissait toujours pas et Charlotte commença à s'inquiéter vraiment.

— Venez, dit-elle. Il ne faut pas rester là.

Quand il leva la tête, enfin, elle fut prise d'une immense tendresse pour cet homme qui lui avait été si dévoué et qu'elle n'avait pas su protéger. Elle se sentit tellement coupable qu'elle l'aida à se relever et lui prit le bras pour le soutenir jusqu'au château où on lui fit boire du trois-six.

— Mon Lucien, murmura Calixte.

Ce fut tout. Il était de ces hommes que le travail incline au courage et au silence. De son enfance difficile, Calixte, malgré sa fragilité retrouvée avec l'âge, avait gardé l'habitude d'endurer le mal. Seul son regard clair trahissait maintenant la brèche ouverte en lui par l'intolérable blessure.

Ce fut différent avec Pauline qui, une fois prévenue, se mit à hurler, appelant son fils, glaçant toutes les maisons de Sainte-Colombe dont les fenêtres se fermèrent hâtivement dans l'illusion d'empêcher le malheur d'entrer. On veilla à corps absent, puis on vit Pauline errer dans le village, au cimetière, comme si elle cherchait son fils. Calixte la suivait de loin, impuissant à la consoler, de plus en plus voûté, de plus en plus fragile, et il ne revint plus jamais au Solail, où, pourtant, il avait passé toute sa vie.

Justin marchait, marchait, sans comprendre ce que signifiait cette course vers l'ouest, tout en se félicitant de ne pas avoir à monter à l'assaut comme il avait dû le faire quelques semaines auparavant. Il n'avait rien oublié de ce déluge de feu sous lequel il s'était élancé, quasiment étranglé par la jugulaire de son képi, ses molletières battant ses jambes tétanisées par les crampes, vers une colline dont les arbres étaient autant de moignons dressés vers le ciel. Il avait entendu les soldats crier en tombant, il avait dormi au milieu des cadavres, et il s'étonnait d'être encore vivant alors que son régiment, le 280e de ligne, avait été presque totalement anéanti.

Depuis la Lorraine, replié sur la Marne où il avait participé à la victoire, il était remonté vers la Champagne, où l'ennemi s'était enterré dans des tranchées protégées par des barbelés et des feux de barrage entretenus par ses mitrailleuses et son artillerie lourde. Là, au cours de deux assauts furieux, le régiment de Justin, reconstitué à la hâte, avait tenté de percer les lignes allemandes, au prix de pertes effroyables. En vain. Ensuite, il avait amorcé un mouvement vers le nord-ouest et Justin, épuisé, ne comprenait rien à ces marches exténuantes, en fait provoquées par la course à la mer qui avait été décidée par les états-majors, dans le but de déborder l'ennemi.

Ce n'était pas la débandade qui avait suivi le repli sur la Marne au mois d'août, mais une véritable cohue qui tentait de progresser entre les trains de mulets tirant les mitrailleuses et les caissons de munitions, les troupes écrasées par le poids du barda et des outils, les chevaux attelés aux canons, les ambulances aux roues cerclées de fer, toute une armée en marche vers des lieux inconnus où il faudrait de nouveau se battre.

Pendant ces deux mois, Justin avait eu le temps de mesurer à quel point les régiments du Midi avaient été exposés au feu ennemi. Les officiers ne s'en cachaient pas, au reste, qui raillaient les jeunes soldats, dès leur arrivée, en leur demandant d'un air entendu s'ils étaient de Narbonne ou de Béziers.

— Vous la mettrez, la crosse en l'air, sous les obus ! ricanaient-ils.

Et c'étaient toujours leurs compagnies qui montaient à l'assaut les premières, des assauts dont Justin était sorti indemne il ne savait comment, alors que tant d'autres étaient tombés, la face contre une terre sans vignes, loin d'un « oustal » où leurs parents allaient pleurer...

En cette fin du mois de septembre, la nuit descendait lentement sur les collines aux formes douces de la Picardie, quand le régiment de Justin pénétra dans un village désert, aux murs à moitié écroulés. Un fourrier indiqua aux soldats une grange où ils pourraient prendre leur cantonnement et précisa que la roulante ne monterait pas jusque-là : elle était restée en bas, dans une étroite vallée qu'avaient traversée les soldats avant d'aller s'abriter à flanc de colline. Justin n'eut pas la force de redescendre. Il s'allongea dans la paille et mangea un morceau de pain bis qui lui restait de la veille, but le vin de son bidon et se mit en devoir d'écrire à Nathalie. Il s'installa de son mieux, réfugié dans un coin de la grange où il ne serait pas dérangé.

A peine avait-il commencé à écrire que le sifflement d'un obus l'alerta. Il rentra par réflexe la tête dans les épaules, puis il lui sembla que le sol se soulevait sous lui : l'obus, tiré par les Allemands qui s'étaient aperçus de la proximité des régiments français, était tombé à moins de cent mètres. Un autre lui succéda, puis, très vite d'autres encore, et la canonnade ne cessa plus. L'artillerie française, elle, était loin : elle n'avançait pas aussi vite que la troupe, et de toute façon elle n'était pas aussi efficace que l'artillerie allemande.

C'est pour cette raison que les régiments français étaient décimés si facilement : ils attaquaient sans préparation aucune, sur les terrains les plus exposés, dans une précipitation qui provoquait des pertes énormes.

Justin se rencogna dans l'angle, bien protégé par les murs, et s'efforça de ne plus bouger, d'attendre que cessent les tirs meurtriers. Il pensa à Nathalie mais aussi à Violaine. Malgré lui, en effet, dans l'enfer au milieu duquel il vivait, il pensait de plus en plus souvent à elle, à ce qu'ils avaient vécu et qui constituait le meilleur de ses souvenirs. Pour ne pas sombrer, pour ne pas s'abandonner au désespoir, pour lutter et rester en vie, chaque fois, sous la canonnade, il songeait au piano de Violaine, ce jour où il était entré dans le château. Il se rappelait très bien la mélodie, la fredonnait parfois, et elle revenait facilement à sa mémoire, inoubliable alors qu'il avait tout fait pour l'oublier. Ni honte ni remord ne l'accablaient : il était au-delà de tout, dans un univers où sa survie seule importait, et cela pour son fils, Clément, mais aussi pour Nathalie, qui lui avait donné ce fils et s'était montrée si courageuse, si vaillante, depuis leur installation au village.

Quand l'obus suivant tomba sur la grange, ce furent les corps de ses compagnons qui essuyèrent les éclats et lui sauvèrent la vie. La nuit s'emplit alors de plaintes, de cris et de gémissements. Justin ne bougea pas, seulement occupé à se protéger du mieux possible contre le feu qui descendait du ciel, réfugié par l'esprit dans son atelier de Sainte-Colombe où il travaillait au son d'un piano merveilleux.

La canonnade ne cessa qu'au matin, un matin tout mouillé de rosée, qui se leva, étonné, sur le monde. L'ordre fut alors donné de redescendre dans la vallée pour se regrouper. Justin marcha sur des corps, des centaines, des milliers de corps martyrisés, et il crut qu'il avait touché le fond de l'horreur. Mais non : les débris de son régiment répartis dans les unités arrivées en renfort pendant la nuit, après un déjeuner hâtif de pain et de sardines arrosé d'un quart d'eau-de-vie, il fallut repartir.

Poussé par les soldats qui cognaient contre son barda, Justin parvenait à peine à mettre un pied devant l'autre. Il glissait sur le sol boueux, il tombait, se relevait, montait tant bien que mal vers le sommet de la colline où il arriva au moment où le soleil, en face, se levait. Surpris par l'apparition des Français qu'ils croyaient totalement anéantis par les tirs de la nuit, les canons allemands recommencèrent à tonner. Justin se mit alors à dévaler la pente et se trouva rapidement à l'abri, les tirs étant réglés pour atteindre l'endroit qu'il venait de quitter.

En bas, il y avait un petit ruisseau bordé de frênes et de peupliers. Justin y demeura un moment immobile, s'aspergea le visage, tenta de se reposer un peu dans un bosquet de petits saules. Un officier vint l'en déloger et il dut partir à l'assaut de la colline tenue par les Allemands. Là, sur le versant dénudé, il entendit devant lui le tac-tac sec et précis des mitrailleuses qui venaient de relayer les canons. Des hommes tombèrent devant lui, et il trébucha sur eux, chutant lui aussi. Relevant la tête, il aperçut dans un rideau de fumée le sommet de la colline qui lui parut terriblement lointain. « Surtout ne plus bouger », se dit-il, puis il vit la terre onduler devant lui et il sentit un choc dans sa tête, un choc si violent, si douloureux, qu'il s'évanouit.

Pendant les vendanges, Violaine avait essayé de devenir amie avec Nathalie, mais celle-ci avait gardé ses distances et regagné le village pour reprendre ses modestes travaux de couture. Depuis qu'elle était revenue au Solail, Violaine ne voulait plus penser aux concerts donnés dans toutes les grandes villes de France, mais aussi à Vienne, à Londres, à Prague, dans ces capitales où la vie était exaltante mais folle, où les soupirants ne lui avaient pas manqué, encouragés par Berthe, qui était de tous les voyages. Cependant, Violaine n'avait pas oublié Justin, bien au contraire. Elle tremblait pour lui chaque jour, interrogeait Charlotte, sa tante, pour obtenir des nouvelles, sans se douter qu'elle aussi tremblait pour l'homme qui, une nuit, lui avait rendu un peu de sa jeunesse perdue.

Ayant appris que Nathalie était couturière, il vint à Violaine l'idée de lui commander une robe, au lieu d'aller l'acheter à Narbonne. Elle lui fournirait ainsi quelques ressources et elle pourrait la voir plus souvent. Elle partit donc un matin vers Sainte-Colombe, ravie d'avoir trouvé le moyen de parler à celle qui était son seul lien avec Justin. Nathalie, heureuse de trouver du travail dans une période où les commandes étaient rares, la fit asseoir et se montra tout de suite très aimable :

— J'espère que je saurai vous satisfaire, fit-elle.

— Je n'ai que des robes de ville, dit Violaine, je voudrais une robe qui me permette d'aller et venir dans les vignes.

— Oui, je comprends, dit Nathalie. Il faudrait que je prenne vos mesures, si vous voulez bien.

Pendant qu'elle s'affairait, une galopade résonna dans l'escalier et un garçonnet apparut, étonné de constater que sa mère n'était pas seule.

— Dis bonjour, Clément ! ordonna Nathalie.

L'enfant fit face à Violaine, qui se sentit brusquement renvoyée vers un passé inoubliable : c'était le même front que Justin, les mêmes cheveux épais, les mêmes yeux noirs, et les mêmes lèvres aussi — l'inférieure plus charnue —, les mêmes pommettes saillantes, le même feu ardent dans le regard.

— Bonjour, Madame, fit l'enfant, qui, l'instant d'après, dit à sa mère :

— J'ai faim.

Nathalie, gênée, répondit vivement :

— Il y a une pomme, si tu veux.

L'enfant regarda le pain posé sur le vaisselier, mais n'insista pas. Il prit la pomme que lui tendait sa mère et repartit, dévalant l'escalier et refermant violemment la porte derrière lui. Violaine sentit le regard de Nathalie braqué sur elle, se troubla, prononça les premiers mots qui lui venaient à l'esprit :

— Il ressemble vraiment à son père.

— Vous le connaissez ? demanda Nathalie d'une voix où Violaine ne décela pas la moindre suspicion, mais seulement une simple envie de parler de Justin.

— Je l'ai vu au Solail quand il y travaillait.

Nathalie détourna la tête, se remit à prendre ses mesures sans paraître étonnée de la réponse de Violaine, puis elle dit, sans parvenir à dissimuler une certaine inquiétude :

— Je n'ai pas de nouvelles depuis presque un mois.

— Ne vous inquiétez pas, fit Violaine qui, pourtant, à ces mots, avait senti son cœur s'affoler.

— Il ne m'a jamais laissée plus de quinze jours sans lettre, murmura Nathalie. J'ai peur qu'il lui soit arrivé malheur.

Et elle essuya une larme qui, malgré ses efforts pour la retenir, avait débordé de ses paupières.

— Il y a moins de danger depuis la bataille de la Marne, dit Violaine : les Allemands reculent.

— Vous croyez ?

Il y avait une sorte de prière dans la voix de Nathalie, qui ne se rendait pas compte quel effet son angoisse avait sur sa cliente. Violaine répondit, soucieuse de capter la confiance de Nathalie et de devenir ainsi sa confidente :

— Je suis sûre qu'il va bien et que vous allez recevoir des nouvelles bientôt.

Puis, alors que Nathalie cherchait à la retenir, comprenant qu'elle allait se trahir, elle se montra pressée de partir. Elle promit de revenir le lendemain et s'enfuit afin de cacher l'inavouable, prise à son propre piège, désormais, mais prête à tout, de nouveau, quel qu'en soit le prix, pour se sentir plus près de Justin.

Elle revint à Sainte-Colombe le lendemain en fin de matinée sous le même prétexte que la veille, et elle en prit l'habitude, sans que Nathalie s'en étonnât : elles parlaient d'abord de la robe, puis, invariablement, de Justin. Quand Clément apparaissait, Violaine avait toujours quelque menu présent dans sa poche. Nathalie, qui vivait dans le dénuement le plus complet, n'avait pas le cœur à s'opposer à ce que son fils accepte une brioche, une galette, ou l'une de ces friandises qui lui avaient toujours été interdites. Elle remerciait Violaine, heureuse de voir le visage de son fils s'illuminer, ce fils qui chaque soir l'interrogeait avant de s'endormir :

— Il revient quand, mon papa ?

Et elle se débattait avec cette question toute la nuit, sachant que son « bientôt » pouvait signifier jamais, se demandant comment elle annoncerait une telle nouvelle à son enfant et s'y refusant, d'avance, de toutes ses forces.

Une semaine plus tard, le facteur apporta une lettre alors que Violaine se trouvait chez Nathalie — connaissant l'heure approximative de la distribution, elle s'arrangeait toujours pour se rendre à Sainte-Colombe à ce moment-là. Ce n'était pas Justin qui écrivait mais le médecin-major de l'hôpital de Compiègne où, grièvement blessé, Justin Barthès avait été transporté. Incapable de prononcer le moindre mot, défigurée par la douleur, Nathalie tendit la lettre à Violaine, qui blêmit elle aussi et ne songea pas à dissimuler les larmes qui lui montaient aux yeux. D'abord, Nathalie ne s'en rendit pas compte, trop bouleversée qu'elle était par la nouvelle, puis, voyant Violaine pleurer vraiment, elle demanda :

— Mais pourquoi ? Pourquoi pleurez-vous ?

Elle comprit en un éclair tout ce qu'elle n'avait pu deviner auparavant et qui, soudain, lui apparaissait dans toute son évidence : Violaine avait connu Justin avant elle. Cette révélation lui parut si cruelle, si contraire à tout ce qu'elle connaissait de Justin, qu'elle se sentit trahie, poignardée dans le dos par celui qui risquait de mourir sans s'en être expliqué. Pâle, tremblante, elle se leva, jeta son ouvrage aux pieds de Violaine qui tenta vainement de la retenir, puis elle descendit en courant l'escalier et partit comme une folle, sa lettre à la main, vers les vignes écrasées de soleil.

Violaine, un moment perdue, s'en alla vers la seule alliée qu'elle avait au Solail, sa tante Charlotte, à qui elle expliqua ce qui venait de se passer.

— Où a-t-elle pu aller ? demanda-t-elle.

— Où veux-tu qu'elle soit allée ? répondit Charlotte. A la Combelle sans doute.

— Faites quelque chose, ma tante, j'ai tellement peur, pour elle comme pour lui.

Charlotte, un sourire mélancolique sur les lèvres, fit atteler et partit vers la Combelle où elle trouva effectivement Nathalie en compagnie de Mélanie, toutes deux accablées. Les autres femmes de la maison n'étaient pas là : elles travaillaient dans les vignes. Nathalie montra la lettre à Charlotte qui sentit son estomac se nouer mais qui trouva suffisamment de force pour déclarer :

— Il n'est que blessé. Il ne faut pas se désespérer de la sorte.

Puis, comme les deux femmes levaient sur elles un regard suppliant :

— Je vais y aller.

Ses mots avaient dépassé sa pensée, mais leur désespoir était tel qu'elle n'avait pu en trouver d'autres.

— Pourquoi feriez-vous ça ? demanda Nathalie.

— Parce qu'il a travaillé dans mes vignes. Il ne sera pas dit que je n'aurai pas secouru ceux qui se sont penchés sur les terres du Solail.

— Alors, emmenez-moi ! fit Nathalie.

Charlotte croisa le regard de Mélanie, dans lequel elle lut un acquiescement.

— Je garderai Clément, dit Mélanie.

Charlotte réfléchit encore un instant, puis :

— Je vais t'emmener, nous partirons dès que nous le pourrons.

— Oh ! merci ! fit Nathalie. Vous êtes si bonne.

— Ne me remercie pas, petite, répondit Charlotte. Je t'emmène vers ce que tu ne pourras sans doute jamais oublier.

14.

La douceur de ce début de mai 1915 faisait enfin oublier les froidures de l'hiver passé au cours duquel, pour la première fois depuis bien longtemps, on avait eu de la neige. C'est ce qui avait le plus étonné Justin quand il était arrivé en convalescence, début janvier, après trois mois d'hôpital. Trois mois de souffrances, de peur, d'incompréhension totale, aussi, le jour où il avait découvert devant son lit sa femme, Nathalie, en compagnie de Charlotte Barthélémie. Il avait cru rêver, d'autant qu'il n'y voyait pas aussi bien qu'avant, ayant perdu l'œil gauche. Il avait chassé la maîtresse du Solail, mais elle était revenue à plusieurs reprises avec Nathalie, jusqu'à ce qu'il accepte de lui parler.

— Je vais vous faire rapatrier sur Paris, où vous serez mieux soigné qu'ici, avait-elle dit.

— Je ne vous demande rien, avait-il répliqué.

— Pensez à votre fils et à votre femme. Vous risquez encore de perdre l'autre œil.

Nathalie l'avait supplié d'accepter et il s'était résigné, trop épuisé pour se défendre contre la conviction de se charger d'une dette dont il faudrait bien s'acquitter un jour. Mais comment accepter de ne plus voir Clément et Nathalie, de ne plus pouvoir travailler dans l'atelier de Sainte-Colombe ?

Nathalie et Charlotte étaient restées deux jours à Compiègne, et cette présence venue de si loin pour lui apporter un peu de réconfort avait fait à Justin plus de mal que de bien, lui donnant le regret d'une vie qui ne serait plus jamais la même. D'ailleurs, découvrir Nathalie aux côtés de la maîtresse du Solail démontrait que quelque chose s'était cassé définitivement, aussi bien en lui que dans ce monde qui avait pris désormais les couleurs de l'enfer des combats, et qui était peuplé de cris, de plaintes, de chairs labourées, d'horreurs inimaginables. Oui, il était devenu un autre, Justin, ce jour de janvier où il avait posé les pieds sur le quai de la gare d'un Bressan envahi par la neige, une neige qui lui avait caché la terre et les vignes tandis qu'il roulait vers Sainte-Colombe, dans la voiture louée par Nathalie, comme si la terre aussi, et les vignes, avaient irrémédiablement changé de couleur.

Les médecins de l'hôpital parisien où il avait été transporté sur l'intervention de Charlotte Barthélémie avaient réussi à sauver son œil droit. Il avait pu voir son fils grandi, l'avait serré dans ses bras à l'étouffer, avait profité de lui et de Nathalie pendant quelques jours, avant que la hantise de repartir ne vienne l'obséder.

— Ce n'est pas possible, disait Nathalie. Pas comme ça.

Elle hésitait à dire « pas avec un œil », mais lui savait que les soldats du Midi n'avaient aucune faveur à espérer des militaires, et il avait songé à fuir en Algérie. Seule la présence de Clément et de Nathalie l'en avait dissuadé. Il était revenu à trois reprises à l'hôpital de Paris, puis, début mai, il avait été convoqué devant une commission de réforme, où les mots scélérats qu'il avait entendus ne l'avaient même pas étonné :

— Un enfant de Ferroul et de Marcelin Albert ! On peut dire qu'ils ont la peau dure, ces gaillards !

Si Justin avait eu une arme dans les mains, il aurait tiré, il en était sûr, mais il n'avait pu que subir, une nouvelle fois, malgré la rage désespérée qui brûlait en lui.

— Vous n'aurez même pas besoin de fermer l'œil gauche pour viser. Ce sera autant de temps de gagné, avait conclu le président de la commission, un major affublé d'un monocle et à la poitrine bardée de médailles.

Ces mots trottaient encore dans la tête de Justin, ce soir de mai, au retour de Paris, tandis qu'il errait dans les vignes, ne se résignant pas à rentrer pour annoncer la nouvelle à Nathalie. Pourtant, depuis qu'il avait quitté le front et retrouvé le Languedoc, son pays avait réussi à le réconcilier non pas avec les hommes mais avec les arbres, les vignes, les collines qui, ce soir, oscillaient doucement dans le bleu du ciel. Et ce bleu, si pur, si proche, ce bleu d'une paix menacée, l'accablait. Il était seul, personne ne pouvait rien pour lui : dans quelques mois, peut-être quelques jours, il serait mort, puisqu'il lui fallait repartir au combat.

Ses pas l'avaient mené vers les vignes de la Croix qui étaient désertes, à sept heures du soir, les femmes ayant regagné leur foyer. Il s'assit sur une comporte, essaya de réfléchir, de prendre une décision : s'il repartait, il ne reviendrait pas vivant, de cela il était persuadé. Alors, se cacher. Mais où ? Et comment ? Des pas précipités lui firent relever la tête. Il reconnut Violaine qui courait, tenant sa robe d'une main, Violaine qu'il s'était évertué à fuir, alors qu'elle venait fréquemment à Sainte-Colombe passer des commandes à Nathalie. Pour cette raison, Violaine n'ignorait rien de son retour, ce soir-là, par le train, et elle avait dû le guetter à l'entrée du village, puis le suivre jusque dans les vignes, pour savoir.

— Alors ? fit-elle en s'approchant, haletante, une main sur la poitrine, plus belle qu'elle ne l'avait jamais été avec ses cheveux défaits, ses yeux mouillés et l'expression d'une attente angoissée sur son visage toujours aussi lisse, aux traits toujours aussi fins.

Il lui en avait beaucoup voulu de s'incruster entre lui et Nathalie sous prétexte de travaux de couture, mettant en péril ce qu'il avait construit patiemment, mais malgré son silence hostile, puis ses reproches, elle n'avait jamais renoncé. « Je ne veux pas faire du mal à Nathalie, je veux un peu de toi, c'est tout, simplement te voir et t'entendre, est-ce trop te demander ? » Il ne répondait pas, fuyait, poursuivi par cette même musique de piano qui avait parfois ensoleillé sa vie dans la boue des tranchées.

— Alors ? répéta-t-elle, pressentant le pire.

— Alors, je vais repartir, dit-il.

— Ce n'est pas possible, gémit-elle. Pourquoi ?

— L'œil gauche fermé, c'est pratique pour viser.

— Oh ! non ! dit-elle. Non, je ne veux pas.

Et elle se précipita contre lui, l'enserrant de ses bras, répétant :

— Je ne veux pas, je ne veux pas...

Il pensa à Nathalie, se raidit, puis son regard rencontra le ciel, d'un duvet étrange et doux au-dessus des collines. Il sentit la chaleur des bras, de la poitrine de Violaine contre sa peau, la chaleur de la vie, et quelque chose d'inexplicablement tendre et désespéré déferla en lui, abolissant toute volonté. Il n'en pouvait plus de se battre, de lutter, il ne souhaitait plus en cet instant qu'une chair, la chaleur d'un refuge où tout oublier du cauchemar qu'était devenue sa vie. Ils se laissèrent choir entre les ceps, et il eut le bonheur de retrouver, intact, tout ce qu'ils avaient partagé avant que le monde ne devienne un enfer de feu et de sang.

Quand il reprit ses esprits, la nuit tombait. Il pensa alors à Clément et à Nathalie et il repoussa vivement Violaine qui s'était endormie contre lui. Elle ouvrit des yeux effarés, puis, une fois qu'elle eut compris qu'il la quittait, elle s'agrippa à ses jambes pour le retenir. Il la fit lâcher violemment et se mit à courir, poursuivi par les cris de Violaine, mordu au cœur par le remords, le dégoût de lui-même, mais aussi de cette femme qui avait profité d'un moment où il n'en pouvait plus, où toutes ses forces l'avaient abandonné.

En le voyant arriver couvert de terre, défait, hagard, Nathalie comprit qu'elle allait le perdre de nouveau.

— Pourquoi ? fit-elle.

Il faillit se trahir, mais il comprit qu'elle demandait pourquoi il devait repartir et préféra lui cacher le reste pour ne pas ajouter à son chagrin.

— Il ne me manque que l'œil gauche, dit-il. Je peux donc me servir d'un fusil.

— C'est trop injuste, gémit-elle, trop injuste.

A cet instant il découvrit Clément qui jouait dans un coin de la pièce et il se sentit encore plus honteux, encore plus misérable, sans savoir si c'était à cause de Violaine ou parce qu'il était incapable de trouver le moyen de demeurer près de sa femme et de son fils. L'enfant, devinant qu'il se passait quelque chose de grave, s'approcha et demanda :

— Tu vas pas partir, dis ?

— Non, fit-il très vite. Tu penses bien que non.

Et il lui caressa les cheveux jusqu'à ce que, rassuré, Clément se remette à jouer avec la charrette miniature que Justin lui avait fabriquée. Tant que l'enfant ne fut pas couché, Justin et Nathalie s'efforcèrent de lui cacher la vérité, puis, une fois qu'ils furent seuls, elle demanda :

— Qu'est-ce que je vais dire au petit, moi ?

— Je vais partir, mais pas à la guerre, et je reviendrai quand elle sera finie, fit-il brusquement, d'une voix ferme.

— Si on te prend, Justin, on te fusillera.

— On ne me prendra pas.

— Où vas-tu aller ? Que vas-tu faire ?

— Je vais passer en Espagne, par la montagne.

Le visage de Nathalie s'éclaira brusquement. Elle se précipita contre lui, murmura :

— Oui, dit-elle, c'est ça, par la montagne.

— De toute façon, dit-il, si je repars au front je ne reviendrai pas. Alors autant essayer autre chose. J'ai fait mon devoir, j'ai perdu un œil, on n'a pas le droit de s'acharner ainsi sur un homme.

— Oh ! oui ! dit-elle. Passe en Espagne, j'attendrai dix ans s'il le faut, mais au moins je serai sûre que tu reviendras.

Et, devant cette confiance, il pensa à Violaine et s'en voulut de nouveau terriblement.

La nuit qu'ils passèrent ensemble, heureusement, atténua quelque peu son remords, comme si la décision qu'il avait prise les avait rendus l'un à l'autre, au-delà des épreuves qui leur étaient imposées. Au matin, sa détermination n'avait fait que croître. Ils décidèrent de n'en parler à personne, seulement à Mélanie. Pendant les deux jours qu'il passa encore à Sainte-Colombe, les témoignages de sympathie qu'il rencontra auprès des gens du village ne firent que le conforter dans sa décision : comment pouvait-on renvoyer au combat un homme qui avait perdu un œil ? Le maire lui-même tenta une démarche auprès des gendarmes, en pure perte évidemment. Son départ fut moins difficile à vivre pour Nathalie et pour Mélanie qui étaient dans la confidence. Il quitta Sainte-Colombe un matin avec son uniforme de soldat, mais il descendit du train avant Narbonne et s'en fut à pied vers Perpignan et le Canigou dont la silhouette blanche se détachait, là-bas, comme une promesse de vie nouvelle, sur le bleu du ciel.

Charlotte, qui avait éte profondément outrée par la décision prise par la commission de renvoyer Justin à la guerre avec un œil en moins, avait elle aussi tenté d'intervenir. Elle avait alors mesuré avec quelle hargne les autorités militaires poursuivaient les enfants du Languedoc, jugés peu sûrs depuis les événements de 1907. Cette constatation l'avait rendue encore plus inquiète pour ses fils, qui, bien qu'avocats, étaient nés et travaillaient à Narbonne, là où précisément s'étaient déroulés les événements les plus graves.

Elle avait parlé de tout cela avec Louis, mais il ne croyait pas à ce genre d'iniquités : il avait confiance en Joffre, le vainqueur de la Marne, et ne pensait pas les militaires capables de basses vengeances. Son médecin ayant diagnostiqué une maladie de cœur, il travaillait moins et venait le samedi au Solail, fidèle à la promesse qu'il avait faite à Charlotte, se rapprochant ainsi d'elle pour partager son inquiétude au sujet de leurs fils.

Il semblait que Renaud fût plus exposé que Hugues. Sa dernière lettre parlait des gaz toxiques que les Allemands avaient employés dans le secteur des Flandres où il se trouvait, et de la panique qui s'en était suivie. Hugues était en Champagne, pas trop inquiet, apparemment, sur son sort. Quant à Arthémon, lui, il était chargé, à l'arrière, de l'acheminement des obus de 75 — dont la production avait été accélérée par une décision commune de Joffre et de Poincaré — vers le secteur de Verdun, où l'état-major préparait une grande offensive.

A Sainte-Colombe couraient parfois des rumeurs au sujet des ballons dirigeables qu'étaient capables de construire les Allemands, afin de bombarder les villes et les campagnes françaises. Une angoisse diffuse errait sur le village, régulièrement attisée par le glas ou les cris d'une femme qui venait de recevoir la visite du maire.

Au Solail, son bras en moins n'avait pas empêché Séverin de prendre le relais de Calixte, brisé par le chagrin, qui passait son temps au café de la promenade et ne travaillait plus. On commençait à manquer de tout : de farine, de bougies, de sucre, et cependant, malgré toutes ces difficultés, le vin ne s'était pas vendu aussi facilement depuis longtemps. Avec le « quart du soldat », les besoins de l'armée étaient énormes, et jamais la viticulture, malgré le manque de main-d'œuvre, ne s'était portée aussi bien. Charlotte concevait du remords de gagner plus d'argent qu'elle n'en avait jamais gagné grâce à la guerre où risquaient de mourir ses enfants. Mais que faire ? Renoncer à faire vivre toutes ces femmes qui étaient privées de ressources depuis le départ de leur mari et qui venaient louer leurs bras au domaine ?

Elle continuait donc de veiller à tout, bien secondée par Séverin, et, notamment, en ce mois de juin, au sulfatage des vignes, qui avait pris beaucoup de retard. Elle occupait ainsi son temps pour ne pas songer à la guerre, s'étonnant même, parfois, qu'elle épargnât le Solail alors que tant de familles lui avaient déjà payé tribut. C'est d'ailleurs à cela qu'elle pensait, en cette fin de matinée, tandis qu'elle revenait des vignes, fatiguée, déjà, par la chaleur qui laissait augurer de belles vendanges. Elle menait elle-même le cabriolet qu'avaient conduit avant elle Léonce, puis Arthémon.

Du fond de l'allée, elle aperçut un attroupement devant le perron, mais elle ne songea pas au pire, car elle attendait la visite du courtier qui achetait désormais la récolte sur pied. Ce fut seulement à l'instant où elle déboucha dans le parc qu'elle vit le maire. Il lui sembla que son cœur cessait de battre, puis le monde se mit à tanguer autour d'elle, et la lumière du ciel ne fut plus qu'une immense lueur aveuglante, pleine de feu et de sang. Elle arrêta le cheval au pied du perron, descendit, très droite, en se disant : « C'est arrivé », presque soulagée après avoir tant redouté ce moment, et comme détachée déjà de ce qu'elle allait entendre, du moins le crut-elle. Le maire vint vers elle, lui prit les mains.

— Renaud, dit-il, près d'Ypres, à la tête de sa compagnie.

— Sait-on comment ? demanda-t-elle.

— Les gaz.

— Il a souffert ?

Le maire esquissa des bras un geste d'impuissance, ne sut que répondre.

— Est-ce que son père est prévenu ?

— Oui.

— Merci, dit-elle. Puis elle ajouta : Son corps ?

— Les Allemands ont repris le secteur.

Elle ne sentait pas la douleur, pas encore. Berthe et Violaine, en larmes, vinrent lui prendre le bras pour l'aider à monter les marches du perron, mais elle se dégagea doucement, alla s'asseoir dans la grande salle à manger où tous les meubles, les objets lui parurent étrangers. « Que se passe-t-il ? » songea-t-elle. Les femmes du Solail se pressaient autour d'elle sans qu'aucune n'osât s'approcher. Berthe et Violaine s'étaient assises de l'autre côté de la cheminée et pleuraient en silence, alors qu'elle-même demeurait froide, trop atteinte pour mesurer le vide que cette disparition allait ouvrir dans sa vie, un gouffre, pourtant, dont elle apercevait la fracture et où il lui semblait qu'elle allait être précipitée.

Les gens de Sainte-Colombe, d'Argeliers et de Ginestas vinrent pour la visite. On avait allumé des bougies dans une chambre où Renaud avait couché une fois, mais que personne n'occupait plus. C'était le soir et Charlotte croyait qu'il n'était que midi. Louis arriva dans son automobile aux chromes flambants neufs. Charlotte ne le reconnut pas, tant il était défiguré par la douleur. Il tremblait sans plainte et sans aucune larme, comme elle. Elle reconnaissait à peine les gens qui venaient présenter leurs condoléances, leur répondait sans les voir. Elle pensait à son fils, qui lui ressemblait tant, essayait de l'imaginer dans la terre, se demandait s'il était toujours aussi beau dans la mort. Une pensée l'obsédait maintenant : elle n'avait pas esquissé la moindre démarche pour le protéger. Et c'était son fils. Sa propre chair. Certes, elle ne serait probablement pas arrivée à l'éloigner de l'enfer, mais au moins elle aurait essayé, et elle ne ressentirait pas aujourd'hui cette douloureuse impression de l'avoir abandonné.

— Nous n'avons rien fait pour lui, dit-elle à Louis quand ils se retrouvèrent seuls, un peu plus tard, dans le bureau, ne se décidant pas à aller se coucher.

Il lui jeta un regard d'une telle détresse qu'elle n'insista pas. Louis vint près d'elle, lui prit les mains, ne bougea plus. Il semblait à Charlotte qu'il avait perdu la parole. Ils ne se regardaient pas, ils restaient là, côte à côte, submergés l'un et l'autre par ce qui venait de se passer, et comme stupéfaits d'être encore vivants, eux, alors que leur fils était mort. Plus tard, bien plus tard, ils allèrent se coucher dans la chambre de Charlotte et, pour la première fois depuis bien longtemps, dans le même lit.

Louis resta quarante-huit heures au Solail, puis il

repartit en promettant de venir plus souvent. Malgré la présence de Berthe, de Violaine et de Pascaline, Charlotte se sentit plongée dans une grande solitude où tout à coup plus rien n'avait de sens : ni le Solail, ni les vignes, ni cette vie qu'elle avait menée jusqu'à ce jour. Heureusement, Séverin s'occupait de tout dans le domaine, Berthe et Pascaline se chargeant de la bonne marche du château. Elle ne parvenait pas à remonter du puits où elle était tombée. Et cela durait, durait, car elle ne reconnaissait rien de ce monde qui lui avait toujours été familier, et qui était devenu hostile aujourd'hui, comme étranger. Elle avait perdu le sommeil, errait dans le parc où les pins parasols projetaient une ombre qui lui paraissait froide et la faisait frissonner.

Un matin, redoutant tout ce temps devenu inutile qu'elle avait désormais devant elle, elle prit le chemin des collines qu'elle avait tellement parcourues, enfant, à la recherche de Léonce, lui aussi aujourd'hui disparu. Il faisait beau, et les pins se balançaient là-haut sous la main d'un petit vent marin qui caressait la cime des arbres. Les genêts commençaient à se couvrir d'or et fumaient légèrement, dégageant cette odeur âcre qui, unie à celles des pins et du romarin, constituait le vrai parfum des collines, intact malgré la guerre et malgré le malheur. La salsepareille, le thym, les dorines, la bourrache, les cistes et les clématites avaient ces couleurs qui avaient ensoleillé l'enfance de Charlotte. « Est-ce que le monde ne pourrait pas se passer des hommes et de leurs folies ? » se demanda-t-elle. Elle se baissa pour couper une tige de fenouil, la mâchonna, à son habitude, et ce fut la même saveur douceâtre qui coula dans sa bouche, comme si rien n'avait changé ici, comme si ces collines étaient inaccessibles à la folie des hommes.

Elle s'avança jusqu'au sommet, s'assit sous deux

chênes kermès entre les térébinthes et les lauriers-tins, puis, bientôt, s'allongea. Un lézard ocellé, jaune et vert, hésita à traverser la petite clairière, puis disparut. Devant elle, jusqu'au bout de l'horizon, la grande plaine languedocienne respirait doucement, loin des armes et de la fureur imbécile qui avaient tué son fils. Cette immense paix bleutée qui veillait sur les vignes la fit renouer avec la conviction que quelque chose dans sa vie était indestructible. Cette pensée lui vint lentement, tendrement, tel un baume qu'on étend sur une plaie. La permanence de la beauté des collines, de leur douceur, lui donna l'impression de la permanence de la vie, y compris de celle de Renaud, quelque part, ailleurs, en un lieu qui devait ressembler à celui-là. Apaisée, elle s'endormit à l'ombre des chênes avec la sensation que la chaleur de la terre brûlait toute la douleur qui, depuis quelques jours, l'habitait.

Elle s'éveilla vers midi, au plus fort de la chaleur. Elle redescendit sans se presser vers le Solail, s'attardant devant les fleurs rosées des touffes de thym dont on disait qu'elles étaient les larmes de la belle Hélène. « Des larmes de sang », songea-t-elle. Puis elle se dit que ces larmes se flétriraient dans quelques semaines, peut-être dans quelques jours, et tout recommencerait. Ainsi était la vie. Il fallait l'accepter. Elle continua vers le Solail, où Pascaline et Berthe s'inquiétaient de son absence.

— On me surveille, maintenant, fit-elle, mais elle sourit et ce sourire, vite effacé, fut son premier depuis la mort de Renaud.

L'après-midi, tandis qu'elle se reposait dans sa chambre, on frappa à la porte. Elle en fut surprise : personne ne la dérangeait, d'ordinaire, durant ce repos du milieu du jour au cours duquel elle se préservait de la canicule à l'ombre fraîche des murs.

— Entrez ! dit-elle, très étonnée, aussitôt, d'apercevoir Violaine qui s'approcha du lit et dit, très vite, d'un air accablé :

— Il faut que je vous parle, ma tante.

— Eh bien, parle ! fit Charlotte. Puisque tu as interrompu ma sieste, autant en profiter !

Violaine, en sueur, ne semblait pas dans son état normal

— Je suis enceinte, ma tante, fit-elle en s'asseyant au pied du lit.

— Enfin une bonne nouvelle ! s'écria Charlotte, avec une expression amusée qui mit sa nièce encore plus mal à l'aise.

— Enfin ! ma tante, comment pouvez-vous... ?

— Permets-moi, s'il te plaît, par les temps qui courent, de préférer la vie à la mort.

— Oh ! ma tante, si vous saviez !

— Apparemment, je sais.

— Oh ! non ! Pas tout.

— Mais tu es là pour tout me dire, n'est-ce pas ?

Violaine hésita, se troubla, puis elle murmura très vite, sans regarder Charlotte :

— J'attends un enfant de Justin.

— Eh bien, voilà !

— C'est tout ce que vous trouvez à dire ?

— Tu aurais pu plus mal choisir, ma fille.

Violaine, qui ne comprenait rien à la réaction de sa tante, s'affola :

— Si ma mère l'apprend, ce sera terrible.

— Il n'y a qu'une chose qui soit terrible, ma fille, c'est de perdre un enfant, pas de le faire. Tu comprendras ça quand tu l'auras mis au monde. Quant au reste, si tu veux, je parlerai à ta mère.

— Elle ne voudra pas que je le garde.

— Et toi ? tu veux le garder ?

— Je voudrais tant.

— Eh bien, tu vas partir te faire faire cet enfant par

un musicien et puis tu reviendras ici. Personne ne saura la vérité, sinon toi et moi.

— Pas même ma mère ?

— Quel âge as-tu ?

— Vingt-huit ans.

— C'est peut-être l'âge de savoir ce que tu veux faire de ta vie. Choisis si possible un homme qui sera capable de t'épouser et de donner son nom à ton enfant.

— Mais je ne veux pas me marier. C'est Justin que je veux.

— Non ! ma fille, laisse Justin en paix avec sa femme, c'est une bonne épouse, courageuse, et si tu leur fais du mal, ne compte plus sur moi pour t'aider.

Violaine se mit à pleurer en silence, ne trouvant plus la force de parler.

— Le plus tôt sera le mieux, reprit Charlotte. Ta mère va vouloir te suivre ; alors fais en sorte qu'elle remarque bien ton soupirant. Une semaine ou deux suffiront.

— Vous croyez, ma tante ? fit Violaine en s'essuyant les yeux.

— Il n'y a pas d'autre solution.

Violaine demeura un moment muette, réfléchissant aux conséquences de ce qu'elle venait d'accepter.

— Dis-moi, ma fille, ajouta Charlotte, tu le retrouvais où, ton Justin ?

Violaine hésita à peine, répondit :

— Dans les vignes de la Croix.

— Ah ! fit Charlotte, si elles pouvaient parler, les vignes de la Croix !

Mais Violaine ne remarqua même pas la lueur qui s'était allumée dans les yeux de sa tante qui répéta, songeuse, quand elle se retrouva seule, un instant plus tard :

— Les vignes de la Croix, les vignes de la Croix...

L'eau de la « bugada » bouillait dans la lessiveuse où Mélanie plongeait son linge après l'avoir imprégné de cendre de bois. Elle tenait à la main une chemise de Séverin, et malgré elle les larmes lui montaient aux yeux devant la manche gauche, à peine sale, que son fils repliait sur l'épaule et attachait avec une épingle. Heureusement, depuis qu'il remplaçait Calixte, il avait moins besoin de se servir de ses bras, et devenir régisseur après avoir été ramonet le consolait du tribut qu'il avait payé à la guerre. D'autres avaient eu moins de chance, qui risquaient encore leur vie, comme Félix ou Justin dont on n'avait plus de nouvelles depuis son départ, à la fin du mois de mai.

Mélanie avait cru que le fait de savoir Justin parti pour l'Espagne l'aiderait à moins s'inquiéter, mais, en fait, elle tremblait encore davantage à la pensée qu'il pouvait être pris. Elle savait en effet ce que risquaient les déserteurs : on les fusillait. Il devait se trouver dans les montagnes, à l'heure qu'il était, ou peut-être était-il déjà en Espagne, s'il n'avait pas rencontré trop d'obstacles. Il ne se passait pas une journée sans qu'elle se rendît chez Nathalie, ou parfois c'était Nathalie qui venait à la Combelle, quand Mélanie était trop occupée, comme cet après-midi-là, avec la lessive.

Elle était le plus souvent seule à la Combelle, Mélanie, Julie, Clarisse et les enfants travaillant tous dans les vignes, sous la conduite de Séverin. Elle n'était pas très rassurée de rester seule ainsi, car il n'était pas rare de voir apparaître des contrebandiers, des chemineaux plus ou moins déserteurs qui venaient vendre ce qu'on ne trouvait plus ou mendiaient du pain, menaçant parfois de la voix si on ne leur faisait pas bon accueil. Aussi gardait-elle toujours à portée de la main un bâton ferré qu'elle saisissait prestement à la moindre alerte.

Cet après-midi-là, précisément, elle l'avait oublié dans la maison et se sentit totalement démunie quand les deux hommes apparurent devant elle, sans qu'elle les ait entendus approcher. Ils portaient l'un et l'autre deux grands chapeaux noirs, des foulards rouges, et la barbe dévorait leur visage aux traits aigus, émaciés ; ils paraissaient exténués. Elle comprit qu'ils étaient affamés quand ils firent avec les doigts le signe de manger.

— Je n'ai rien, dit-elle. Rien que du pain.

— Pain, pain, fit le plus grand.

Elle eut peur de se retrouver seule avec eux dans la maison et ne sut comment s'y prendre pour leur donner ce qu'ils voulaient sans y entrer.

— Restez là, fit-elle, je vais en chercher.

Ils ne l'entendaient pas ainsi, devinant qu'elle allait refermer la porte à clef derrière elle. Une fois sur le seuil, elle se retourna, mais ils étaient déjà là, sur ses talons. Elle se résigna à entrer. Essayant de leur cacher sa peur, elle alla d'un pas résolu vers la maie, coupa deux larges tranches de pain et les leur donna, tandis qu'ils ouvraient leurs sacs sur la table, faisant apparaître des allumettes, des bougies, du tabac, de l'huile, du fil, des aiguilles, toutes sortes d'objets ménagers qu'ils passaient par la montagne, et qu'ils tentaient de vendre en profitant de la pénurie provoquée par la guerre.

— Je ne veux rien, dit Mélanie. Je n'ai besoin de rien.

Elle n'avait qu'une idée en tête : ressortir très vite et échapper à ces regards de braise braqués sur elle. Les deux hommes hésitaient, ayant compris qu'elle était seule, et elle ne savait si c'était à elle qu'ils en voulaient ou aux grésales, aux cassoles, ou au brûleur à café que Mélanie avait pu acheter juste avant la guerre après en avoir longtemps rêvé.

— Je vous donne le pain, dit-elle. Mangez.

Puis elle leur versa un verre de vin, tandis qu'ils continuaient de la dévisager de leurs yeux noirs où dansaient des flammes inquiétantes. Mélanie, qui ne savait que faire, coupa un autre morceau de pain, le leur tendit et dit :

— Pour la route.

Le plus grand, qui semblait avoir barre sur l'autre, cilla brusquement et dit à son compagnon :

— *Vamos !*

Ils sortirent, s'en allèrent sans même se retourner, laissant Mélanie le cœur battant, incapable de se remettre à sa lessive.

Quand elle eut retrouvé ses esprits, de longues minutes plus tard, elle se demanda ce qui se serait passé si elle avait été plus jeune. A soixante-trois ans, ses cheveux étaient blancs, ses traits et son corps marqués par le travail, et sa beauté de caraque avait beaucoup souffert des années passées au-dehors, dans la canicule ou les froidures de l'hiver. Face à ces hommes habitués aux risques de la clandestinité, que l'on sentait par ailleurs capables de tuer pour quelques sous, comment aurait-elle pu se défendre ? Elle ne parla de l'incident à personne, car les vignes exigeaient la présence de tous ; pourtant, à partir de ce jour elle garda à portée de main son grand couteau de cuisine, le seul qu'elle possédât, mais que Séverin aiguisait régulièrement, et dont le fil était aussi mince que la lame de l'unique rasoir utilisé par les hommes de la maison.

Le lendemain, à la fin de la matinée, Nathalie surgit en courant, une lettre à la main, et s'arrêta brusquement, haletante, incapable de parler.

— Qu'est-ce qu'il y a ? fit Mélanie. Qu'est-ce qui s'est passé ?

— Justin, fit Nathalie.

— Quoi, Justin ?

— Il a été arrêté.

— Où ?

— A la frontière.

— C'est pas possible ! Qui te l'a dit ?

— Une lettre de celui qui était avec lui. Ils ont été vendus par le passeur. Mais ce n'est pas tout !

— Quoi ?

Etranglée par les sanglots, Nathalie ne parvenait plus à parler. Mélanie lui prit la lettre des mains, ne put la déchiffrer, supplia :

— Mais parle donc !

— Il est blessé, dit enfin Nathalie. Une balle dans une jambe.

— Mon Dieu ! Que me dis-tu là ?

Elles étaient face à face, cherchant un secours impossible, anéanties par la nouvelle.

— Ils vont le fusiller, gémit Nathalie.

— Non, non, on ne peut pas fusiller un blessé.

— Tu crois ?

— Mais oui, allons !

— Et après ? Quand il sera guéri ?

— On le mettra peut-être en prison, mais au moins il ne repartira pas dans les tranchées.

Mélanie n'en pensait pas un mot ; elle ne cherchait qu'à rassurer sa belle-fille. Elle la fit entrer dans la maison, lui versa un peu de trois-six dans un verre, en but elle aussi quelques gorgées.

— Oui, si on pouvait le mettre en prison, au moins il serait à l'abri, dit Nathalie avec un soupir.

— Et peut-être qu'il trouverait l'occasion de s'échapper de nouveau. Est-ce que l'homme qui a écrit sait où il a été emmené ?

— Non, il ne le dit pas, répondit Nathalie qui ajouta : Oh ! j'ai tellement peur !

Mélanie la raccompagna à Sainte-Colombe, où Clément devait s'inquiéter de son absence, et passa avec elle tout l'après-midi. Elle essaya de la réconforter de son mieux, tout en sachant bien, au fond d'elle-même, que personne ne pouvait plus rien pour Justin. Elle ne repartit à la Combelle qu'à l'approche du soir, et elle ne put faire autrement que de mettre les femmes et Séverin au courant :

— Quelle folie ! s'écria-t-il, quelle folie !

Il fallut bien, pourtant, se résigner à attendre des nouvelles et tenter de vivre comme depuis le jour où les hommes de la Combelle étaient partis à la guerre, avec cette fois, hélas ! la certitude que l'on n'échapperait pas au malheur.

Justin se demandait comment il était encore en vie. Chaque nuit, incapable de dormir, il tentait de refaire le chemin parcouru depuis qu'il avait été arrêté après avoir été trahi par un passeur à la solde des gendarmes français. Il ne comprenait rien à ce qui lui arrivait. Les gendarmes l'avaient remis aux militaires qui l'avaient fait soigner dans un hôpital de Toulouse. Sa blessure n'était pas très grave : la balle n'avait touché que le gras de sa cuisse, épargnant l'artère fémorale. On avait extrait le projectile qui n'avait pas causé de lésions majeures, puis, après huit jours de convalescence, Justin avait été conduit en camion vers le Nord — la région parisienne, avait-il appris à son arrivée, de la bouche de l'officier qui lui avait annoncé peu après qu'il allait passer en conseil de guerre. Ensuite, il avait été enfermé pendant quinze jours dans la cellule d'une caserne où il était seulement nourri de pain et d'eau. Il en avait été extrait un matin, et on l'avait conduit dans une sorte de château qui servait de salle de réunion au conseil de guerre — il le comprit à l'instant où il entra dans une immense pièce où se trouvaient des militaires, des gendarmes et trois civils.

Les officiers étaient assis derrière une longue table recouverte de velours vert, tandis qu'au-dessus d'eux, un immense tableau figurant un paysage de montagne et de neige attirait le regard. Justin le remarqua lui aussi en avançant devant la table, face aux officiers, de même qu'il remarqua, au plafond, un lustre de cristal qui ressemblait à celui de la pièce où Violaine jouait du piano, il y avait, lui semblait-il, des milliers d'années. Il nota mentalement tous ces détails comme s'ils étaient les derniers qu'il verrait avant de mourir. Ensuite, il entendit les mêmes mots habituels des militaires : devoir, patrie, sacrifice, victoire, et, pour finir, comme il s'y attendait, on lui reprocha d'être « un fils » de Marcelin Albert. Il répondit qu'il se battait depuis presque un an, qu'il n'avait jamais reculé, qu'il avait perdu un œil et qu'il avait toujours fait son devoir.

— On a fait son devoir quand on est mort en héros, lança un officier, celui du milieu, qui portait d'épaisses moustaches tombantes à la Joffre, et qui semblait présider le conseil.

Il tenta alors de parler de sa femme, de son fils, mais le colonel lui coupa la parole :

— Tous les soldats ont une famille, c'est pour la défendre qu'ils se battent.

Puis on le fit sortir de la pièce et il attendit dans un camion, les mains attachées dans le dos, tel un criminel. Il pensa beaucoup à Sainte-Colombe pendant cette heure qu'il passa ainsi, seul face à son destin ! A Sainte-Colombe et bien sûr à Nathalie et à Clément qui devait jouer sur la place de la promenade, sans se douter de ce qui menaçait son père, si loin du Languedoc. On finit par le ramener dans la grande salle où il entra sans illusion aucune. Et pourtant, les mots prononcés par le colonel l'emplirent tout à coup d'une joie, d'un bonheur qui lui firent monter des larmes dans les yeux :

— Compte tenu de vos blessures, le conseil a décidé de ne pas vous condamner à être fusillé, mais à reprendre le combat en première ligne. Il vous autorise à écrire à votre famille.

C'était incroyable, incompréhensible. Il écrivit aussitôt à Nathalie pour la rassurer, incrédule, encore, et ignorant des véritables motivations des militaires. Il ne savait pas que, depuis les Flandres jusqu'aux promontoires des Vosges, en passant par l'Artois, la Champagne, l'Argonne, plus de cent mille soldats tombaient chaque mois, et que ces pertes énormes nécessitaient le renouvellement sans cesse plus important des effectifs. Joffre était contesté, surtout depuis que l'offensive lancée en Artois, le 9 mai, avait fait quatre-vingt-quinze mille morts, et soixante-trois mille blessés. Bref, l'armée française avait besoin de tous ses hommes, y compris de ceux qui étaient blessés ou qui avaient déserté, comme lui, et qui, comme lui, devaient remonter en première ligne pour sauver le pays.

Violaine n'avait eu aucun mal à entraîner sa mère à Paris, et, ainsi que le lui avait suggéré Charlotte, à renouer avec un de ses anciens soupirants, Honoré Delescluze, qui avait échappé à la guerre grâce à ses relations au ministère. Ravie, Berthe avait laissé sa fille sortir la journée avec le beau pianiste sans se douter que Violaine passait les après-midi dans l'appartement du jeune homme. Toutefois, il n'avait jamais été dans son intention de lui faire endosser une paternité dont il n'était pas responsable : elle voulait simplement sauver les apparences vis-à-vis de sa mère, et rentrer au Solail pour attendre celui qu'elle ne pouvait pas oublier.

Elle y réussit pleinement, et revint au domaine pour apprendre que Justin, déserteur, avait été arrêté et risquait d'être fusillé. Le choc fut si brutal qu'elle demeura trois jours couchée. Sa mère mit cette « migraine » sur le compte de la séparation d'avec le pianiste et proposa de repartir pour Paris. Violaine refusa et se força à se lever pour ne pas alerter sa mère sur les vraies raisons des malaises qui l'assaillaient chaque matin.

L'après-midi, une fois ces malaises dissipés, elle parcourait les chemins, dans les vignes et sur les collines, comme pour y chercher les traces de celui qu'elle risquait de perdre à tout jamais. La chaleur y était accablante, même sous les pins, que n'agitait pas la moindre brise, même sous les abricotiers où, pourtant, on pouvait se désaltérer en puisant l'eau des cuves. Un soir qu'elle montait vers les collines qui semblaient engluées dans le bleu très pâle du ciel, elle se trouva face à face avec cette gitane dont elle avait si peur pour l'avoir rencontrée un jour avec sa mère, au temps de sa liaison avec Justin. La Finette n'était pas seule : elle tenait par la main sa fille Eléonore qui était noire comme une olive et semblait encore plus inquiétante que sa mère. Violaine savait tout de la malédiction qui pesait sur les familles du Solail et de la Combelle, malédiction soigneusement entretenue par ces jeteuses de sorts dont on ne savait avec qui elles procréaient, mais qui accouchaient inmanquablement d'une fille plus noire et plus diabolique qu'elles. A l'époque où Berthe avait découvert la liaison de sa fille avec Justin, elle n'avait pas manqué de rappeler à Violaine cette malédiction qui semblait provenir de la nuit des temps et que nul, au Solail, à la Combelle comme à Sainte-Colombe, n'ignorait.

Aussi, ce soir-là, Violaine voulut-elle faire demi-tour, mais elle fut rattrapée et saisie par des mains griffues qui l'empêchèrent de s'échapper.

— Tu es grosse, la fille, tu es grosse, et ton enfant va mourir ! cria la Finette, tandis qu'Eléonore s'agrippait à Violaine avec des rires fous.

Celle-ci, d'abord, fit face, mais elle n'était pas de taille à lutter contre ces deux femmes qui prenaient manifestement plaisir à la tourmenter.

— Tu as péché ! Tu vas payer ! criait la Finette.

— Il va mourir ! il va mourir ! répétait Eléonore, en secouant Violaine de toutes ses forces et en griffant la peau de ses bras nus.

Violaine eut bien du mal à se libérer, tant les deux femmes montraient de vigueur et d'agressivité. Elle y parvint, pourtant, en donnant une brusque secousse des bras après avoir feint de se résigner. Elle se mit alors à courir, le cœur battant à se rompre, entendant encore crier les deux folles qui la poursuivirent un moment :

— Il va mourir ! Il va mourir !

Un fois dans la plaine, en bas, elle ne sut s'il s'agissait de l'enfant qu'elle portait ou de Justin, et elle en fut tellement effrayée qu'elle alla se cacher, tremblante, au milieu d'une vigne et se jura de ne plus remonter dans les collines.

A partir de ce jour, elle reprit le chemin de Sainte-Colombe, retrouvant le même prétexte d'une robe, d'un chemisier ou d'un caraco à commander à Nathalie. Mais les nouvelles n'arrivaient pas. Nul ne savait où se trouvait Justin. De désespoir, la nuit, malgré sa peur, Violaine errait, non plus dans les collines mais dans les vignes, surtout dans celles de la Croix, où elle était persuadée que Justin viendrait se réfugier s'il pouvait s'échapper.

Une nuit, alors qu'elle s'en approchait, priant avec ferveur pour voir apparaître Justin, elle eut un vertige qui la laissa tremblante et inquiète pendant de longues minutes. Elle s'assit un moment, puis voulut repartir et se releva. Alors une grande ombre descendit sur elle, ses jambes s'affaissèrent et elle perdit conscience à l'endroit même où elle avait été si heureuse avec Justin, au temps où ils avaient tout à espérer de la vie.

Quand on la retrouva, le lendemain matin, ses jambes étaient couvertes de sang : elle avait perdu l'enfant qu'elle attendait. On la transporta au Solail où Berthe l'aida du mieux qu'elle put à se remettre sans comprendre ce qui s'était réellement passé, s'ingéniant à imaginer des voyages, des concerts, et même un mariage futur avec un homme des plus délicats, comme cet Honoré Delescluze, qui avait tant de talent et auprès duquel, imaginait-elle, il ferait si bon vivre.

Tombée en mélancolie, hantée par l'idée qu'elle avait été incapable de préserver ce que Justin lui avait donné, Violaine refusait de se lever. Elle restait toute la journée couchée, pleurant sur son enfant perdu, sur Justin qui risquait lui aussi de disparaître, retrouvant seulement un peu d'espoir au moment où Nathalie entrait dans sa chambre avec une robe, un chemisier ou un caraco, refusant obstinément de s'asseoir au piano, malgré les exhortations de Berthe et de Charlotte fort inquiètes pour elle.

Un soir, heureusement, Nathalie accourut au Solail, une lettre à la main, un sourire éclairant son visage :

— Il est vivant, ils ne l'ont pas fusillé, dit-elle à Violaine qui, en l'apercevant, s'était assise sur son lit.

Le lendemain matin, quelques notes de piano

s'échappèrent de bonne heure par la fenêtre donnant sur le parc du Solail qui s'ouvrait à la lumière.

Justin fut conduit dans les bois de l'Argonne où l'armée de Sarrail n'allait pas tarder à lancer une nouvelle offensive. On était à la fin juin. Les soldats français avaient déjà tenté à trois reprises de percer les défenses ennemies, dont les tranchées étaient défendues par d'épais chevaux de frise et des barbelés. « Pourquoi ne m'a-t-on pas détaché les bras ? » se demandait Justin, ce soir-là, une fois descendu du camion. Un caporal et deux soldats l'accompagnaient. Après avoir porté son ordre de mission au capitaine chargé du secteur, le caporal revint et lui demanda s'il voulait écrire une lettre.

— Il faudrait me détacher les mains, dit Justin.

— Promettez-moi de ne pas chercher à vous enfuir, dit le caporal.

— Pourquoi je m'enfuirais ? fit Justin, en commençant à ressentir une bizarre impression de menace.

Le caporal haussa les épaules, mais ne répondit pas. Cependant, tandis que Justin écrivait, il s'assit en face de lui, un peu à l'écart, et le considéra avec une sorte de pitié qui réveilla chez Justin la même impression désagréable ressentie quelques minutes auparavant. Quand il eut fini, le caporal voulut lui rattacher les mains dans le dos.

— Pourquoi ? demanda Justin.

— Pour vous conduire en première ligne.

Et, comme Justin s'indignait :

— Ce sont les ordres.

A cet instant, il comprit vraiment que quelque chose d'inquiétant se préparait. Il se débattit, mais deux soldats appelés en renfort le maîtrisèrent et il se sentit de nouveau prisonnier, avec la même boule d'angoisse au fond de l'estomac.

— Allons-y ! dit le caporal.

La nuit tombait sur le plateau aux arbres déchiquetés, qui, là-bas, au fond, à plus d'un kilomètre, remontait en pente douce vers une colline sur laquelle s'étirait une longue nappe de brouillard. Bien que l'on fût à la fin du mois de juin, il avait beaucoup plu pendant les derniers jours, et il n'était pas facile aux hommes d'avancer dans les tranchées boueuses. Elles étaient si étroites que les soldats devaient se ranger pour laisser le passage. Ils considéraient Justin d'un air apitoyé sans rien dire, tant ils semblaient abattus, épuisés, au-delà de toute volonté et de toute souffrance. Simplement, une voix s'élevait de temps en temps, comme venue d'outre-tombe, et lançait d'un ton morne :

— Attention au fil !

Au fur et à mesure que Justin et ses gardiens progressaient, les boyaux devenaient plus étroits et il y avait de moins en moins de soldats. La nuit était tombée tout à fait, maintenant, une nuit qui apportait un peu de fraîcheur après la lourde chaleur du jour. Ils parcoururent un boyau où la terre s'était écroulée sur des cadavres déchiquetés que nul n'avait songé à dégager.

— Baissez-vous, dit la sentinelle. Attention à la lune.

— C'est encore loin ? demanda le caporal.

— Deux cents mètres à vol d'oiseau, fit un soldat en ricanant.

Justin sentait une grande fatigue l'envahir et aussi une sorte de renoncement. Il en avait assez maintenant de lutter, de se battre. Il se laissa tomber au fond de la tranchée, ferma les yeux.

— Allons ! debout ! fit le caporal, qui avait hâte d'en terminer avec sa mission.

Comme Justin ne bougeait pas, le caporal et les soldats s'appuyèrent du dos contre le mur de terre pour se reposer un peu.

— Cinq minutes, dit le caporal.

Pourtant, au bout d'une minute seulement, il prit Justin par les épaules en disant :

— Allez ! debout !

Justin repartit, poussé par les soldats, le caporal ouvrant maintenant la marche. Une sentinelle leur indiqua un boyau qui partait à la perpendiculaire de celui par lequel ils arrivaient, puis ils débouchèrent dans un autre encore plus étroit, qui était parallèle aux collines d'en face. Là, dans un abri de sacs de terre, veillait une sentinelle qui fut étonnée de voir arriver des soldats de l'arrière.

— Chic ! fit l'homme, voilà la relève.

— Tu crois pas si bien dire, fit le caporal. Conduis-moi à ton officier !

Ils continuèrent dans le boyau, réveillant les soldats qui dormaient à même la terre où couraient des rats. Justin les distinguait sous la lueur de la lune, qui couinaient lorsque les brodequins leur marchaient dessus. Enfin, ils arrivèrent au niveau d'une sorte de saillant qui formait une avancée de quelques dizaines de mètres en direction des lignes ennemies.

— Caporal Berthier, mon adjudant, fit l'homme qui précédait Justin.

Une forme noire sortit de l'abri des sacs, saisit la feuille de papier que lui tendait le caporal.

— Un drôle de cadeau que vous m'amenez là, dit l'adjudant.

— Vous devez rendre compte dès demain au capitaine, fit le caporal.

— Oui, je suis au courant.

— Eh bien, voilà, je m'en retourne avec mes hommes.

— Si pressé que ça ? fit l'adjudant. Vous n'aimez pas les feux d'artifice ?

Le caporal ne répondit pas. Il salua, se retourna et partit, suivi par les deux soldats qui l'accompagnaient.

— Ne courez pas, hein ! fit l'adjudant avec un rire mauvais. Ils pourraient vous entendre.

Puis il se retourna vers le nouveau venu, essayant de distinguer ses traits dans l'obscurité.

— Alors, c'est toi ! dit-il à Justin qui devina un visage épais, aux arcades sourcilières fortes et proéminentes, dévoré par la barbe.

Il ajouta :

— Tu es d'où ?

— De Sainte-Colombe, à côté de Narbonne, répondit Justin qui se demandait vraiment ce qu'on lui voulait.

— Ah ! je comprends, fit l'adjudant tout en examinant longuement Justin de plus en plus troublé.

Ils étaient face à face, se mesurant du regard.

— Alors, tu sais tailler la vigne ? fit l'adjudant.

— Oui, dit Justin.

— Eh bien, je vais te faire tailler des barbelés, fit l'adjudant, tu verras, c'est pas plus compliqué.

En un éclair, Justin venait de comprendre : il avait été condamné à l'une de ces missions-suicides que l'on confiait à des déserteurs qu'on n'osait pas fusiller en raison de leurs blessures lors des combats précédents. Les conséquences étaient les mêmes, mais les familles apprenaient que leurs enfants étaient morts au champ d'honneur, par une sorte de faveur crapuleuse dont elles ignoraient tout.

— Tourne-toi, dit l'adjudant. Tu vas avoir besoin de tes mains.

Et, comme Justin demeurait immobile, foudroyé par sa découverte :

— Ne fais pas d'histoires ; je vais pas te lâcher comme ça, on va attendre que la lune se cache.

Justin se tourna sur le côté, plein d'une lassitude qui lui ôtait tout désir de se rebeller. Quand l'adjudant lui eut délié les mains, il se frotta les poignets, se tourna vers lui et demanda :

— Vous êtes fier de vous ?

— Je ne tiens pas à passer au falot à ta place. Ce sont les ordres, je les exécute, c'est tout. Et puis, c'est une mission, rien de plus, si ce n'est pas toi ce sera un autre. Viens avec moi !

Il prit Justin par un bras, marcha sur des corps, se heurta à des soldats qui dormaient debout mais qui s'ébrouèrent à l'approche des deux hommes. A un endroit, une sorte d'échelle taillée dans la terre sur laquelle on avait disposé des planches de bois montait vers le no man's land qui séparait les lignes françaises des lignes allemandes. A gauche et à droite, deux guichets permettaient aux sentinelles de surveiller le secteur, leur Lebel appuyé sur l'ouverture aménagée entre les sacs de terre. Les sentinelles se retournèrent vers Justin sans prononcer un mot. L'adjudant ordonna :

— Tu dois ouvrir une brèche le plus large possible — disons de dix ou quinze mètres — dans les barbelés. Il y en a deux rangées. Derrière, ce sont les chevaux de frise. Là aussi il faudra ouvrir.

Ils étaient appuyés l'un contre l'autre, épaule contre épaule.

— Ils sont à deux cents mètres, dit encore l'adjudant.

Puis, comme si un remords lui venait :

— Je ne suis pas un assassin. La brume se lève toujours vers deux heures. Tu ne sortiras pas avant.

Justin ne répondit pas. Il réfléchissait, cherchant le moyen d'échapper à ce piège. Refuser, se coucher dans la tranchée et ne plus bouger ? Non ! il ne se conduirait jamais de la sorte. D'ailleurs, l'adjudant devait avoir des consignes : il trouverait toujours quelqu'un pour l'abattre, s'il ne le faisait pas lui-même.

— Tu peux dormir un peu, si tu veux, fit l'adjudant.

Epuisé, Justin se laissa glisser le dos contre la paroi et ferma les yeux. Il essaya de penser très fort à Nathalie, à Clément, mais le sommeil tomba sur lui comme une chape de plomb et il s'endormit aussitôt.

Quand le sous-officier le réveilla, il lui sembla qu'il dormait depuis cinq minutes alors qu'il y avait plus d'une heure.

— Il faut y aller, mon gars !

En retrouvant ses esprits, Justin ne fut que refus et colère, mais il n'avait pas d'arme et, s'il tentait quoi que ce soit, il serait repris à coup sûr. En outre, il n'était pas question, pour lui, de supplier un militaire. Il ne serait pas dit qu'il n'aurait pas été courageux jusqu'au bout.

— La brume s'est levée, fit l'adjudant, elle va rester jusqu'à l'aube. C'est le moment.

Justin s'aperçut que l'officier avait une baïonnette à la main.

— Rangez ça, dit-il, vous connaissez mal les gens du Midi.

L'adjudant hésita, puis rengaina son arme. Justin s'aperçut que les sentinelles les regardaient.

— Je m'appelle Justin Barthès, dit-il. J'habite à Sainte-Colombe, à côté de Narbonne. Je suis tonnelier. Vous êtes témoins de la manière dont on traite ceux qui ont été blessés au combat.

— Allez ! pas d'histoire ! fit l'adjudant. Prends les cisailles !

Justin se saisit de l'outil, monta les marches de la petite échelle taillée dans la terre, aperçut à hauteur de ses yeux une longue étendue grise où il ne distinguait pas la moindre forme, même pas celle des barbelés ou des chevaux de frise. Il repoussa de toutes ses forces l'image de Nathalie et celle de Clément, monta les dernières marches, sortit tout à fait...

Il était dehors. Il eut une sensation de froid sur les tempes, puis il crut entendre la musique d'un piano, très loin, là-bas, de l'autre côté. C'était, depuis quelque temps, celle du danger. Il hésita, pensa à l'adjudant et aux sentinelles derrière lui, se mit à ramper en s'aidant de ses bras et de ses jambes, progressa ainsi de quelques mètres, puis il s'arrêta pour écouter. Rien. Pas le moindre souffle de vent, pas la moindre parole, pas le moindre soupir. Et pourtant, il y avait des centaines d'hommes derrière le rideau de brouillard, à moins de deux cents mètres de lui.

Il repartit, le plus doucement possible, fut étonné de se heurter si vite aux barbelés qu'il croyait plus éloignés. Le claquement sec des cisailles coupant le métal lui sembla résonner dans la nuit comme un coup de fouet. Il se terra, écouta de nouveau. Pas le moindre bruit. Il recommença, écouta encore. Rien ne se produisit. Il put passer de l'autre côté des barbelés et remonta sur une dizaine de mètres pour couper de nouveau le fil de fer. Quand ce fut fait, il s'aperçut qu'il était en sueur. Il se reposa un instant, collé le plus possible à la terre qui sentait bon. Cette odeur le renvoya vers Violaine, à l'époque où ils se couchaient entre les ceps de vignes, puis à Nathalie, et il se sentit tellement coupable qu'il repartit tendu vers ce qu'il avait à faire, pour oublier le reste.

Il crut entendre parler. Il attendit un moment, recommença à ramper, atteignit les barbelés. Le claquement des cisailles lui glaça le sang. Aussitôt, une fusée éclairante monta dans la nuit, qu'elle incendia d'une lueur rougeâtre avant de redescendre. Le cœur de Justin battait follement dans sa poitrine. Le deuxième coup de cisailles ne provoqua pas de réaction, mais le troisième, donné trop perpendiculairement, claqua comme la culasse d'un fusil qu'on arme. Alors, ce ne fut pas une mais deux, puis trois fusées rouges qui montèrent dans la nuit, demandant le tir de barrage. Les mitrailleuses entrèrent aussitôt en action, puis les obus se mirent à siffler au-dessus de la tête de Justin avant d'aller s'écraser sur les lignes françaises. Il lui sembla que la terre s'ouvrait sous lui, il sentit des pierres sous ses pieds, se laissa descendre, toucha un fond cimenté, se roula en boule quand la riposte française, trop courte, explosa au-dessus de sa tête. Il était dans un réduit voûté — sans doute la ruine d'une ancienne cave de maison qui avait été rasée par les explosions. Il ne bougea plus.

L'apocalypse dura toute la nuit et toute la journée qui suivit. Justin se demanda s'il n'allait pas mourir de froid et de faim, redoutant aussi par moments de périr étouffé. Les deux artilleries se répondaient dans un déluge de feu qui, heureusement, pour l'essentiel, embrasait les lignes ennemies et non le no man's land qui les séparait. Le surlendemain, ce ne furent pas les Français qui attaquèrent, mais les Allemands. Deux d'entre eux pénétrèrent dans l'abri qui résistait encore, sous la terre labourée. Justin fit le mort. D'autres soldats arrivèrent, certains blessés. Justin bougea un peu, gémit. Il n'avait pas d'arme. Tout se joua en quelques secondes dans un regard entre l'Allemand le plus proche et lui. Allait-il tirer ou faire usage de sa baïonnette, cet Allemand, très jeune, aux sourcils blonds, aux yeux gris, qui avait peur, soudain, de cet ennemi dont on lui avait vanté la cruauté ? Justin retint son souffle, ferma son œil valide et attendit la mort comme une délivrance à trop de maux, trop de misère, trop de dégoût pour la race des hommes.

15.

A la lune rousse du printemps 1917, on avait été obligé de se relever la nuit pour allumer des feux dans les vignes, afin de protéger les feuilles qui pointaient sur les tiges. Le danger du gel enfin éloigné, dès que le soleil sortait, la température s'élevait rapidement, et les femmes pouvaient se mettre au travail. Charlotte n'était pas la dernière à manier la petite poudreuse à main qui projetait le soufre sur les feuilles fragiles. La guerre s'éternisant, en effet, on était toujours en retard car on avait du mal à se procurer le soufre, le sulfate de cuivre et le carbonate de chaux, tout ce qui était nécessaire au travail de la vigne.

On manquait de tout, en fait : de sucre, de bougies, de charbon, de pétrole, mais on commençait heureusement à recevoir — même dans les villages les plus reculés — de la farine américaine : une belle farine blanche, légère, avec laquelle on cuisait un pain dont on avait oublié la saveur. Les journaux avaient apporté la nouvelle : les Américains étaient entrés en guerre, et nul ne doutait que des gens capables de produire une telle farine pussent également faire basculer le sort d'une guerre qui n'en finissait pas d'apporter son lot de misères.

C'est à cela que pensait Charlotte en maniant la poudreuse qui la faisait pleurer. Si elle s'était mise au travail, c'était parce qu'il fallait achever le soufrage au plus vite avant que le vent ne se lève. Elle avançait de cep en cep, songeant à ces batailles dont aucune n'avait été décisive, mais que *La Dépêche* et *L'Illustration* avaient relatées dans leurs moindres détails : Verdun, l'offensive Nivelle qui devait emporter la victoire et puis, récemment, le désastre du Chemin des Dames qui avait fait perdre au pays cent vingt mille hommes. Si Arthémon était revenu deux fois en permission et avait rassuré les siens sur son sort, Charlotte attendait impatiemment des nouvelles d'Hugues, qu'elle n'avait pas revu depuis huit mois. Elle le savait exposé — d'ailleurs il ne s'en était pas caché —, bien qu'il eût été nommé lieutenant en remplacement des officiers de la première heure qui avaient été décimés. Elle partageait ses craintes avec Louis, qui venait de plus en plus souvent au Solail, et qui allait un peu mieux depuis qu'il travaillait moins, ménageant son cœur fatigué.

Au château, Pascaline faisait face avec énergie, rassurant chaque jour son fils Jules, maintenant âgé de quinze ans, et sa fille Blanche, sept ans, qui réclamait son père et demandait pourquoi il ne revenait pas plus souvent. Charlotte, cependant, ne pouvait plus compter sur Berthe qui suivait Violaine dans ses voyages à Paris où celle-ci, plus que de musique, s'occupait de démarches insensées dans le but de retrouver Justin dont on avait appris qu'il était porté disparu.

Lors des retours de sa nièce au Solail, Charlotte s'inquiétait de sa santé mentale, car Violaine ne s'était jamais vraiment remise de ce qui lui était arrivé une nuit dans les vignes du domaine. Charlotte espérait qu'au cours de l'un de ses voyages, Violaine allait vraiment trouver un homme capable de l'épouser et de lui rendre son équilibre. Mais cet espoir était toujours déçu, et Charlotte ne se sentait soulagée que lorsque Violaine repartait, escortée fidèlement par Berthe qui regrettait aujourd'hui, mais bien trop tard, de s'être opposée à la liaison de sa fille avec Justin Barthès.

Il faisait beaucoup moins froid, le cers s'étant arrêté de souffler en ce mercredi de la fin avril, et, aux fins nuages en duvet de grive qui montaient de la mer, on devinait que le marin allait se lever. Il fallait se hâter de terminer ce premier soufrage. Charlotte se redressa, s'essuya les yeux d'un revers de manche et aperçut au loin une voiture qui s'engageait dans l'allée du château. Il lui sembla reconnaître la Renault de son mari et elle s'en étonna, Louis n'ayant pas l'habitude de venir au Solail en milieu de semaine. Aussitôt, elle pensa à Hugues, et son cœur se serra. Abandonnant sa poudreuse à Julie, elle se mit en route vers le Solail, oppressée, se demandant si une fois encore elle n'allait pas devoir payer tribut à cette maudite guerre.

Elle fut tout de suite rassurée, avant même de descendre du cabriolet, en apercevant Louis souriant, mais aussi, à ses côtés, Hugues, qu'elle reconnut tout de suite et qui était accompagné d'une jeune femme en uniforme.

— Ma femme, Valentine Boissière ! dit Hugues, une fois que Charlotte l'eut embrassé.

— Quelle nouvelle ! fit Charlotte, un peu surprise, mais en embrassant aussi la jeune femme et en lui souhaitant la bienvenue au Solail.

— Nous nous sommes mariés à Bar-le-Duc, fit Hugues, magnifique dans son uniforme de lieutenant orné d'une croix de guerre aux deux étoiles d'or, manifestement fier de sa jeune femme aux cheveux noirs bouclés, aux yeux pétillants de vie.

— Elle est avocate à Paris, mais elle s'est engagée

comme infirmière pour la durée de la guerre, ajouta-t-il.

— Ah ! dit Charlotte, si seulement j'avais moi aussi vingt ans !

Louis, souriant, semblait revigoré par la présence de ce fils qui lui ressemblait tant et dont il avait tellement attendu le retour.

— J'espère que vous allez rester ! dit Charlotte, qui avait oublié les vignes, le soufrage et tout le travail qui l'attendait au-dehors.

— Quarante-huit heures, si tu veux bien de nous, dit Hugues.

— Seulement ? fit Charlotte.

Elle se hâta d'entraîner les arrivants à l'intérieur et de les installer dans le grand salon où l'horloge comtoise comptait les heures de la guerre avec la même indifférence qu'elle avait compté celles de la paix.

En l'absence de Berthe et de Violaine, Pascaline fut ravie de l'arrivée de ces visiteurs qui amenaient enfin un peu de joie au Solail. Jules et Blanche également, qui assaillirent Hugues de questions, cherchant à deviner la vie que menait Arthémon, leur père, loin du Solail. Le repas du soir fut très gai, et Luisa, la cuisinière, fit preuve d'imagination pour pallier les restrictions imposées par la guerre. Certes, on ne souffrait pas de la faim, puisqu'on avait désormais de la farine en quantité suffisante, mais le domaine manquait de bras pour cultiver les légumes qu'on ne trouvait plus sur les marchés. Pourtant, le vin se vendait toujours aussi bien, sinon de mieux en mieux, c'est ce que Charlotte expliqua à son fils et à sa femme qui découvraient un mode de vie qui leur était totalement étranger. Hugues, ce premier soir, se refusa à parler des combats. Il se força à la gaieté, de même que, Louis grisé par le vin, et si personne n'évoqua la disparition de Renaud, tous y pensèrent à un moment ou à un autre, le regard vague, soudain, et les yeux brillants, aussitôt détournés.

Le lendemain, comme Louis, Hugues et sa femme manifestaient le souhait d'aller visiter les vignes, Charlotte leur fit découvrir ce qu'était le travail du soufrage auquel étaient occupées les femmes du domaine. Ils s'y intéressèrent plus qu'elle ne s'y était attendue, et elle en fut touchée, s'imaginant qu'ils comprenaient enfin pourquoi elle avait choisi cette existence si différente de celle que l'on menait à Narbonne. Hugues demanda à y retourner en début d'après-midi, pendant que sa femme se reposait, mais Charlotte comprit qu'il avait envie, en réalité, de se retrouver seul avec elle, et elle fut comblée par ce désir qu'il manifestait ainsi, pour la première fois, de se rapprocher d'elle.

— Nous ne nous sommes jamais beaucoup parlé, toi et moi, dit-il quand ils se retrouvèrent seuls au milieu des vignes, marchant dans une allée dont la terre fumait sous les rayons du soleil qui venait d'apparaître entre les nuages.

— En effet, répondit-elle, je suppose que c'est parce que tu as toujours préféré la ville à la campagne.

— Peut-être, soupira-t-il. Nous n'avons guère goûté les mêmes choses et pourtant...

— Et pourtant ?

— Et pourtant, je n'aurais pas aimé avoir une autre mère que toi.

Charlotte se sentit vaciller. Pourquoi lui parlait-il de la sorte aujourd'hui ? Avait-il peur de mourir ? Elle en fut si bouleversée qu'elle ne sut que dire et qu'il se méprit sur son silence.

— Excuse-moi, je n'aurais peut-être pas dû, dit-il avec une fêlure dans la voix.

Elle hésita quelques secondes, puis elle le prit par le bras et dit :

— Serre-moi, mon fils. Serre-moi dans tes bras.

Hugues se retourna, et elle se laissa aller contre lui, qui l'étreignit avec une sorte de désespoir. Elle resta un moment blottie dans la chaleur de ces bras qu'elle ne connaissait pas, et il lui sembla que son fils étouffait un sanglot. Quand elle voulut se libérer il l'en empêcha, comme s'il fallait lui cacher quelque chose — des larmes, songea-t-elle, et aussitôt, elle eut peur, très peur, comme lorsqu'elle était petite et que sa mère pleurait après les colères de Charles Barthélémie.

Une fois qu'ils se furent détachés l'un de l'autre, ils continuèrent à marcher dans l'allée qui menait aux collines, mais sans se regarder. Un peu plus loin, il y avait des comportes renversées, et ils s'assirent côte à côte, plus proches qu'ils ne l'avaient jamais été. Hugues se mit alors à parler d'une voix monocorde, sans timbre, qui emplit Charlotte d'épouvante.

— Ils nous ont mis des pantalons rouges qui nous rendaient visibles de plusieurs kilomètres, ils nous ont envoyés au combat sans préparation d'artillerie, sans mitrailleuse, sans même un casque pour nous protéger. Je devrais être mort cent fois.

— Tais-toi, dit Charlotte. Tais-toi, je t'en prie.

— De toutes ces horreurs, je n'ai parlé à personne, jamais. Et pourtant j'ai vu des bras, des jambes arrachés, des visages mutilés, des ventres ouverts, j'ai entendu des râles, des cris, des hommes appeler leur mère comme des enfants.

Il se tut un instant, mais Charlotte ne songeait plus à l'arrêter. Il en avait besoin sans doute, puisqu'il continua de la même voix qui semblait provenir de ces tranchées sordides où il avait survécu par miracle :

— Combien de fois j'ai pensé à Renaud ! Aujourd'hui, je me dis que c'est pour lui que nous devons gagner cette guerre, pour que sa mort ne soit pas inutile.

Il soupira, ajouta :

— Quand je pense à tous ces sacrifices ! Qu'il m'en coûte, parfois, d'envoyer des jeunes de dix-huit ans à l'assaut ! Surtout lorsque je sais qu'ils n'en reviendront pas.

— Et toi, Hugues ? Il faut penser à toi. Qu'est-ce que nous deviendrions, ton père et moi, sans toi ?

— Hélas, dit-il, personne ne peut plus rien pour moi.

Et il sentit aussitôt qu'il avait trop parlé, qu'il n'aurait pas dû se laisser aller de la sorte. Il s'ébroua, se mit à rire :

— Nous sommes en bleu horizon, désormais, et nous portons des casques. Les Américains sont entrés dans la guerre et, en trois mois, ce sera fini.

— Tu crois ? fit-elle.

— Ils ont des troupes toutes neuves, des chars, de l'artillerie lourde.

Il se tut, se tourna vers sa mère.

— Oublie ce que je t'ai dit : dans trois mois ce sera fini.

Il n'était plus le même, soudain, il avait retrouvé le calme et la force du brillant officier qu'il était. Elle s'efforçait de le croire, sans pouvoir s'empêcher de penser à ce moment de désespoir où il lui était apparu si fragile et en si grand péril.

— Il faut rentrer, fit-il, Valentine s'inquiéterait.

Elle le retint par le bras :

— Hugues, dit-elle, je n'ai plus qu'un fils.

— Moi, je n'ai qu'une mère, fit-il en riant. On est faits pour s'entendre.

Et toute la soirée, toute la matinée qui suivirent, il se montra enjoué, attentif à sa femme, à son père, à tout ce qui était la vie du Solail dont il venait de faire la découverte.

Le matin du départ, quand il eut disparu au bout

de l'allée au volant de la voiture de son père, Charlotte pria en elle-même : « Mon Dieu, ne me prenez pas ce fils que je viens de retrouver. » Mais le souvenir de la halte dans la vigne revint la hanter chaque nuit, la faisant trembler d'une rage impuissante, surtout lorsque le visage de son fils ressemblait à ce qu'il avait été ce jour-là, un visage qu'elle n'avait jamais vraiment pris le temps d'observer, de comprendre, comme c'est le devoir d'une mère.

Le marin avait amené une petite pluie fine qui griffait les tuiles romaines de la Combelle comme des pattes d'oiseaux. Mélanie, qui ne dormait pas, songea qu'on ne pourrait pas travailler dans les vignes, le lendemain, et elle en fut heureuse : ainsi Clarisse et Julie resteraient à la maison, à moins que Séverin ne trouve à l'une d'entre elles un travail au château. La Combelle paraissait encore plus vide à Mélanie depuis que Jérôme, le fils aîné de Clarisse et de Séverin, était parti à la guerre. Ludovic, le cadet, avait seize ans, et, si la guerre durait, il ne tarderait pas à partir lui aussi. Mélanie avait donc un fils, un gendre, et un petit-fils engagés dans cette tuerie qui semblait devoir durer éternellement. Elle se refusait à penser que Justin fût mort. « Etre porté disparu, se disait-elle, ce n'est pas être mort ; il est sans doute prisonnier ou dans un hôpital où on le soigne. » Elle guettait chaque jour le chemin par où apparaîtrait Nathalie lorsqu'elle aurait reçu une lettre, n'imaginait pas que le maire pût surgir à sa place, persuadée que s'il était arrivé malheur à Justin, elle l'aurait ressenti jusque dans ses entrailles.

Pourtant les mois passaient et la guerre durait. « Il reste aux vivants le devoir de parachever l'œuvre des morts », disait Clemenceau qui était arrivé au pouvoir depuis peu, et avait rétabli les conseils de guerre supprimés un moment par Pétain. Qui était vivant et qui était mort, à cette heure ? On ne savait pas où se trouvait Justin, Félix n'avait pas écrit depuis un mois, et la dernière lettre de Jérôme était très inquiétante : il se battait en Champagne, dans le secteur où avait été engagée la grande offensive du printemps.

Le gémissement du chien, en bas, intrigua Mélanie qui s'assit sur son lit. Elle tendit l'oreille, mais le silence était retombé sur la Combelle. Bientôt, pourtant, le chien recommença à gémir et se mit à gratter la porte. Aussitôt, Mélanie fut debout et se précipita, rapidement rejointe par Julie qui répétait :

— C'est lui, c'est lui.

Mélanie crut que sa fille parlait de Justin mais elle ne songeait qu'à Félix, son mari. C'était lui en effet, mais à peine reconnaissable, le visage mangé par la barbe, des yeux pleins de fièvre, amaigri dans sa capote qui n'était plus bleue mais noire, couverte de boue.

— Mon Dieu ! fit Julie qui voulut se précipiter contre lui.

Il l'arrêta de la main, reculant d'un pas :

— N'approche pas, je suis couvert de poux.

— Des poux ?

— Oui, j'en ai partout, même sur les jambes.

Séverin, Clarisse et Ludovic s'étaient approchés aussi.

— Va dans la grange, dit Séverin, et déshabille-toi devant la porte, on va porter la grande bassine en zinc. Vous, les femmes, faites chauffer de l'eau.

Julie ne voulut pas s'éloigner de son mari et le suivit jusqu'à la grange, refusant de ne pouvoir se blottir dans ces bras qui lui avaient tant manqué. Une fois la bassine installée par Séverin et Ludovic, Clarisse et Mélanie apportèrent des chaudrons d'eau chaude et Félix put prendre son bain après avoir quitté ses vêtements. Julie s'en fut chercher un caleçon, un vieux pantalon et une chemise, tandis que sa mère allumait du feu sous la lessiveuse pour faire bouillir les habits du soldat.

Quand celui-ci fut propre, rasé et rhabillé, il s'assit sur un tabouret et Julie passa longuement le peigne fin dans ses cheveux. On les avait laissés seuls.

— Parle-moi, dit Julie. Parle-moi, je t'en supplie.

Mais Félix paraissait avoir perdu la parole. Malgré la lampe à pétrole, on eût dit qu'il ne voyait pas sa femme, ou plutôt qu'il ne la reconnaissait pas. Il restait là, immobile sur son tabouret, dodelinant de la tête, incapable même de manger le pain et la cansalade donnés par Mélanie.

— Tu es malade ? demanda Julie, les yeux pleins de larmes.

Comme il ne répondait pas davantage, elle le fit coucher dans la paille, s'allongea contre lui et le prit dans ses bras. Il lui sembla alors qu'il retrouvait d'instinct ces gestes qui rendent la vie plus belle et les nuits de retrouvailles inoubliables.

Félix, pourtant, ne recommença à parler que quarante-huit heures plus tard, et seulement par bribes. Pendant ces deux jours, Julie l'avait emmené voir ses parents, qui avaient été effrayés de retrouver leur fils dans un tel état de prostration, et qui avaient comme elle tenté de trouver les mots pour le réconcilier avec la vie.

— A-t-il dû en voir, tout de même ! dit sa mère en pleurant.

— Allons ! petit, allons ! répétait son père. Prends sur toi ! fais un effort !

Mais comment auraient-ils pu imaginer les visions d'horreur accumulées en trois ans de guerre dans les tranchées, ces images de cauchemar qui, même à distance, continuaient de le hanter ? Ce que vivaient les poilus, en effet, personne, à l'arrière, ne pouvait en avoir la moindre idée. Et ce changement brutal d'univers achevait de les briser, quand ils réalisaient d'où ils venaient, et combien le monde, le ciel, les femmes, les arbres pouvaient être beaux.

Quand Félix parvint à redevenir lui-même, au bout d'une semaine, il fallait déjà songer à repartir.

— Je ne pourrai pas, dit-il à Julie et à la famille réunie autour de la table de la Combelle, le dernier soir.

Que répondre à cela ?

— Les Américains vont arriver, dit Séverin.

— Ça ne peut plus durer longtemps maintenant, assura Mélanie.

Julie, elle, ne disait rien : elle savait à quel point son mari était épuisé, vidé de ses forces, méconnaissable, et elle n'avait qu'un désir : le garder près d'elle. Mais comment faire ? On avait vu ce que déserter avait coûté à Justin, qui était peut-être mort à cette heure. Elle en était pour sa part persuadée, même si elle se gardait bien d'en faire part à sa mère et reportait tout son espoir sur Félix, essayant de se convaincre que s'il avait survécu jusqu'à ce jour, c'était parce qu'il était protégé par le bon Dieu à qui, chaque soir et chaque matin, elle n'oubliait pas d'adresser ses prières. Félix repartit donc un matin sous un ciel d'un bleu très pur, lessivé par les pluies des derniers jours. Séverin et Julie le conduisirent en charrette à la gare de Bressan, tandis que Mélanie les regardait s'éloigner, songeant à Nathalie qui, là-bas, à Sainte-Colombe, attendait, comme elle, le retour de Justin.

Six mois. Cela faisait exactement six mois que le facteur avait porté une lettre du ministère des Armées que Nathalie avait hésité à ouvrir. C'était le maire qui l'avait remise au facteur. Il avait bien assez à faire à se charger lui-même des lettres qui annonçaient la mort d'un enfant du Languedoc. Justin Barthès porté disparu, cela ne signifiait pas qu'il était mort. Il était peut-être prisonnier, ou blessé. C'est ce qu'avait d'ailleurs pensé Nathalie dès qu'elle avait lu les mots tracés par une belle écriture, calligraphiés avec soin et soulignés d'un cachet officiel. Certes, elle savait que Justin avait été renvoyé sur le front puisqu'il le lui avait écrit après être passé en conseil de guerre, mais elle se refusait à croire que l'on pouvait disparaître, comme ça, même à la guerre, et elle ne s'expliquait pas ce silence qui durait depuis si longtemps.

Six mois à chercher vainement le sommeil, à essayer de rassurer Clément qui comprenait de mieux en mieux ce que signifiait la guerre, à chercher les moindres signes d'espoir, à se raccrocher à des riens, des mots, des regards, à attendre même les retours de Violaine qui se démenait, à Paris, pour obtenir des nouvelles. Il y avait longtemps que Nathalie avait oublié sa jalousie première vis-à-vis de Violaine. Celle-ci était devenue son seul recours, son seul vrai soutien, et elle lui en savait gré, n'hésitant pas à aller se renseigner au château sur la date probable de ses retours.

Malgré ses efforts, pourtant, Violaine n'avait rien pu apprendre d'autre que ce qui figurait sur la lettre : Justin Barthès était porté disparu. Mais ni l'une ni l'autre ne perdaient espoir. Au contraire, l'espoir de l'une se nourrissait de l'espoir de l'autre. Et Nathalie s'arrêtait de travailler chaque fin de matinée, à l'heure où le facteur arrivait sur la place, sa sacoche de cuir ouverte devant lui. Elle comptait les pas qui le séparaient de la maison, retenait son souffle, pleurait lorsque les pas s'éloignaient. Nathalie savait tout des habitudes, des tics du facteur qui était un homme grand et sec, aux moustaches relevées aux deux extrémités, et qui n'ignorait pas être guetté derrière tous les volets de Sainte-Colombe. Conscient d'apporter avec lui le bonheur ou le plus grand malheur, il en paraissait accablé et se déplaçait le plus furtivement possible, comme pour passer inaperçu.

Parvenu devant la maison où vivait Nathalie, ce matin-là, il s'arrêta et leva la tête vers la fenêtre de l'étage. Nathalie sentit son cœur s'affoler, ouvrit et dit :

— Je descends.

Elle dévala les marches, se cogna contre le mur, arriva en bas, ouvrit la porte et soudain eut peur devant cette main tendue, qui tenait une lettre dont elle reconnut l'enveloppe bleue.

— Merci, dit-elle.

Le facteur hésita, puis salua en portant deux doigts vers son képi et s'éloigna. Nathalie se précipita à l'intérieur, et ses doigts tremblants eurent du mal à décacheter l'enveloppe. Les mots se mirent à danser devant ses yeux dès qu'elle se mit à lire, et elle dut s'y reprendre à deux fois pour comprendre. Le ministère des Armées l'informait que Justin Barthès se trouvait sur une liste de prisonniers que l'Allemagne avait fournie à la France dans le cadre des accords récemment conclus entre les deux pays. Mon Dieu ! Il était vivant ! Elle le savait, elle l'avait toujours su ! Aussitôt, elle monta jusqu'à l'étage pour partager sa joie avec Victorine qui lui dit en l'embrassant :

— Ton fils ! il faut le lui dire, vite !

Nathalie redescendit et se mit à courir vers l'école située de l'autre côté de la promenade. Les élèves étaient dans la classe. Quand Clément l'aperçut derrière les carreaux, souriante, une lettre à la main, il n'attendit pas la permission de la maîtresse pour se précipiter vers sa mère qui le reçut dans ses bras, répétant :

— Il est vivant. Il est prisonnier, mais il est vivant.

La maîtresse, une forte femme aux cheveux blancs qui avait passé l'âge de la retraite mais assurait la charge que l'instituteur titulaire avait abandonnée pour aller faire son devoir, vint se réjouir avec eux de la nouvelle, et elle autorisa Clément à quitter l'école avant midi. Tous deux partirent alors vers la Combelle dans le matin de mai qui faisait crépiter les premiers insectes au revers des fossés.

— Il est vivant, répétait Nathalie. Il est vivant.

— Qu'est ce que ça veut dire, prisonnier ? demandait Clément.

— Ça veut dire qu'il ne se bat plus, répondait-elle. Il ne risque plus de mourir. Il reviendra, tu comprends ? Il reviendra, c'est sûr.

— Quand ?

— Bientôt, bientôt.

Elle se refusait à imaginer l'attente des jours à venir pour ne penser qu'à cette certitude qui la comblait : Justin était vivant, et il lui reviendrait bientôt. Ils marchaient le plus vite possible, courant presque, tandis qu'elle tenait la main de Clément et la serrait très fort.

Mélanie, qui guettait, comme chaque matin, les aperçut à l'extrémité du chemin qui longeait les vignes. D'abord, elle eut peur, puis elle distingua mieux leurs visages et comprit que ce matin-là serait un matin de bonheur. Elle les laissa s'approcher sans bouger, impatiente, tout de même, de savoir, et ce fut Clément qui courut vers elle en disant :

— Il est vivant ! Il est vivant !

— Oui, dit Nathalie en montrant la lettre, il est prisonnier mais il est vivant.

Et comme Mélanie tardait à se réjouir, son attention s'étant seulement fixé sur le mot « prisonnier » :

— Il ne se battra plus, il est sauvé, c'est sûr, il reviendra.

Mélanie comprit enfin ce que représentait vraiment cette lettre, et quelque chose dont elle avait oublié la douce chaleur se remit à palpiter en elle. Elle voulut partir tout de suite dans les vignes où travaillaient Séverin, Clarisse et Julie, pour leur apprendre la bonne nouvelle. Tous les trois s'en allèrent sous le chaud soleil du mois de mai qui allumait maintenant, en cette mi-journée, des foyers qui faisaient déjà penser à l'été.

Félix avait senti qu'il se passait quelque chose d'anormal dès qu'il avait pénétré sur le quai de la gare du Nord, parmi les soldats sanglés dans leur capote d'un bleu horizon remise à neuf, qui portaient des musettes pleines à craquer au retour de leur permission. Des gendarmes casqués, mousqueton en bandoulière, les dirigeaient vers le quai d'embarquement, quand les premiers cris avaient fusé, poussés par ces hommes qui retournaient vers l'enfer après avoir passé quelques jours auprès de leur femme et de leurs enfants, et qui ne se résignaient pas à repartir vers la boucherie des tranchées :

— Mort aux vaches ! A bas les embusqués !

Les gendarmes s'étaient efforcés de pousser les soldats vers les wagons sans trop les bousculer, mais les cris avaient continué à fuser des portes et des fenêtres, tandis que quelques poilus, sur le quai, en venaient aux mains avec les représentants de l'ordre public. Heureusement, le coup de sifflet du départ avait mis fin à ce qui aurait pu dégénérer en affrontement, puis des chansons gaillardes s'étaient élevées dans le wagon où se trouvait Félix qui regardait maintenant, à travers la vitre, défiler les images noir et blanc, comme dessinées à l'encre de Chine, de la proche banlieue envahie par la neige.

Au terme d'un épuisant voyage ponctué de haltes inexplicables, il était arrivé sur le front de Champagne où il avait rejoint son unité qui semblait prise de folie. Une lettre circulait dans les rangs de sa compagnie, qui le surprit à peine quand il l'eut en main :

« Camarades, disait-elle, nous sommes trois régiments qui n'avons pas voulu monter en ligne. Nous allons à l'arrière, à nous tous d'en faire autant. Si nous voulons sauver notre peau. Signé : 5e division. »

Il apprit ce même jour que certains bataillons voulaient marcher sur la capitale ; d'autres bravaient ouvertement les officiers, persuadés qu'ils n'échapperaient pas à l'hécatombe. Félix, lui, n'avait plus la force de se rebeller : il assistait à ces événements avec trop de fatigue, trop de lassitude. C'est ce qui le sauva, le jour où les soldats de la 41e division arrachèrent les étoiles du général venu calmer ses troupes. Ce printemps-là, plus de deux cent cinquante mutineries affectèrent soixante-huit divisions. Les poilus, qui n'en pouvaient plus de se battre dans des conditions aussi inhumaines, chantaient *l'Internationale* et brandissaient des drapeaux rouges sans se douter que, loin de faiblir, le gouvernement avait réactivé les conseils de guerre.

Félix, qui se trouvait pourtant parmi les compagnies les plus indisciplinées, passa miraculeusement entre les mailles de la justice militaire qui prononça six cent vingt-neuf condamnations à mort, dont soixante-quinze furent suivies d'exécutions. Désespérés, les poilus tentèrent alors d'en sortir par d'autres méthodes et firent preuve d'une imagination morbide pour trouver le moyen de retourner à l'arrière. Ce fut le temps de la recherche de la « fine blessure ». Un de ses compagnons expliqua à Félix que sans les doigts de la main droite, on ne pouvait pas appuyer sur une gâchette.

— Et sans mes doigts, comment je travaillerai ? demanda Félix.

— Et si tu crèves ici, comment tu travailleras ? fit l'autre, en haussant les épaules.

Le printemps était enfin arrivé, porté par les premiers souffles tièdes d'un vent qui avait tourné à l'ouest. Félix pensait à ses cultures, près du canal du Midi, hésitait, se demandait s'il n'était pas mieux de mourir plutôt que de vivre sans pouvoir travailler. Puis il pensait à Julie, tentait de se persuader qu'il trouverait toujours un ou deux journaliers pour l'aider et qu'il pourrait aller vendre ses légumes au marché. Une attaque étant prévue pour le surlendemain — il l'avait appris par l'agent de liaison du capitaine —, il se décida une nuit qu'il était de garde, en position avancée, à moins de cent mètres des lignes allemandes. Il alluma une cigarette, la prit entre l'index et le majeur, haussa son bras au-dessus de la tranchée. Comme rien ne se produisait, il agita sa main plusieurs fois, attendit. Là-bas, l'Allemand avait compris. Quand le coup de feu partit, Félix sentit une telle douleur dans sa main qu'il s'écroula dans la tranchée et s'évanouit.

Lorsqu'il revint à lui, on le transportait à l'arrière, après lui avoir entouré la main dans un bandage qui n'avait pas encore arrêté l'hémorragie. Parvenu au poste de secours, un infirmier s'occupa de lui et lui dit :

— T'as gagné le pompon, mon gars ! Deux doigts seulement, il va falloir que tu expliques ça au lieutenant.

— A l'hôpital ?

— C'est lui qui va en décider. Figure-toi que depuis que vous faites les malins, il a reçu des instructions : si ce cirque ne s'arrête pas, il va manquer des doigts à tous les troufions. Les deux d'avant toi, ils sont bons pour le falot.

Et l'infirmier ajouta, achevant de fixer un pansement sur la main de Félix :

— Il faut bien faire des exemples, sinon...

Félix n'en crut pas ses oreilles : il avait refusé de se mutiner, il était remonté en première ligne, cela faisait trois ans qu'il se battait, et il allait peut-être servir d'exemple pour arrêter l'épidémie de « fines blessures » qui sévissait sur ce secteur du front. Pourtant, au-delà de la fatigue, de la douleur, il se résigna au pire, incapable qu'il était de se défendre, d'expliquer tout ce qu'il ressentait, à cette heure, tout ce qu'il avait subi depuis qu'il survivait comme un rat dans la boue des tranchées.

Il attendit un long moment dans l'abri étroit protégé par des sacs de terre, en présence de l'infirmier qui s'était endormi. L'aube venait de naître. Félix songea que là-bas, près du canal, elle devait se glisser entre les platanes et ramper sur la terre où son père, malgré son âge, était sans doute en train de travailler. Il lui sembla qu'il ne reverrait plus jamais les platanes aux feuilles couleur de salade, ni son père, ni Julie, qu'il avait tout perdu de ce qu'il aimait. Deux larmes coulèrent sur ses joues. Ce fut à ce moment-là que le lieutenant arriva. Il était jeune, avec un regard brillant et beaucoup d'énergie dans le visage.

— Nom et matricule ? demanda-t-il d'une voix qui ne laissa aucune illusion à Félix sur ce qui l'attendait.

— Félix Azéma. 2e compagnie, matricule 156.

— Faites voir, dit le lieutenant à l'infirmier.

L'infirmier se mit en devoir de défaire le bandage, arrachant une grimace de douleur à Félix. La blessure apparut, horrible, car sous l'index et le majeur, une partie de la main, entre l'annulaire et le pouce, bâillait.

— Vous êtes de quelle région ? demanda le lieutenant.

— A côté de Narbonne : Sainte-Colombe.

Le lieutenant marqua un moment d'hésitation.

— Que faisiez-vous avant la guerre ?

— J'étais journalier et puis je me suis fait maraîcher sur des terres que j'ai à côté du canal du Midi.

Le regard du lieutenant se posa sur Félix qui cilla et baissa les yeux.

— Vous travailliez pour qui quand vous étiez journalier ?

— Au Solail. Ma femme est la fille du ramonet de ce domaine.

Félix se sentait fouillé par le regard du lieutenant qui demeurait fixé sur lui. Il attendait, résigné, la sentence, et il ne comprit pas ce qui se passait quand la voix métallique dit à l'infirmier médusé :

— Blessé lors d'une mission de reconnaissance. Hôpital de Troyes. Je signerai le rapport.

Puis il s'en alla, après avoir hésité à ajouter un mot et esquissé un geste de la main.

Félix se retrouva seul avec l'infirmier qui murmura :

— Toi alors, tu peux dire que tu l'as échappé belle !

— Qui c'était ? demanda Félix qui s'interrogeait toujours sur ce qu'il venait de se passer.

— On l'a touché il y a deux jours. Il est de Narbonne. Lieutenant Daubert, il s'appelle.

Félix ferma les yeux. Il était sauvé. Il ne dit rien à l'infirmier mais il comprit, dès cet instant-là, que la guerre était finie pour lui.

Depuis qu'elle était rentrée au Solail, Violaine se rendait chaque matin chez Nathalie, toujours sous le même prétexte de travaux de couture. Elle savait que c'était folie d'espérer encore quelque chose du côté de Justin, s'en voulait de sa duplicité vis-à-vis de Nathalie — qui était trop heureuse de pouvoir parler de Justin avec quelqu'un — mais elle ne pouvait s'en empêcher. Toutes les démarches qu'elle avait entreprises à Paris n'avaient abouti à rien d'autre qu'à la certitude que Justin était bien prisonnier en Allemagne, sans qu'on sache où, ni quel sort était réservé aux prisonniers français.

Elle vivait donc d'espoir, comme Nathalie, comme Clément qui l'avait adoptée sans se poser de questions sur sa présence quotidienne, d'autant qu'elle procédait souvent à des essayages de robes ou de chemisiers. Elle arriva ce matin-là au moment où le facteur venait de passer et trouva Nathalie en larmes sur sa chaise, une lettre à la main.

— Qu'y a-t-il ? demanda Violaine en se précipitant, il lui est arrivé malheur ?

— Non, dit Nathalie, non, mais j'ai tellement attendu.

— Il va bien, c'est sûr ?

— Mais oui, fit Nathalie. Tenez, regardez !

Violaine hésita à peine, prit la lettre écrite sur du mauvais papier, à peine lisible, et dont les premiers mots lui firent cogner le cœur :

« Ma chère femme,

« On vient enfin de nous autoriser à écrire. Je suis prisonnier dans le camp de Königsbrück, en Allemagne, où nous sommes bien traités. Ne te fais pas de souci pour moi. On parle de nous emmener plus loin, à Zwickau, mais ce n'est pas certain. Je ne sais pas si je pourrai écrire à nouveau avant la fin de la guerre, mais il faut que tu saches que je pense beaucoup à toi et à notre fils Clément qui doit avoir beaucoup grandi.

Si loin de toi, je ne rêve que du jour où je pourrai te serrer dans mes bras. Sache bien, ma chère femme, que toutes mes pensées vont vers toi et crois bien que toute cette distance qui nous sépare ne peut rien contre l'amour infini que je te porte.

« A bientôt, donc,

« Justin Barthès. »

C'est à peine si Violaine avait pu achever sa lecture. Elle tenta désespérément de retenir les larmes qui montaient dans ses yeux, mais n'y parvint pas. Nathalie, heureusement, crut qu'il s'agissait de larmes de joie semblables aux siennes et elle reprit la lettre sans deviner ce que Violaine, en cet instant, ressentait. Celle-ci, d'ailleurs, ne s'attarda pas. Ayant feint de se réjouir devant Nathalie, elle saisit le premier prétexte pour s'enfuir et pleurer à son aise, convaincue, après ce qu'elle avait lu, que Justin était définitivement perdu pour elle. Elle venait également de comprendre qu'elle n'avait pas le droit de mettre en péril le bonheur de Nathalie et de Clément. Elle les connaissait trop maintenant, avait appris à les aimer, et l'idée de leur faire du mal lui était devenue inacceptable.

Quand elle revint vers le Solail, une heure plus tard, elle avait pris sa décision. Elle demanda à parler à sa mère et à sa tante, qui la rejoignirent dans la grande salle à manger, où elles l'avaient vainement attendue pour le déjeuner de midi.

— Je vais épouser Honoré Delescluze, dit Violaine d'une voix déterminée.

— Mais tu m'as dit qu'il allait partir bientôt à la guerre ? fit Berthe, interloquée, car Violaine avait trouvé ce prétexte pour refuser un mariage que le musicien et sa mère appelaient de tous leurs vœux.

— Justement, fit Violaine, je lui dois bien ça : s'il lui arrive malheur, au moins, je n'aurais pas le regret de me dire que je ne lui ai pas offert ce qu'il m'a si souvent demandé.

Charlotte n'avait aucune considération pour un homme qui, à force de subterfuges, de basses manœuvres et de compromissions, était passé entre les mailles du filet pendant trois ans, tandis que des hommes du même âge que lui se faisaient tuer. Mais elle savait que Violaine représentait une menace pour Clément et pour Nathalie ; aussi s'empressa-t-elle d'approuver la décision de sa nièce, espérant également qu'un tel mariage lui rendrait un peu de son équilibre.

— Voilà une bonne nouvelle, dit-elle, et je m'en réjouis.

Berthe, qui ne comprenait rien au revirement brutal de sa fille, tenta de protester :

— Il faut au moins nous laisser le temps de préparer tout ça.

— Il n'y a rien à préparer, dit Violaine. Nous nous marierons à Paris entre deux témoins. Le temps n'est pas aux réjouissances.

Elle ajouta, s'adressant à Charlotte :

— Cela me ferait plaisir si vous veniez, ma tante.

— Je viendrai, dit Charlotte, qui ne croyait pas encore tout à fait à la résolution de sa nièce.

— Eh bien, je vais envoyer un pneu à Honoré, dit Violaine. Nous partirons après-demain.

Dix jours plus tard, elle épousait le violoniste Honoré Delescluze à Montmartre, la veille de son départ pour le front. Elle emménagea dans une petite maison voisine de la place du Tertre, puis elle se mit au piano et joua comme elle n'avait jamais joué, du matin au soir, des préludes de Bach dans lesquels elle tentait vainement de noyer une infinie tristesse.

Félix revint au début de l'été, sa blessure enfin cicatrisée, après avoir échappé de peu à l'amputation. Les chirurgiens avaient cependant dû sacrifier son pouce, et il ne lui restait plus que deux doigts à la main droite. Julie regagna avec lui la maison de ses beaux-parents, à proximité du canal du Midi, où Fernand Azéma avait tenté de maintenir en état les cultures maraîchères, en l'absence de son fils.

Dès les premiers jours, pourtant, Julie comprit que le Félix qui lui était revenu ne ressemblait en rien à celui qui était parti. Il ne parlait plus, regardait devant lui comme s'il ne voyait personne, ne travaillait pas. On sentait qu'il redoutait quelque chose, mais quoi ? Julie le découvrit une nuit, alors que, s'étant sentie seule dans son lit, elle s'était levée pour chercher son mari. Il n'était pas loin, simplement dans le jardin où il était assis sur le banc de pierre, un rabassié dans les mains. En s'approchant de la fenêtre, Julie comprit qu'il cherchait à attacher l'outil à sa main droite, sans y parvenir. Son premier réflexe fut d'aller l'aider, puis elle y renonça et demeura derrière la fenêtre, le cœur battant, aux frontières de quelque chose qui, elle le ressentit douloureusement, les menaçait l'un et l'autre.

Félix s'efforçait de fixer le manche sur sa main avec de la ficelle, et il dut s'y reprendre à plusieurs fois avant d'y réussir. Alors il se leva, et, lentement, très lentement, marcha vers un petit carré de terre planté de tomates. Il s'inclina, commença à biner entre les plants, mais les liens lâchèrent rapidement et il dut revenir vers le banc pour les rattacher. Quand il se remit à biner, les liens lâchèrent de nouveau. Pourtant, Félix recommença sans se décourager autant de fois qu'il le fallut. Cela faisait presque une heure que Julie l'observait de la cuisine. Et quand le rabassié lui échappa, cette fois-là, il poussa un cri, fit tournoyer l'outil de la main gauche et l'envoya contre le cabanon de planches qui servait de remise. Ensuite, il resta un moment immobile, la tête levée vers le ciel, puis il revint s'asseoir sur le banc et prit sa tête entre ses mains.

Julie sortit et s'approcha doucement de lui. Il sursauta à l'instant où elle lui posa la main sur l'épaule en disant :

— Il faut le temps.

Il ne répondit pas. Il regardait ses mains ouvertes devant lui comme s'il les comparait, ou s'il cherchait à comprendre pourquoi l'une des deux le trahissait.

— Ne t'impatiente pas, dit Julie. Tu t'habitueras, tu verras.

— Si je ne peux plus travailler..., dit-il d'une voix terrible.

Et il répéta plusieurs fois :

— Si je ne peux plus travailler, si je ne peux plus travailler...

Il tremblait.

— Viens, dit Julie, viens. Il faut rentrer maintenant.

Il finit par la suivre, se coucha près d'elle, mais ni l'un ni l'autre ne trouvèrent le sommeil. Julie pensait à la menace suspendue aux mots qu'il avait prononcés : « Si je ne peux plus travailler... », et une peur plus terrible encore que celle qu'elle ressentait quand il était à la guerre la submergea.

Le lendemain, elle expliqua à son beau-père et à sa belle-mère ce qui s'était passé. Ils tentèrent de réconforter leur fils, mais celui-ci continua, la journée, de se murer dans le silence et de se relever chaque nuit, comme s'il avait honte de sa main atrophiée. Avec le pouce, il aurait pu coincer un manche d'outil entre l'annulaire et l'auriculaire, mais deux doigts ne suffisaient pas à maintenir le manche qui lui échappait immanquablement. Dans « l'oustal » des Azéma, tout le monde avait peur, maintenant, en voyant Félix hocher la tête tout au long du jour, assis sur son banc, face à sa main mutilée ouverte devant lui. Chacun redoutait un geste fou, un acte de désespoir et, si nul n'en parlait, on veillait à ne jamais le laisser seul.

Julie hésitait même à travailler la journée ou à se rendre à la Combelle. Pourtant, il fallait gagner des sous pour vivre, car on était cinq, avec sa fille Rose, à « l'oustal », et le père Azéma était bien fatigué. Julie partait donc, chaque matin, avec Rose, dans les vignes qu'il fallait sulfater, recommandant bien à sa belle-mère de veiller sur Félix. Celui-ci accepta un moment de trier les légumes, mais c'était un travail de femme, et il finit par s'y refuser, renversant dans un mouvement de rage les clayettes de tomates.

Un mois passa ainsi, dans la peur et la crainte d'un malheur, surtout pour Julie qui s'échappait des vignes dès qu'elle le pouvait pour courir près du canal, sachant que Séverin, son père, fermerait les yeux sur ses absences répétées.

Une nuit, pourtant, trop épuisée qu'elle était par les longues journées de travail, elle n'entendit pas Félix se lever. Lorsqu'elle se réveilla, au matin, elle se précipita à la fenêtre pour inspecter le jardin. Il ne s'y trouvait pas. Elle prévint ses beaux-parents qui cherchèrent Félix avec elle toute la matinée. L'après-midi, des femmes de Sainte-Colombe se joignirent à eux, en pure perte. Le lendemain, les gendarmes, alertés, firent sonder le canal, sans qu'on ne retrouve aucune trace.

— Où a-t-il pu aller ? se lamentait sa mère.

Julie s'efforça de croire pendant une semaine qu'il était allé voir le chirurgien qui l'avait opéré. Elle songea à faire le voyage jusqu'à Troyes, et elle en fut dissuadée par les nouvelles que l'on recevait du front. Elle se mit à errer la nuit dans les vignes et sur les rives du canal, appelant son mari, refusant de perdre l'espoir. C'est là qu'une nuit elle se trouva face à la Finette et à Eléonore qui lui lancèrent :

— Tu ne le reverras plus ! Il est mort, ton homme, il est mort ! Il s'est noyé dans le canal.

Elle leur jeta des pierres, s'enfuit, mais, à partir de cette nuit-là, elle perdit l'appétit et le sommeil. Elle cessa de travailler, s'épuisa en allers et retours entre la maison des Azéma et la Combelle où Mélanie tentait de la réconforter. La nuit, dans les vignes, parfois, on l'entendait crier :

— Félix ! Félix !

Et dans chaque famille on en venait à penser que l'on ne vivrait les véritables drames de la guerre que lorsqu'elle serait terminée.

16.

Les Espagnols étaient venus nombreux, tant les vendanges de cette année 1918 s'annonçaient belles. Il faisait sur la plaine un de ces soleils implacables qui incitaient d'ordinaire les vignerons à se réfugier entre les murs épais des maisons, au plus fort de l'été. Mais les vendanges ne pouvaient pas attendre : les raisins étaient mûrs, de cette couleur vermeille, presque sanguine, qui laissait espérer un fort degré d'alcool. Cependant, il faisait si chaud que Charlotte avait autorisé une sieste d'une heure après le repas de midi, et Séverin avait du mal à remettre les colles au travail, surtout les femmes, les Espagnols, eux, étant davantage habitués à travailler sous une telle canicule.

Le formidable éclat du ciel aveuglait Charlotte qui allait d'une vigne à l'autre, surveillant les porteurs, car Séverin, une fois les colles remises à l'ouvrage, partait à la cave assister au déchargement des comportes. Il fallait faire preuve de vigilance, car les femmes, surtout celles qui avaient perdu un mari à la guerre, ne se montraient pas farouches vis-à-vis des Espagnols. Cela provoquait parfois des drames, les vendanges terminées, comme l'an passé où l'une d'entre elles, malgré ses deux enfants, n'avait pas hésité à quitter sa maison pour suivre un Espagnol. Mais ce que redoutait le plus Charlotte, c'était qu'une femme mariée oubliât un époux trop lointain et se retrouvât enceinte. C'était arrivé dans un domaine de Ginestas, l'année d'avant, et le mari était reparti sitôt arrivé en permission. On avait appris huit jours plus tard qu'il avait été tué en Argonne.

Charlotte s'inquiétait surtout pour Julie, qui n'avait plus toute sa raison et qui errait dans les vignes, la nuit, à la recherche de son Félix disparu. D'autres, comme elle, pouvaient perdre la tête, Charlotte le savait, car les femmes aussi étaient à bout, après quatre ans de guerre, une guerre que l'on avait crue gagnée après l'arrivée des Américains et qui, pourtant, au mois de mars dernier, avait failli basculer du côté de l'Allemagne : quelle n'avait pas été la stupeur du pays quand on avait appris que des obus tombaient sur Paris ! On avait même vu arriver des réfugiés venus du Nord, une famille originaire de Picardie, où les lignes françaises avaient été bousculées par l'offensive de Ludendorff. Les journaux disaient-ils toute la vérité ? On en doutait, d'autant qu'en mai, les Allemands étaient de retour sur la Marne, comme en 14. Heureusement, en juin, les troupes françaises avaient commencé à contre-attaquer avec succès, faisant plus de trente mille prisonniers. Forts de cette victoire, les Français, les Anglais et les Américains ressoudés avaient enfoncé les lignes ennemies sur tous les fronts, si bien qu'en ce mois de septembre on pouvait enfin envisager la fin prochaine de la guerre.

Charlotte n'était pas rassurée pour autant. Elle savait en effet que les dernières offensives avaient mis en péril les soldats, Arthémon aussi bien que Hugues, dont les lettres tardaient à arriver. « Si près de la fin, songeait-elle, pourvu qu'il ne leur arrive pas malheur ! » Et elle s'efforçait de ne penser qu'aux vendanges, à ses grands foudres de cinq mille huit cents litres qui étaient vides, le vin se vendant de mieux en mieux, à ces comportes pleines que les fardiers emportaient vers la cave, à cette odeur capiteuse et unique qui campait sur la plaine et, chaque année, invariablement, la renvoyait vers son enfance lumineuse dont elle n'avait rien oublié.

Un matin, un peu avant midi, Arthémon arriva en permission, épuisé. On ne l'avait pas vu depuis six mois. Charlotte le trouva terriblement changé : amaigri d'abord, mais aussi presque hostile, montrant beaucoup de difficulté à parler. L'après-midi, il refusa de suivre Charlotte et sa femme Pascaline dans les vignes, et il resta sur le perron, immobile, comme s'il ne reconnaissait plus ce monde qui avait été le sien. Le soir, il s'aventura dans la cave, regarda un moment les Espagnols s'activer devant le treuil à crochets, puis il rentra. Lors du dîner, il se montra un peu plus loquace et donna de bonnes nouvelles du front : on pouvait espérer la victoire pour bientôt.

Pendant les deux jours qui suivirent, il erra seul dans le parc, ne parvenant pas à renouer les liens qui l'unissaient à ses vignes, comme si la guerre et ses atrocités les avaient irrémédiablement sectionnés. Il lui fallut quatre jours avant de remettre les pieds dans son domaine et s'intéresser aux vendanges qui battaient leur plein. Un soir, à l'heure où le dernier fardier repartait vers la cave, Charlotte le vit inspirer profondément l'air saturé du parfum des grappes chaudes, et enfin sourire. Le lendemain, il prit place sur le cabriolet auprès de Charlotte, retrouvant la place qui avait été la sienne, se réhabituant à la vie qu'il avait menée, mais avec une sorte de prudence, comme s'il craignait de trop y goûter et de ne pas supporter de la perdre une nouvelle fois.

Un soir, tandis qu'ils se promenaient dans une allée,

avant de rentrer il demanda à Charlotte comment se portaient les affaires du domaine.

— Ça n'a jamais si bien marché, répondit-elle. On vend même le vin avant les vendanges.

— Est-ce que ça veut dire que la viticulture a besoin de la guerre pour vivre ?

Son ton glaça Charlotte. Elle tourna la tête vers lui, remarqua la dureté de ses traits, pensa que c'était cette idée qui l'obsédait depuis qu'il était revenu.

— Mais non, dit-elle, il y a eu des époques où on a bien vécu, et on n'était pas en guerre.

— Je me souviens surtout de celles où on jetait le vin au ruisseau.

— C'est fini, tout ça, Arthémon, c'est fini.

— Je voudrais bien le croire.

Et il ajouta, tandis qu'on entendait rire des femmes sur le chemin du château :

— Est-ce qu'elles ont des maris à la guerre, celles-là ?

Charlotte ne répondit pas sur l'instant, tant il y avait d'amertume dans la voix d'Arthémon qui fit brusquement demi-tour et revint vers le cabriolet. Charlotte le rattrapa et le retint par le bras.

— Il m'arrive de rire, moi aussi, et pourtant j'ai perdu un fils à la guerre.

Il la dévisagea, ferma les yeux.

— Excuse-moi, dit-il.

— Il nous a bien fallu vivre, tu sais. Et vivre avec la peur, chaque jour, chaque nuit. Même encore aujourd'hui, je tremble pour Hugues.

Elle ajouta, son regard de lavande planté dans le sien :

— Vivre pour ne pas mourir.

Puis, avec une sorte de douceur dans la voix :

— Il n'y a plus de mascares ni de « Dieu-le-veut ». Je m'efforce de prendre des Espagnols âgés mais c'est vrai que tout ça pose des problèmes. Cette guerre a duré si longtemps et on a tellement souffert.

Il hésita, s'éclaircit la gorge, répondit :

— Tu sais, quitter la guerre et arriver au milieu des vendanges, c'est terrible.

— Oui, dit-elle, je comprends.

— Toute cette vie oubliée, ces parfums, cette sueur, ces raisins chauds, ces comportes pleines, ce...

— Ce bonheur ?

— Oui, je croyais qu'il avait cessé en notre absence.

— Il nous a bien fallu continuer, ne serait-ce que pour donner à manger aux femmes et aux enfants.

— Oui, dit-il, bien sûr.

Ils arrivaient à proximité du cabriolet. Charlotte posa sa main sur celle d'Arthémon et lui dit avant de monter :

— Ce qui nous a sauvés, vois-tu, c'est que nous avons toujours vécu d'espoir, même quand tout allait très mal : nos plus belles vendanges ont toujours été celles qui étaient à venir.

Il hocha la tête, sourit. Charlotte lui tendit les rênes, ajouta :

— Et celles qui viendront seront celles de la paix retrouvée. Tout arrive, dans la vie, je le sais aujourd'hui, il ne faut jamais désespérer.

Le soir tombait sur la plaine accablée de chaleur. Au loin, sur les collines, le ciel, d'un rouge orangé, semblait refléter les lueurs d'un immense foyer en train de s'éteindre.

L'odeur entêtante des moûts et du marc distillé par les alambics pénétrait dans tous les « oustals » de la vallée, même à la Combelle, pourtant située au pied des collines, à proximité des pins et des chênes kermès que le marin agitait doucement. On espérait un peu de pluie, mais le vent de la mer amenait de fins nuages qui se désagrégeaient au-dessus des terres, comme un troupeau abandonné. Mélanie eût préféré un orage, puisque les vendanges étaient terminées, plutôt que cette chaleur moite qui l'oppressait, surtout depuis que Julie avait regagné la Combelle, ne souhaitant pas rester avec ses beaux-parents qu'elle rendait responsables de la disparition de Félix. Elle estimait en effet que s'ils avaient veillé sur leur fils aussi bien qu'elle l'avait fait il n'aurait pas disparu.

Où était-il, aujourd'hui ? Julie se refusait à croire qu'il avait choisi de mourir alors qu'il s'était battu pour survivre pendant trois ans. Elle imaginait qu'il se cachait quelque part, le temps de s'habituer à sa blessure, s'attendait à le voir réapparaître chaque jour, errait sur les chemins sans se douter que Mélanie la suivait à distance, veillant sur elle comme sur une enfant. Mélanie essayait bien de la retenir à la Combelle, mais Julie semblait toujours attirée ailleurs, même la nuit. Mélanie ne dormait plus, guettant les bruits dans l'ombre, sursautant au moindre souffle de vent sur les tuiles, craignant que sa fille n'aille se noyer dans le canal du Midi.

Car tous, à la Combelle, étaient persuadés que Félix avait disparu de cette façon et qu'on retrouverait un jour son corps dans une écluse. Nul n'osait l'avouer, bien sûr, mais c'était au fil des jours devenu une certitude, y compris pour Mélanie qui souffrait de voir sa fille attendre si douloureusement un mari qui, sans doute, à cette heure, était mort. Il fallait bien travailler, pourtant, et tenir la maison, puisque Clarisse, Rose et Jérôme étaient requis au domaine. Mélanie essayait d'intéresser Julie au travail, mais celle-ci demeurait lointaine, le regard perdu, incapable de fixer son attention sur les menus travaux que sa mère lui confiait.

Un après-midi, tandis que Mélanie suspendait du linge derrière la maison, Julie disparut. Cinq minutes lui suffirent. Quand Mélanie entra de nouveau, sa bassine vide dans les mains, elle trouva « l'oustal » désert, appela, monta dans les chambres, fit le tour de la maison, appela encore, mais nul ne répondit. Elle parcourut alors une centaine de mètres sur les trois chemins qui partaient de la Combelle deux vers les vignes, un en direction de Sainte-Colombe, sans trouver personne. Alors, affolée, elle courut vers les vignes du canal où elle savait pouvoir trouver Clarisse et Rose, fit prévenir Séverin par Jérôme, et tout le monde se mit à chercher Julie, y compris les autres journalières.

La nuit venue, on la chercha encore à la lueur des lampes-tempête, on interrogea les éclusiers. Aucun n'avait vu Julie. Le lendemain, on prévint les gendarmes de Ginestas, et on continua de chercher, sans plus de succès toutefois.

Mélanie, à bout de forces, ne cessait de se reprocher d'être sortie quelques minutes en laissant Julie seule. On fit sonder le canal, en vain. Une semaine passa ainsi, angoissante, interminable, qui mena Mélanie au bout du désespoir. Et ce fut au moment où elle renonçait aux recherches, que deux gendarmes arrivèrent à la Combelle en disant qu'on avait retrouvé à Narbonne une jeune femme qui répondait au signalement de Julie. Elle se trouvait à l'Hôtel-Dieu. Il fallait aller voir, car cette jeune femme n'avait aucun papier sur elle et elle ne parlait pas. Mélanie les suivit, et reconnut à peine sa fille dans cette femme hagarde et amaigrie, qui recula en l'apercevant et ne répondit pas à ses questions.

— On l'a trouvée couchée près de l'église Saint-Bonaventure, dit le médecin. Elle est très faible. Est-ce que vous la reconnaissez ?

— Oui, dit Mélanie. C'est bien ma fille.

— Elle n'a jamais parlé ?

— Si, dit Mélanie, mais elle a perdu son mari à la guerre.

— Ah ! fit le médecin, je comprends.

Puis il ajouta, devant l'air effrayé de Mélanie :

— Si vous voulez, on peut vous la garder quelques jours, le temps qu'elle se remette.

— Non, fit Mélanie, je vais la ramener.

— Il vaudrait mieux que vous nous la laissiez un peu, insista le médecin, un vieil homme à bésicles, aux yeux très clairs, à la moustache blanche soigneusement sculptée au fer à friser.

— Non, dit Mélanie, je saurai m'en occuper.

Les gendarmes les accompagnèrent à la gare pour qu'elles puissent prendre le train du soir. Séverin les attendait à Bressan. Il eut du mal à cacher son émotion de découvrir sa sœur dans un tel état de détresse. Mélanie voulut se montrer rassurante envers son fils mais elle avait compris qu'avec ce retour de Julie à la Combelle, elle entamait un chemin de croix dont elle n'était pas près d'apercevoir la fin.

Depuis que Violaine ne lui passait plus de commandes, il était très difficile à Nathalie de trouver du travail. Avec la guerre, les habitants de Sainte-Colombe avaient d'autres soucis que leur toilette, et les travaux de couture ne permettaient même plus à Nathalie d'acheter de quoi se nourrir. La mort dans l'âme, elle avait accepté que Clément, à neuf ans, allât travailler au Solail, car elle-même ne pouvait s'absenter de la maison, s'étant engagée à soigner Victorine Maffre, devenue impotente, qui lui donnait quelques sous. Ainsi, Clément partait chaque matin pour les vignes du Solail, y mangeait à midi et rentrait le soir, souvent très tard, au grand remords de Nathalie qui demandait :

— Ça va ? Ce n'est pas trop dur ?

— Mais non, disait Clément, ça me plaît, tu sais.

Pourtant, il s'écroulait sur son lit dès qu'il avait mangé et, au matin, il avait beaucoup de mal à se lever.

Dès qu'il était parti, Nathalie s'occupait de Victorine, malade du cœur et très affaiblie, puis elle vaquait à ses menus travaux, relisant sans cesse la deuxième lettre qu'elle avait reçue de Justin, trois mois auparavant.

« Ma chère femme,

« Je vais beaucoup mieux depuis que nous sommes revenus de Zwickau à Königsbrück. C'était un camp de représailles. Là-bas, nous mangions une soupe tous les deux jours. Aujourd'hui, nous mangeons des pommes de terre et je me porte mieux, même si ce n'est pas toujours facile. Je pense au jour où je pourrai de nouveau te serrer dans mes bras, ma chère femme, ainsi que Clément, qui doit être grand maintenant. Je pense aussi beaucoup à mon atelier, à mes outils, mon herminette, ma presse à serrage, et il me tarde de pouvoir m'en servir. C'est pour bientôt, j'espère. J'espère aussi que tu peux trouver un peu d'ouvrage et que vous ne souffrez pas trop des privations de la guerre. Elle va finir un jour. Et ce jour-là, ma chère femme, je serai le plus heureux des hommes.

« Ton mari qui ne cesse de penser à toi,

« Justin Barthès. »

Cette lettre, au début, l'avait inquiétée, car elle se demandait pourquoi les prisonniers avaient été conduits dans un camp de représailles, puis elle s'était rassurée en se disant que le plus dur était passé, que la guerre allait sans doute finir avant que Justin n'ait à affronter de nouvelles épreuves.

Victorine allait de plus en plus mal. Le médecin voulait la faire hospitaliser, mais la malade implorait Nathalie de ne pas la laisser partir de sa maison : cette maison, ce lit où avait rendu l'âme Raoul, qu'elle craignait de ne pas pouvoir retrouver après la mort. Alors, Nathalie ne quittait plus la malade, se relevait souvent la nuit, fidèle à cette vieille femme qui ne lui demandait aucun loyer depuis le début de la guerre. Un soir, le médecin la jugea plus fatiguée que d'ordinaire.

— Elle ne passera peut-être pas la nuit, dit-il à Nathalie. Mais ne me faites pas appeler, ce n'est pas la peine : elle est au bout.

Nathalie veilla la malade une grande partie de la nuit, puis elle s'assoupit vers quatre heures. Quand la fraîcheur du matin la réveilla en sursaut, vers six heures, elle s'aperçut que Victorine était morte. Son visage était détendu, presque souriant, et cette mort survenue sans plainte, sans souffrance apparente, sembla à Nathalie une heureuse délivrance. Elle alla chercher une voisine qui l'aida à habiller la morte, alluma une bougie, disposa un bol d'eau bénite pour les visites qui commencèrent dès le milieu de la matinée, puis elle s'occupa des préparatifs des obsèques avec le même dévouement qu'elle s'était occupée de la malade depuis des mois.

Victorine Maffre fut enterrée le surlendemain dans le petit cimetière de Sainte-Colombe aux côtés de Raoul, par un après-midi de grand soleil. Les cyprès répondaient aux pins des collines qui murmuraient doucement, tandis que la grande plaine dormait dans une paix bleutée. « Que peut-il arriver de mauvais, maintenant ? se demanda Nathalie, la guerre va finir, et bientôt Justin sera là. » Il ne lui était pas venu à l'idée qu'elle devrait peut-être quitter son logement si la propriété de Victorine Maffre tombait aux mains d'un héritier inconnu.

Elle y pensa seulement durant la nuit qui suivit les obsèques, et elle eut très peur, le lendemain matin, de l'homme en costume, cravate et chapeau cronstadt qui l'attendait devant la porte.

— Maître Lacaze fils, notaire à Ginestas, se présenta-t-il. Il faudrait que je vous parle, madame.

Elle le fit monter, très inquiète, intimidée aussi par l'allure de cet homme distingué, calme mais sévère, qui portait une serviette de cuir. Il l'ouvrit avec précaution une fois assis, et Nathalie craignit qu'il ne lui demande de l'argent. Elle s'apprêtait à plaider sa cause, à demander un délai, quand le notaire déclara d'une voix rassurante :

— Mme Maffre a établi un testament en faveur de vous-même et de votre mari. Il n'est pas là ?

— Il est prisonnier, dit Nathalie, soulagée, tout à coup, mais pas entièrement : elle avait toujours redouté les gens de loi.

— Vous héritez donc, avec votre mari, de cette maison de deux étages, et de l'atelier qui se trouve dessous.

— Mon Dieu ! est-ce possible ? fit Nathalie qui redoutait encore une désagréable surprise.

— Certes, il y a des frais, dit le notaire, mais ils ne sont pas très élevés et Mme Maffre avait pensé à tout. La vente des titres qu'elle possédait suffira à les payer. Vous êtes donc chez vous, madame, du moins si vous acceptez les clauses du testament. Mais la mutation ne sera pleinement réalisée que lorsque votre mari aura fait de même. En attendant, vous pouvez bien sûr rester dans les lieux.

— Merci, monsieur, dit Nathalie qui n'avait pas tout compris des termes employés par le notaire mais qui retenait l'essentiel : elle pouvait rester dans cette maison.

— Ne me remerciez pas, madame, je ne fais que mon métier. Si vous voulez bien signer ici.

Nathalie hésita, mais le regard étonné que lui lança le notaire la décida.

— Eh bien voilà, fit-il en rangeant ses papiers dans la serviette, vous êtes chez vous.

— Merci, dit-elle encore, avant de raccompagner l'homme de loi en bas des escaliers.

Celui-ci s'inclina respectueusement devant elle et monta dans sa voiture automobile qui tressauta un long moment avant de démarrer, puis elle s'éloigna dans un nuage de poussière. Nathalie pensa alors à Justin et se dit qu'il fallait lui écrire. Puis elle pensa à Clément et, oubliant tout, elle partit en courant vers les vignes. Tandis qu'elle courait, ivre maintenant d'une joie immense qu'il lui fallait partager, elle se répétait : « On a une maison, on a une maison! » Le soleil du matin éclairait son visage redevenu aussi jeune et semblable à celui qui souriait à Justin, à Narbonne, sur les boulevards inondés de lumière, lors d'un printemps heureux.

On était difficilement venu à bout des labours d'automne, comme chaque année, en raison du manque de bras solides pour tenir les manches des charrues, puis le sarmentage avait commencé dans les vignes remises à neuf. Ce début novembre était humide des lourdes brumes qu'amenait le marin, des brumes qui, parfois, ne se dissipaient qu'en début d'après-midi, ou pas du tout. C'était le temps que Charlotte détestait le plus, et pourtant elle se forçait à sortir, relevant la capote du cabriolet, s'emmitouflant dans un grand châle de laine d'où dépassaient seulement ses yeux animés d'un nouvel espoir.

Louis, en effet, était arrivé la veille au Solail en affirmant que la fin de la guerre était imminente. Charlotte, d'abord, n'avait pas voulu le croire, mais il s'était montré catégorique, assurant que des négociations étaient en cours entre les gouvernements français et allemand.

— Je ne repartirai pas tant que la paix ne sera pas signée, avait-il dit.

— Pourvu que notre fils en revienne, avait-elle soupiré...

— Mais oui, avait-il répondu, il va revenir, j'en suis sûr, ne t'inquiète pas.

Elle avait apprécié qu'il fût venu vers elle en de telles circonstances, et qu'il eût passé la soirée en sa compagnie, parlant d'avenir, de l'étude qu'il allait confier à Hugues, des jours qu'ils allaient vivre ensemble au Solail.

— Si tu veux bien de moi, avait-il ajouté.

— Il faut que je réfléchisse, avait-elle répondu en riant.

Il lui avait apporté des nouvelles de Narbonne, où Etienne, grâce aux marchés de l'armée, s'était bâti une véritable fortune.

— Ça ne m'étonne pas de lui, avait-elle dit.

Puis elle avait demandé :

— Et son fils ? A-t-on des nouvelles ?

— Toujours dans les bureaux du ministère de la Guerre.

Elle avait soupiré, haussant les épaules, songeant de nouveau à Hugues, mais aussi à Renaud qu'elle se reprochait de n'avoir pas su protéger comme elle l'aurait dû. Ils avaient passé la soirée en compagnie de Pascaline et de ses enfants, Jules et Blanche, parlant du retour prochain d'Arthémon et de ceux qui auraient eu la chance d'échapper au massacre.

Il était presque onze heures, ce matin-là, quand Charlotte descendit du cabriolet pour aller demander à Séverin de faire allumer des feux, afin que les femmes qui sarmentaient pussent se réchauffer un peu. Elle aperçut le régisseur à l'autre extrémité des vignes de la Croix, s'engagea dans l'allée, quand, brusquement, le soleil déchira la brume du matin. Ce fut, en un instant, un éclaboussement de lumière cascadant sur la plaine qui, aussitôt, se mit à fumer. Charlotte s'arrêta, leva la tête vers le ciel qui resplendissait, s'aveugla, ferma les yeux. Elle eut un éblouissement qui se dissipa très vite, mais qui lui fit peur, car elle pensa à Hugues, et craignit pour sa vie. « Non, pas aujourd'hui, pas maintenant, se dit-elle, je ne le supporterais pas. » Puis le déferlement de cette lumière crue qui descendait du ciel en vagues blondes la rassura et elle se remit en marche.

Les cloches de Sainte-Colombe se mirent en branle au moment même où elle atteignait l'extrémité de la vigne. Séverin, qui l'avait aperçue, venait vers elle. Comme elle, il s'arrêta, tandis que les femmes occupées à lier les sarments se relevaient, inquiètes. Mais ce n'était ni le tocsin, ni le glas, c'était une sorte de danse joyeuse qui, maintenant, s'échappait de tous les clochers des alentours : Ginestas, Argeliers, Bressan, pour annoncer la fabuleuse nouvelle de ce 11 novembre 1918 : la guerre était finie, et avec elle toutes les misères, les peines, tous les deuils, toutes les souffrances de quatre années interminables. Elle n'osait pas encore y croire, Charlotte, en cet instant, face à Séverin arrêté à deux pas d'elle et qui tremblait comme un vieil arbre dans le vent. Des femmes s'étaient mises à courir vers le village. D'autres en arrivaient et criaient :

— C'est l'armistice ! C'est fini ! C'est fini !

« Mon Dieu ! C'est donc bien ça », songea Charlotte, incapable d'avancer, soudain, les jambes fauchées par l'émotion.

— Venez, Séverin, dit-elle.

Il s'approcha d'elle, se demandant ce qu'elle lui voulait. Elle l'enlaça, frémit en sentant le bras unique de cet homme qui avait fait son devoir et l'avait payé si cher. Quand elle se détacha de lui, il semblait très ému.

— Merci, Séverin, dit-elle, et il se demanda pourquoi elle le remerciait, ne sachant pas quelle estime elle lui portait, et de quelle dette elle se sentait redevable envers lui, qui avait assuré la direction du domaine depuis le départ de Calixte.

Elle entendit crier dans le parc du Solail, là-bas, et elle revint vers le cabriolet aussi vite qu'elle le put, y monta, lança le cheval vers le château. A peine avait-elle fait cent mètres qu'elle aperçut Pascaline, Jules et Blanche, qui couraient vers la Croix. Elle arrêta le cheval, descendit, les embrassa, tandis que Blanche répétait :

— Papa va revenir ! Papa va revenir !

Pascaline pleurait, tandis que Jules, voulant se montrer un homme, retenait difficilement ses larmes.

En se retournant, Charlotte aperçut Louis qui courait lui aussi maladroitement, difficilement, et cette silhouette fragile, décharnée, enfantine, lui serra le cœur. Elle se précipita vers lui, l'enlaça, le retint et il lui sembla qu'il serait tombé, tandis qu'il haletait, lui faisant comprendre combien il était usé, fatigué.

— Je te l'avais dit ! Je te l'avais dit ! répétait-il.

Les cloches sonnaient toujours, follement, et l'on entendait appeler, crier de tous les côtés.

— Venez au château ! dit Charlotte aux femmes qui l'embrassaient.

Elle fit monter Louis dans le cabriolet, pendant que Pascaline et ses enfants couraient devant eux. Le soleil avait maintenant entièrement déchiré les nuages, dont quelques lambeaux demeuraient accrochés aux pins des collines. Les cloches se répondaient toujours de clocher en clocher, donnant l'impression qu'elles ne s'arrêteraient jamais.

Dans le parc du château, c'était l'effervescence : tout le monde s'embrassait, même si celles qui avaient perdu un enfant ou un mari à la guerre le faisaient avec plus de réserve. Car l'heure était à la joie, mais aussi au souvenir des hommes qui n'étaient pas revenus. Et, passé le premier moment de bonheur, des blessures se rouvraient à la pensée de ceux que l'on avait perdus.

Charlotte et Louis poussèrent jusqu'à la promenade de Sainte-Colombe, où régnait la même liesse qu'au Solail. D'ailleurs, c'était un incessant va-et-vient des femmes entre le village et le château, comme si, en cette heure si longtemps espérée, il n'y avait plus de frontière, plus de différence entre les vivants. Charlotte embrassa Nathalie, puis Mélanie qui était venue jusqu'au village pour se réjouir avec elle du retour prochain de Justin. Certains voulurent danser, mais le souvenir des morts les en dissuada. Et les cloches sonnaient toujours. Elles ne s'arrêtèrent que lorsque Charlotte et Louis retournèrent au Solail pour le premier repas de la paix revenue. Il était deux heures et tout, de nouveau, paraissait possible, même le bonheur.

Les visites se succédèrent tout au long de l'après-midi et l'on parla des soldats qui allaient retrouver leur famille. Le facteur apporta un pneu de Violaine et de Berthe qui annonçaient leur arrivée pour le lendemain. Vers le soir, avant que la nuit tombe, Charlotte emmena Louis avec elle dans le cabriolet pour une courte promenade dans les vignes. Ils s'arrêtèrent du côté de la Croix, marchèrent un peu. Louis lui avait pris le bras.

— Quel dommage d'être vieux, dit-il au bout d'un instant.

Elle ne répondit pas, se demanda s'il le pensait vraiment.

— Un monde s'est écroulé, reprit-il, et tout est à reconstruire, à imaginer, et moi je ne le verrai pas.

— Qu'est-ce que tu dis là ? fit-elle.

Il soupira.

— Je dis que l'essentiel de notre vie est derrière nous, tout simplement.

Elle comprit qu'il ne se livrerait pas davantage, mais quelque chose la glaça à l'idée qu'il sentait approcher la mort. Leurs pas les avaient menés sans qu'ils l'eussent souhaité vers la vigne où ils avaient passé leur nuit de noces.

— Regarde, dit-elle, où nous sommes rendus. Et c'est là que tu me dis te sentir vieux ?

— Charlotte, fit-il.

Et il répéta :

— Charlotte, Charlotte.

Elle lui prit la main, l'entraîna dans la vigne, défit son manteau, voulut le déposer sur la terre que le soleil n'avait pas séchée entièrement.

— C'est mouillé, dit-il, on ne va pas s'asseoir là.

— On ne va pas s'asseoir, on va s'allonger, dit-elle, et tu me prendras dans tes bras.

Il la dévisagea, incrédule. Elle riait.

— Est-ce que, par hasard, tu ne saurais plus me prendre dans tes bras ?

Sans un mot il l'enlaça, puis ils se laissèrent glisser sur le manteau et elle ne vit pas les deux larmes qui coulèrent du visage de Louis, enfoui dans la neige de ses cheveux.

Violaine et Berthe étaient arrivées le lendemain du 11 novembre pour se réjouir de l'armistice en famille et passer quelques jours loin de Paris où l'on manquait de tout. Le soleil était toujours là, émergeant du brouillard au milieu de la matinée, faisant danser sur la plaine des papillons d'une lumière douloureuse aux yeux. Dans les vignes, le sarmentage avait repris, et l'on faisait brûler les ronces ainsi que le surplus de sarments. Des colonnes de fumée montaient çà et là, comme autant de signaux qu'aurait envoyés une armée bivouaquant dans la plaine à des sentinelles postées sur les collines.

Charlotte se réchauffait auprès d'un feu quand elle entendit crier derrière elle. Aussitôt, elle se retourna, aperçut le maire à une centaine de mètres, la poitrine barrée de cette écharpe tricolore que l'on avait cru ne plus jamais voir. Elle cria, elle aussi, songeant aussitôt à Hugues, submergée par la peur.

— Non ! Non !

Elle vit des femmes jeter des pierres à Auguste Reséguier qui, touché, s'arrêta un instant.

— Non, murmura Charlotte, je ne le veux pas. Pas Hugues, pas maintenant.

Le maire faisait des signes, comme s'il désirait, d'où il se trouvait, lui indiquer quelque chose. Elle eut envie de s'enfuir, de lancer des pierres elle aussi, puis elle entendit les mots qu'il criait :

— Ce n'est pas pour vous ! Ce n'est pas pour vous!

Elle vacilla, crut qu'elle allait tomber, trouva la force de faire quelques pas dans sa direction.

— Ce n'est pas pour vous, répéta-t-il.

Il était là, maintenant, son enveloppe bleue à la main, et elle craignait d'avoir mal compris, tremblait, ne pouvant détacher son regard de l'enveloppe officielle.

— Honoré Delescluze, bredouilla le maire, le mari de votre nièce. Il est mort le 10 octobre.

Elle ferma les yeux, s'en voulut de se sentir soulagée, presque heureuse en apprenant la mort d'un lâche qui s'était caché quand d'autres faisaient courageusement leur devoir.

— Venez, dit-elle, mais enlevez votre écharpe, s'il vous plaît.

Elle pensait à Louis qui n'avait pas regagné Narbonne, craignait de le voir s'effondrer en apercevant l'écharpe funeste. Ils montèrent dans le cabriolet, s'engagèrent dans l'allée qui menait au château.

— Vous me laisserez parler, dit-elle.

— Oui, dit-il c'est pour ça que je suis venu.

Une fois sur le perron, elle précéda le maire, le fit entrer dans son bureau où se trouvait Louis, qui était en train d'écrire une lettre. Elle lui expliqua ce qui se passait, se rendit dans la salle à manger d'où s'échappaient des notes de piano. Violaine devina une présence dans son dos, s'arrêta brusquement, se retourna.

— Oui, ma tante ? fit-elle, le visage encore baigné par l'allégresse de la fugue de Mozart qu'elle était en train de jouer.

— Il est arrivé quelque chose à Honoré, fit Charlotte, aussi doucement qu'elle le put.

Le sourire de Violaine s'effaça.

— Honoré, dit-elle, il lui serait arrivé quelque chose ?

— Oui, fit Charlotte, il ne va pas bien du tout.

— Il a été blessé ?

— Oui, gravement blessé.

— Honoré ? fit Violaine.

Puis, prise d'une pensée subite :

— Il est mort ?

Charlotte hocha la tête, s'approcha, ne sachant comment elle allait réagir et voulant devancer le moindre de ses gestes. Mais, loin de se plaindre ou de pleurer, Violaine, au contraire, se mit à rire, d'un rire nerveux, interminable, un rire fou qui inquiéta Charlotte bien davantage que si elle s'était effondrée en larmes. Alertée par ce rire, Berthe apparut, puis Louis et le maire, puis toutes les femmes de la maisonnée.

— Honoré ! répétait Violaine entre deux hoquets, Honoré !

A la fin, elle se mit à trembler, se tassa sur sa chaise, et il fallut la porter dans son lit. Le médecin, alerté, se montra fort inquiet ; pas autant que Charlotte, toutefois, qui se demanda si Violaine n'était pas en train de perdre la raison. Elle-même ne dormit pas de la nuit, songeant à Hugues, au maire qui pouvait encore revenir, semblait-il, comme si ce cauchemar n'allait jamais vraiment cesser.

Le lendemain, pourtant, le facteur apporta une lettre dont elle reconnut aussitôt l'écriture. Elle se rendit dans son bureau pour l'ouvrir en compagnie de Louis. « Chers parents, écrivait Hugues, je suis en bonne santé, ainsi que Valentine, et nous pensons bientôt venir vous voir. Ainsi, c'est terminé. L'armistice a été signé. Je n'ose encore y croire, et pourtant j'espérais ce moment depuis des mois... »

Charlotte ne put continuer à lire. Les mots s'effaçaient devant ses yeux. Elle embrassa Louis qui pleurait aussi et qui lui dit en souriant :

— Je vais enfin pouvoir me faire vigneron.

C'était l'une de ces nuits croustillantes d'étoiles que Justin n'avait pas vécues depuis une éternité. Là-bas, à Königsbrück, il lui avait été en effet impossible de sortir du baraquement où ils étaient enfermés dès huit heures, et à plus forte raison de goûter les parfums auxquels il était habitué, d'écouter les glissades du vent sur les vignes, d'entendre le clocher de Saint-Baudille égrener les heures lentes de la vraie vie, la vie d'avant, celle dont il était privé à cause la folie des hommes. Mais cette nuit, dès qu'il avait pris la route de Sainte-Colombe après être descendu du train à Bressan, toutes ces richesses lui avaient été rendues en quelques secondes.

Il montait lentement vers le petit col à partir duquel il basculerait vers son village, ivre de l'odeur des pins qui se mêlait à celle des feux mal éteints au bord des vignes. Il respirait bien à fond, titubait, de temps en temps, quand l'odeur l'enivrait au détour de la route ou que ses jambes amaigries par les dures conditions du camp se dérobaient sous lui. C'était trop, soudain, ces trésors brutalement retrouvés alors qu'il les avait tant espérés. Il gémissait d'un bonheur trop intense, douloureux, fermait son œil unique avec lequel il avait appris à composer sans en souffrir vraiment, sinon par le rappel permanent de la guerre et de ce qu'il avait enduré.

Il arriva en sueur au sommet du col et s'assit un moment sur la pierre qui servait au repos habituel des marcheurs. Une lune de sucre éclairait le village, là-bas, où Justin distingua les platanes de la promenade et, lui sembla-t-il, le toit de la maison où dormaient Clément et Nathalie. Cette pensée le fit se dresser malgré sa fatigue, et il commença à descendre vers le village, frissonnant maintenant, et courant presque, à l'idée de revoir ceux auxquels il avait rêvé chaque jour, chaque nuit. Se pouvait-il qu'il les embrassât cette nuit, dans moins d'un quart d'heure, alors qu'il les avait quittés depuis plus de deux ans ? Il n'osait pas le croire, soudain, s'imaginait qu'il ne les retrouverait pas dans la maison où il les avait laissés et courait de plus en plus vite, si vite qu'il tomba d'épuisement et demeura un moment inerte, cherchant à retrouver son souffle, anéanti.

Il se releva enfin, essuya le sang sur ses mains écorchées dans sa chute, arriva en bas, devant la fontaine romaine où, un jour de 1914, Nathalie avait fait demi-tour, le laissant partir vers l'horreur des tranchées. Il chassa ce souvenir de son esprit, remonta vers le centre du village, déboucha sur la promenade, déserte à cette heure, car il était plus de minuit. Là, il s'arrêta, reconnaissant tout de son univers familier en un regard, retenant un sanglot, tremblant de la tête aux pieds, incapable de faire un pas, soudain, comme s'il avait été foudroyé sur place.

Il s'aperçut qu'il pleurait, s'en voulut, de crainte que Clément, surgi de la nuit par hasard, ne l'aperçoive. Il attendit quelques minutes puis il traversa la place et regarda les volets clos, à l'étage. Nulle lumière, ni au premier, ni au second. Il se baissa, ramassa un petit caillou, le lança contre le volet du haut et attendit, le cœur battant. Rien ne se produisit. Il ramassa alors une poignée de cailloux un peu plus gros et les lança avec plus de vigueur. Aussitôt, une lumière filtra sous les volets du deuxième, une main manœuvra une clenche, puis les volets s'ouvrirent sur Nathalie — c'était elle, il en était sûr, il l'aurait reconnue entre mille.

— Justin ! gémit-elle.

Elle disparut aussitôt, si bien qu'il crut avoir rêvé, mais déjà la porte s'ouvrait et Nathalie se jetait contre lui en murmurant :

— Justin, tu es là. Tu es là !

Lui serrait ce corps qu'il avait tant cherché dans l'ombre, la nuit, si loin d'ici, et tout ce qu'il avait vécu avec elle lui revenait dans une bouffée merveilleuse et désespérée, une part de lui-même étant restée là-bas, dans l'autre pays dont les images repassaient maintenant devant ses yeux clos.

— Viens, dit-elle. Viens.

Dans l'escalier, de nouveau, tandis qu'une odeur familière de pain et de café lui arrachait une plainte, il la reprit dans ses bras, jusqu'au moment où une voix ensommeillée les tira de leur bonheur tout neuf :

— Papa.

C'était Clément qui se frottait les yeux en haut des marches, des marches que Justin escalada aussitôt pour s'agenouiller devant son fils, une fois sur le palier, l'examiner dans la lumière chiche de la lampe qui éclairait la cuisine, et le serrer lui aussi, le serrer à l'étouffer.

Dans la cuisine, il s'assit en face d'eux, les observa un long moment, puis son regard fit le tour de la pièce où le pauvre mobilier était resté le même. Ensuite, il passa dans les chambres, revint s'asseoir et, de nouveau, observa son fils et sa femme comme s'il craignait de les perdre encore une fois.

— On est chez nous, dit Nathalie. C'est à nous maintenant.

Elle lui expliqua la mort de Victorine Maffre, le testament, car il n'avait reçu aucune de ses lettres.

— Est-ce possible ? murmura-t-il. Une maison, pour nous, pour nous seuls ?

— Oui, Justin, c'est possible, dit-elle et j'ai tremblé à l'idée que tu ne reviennes pas, que nous ne puissions pas y vivre ensemble.

— C'est fini, dit-il. Tu vois, je suis là.

— Mais tu as faim, sans doute.

— Oui, je n'ai pas mangé depuis hier.

Nathalie lui donna du pain, de la cansalade, du fromage, tout ce qu'elle possédait dans sa cuisine. Il mangea en les dévisageant tout à tour l'un et l'autre de son œil valide, n'étant pas certain, encore, du bonheur qui lui était rendu cette nuit-là.

Ils parlèrent pendant plus de deux heures, et Nathalie lui apprit tout ce qui s'était passé au village en son absence : les morts, les disparus, la peine des vivants. Du travail de Clément au Solail, Justin dit :

— Il finira la semaine et après il travaillera avec moi, à l'atelier.

Puis ils allèrent se coucher dans un vrai lit au matelas de fanes de maïs qui parut bien doux à Justin en comparaison du bas-flanc sur lequel il dormait au camp. Là, tous deux retrouvèrent les gestes qu'ils avaient désappris, dans le plaisir et les larmes, et plus tard, Nathalie embrassa longtemps l'œil définitivement clos de l'homme qu'elle aimait.

Le lendemain matin, ils partirent à la Combelle où Mélanie fut bouleversée par le retour de ce fils pour lequel elle avait tellement tremblé. Pourtant on ne put montrer trop de joie, car Julie était là, et son regard disait combien elle souffrait, aux frontières du monde de la folie.

Justin et Nathalie repartirent au village vers le milieu de la matinée, traversant les vignes qui se chauffaient au soleil. Une fois chez eux, Justin ouvrit les portes de l'atelier qui sentait bon le bois sec, comme il avait l'habitude de le faire avec Raoul, même par grand froid. Ce n'était pas le cas aujourd'hui, l'hiver n'étant pas encore vraiment installé sur la plaine. Nathalie monta préparer le déjeuner.

— Un vrai repas de fête, avait-elle promis.

Justin entra dans l'atelier, regarda ses outils sans oser les toucher, caressa de la main le bois qu'il avait en stock, ramassa une poignée de copeaux et les respira longuement. Le bruit d'un attelage qui s'arrêtait devant la porte le fit sortir. Il reconnut Charlotte Barthélémie qui descendit, noua les rênes de son cheval à l'anneau scellé dans le mur, et s'approcha.

— On m'a dit que vous étiez rentré, dit-elle, avec une émotion qu'il devina et qui l'étonna.

— Cette nuit, dit-il, songeant à ce qu'elle avait fait pour lui à Compiègne, il y avait si longtemps.

— Je viens vous commander un muid et cinq barriques pour les prochaines vendanges. Est-ce que ce sera possible ?

Ses yeux de lavande, fixés sur lui, brillaient dans la lumière chaude de midi.

— Oui, c'est possible, dit-il.

— Les plus belles vendanges, reprit-elle.

Et, comme il semblait ne pas comprendre :

— Vous savez ce qu'on dit : les plus belles vendanges sont celles qui viendront.

Il hocha la tête : oui, il s'en souvenait. Elle le dévisageait toujours, le trouvait beau, malgré son œil fermé, son visage amaigri, ses traits tirés. Elle se demanda s'il avait oublié leur nuit dans les vignes, mais quelque chose, dans son regard, lui dit qu'il s'en souvenait très bien.

— Je paye d'avance si vous voulez, dit-elle.

— Non, chez moi, on paye quand le travail est fait.

— Alors je paye le bois, dit-elle en posant un louis sur une barrique.

— Si vous voulez.

— Au revoir, Justin, je suis vraiment très heureuse que vous soyez revenu.

— Au revoir, dit-il.

Elle hésita un peu, puis elle remonta dans le cabriolet et s'en alla après un dernier regard qui lui fit battre le cœur plus vite, car il y décela une lueur d'estime et de respect.

Nathalie descendit à l'instant où le cabriolet disparaissait à l'angle de la promenade. Justin lui expliqua que la maîtresse du Solail était venue lui passer commande d'un muid et de cinq barriques. Ils entrèrent tous deux dans l'atelier où Justin commença à installer ses outils qu'il avait soigneusement rangés avant de partir, quatre ans plus tôt. Puis, il saisit une planche, la fixa sur sa colombe, manœuvra le rabot. Alors, serrés l'un contre l'autre, ils regardèrent, entre ses mains tremblantes, les premiers copeaux fleurir comme des soleils.

Bibliographie

L'Aude, de la préhistoire à nos jours, collectif, éditions Bordesoules, 1989.

Vignes et Vignobles, Jean Long, éditions Hachette, 1979.

La Révolte des vignerons, Félix Napo, éditions Privat, 1971.

Jours de vigne, collectif, Atelier du Gué, 1981.

Histoire de Narbonne, Paul Carbonel, éditions Jeanne Laffitte, 1956.

Languedoc-Roussillon — au temps des vignerons en colère, éditions Milan, 1985.

Le Minervois, éditions Le Paysan du Midi, 1978.

Pays et gens du Languedoc et du Roussillon, éditions Larousse, 1983.

L'Hérault d'autrefois, Mireille Lacave et Jean Sagnes, éditions Horvath-Roanne, 1983.

Les Larmes de la vigne, Jean-Louis Magnon, éditions Seghers, 1991.

Le Languedoc au temps des diligences, Jacques Durand et André Hampartzoumian, éditions Images d'Oc, 1978.

La composition de cet ouvrage
a été réalisée par l'Imprimerie BUSSIÈRE,
l'impression et le brochage ont été effectués
sur presse CAMERON
dans les ateliers de Bussière Camedan Imprimeries,
à Saint-Amand-Montrond (Cher),
pour le compte des Éditions Albin Michel.

Achevé d'imprimer en février 1996.
N° d'édition : 15256. N° d'impression : 128-4/04.
Dépôt légal : mars 1996.